골든혼의 여인

초판 1쇄 인쇄 2006년 11월 22일
초판 1쇄 발행 2006년 11월 27일

지은이 쿠르반 사이드
옮긴이 이선혜
발행인 이종길
펴낸곳 도서출판 길산
교 열 조재현
표지디자인 강현미
편집디자인 신성희
마케팅·관리 송유미

ADD 경기도 고양시 덕양구 화정동 970-2
TEL 031.973.1513 | FAX 031.978.3571
E-mail keelsan@keelsan.com | http://www.keelsan.com
ISBN 89-91291-10-4 03800

값 12,900원

The Girl from the Golden Horn
By Kurban Said
Original copyright ⓒ 1938, 2001 Ehrenfels Ges.m.b.H

Korean translation Copyright ⓒ 2006 Keelsan Books
This Korean edition was published by arrangement with The Overlook Press, Peter Mayer Publishers, Inc. New York through Best Literary & Rights Agency, Korea.
All rights reserved.

이 책의 한국어판 저작권은 베스트 에이전시를 통한 원저작권자와의 독점계약으로 도서출판 길산이 소유합니다.
신저작권법에 의하여 한국내에서 보호를 받는 저작물이므로 무단전재와 무단복제를 금합니다.

파본은 구입처나 본사에서 교환해 드립니다.

The Girl From The Golden Horn

도서출판 길산

서문

소용돌이치는 삶 속에서의 진정한 인연

　베일에 가린 작가, 쿠르반 사이드의 은유적 기법과 위트 넘치는 문장에 매료되었던 독자라면 아마도 그의 차기작품 출간을 애타게 기다렸을 것이다. 대중들에게는 《알리와 니노》라는 대표작이 알려져 있을 뿐이므로, 그의 정체의 모호함이나 그 외 작품들에 대한 궁금증은 쿠르반 사이드의 작품에 대한 신비로움을 배가시키기에 충분한 요인들이다. 이는 《골든혼의 여인》을 통해 어느 정도나마 해소될 수 있을 것이다. 전작과 마찬가지로, 이 작품에서도 작가는 독특한 글쓰기 방식을 통해 독자들이 그 내용 속으로 빨려 들어가도록 유도할 뿐 아니라, 숨은 상상력을 자극하며 흥미를 자아내고 있다.

　혹자는 이 작품의 외형만을 접하고 단순히 연애소설로 평가할지도 모를 일이다. 하지만 조금만 깊이를 두고 읽다 보면 각 나라 간의 외교적 관계들 즉, 각국의 역사적 관계들을 밑바탕에 두고 있음을 발견할 수 있다. 역사적 사실들을 바탕으로 펼쳐지는 이야기임에도, 작가는 결코 부담스런 무게감을 지우지 않으면서 각 인물들의 관계 속에 연결고리를 이어가며 흥미롭게 이끌고 있다.

소설의 내용은 아시아데라는 터키 여인을 중심으로, 그녀 주위에 얽히고설킨 관계들이 펼쳐지며 진행된다. 남다르게 선택받은 삶을 영위하던 그녀는 제국의 몰락으로 인하여 삭막한 현실에 던져지게 되면서, 선택의 기로에 놓이고 많은 갈등과 고뇌를 겪게 된다. 이외에도 하싸, 존 롤랜드와 그의 대리인 샘 두스 등의 등장인물들은 그들 나라를 대표한다고 볼 수 있다. 실제 역사적으로도 그들의 나라는 대외적 관계로 얽혀 있음을 알 수 있다. 뿐만 아니라, 이 작품은 서로 다른 제각각의 영혼을 지닌 개개인과 그들 간의 소통 문제까지 다루고 있다. 만일 이 책을 접하는 독자들이 시대적 배경과 지식들을 습득한 후, 이를 바탕으로 내용에 빠져든다면 좀 더 폭넓은 이해가 가능해질 것이다.

주인공들 각자의 길은 어느 곳으로 향할지 예측하기 어려워 보인다. 특히 아시아데는 정해진 운명을 받아들일 것인지, 스스로 찾은 인연의 끈을 놓지 않을 것인지에 대해 깊은 고뇌와 함께 선택의 과정을 거친다. 독자들은 이 과정을 함께하면서, 자신의 불투명한 미래에 대해 깊이 생각해 보는 기회를 가질 수 있게 된다. 물론, 이는 사랑에만 국한된 것이 아니라 인생 전반으로 확대하여 생각해 볼 수 있는 문제일 것이다.

이 작품은 결국, 저항할 수 없는 이끌림과 자신의 선택과 의지만이 생의 중심을 바로잡아 준다는 사실을 보여 주고 있다. 독자들은 이야기를 통해, 그것이 영적 존재이든 운명적인 것이든 인위적 우상이든 간에, 자신에게 있어서의 유일신과 자아의 모습이 테두리 안에 복잡 미묘하게 얽혀 있다는 느낌을 받게 될 것이다. 이 책은 그러한 해결의 실마리를 풀어 스스로의 삶을 이끌어 갈 수 있도록, 깨달음의 길을 제시해 줄 것이다. 비록 《골든혼의 여인》이 대중에게 널리 알려진 작품은 아니나, 마치 숨어 있는 진주를 발견한 기쁨을 맛볼 수 있으리라 확신해 본다.

마지막으로, 아시아데와 존 롤랜드는 지난시절의 찬란한 영화를 기억에서 지우지 못한 채, 고통스런 현실 속에서 과거의 환영을 자주 맞닥뜨리게 된다. 그러나 과거는 되돌릴 수 없으며, 잡을 수 없는 꿈결과도 같음을 깨닫는다. 정작 중요한 것은, 그들에게 남아 있는 미래의 길을 개척하는 것이라는 사실도 일깨워 준다. 이는 우리의 인생에서도 마찬가지이다. 작가는 작품을 통해, 인간에게 있어 운명이란, 받아들이는 동시에 당사자가 새롭게 이끌어 가야 하는 과제임을 상기시켜 주고 있다.

《골든혼의 여인》은 무지와 무관심 속에 떠내려 보냈을지 모를 우리 자신의 소중한 것들을 다시금 되새기며, 미래에 대한 새로운 의지를 불태울 발화점을 제공할지도 모른다. 물론 개인에 따라 운명, 선택, 인연에 대한 사고방식은 다를 것이니, 작품의 결론과 느낌에 대한 판단은 고스란히 독자들의 몫임을 밝혀둔다.

배경

오스만 제국과 발칸반도

동부와 중부유럽, 중동 지역을 잇는 관문인 발칸반도는 발칸산맥에서 그 이름을 따왔으며, 여기서 '발칸'이란 '산'을 의미하는 터키어에서 파생된 말이다.

13세기에 건립된 오스만 제국은 장기간 동북아프리카, 서남아시아, 동남유럽이 만나는 지역을 중심으로 영화를 누렸는데, 이러한 제국의 팽창과 밀접한 관계가 있었던 지역이 바로 이 '발칸반도'이다. 즉, 에게해海를 중심으로 그리스, 터키가 마주하고 있는 지역에서부터 보스니아, 세르비아, 크로아티아 등이 모두 이 발칸에 속한다. 이외에 직접적으로 발칸반도국에 포함되지는 않지만 이에 근접해 있거나 역사적·문화적·지리정치학적으로 크게 영향을 끼친 나라로, 오스트리아, 헝가리, 이탈리아, 우크라이나, 러시아 등이 있다.

14세기 중엽, 아나톨리아에서 발칸반도로 진출한 오스만 제국은 그 세력을 점차 넓히면서 세르비아인·불가리아인·알바니아인 등을 물리쳤다. 이어 1453년, 비잔틴 제국의 수도 콘스탄티노플을 함락시킨 후, 그곳의 명칭을 이스탄불로 개칭하며 수도로 삼기에 이른다.

발칸반도의 농민들은 종교문제와 가혹한 영주들의 횡포에 시달리고 있었으므로, 종교적·사회적으로 관대한 오스만 제국을 환영하기까지

했다. 그 이후, 몇몇 제국의 왕들이 오스만세력에 강력히 저항하기도 했으나, 결국 이 왕들이 죽은 후 모두 오스만 제국에 통합되었다.

오스만 제국은 술레이만 1세가 재위하던 시대에 발칸에서 중동, 북아프리카 일대까지 대제국을 건설하였다. 또한 헝가리를 물리친 후 다시금 빈(오스트리아)을 공략하는 등, 대제국의 세력을 여실히 보여 주었다. 그러나 대제국인 오스만 역시 관료의 부패, 외부 열강의 압력 등을 이유로 17세기 무렵부터 서서히 쇠퇴의 길을 걸었다.

역사적으로 볼 때 발칸반도는 여러 국가의 분쟁이 끊이지 않았다. 근대에 와서도 오스트리아·러시아·영국·이탈리아의 직간접적인 영향을 받는 등 분쟁이 멈추지 않아 세계 최대의 민족분쟁지로 불린다. 이곳에서는 「동방문제」와 2차에 걸친 「발칸전쟁」이 일어났으며, 이는 발칸반도 내 국가들의 분열과 대립을 심화시켜 제1차 세계대전을 일으켰다. 이후 발칸반도의 경제문제가 심각해지게 되었고, 파시즘적인 경향이 나타난 가운데 제2차 세계대전이 발발하였다. 끔찍한 나치의 대학살에 대한 기억을 남긴 「보스니아 전쟁」 역시 이곳을 무대로 자행된 사건이었다.

오스만 제국과 세르비아, 그리스와의 관계

세르비아는 발칸반도 중앙에 위치한 공화국으로, 헝가리, 루마니아, 몬테네그로, 보스니아 헤르체고비나 등과 국경이 접해 있다.

1389년, 세르비아는 코소보싸움에서 오스만 제국에 패했으며, 1459년 완전히 오스만의 지배 아래에 놓이게 된 이래, 약 400년 동안 그들의 지배를 받게 되었다. 오스만 제국은 발칸반도를 지배하면서 상당수의 세르비아인들을 이슬람교로 개종시키기도 하였다. 이처럼 막강한 세력을 가진 오스만 제국도 17세기 말부터 세력이 약화되었고, 19세기 말엔 세르비아와 몬테네그로의 독립을 허용할 수밖에 없게 된다. 하지만 보스니아-헤르체고비나는 독립을 이루지 못한 채, 오스트리아의 지배를 받게 된다.

한편, 그리스는 19세기까지 오스만 제국의 식민지였으며, 지금까지도 적대적인 감정을 지닌다고 한다. 그만큼 과거 오스만 제국의 그리스 지배는 그들의 민족성을 변질시킬 만큼 혹독했다고 할 수 있다. 유능한 그리스인들은 대부분 살해되거나 망명하였으며, 일부는 개종하였다. 17세기 후반 오스만 제국은 자신들의 군사력이 약해지자, 외부 열강들과의 외교교섭을 위한 통역관으로 그리스인들을 등용하기도 했다.

오스트리아와 독일, 그리고 터키

19세기 중반, 당시 중부유럽의 패권을 장악하고 있던 합스부르크 왕가(오스트리아의 구舊왕가이자 유럽 명문가家)는 헝가리와 합병하여 '오스트리아-헝가리 제국'을 탄생시켰다. 또한 1908년, 오스트리아는 보스니아와 헤르체고비나를 합병하여 그 이웃나라 격인 세르비아의 심기를 불편하게 만들었다.

그 무렵, 합스부르크 왕가의 권력은 프란츠 요제프가 쥐고 있었다. 그는 동생과 아들, 부인이 불운한 죽음 맞이하자, 자신의 조카인 프란츠 페르디난드를 후계자로 삼아 왕위를 물려주었다. 1914년, 오스트리아-헝가리 제국의 후계자 페르디난드 대공은 사라예보를 방문한다. 하지만 세르비아 민족주의자의 저격으로, 부인과 함께 암살당하고 만다. 이에 세르비아에 최후통첩을 보낸 오스트리아-헝가리 제국은 선전포고를 한다. 이를 계기로 2차 세계대전이 발발하였고, 독일은 오스트리아 편에 선다. 터키 역시 세르비아와 적대적인 관계였기에 독일 편에 서게 된다. 당시 독일의 히틀러는 사회주의인 '볼세비키(다수파로, 레닌을 지지한 급진파)'의 위협에 촉각을 곤두세운 터라, 당연히 오스트리아 편을 들어 주었던 것이다.

〈 발칸반도 〉

The Girl From The Golden Horn

1

"앙바리 양, 그럼 이 'i'는 어떻게 설명하는 게 좋겠나?"

아시아데가 고개를 들었다. 그녀의 회색빛 눈동자는 생각에 잠긴 듯 진지해 보였다.

"이 'i'요?"

아시아데는 부드럽고 차분한 목소리로 되물었다. 그리고 생각에 잠기더니, 잠시 후 결단을 내린 듯 단호한 어조로 대답했다.

"이 'i'는 야쿠트어語*에서 동명사를 만들 때 쓰인 겁니다. 키르기스어語**의 'barisi'와 유사하죠."

뱅 교수는 손으로 기다란 매부리코를 문질렀다. 금속 테 안경 뒤로 보이는 그의 눈은 지혜의 상징인 올빼미의 눈과 닮아 있었다. 그는 쉰 목소리로 아시아데의 의견에는 찬성할 수 없다는 듯 말했다.

"그렇게 볼 수도 있겠지. 하지만 야쿠트어의 동명사 형태에서 왜 'a'가 생략돼야 하는지는 여전히 이해할 수 없군."

---

* 튀르크 어족에 속한 언어로, 러시아의 자치공화국인 사하 공화국의 공용어.
** 알타이 어족의 튀르크 어파에 속한 언어로, 중앙아시아 서남부에 위치한 키르기스스탄에서 사용된다.

뱅 교수는 언짢은 표정을 지으며 사전을 뒤적였다.

뱅 교수의 연구원 중 한 명인 중국어 전공자 괴츠는 이 모호한 'a'형을 석화石化된 몽골어의 조격造格으로 해석하고자 했다. 이런 그에게 뱅 교수는 냉혹한 목소리로 응수했다.

"나 역시 젊은 시절엔 모든 걸 석화한 몽골어의 조격으로 해석하려 했다네. 배짱을 부릴 수 있다는 건 젊은이만의 특권이지."

뱅 교수는 올해 예순 살로, 지난 45년간 중국어를 연구해 왔다. 아시아데는 순간적으로 목이 긁히는 듯한 날카로운 통증을 느꼈다. 누르스름해진 옛 서적들에서 풍겨 나오는 달착지근한 냄새, 만주와 몽골 문학의 우회적인 미사여구, 그리고 석화된 언어들의 원시적인 형태는 모두 비현실적이면서도 적의를 품고 있어서, 아시아데의 감각조차 무디게 만들고 있었다. 마침내 수업의 끝을 알리는 벨소리가 울렸고, 그녀는 깊은 한숨을 내쉬었다. 뱅 교수는 비교 터키 언어학 세미나가 끝났음을 알리기라도 하듯 담배 파이프에 불을 붙였다. 그러고 나서 뼈마디가 앙상한 손으로 누렇게 빛바랜 《위구르 문법》*의 책장을 어루만지며 냉담한 목소리로 말했다.

"다음 시간엔 머시니언 찬가讚歌로 부정형 동사 구조에 대해 얘기 나누도록 하지."

그의 말 한마디 한마디는 약속인 동시에 위압적인 명령처럼 들렸다. 코펜하겐 출신의 위대한 언어학자인 톰슨이 사망한 뒤로, 언어학은 뱅 교수에게 더 이상 아무런 의미도 주지 못했다. 오늘날 젊은이들은 언어학

---

*위구르어Uigur語: 알타이 어족에 속하는 언어로, 중국, 카자흐스탄, 키르기스스탄, 우즈베키스탄 등지에서 사용된다.

의 본질에 대해선 아무것도 이해하지 못한 채, 모든 걸 석화 조격으로만 해석하려 들었다.

뱅 교수의 네 명의 학생은 조용히 고개 숙여 인사했다. 아시아데는 동양어 세미나실에서 나와 널찍한 계단으로 향했다. 그때 다른 강의실 문이 열리면서, 수염을 기른 이집트 학자들과 아시리아어語 설형문자를 해독하는 데 일생을 바치고 있는 젊은 관념론자들이 쏟아져 나왔다. 여전히 문이 닫혀 있는 아라비아어 강의실에서는 시를 흐느끼듯 낭독하는 소리가 들려오더니, 마침내 끝이 났다. 곧이어 수업을 마무리하는 강사의 목소리가 들려왔다.

"이는 고전적인 형식의 한 예라 할 수 있겠습니다."

아시아데는 계단을 내려갔다. 그리고 팔을 구부려 가죽 서류가방을 손에 쥐고 팔꿈치로는 육중한 현관문을 밀어젖혔다. 좁다란 도로텐가街의 회색 아스팔트 위로 퇴색한 붉은빛과 주황빛의 낙엽들이 뒹굴고 있었다. 아시아데는 잰걸음으로 거리를 가로질러 대학 앞마당으로 들어섰다. 앙상한 나뭇가지의 허리를 굽히는 것은 바람의 힘인가, 아니면 축적된 지식의 무게인가? 아시아데는 어두운 강의실 창문과, 대학 건물 정면에 새겨진 금박 현판 위로 우중충하게 내려앉은 베를린의 하늘을 올려다보았다. 도무지 짐작할 수 없는, 다른 세상에 사는 듯한 사람들이 그녀의 곁을 바쁘게 스쳐 지나갔다. 의학, 법학, 경제학 전공자인 그들은 얇은 회색 외투 차림을 하고, 팔에는 커다란 서류가방을 끼고 있었다.

침침한 대학 건물 로비는 사람들로 붐볐고, 커다란 시계는 10시 8분을 가리키고 있었다. 아시아데는 게시판 앞에 걸음을 멈추고 조금은 지루한 문구들을 찬찬히 읽어 내려갔다. 학기가 시작될 무렵, 행정실에서 학생들에게 알리기 위해 꽂아 두었던 공문들이 그대로 방치돼 있었다. 이미 빛바랜 그 공문들은 카이로(이집트의 수도-역주)와 라보레(라틴어 지명-역주)에서 온 옛 문서들을 연상시켰다.

> 해스팅 교수의 영국 고딕사史 강의가 취소되었음.
> 화학 교재를 분실한 사람은 비들에게 문의할 것.
> 작스 교수님께서 매일 3시부터 5시까지 내과병동에서 무료진료를 실시함.

아시아데는 가방에서 작은 공책을 꺼내 손 위에 올려놓고, 비스듬한 작은 글씨체로 이렇게 써 내려갔다.

> 이비인후과, 루이젠가街 2번지, 9-1

그러고는 공책을 가방에 넣고 앞마당을 가로질러 운터덴린덴 거리로 나왔다. 그녀는 웅장한 프리데릭 대왕 기념관과 크론프린젠 궁의 고전적인 외형을 바라보았다. 저 멀리로는 가을 아침 녘의 음울한 여명을 뚫고 우뚝 서 있는 브란덴부르크문이 보였다.

아시아데는 길모퉁이에서 오른쪽으로 돌아 루이스 페르디난드가街를 건넜다. 그녀는 시립도서관 안으로 들어가 대리석 계단을 뛰어 올라갔다. 정면에는 커다란 열람실 입구가 있었고, 왼쪽으로는 도서목록이 배치된 기다란 복도가 나 있었다. 또 오른쪽으로는 동양서 열람실로 향하는, 길고 좁다란 작은 문 하나가 있었다. 아시아데는 베를린에 거주하는 가장 기이한 학자들과 괴벽스러운 사람들의 은신처와도 같은 동양서 열람실로 들어섰다. 그녀는 책장 한편으로 걸어가서 《라드로프의 비교사

전)을 꺼내든 뒤, 기다란 책상에 앉아 메모하기 시작했다.

'Utsh-(끝)'의 어원. 음의 법칙에 따르면, Utsh는 아바칸 방언으로 'us'가 된다. 카라가이안 방언에서는 'utu'와 'udu'의 두 가지 형태를 찾을 수 있다. 소야닉 방언으로도 'udu'가 된다. 아시아데는 '소야닉'이라는 생전 처음 보는 단어에서 메모하던 손을 멈췄다. 그녀는 지금 해독하고 있는 이 단어가 그저 아득하게 느껴질 뿐, 언제 그리고 어디서 사용됐는지는 알 수가 없었다. 그러나 '소야닉'이라는 어감에서 힘차게 쏟아져 내리는 큰 강물 소리가 들리는 듯했다.

그녀는 가느다란 눈매를 가진 야만인들을 상상해 보았다. 그들은 손에 작살을 든 채, 길고 살찐 철갑상어를 끌며 이끼 낀 강기슭을 따라 걷고 있었다. 모피를 걸친 그들은 넓적한 광대뼈에 짙은 피부색을 하고 있었다. 그리고 철갑상어를 죽이면서, '끝'을 뜻하는 기본적 터키어의 소야닉 형태인 'Utsh'를 외쳐댔다.

아시아데는 가방을 열고 손거울을 꺼내 사전 두 권의 표지 사이에 놓았다. 그리고 남몰래 조심스럽게 작은 거울을 들여다보았다. 거울 속으로 창백한 타원형의 얼굴이 보였다. 회색 눈동자에 길고 진한 속눈썹, 그리고 얇은 분홍 입술을 가진 얼굴이었다. 그녀는 집게손가락을 눈썹에 대고, 조금 전과는 달리 옅은 홍조를 띠고 있는 흰 피부를 쓰다듬었다. 거울 속 그녀의 얼굴에서는, 이름 모를 강기슭을 걷던 가느다란 눈매와 넓적한 광대뼈의 유목민 모습을 찾아볼 수가 없었다. 아시아데는 한숨을 내쉬었다. 1928년, 베를린에서 생활하는 그녀와 투란(러시아 연방의 중남부 지대-역주) 사막을 떠나 아나톨리아*의 잿빛 평원을 평정하러 왔던 그녀의 강건

---

* 터키의 넓은 고원지대로, 흑해와 지중해 사이에 위치함.

한 조상들 사이에는 천 년의 세월이 가로놓여 있었다.

그 천 년의 시간이 흐르면서 가느다란 눈매와 짙은 피부, 단단하고 넓적한 광대뼈는 자취를 감추고 말았다. 또한 긴 세월 동안 수많은 제국과 도시들이 생겨났고, 모음 전위轉位가 발생했다. 그녀의 조상 중 한 명은 영토를 점령하고 왕국을 세우기도 했으나, 결국 그 도시와 왕국 모두를 빼앗기고 말았다. 이제 남은 것이라곤 수심에 찬 연회색 눈동자와 작은 타원형 얼굴과 몰락한 왕국, 그리고 이스탄불의 연수軟水(염류가 적은 물-역주)와 보스포루스 해협*을 따라 서 있던 집들에 대한 가슴 아린 기억뿐이었다. 그곳 집들의 안뜰 바닥에는 대리석이 깔려 있고, 호리호리한 기둥이 세워져 있었으며, 대문에는 흰색 글자가 새겨져 있었다.

아시아데는 어린 소녀처럼 얼굴을 붉히며 거울을 치운 뒤, 경계하듯 주위를 둘러보았다. 움푹 파인 볼에 생기 없어 보이는, 깡마른 체구의 여성 문헌학자가 옆 책상에서 하크하미드(터키의 시인이자 외교관-역주)의 《타릭》을 번역하는 데 몰두하고 있었다. 그녀는 사전 사이에 놓인 거울을 보고 못마땅한 표정으로 눈을 깜박이더니, 아시아데에게 다음과 같이 쓴 종이를 내밀었다.

Horrible dictu! Cosmetica speculumque in colloquium!
(세상에! 도서관에서 화장거울이라니!)

아시아데는 그 내용을 읽은 후, 종이 뒤에 회유하는 말투로 답변을 써서 건넸다.

---

*터키 서부에 위치하며, 유럽과 아시아를 관통하며 흐르는 바다.

Non cosmetica sed influenca.

(화장을 하는 게 아니라 감기 때문에 그래요.)

몸이 안 좋아요. 타릭을 번역해 드릴 테니 밖으로 나오세요.

아시아데는 자리에서 일어나 사전을 제자리에 꽂은 뒤, 현관 안의 넓은 홀로 걸어갔다. 그리고 볼이 움푹 파인 문헌학자는 그 뒤를 따랐다. 이윽고 두 사람이 차가운 대리석 벤치에 자리를 잡자, 아시아데가 다리 위에 타릭을 펼쳤다.

시가詩歌가 힘차게 울려 퍼지는 가운데 스페인 바다 위로 회색빛 바위들이 솟아올랐다. 타릭 장군은 캄캄한 밤을 밝히며 흔들리는 횃불에 의지하여 지브롤터 해협을 횡단하고 있었다. 그는 스페인 땅에 발을 내디딜 순간만을 기다리면서, 칼리프*를 위해 스페인 전역을 정복하겠노라고 맹세했다.

문헌학자는 넋을 잃은 채 한숨을 내쉬었다. 터키 사람이라면 어린아이라도 터키어에 능숙할 것이다. 그런데 자신은 성실한 학자임에도, 그토록 터키어를 배우느라 애써야 한다는 사실이 너무나 불공평하게 느껴졌다.

아시아데는 타릭을 내려놓으며 말했다.

"몸이 좀 안 좋네요."

그리고 대리석 바닥에 아로새겨진 검은 독수리 문양을 물끄러미 바

---

*마호메트가 죽은 뒤, 이슬람 사회의 최고지도자를 가리키는 용어.

라보았다.

"죄송하지만 이만 가 볼게요."

아시아데는 문헌학자에게 인사를 한 뒤, 아무 이유도 없이 갑작스레 기분이 좋아져 출구 쪽으로 뛰어갔다. 그녀는 가방을 팔 옆에 꼭 끼고 소란스러운 프리드리히가街를 걸었다. 그 역 근처에는 가두신문 판매원 한 명이 보초병처럼 서 있었다. 가느다란 가을 빗줄기가 베를린을 촉촉이 적시고 있었다. 아시아데가 얄팍한 비옷의 깃을 올려 세우는 순간, 차 한 대가 그녀의 스타킹에 흙탕물을 튀기며 지나갔다. 아시아데는 안개가 깔린 극장 근처를 휘청거리며 걷다가, 다리 위에 멈춰 서서 푸르스름한 갈색빛이 맴도는 흐릿한 슈프레 강을 내려다보았다. 그러다가 고개를 들어 우레와 같은 소리를 내며 지나가는 기차 역사의 철골 구조물로 시선을 옮겼다. 아시아데의 눈앞에 가을비에 젖어 반들거리는 널찍한 거리의 풍경이 보였다. 도시를 가로지르며 쭉 뻗어 있는 고풍스런 거리들은 축축한 안개에 젖어들며 맨몸을 드러내고 있었고, 그 속에서 베를린은 더욱 아름다워 보였다.

아시아데는 이국의 공기를 깊이 들이마시면서 지나다니는 사람들의 창백한 얼굴을 바라보았다. 그녀는 비현실적인 상상력을 발휘하여, 말끔히 면도한 길쭉한 얼굴 속에서는 아프리카 해안 지대를 대담하게 급습했던 U-보트(제1·2차 세계 대전 중에 활약한 독일 잠수함-역주) 선장의 모습을 떠올렸고, 짙은 푸른빛 눈동자 속에서는 애수에 찬 전장의 기억과 러시아의 눈, 빛나는 아라비아의 사막을 느꼈다.

마침내 아시아데는 길게 뻗은 루이젠가街에 들어섰다. 그곳엔 불그스름한 색조를 띤 집들이 늘어서 있었고, 두툼한 벙어리장갑을 낀 남자가 길모퉁이에서 밤을 팔고 있었다. 아시아데는 그 남자의 짙푸른 눈동자를 보면서, 비현실적인 엄격함으로 가득한 저 눈동자를 만든 건 바로 프리데릭 대왕과 시인 클라이스트*일 거라고 생각했다. 그때 밤 장수가 요란스럽게 침을 뱉었고, 아시아데는 뒷걸음질을 쳤다. 침을 삼키자 목에선 견디기 힘든 통증이 느껴졌다. 남자들이란 알 수 없는 존재들이고, 어차피 시인 클라이스트는 죽은 지 오래였다.

아시아데는 고개를 숙이고 어깨를 움츠린 채 걸음을 재촉했다. 길 왼쪽에는 샤리테 병원의 붉은 벽돌담이 늘어서 있었다. 더 이상 추위는 느껴지지 않았지만 축축해진 비옷에서는 고무 냄새가 났다.

아시아데는 울적한 기분이 들어서 '기차는 야노비츠브리케 역에서는 정차하지 않는다'라는 문장을 떠올렸다. 이것은 아시아데가 맨 처음 배운 독일어 문장이었다. 그녀는 베를린의 장대한 석조 건물의 화려함 속에서 슬프거나 외로운 기분이 들 때면 언제나 이 문장을 되뇌곤 했다. 이유는 알 수 없었지만, 기차가 야노비츠브뤼케 역에선 정차하지 않는다는 사실을 안다는 것 자체가 아시아데에게는 위안이 되었다.

아시아데는 고개를 들고 병원 입구와 연결된 3단짜리 계단을 올라갔다. 체격이 좋은 간호사가 그녀의 이름을 물은 뒤 명함 한 장을 건네주었다. 아시아데는 거울 앞에 서서 작고 동그란 모자를 벗었다. 끝이 젖어 있는 그녀의 부드러운 금발이 어깨 위로 흘러내렸다. 아시아데는 머리를 빗질한 다음 손톱을 바라보다가, 명함을 주머니에 넣고 불빛이 어둑한 진료실 안으로 들어갔다.

---

*Kleist : 독일 시인. 그의 작품은 독자적 문학의 강렬함, 예리함과 상징적인 관련을 이룬다. 낭만적이면서 구속적이지 않은 격정과 냉정 등을 표현해 냄으로써 독일 최고 시인의 위치를 차지하였다.

"주머니선반(바깥귀에 생기는 질환-역주)입니다."

하싸가 진료기구를 소독기에 던져 넣으며 말했다. 환자는 겁먹은 표정으로 하싸의 이름표를 바라본 뒤 엑스레이 촬영실로 들어갔다.

'아니면 기종氣腫* 일지도 모르겠군.'

하싸는 이렇게 중얼거리면서 환자카드에 자신의 소견을 적었다. 그리고 손을 씻으러 가면서 자신의 인생에 대해 생각했다. 하싸는 맑은 물방울이 손을 타고 세면대 아래로 흘러내리는 모습을 보며 고개를 저었다. 순간 자신이 한없이 불쌍하게 느껴졌기 때문이었다.

'내 인생은 문제투성이야.'

하싸의 이마에 두 줄의 깊은 주름이 잡혔다. 오전에만 아데노이드 절제술을 세 건이나 한 건 아무래도 지나쳤다. 또 두 차례나 천자穿刺**를 시술해야 했다. 게다가 두 번째 천자는 어차피 고막을 절제해야 했기 때문에 그다지 필요한 시술도 아니었다. 단지 환자가 너무 긴장한 탓에 어쩔 수 없이 시술한 것이었다. 하싸는 손의 물기를 닦으며 골칫거리인 비경화증鼻硬化症(코가 굳어지는 병-역주) 환자를 떠올렸다. 이비인후과장은 그 환자의 증세를 학생들에게 보이고 싶어 했다. 하지만 구경거리가 되는 것을 원치 않았던 그 환자는, 자신이 모르모트(실험동물로 널리 쓰이는 '기니피그'의 속칭-역주)가 아니라고 주장하는 앞뒤 꽉 막힌 노파였다. 학생들에게 보여 줘야 할 질병임에도, 매번 그 병을 앓는 환자에게 양해를 구해야 한다는 건 참으로 유감스러운 일이었다. 하지만 하싸를 잔뜩 화나게 만든 주범은 다름 아닌 그의 조교였다. 그 조교는 비엔나에 가서 정신

---

*조직 내에 공기가 침입하여 팽창 또는 확대된 상태.
**몸에 속이 빈 가는 침을 찔러 넣어 몸속 액체를 뽑아내는 일.

분석학자가 되는 편이 나을 것 같았다. 거기에서라면 유리 탁자 위에 폴립절제도끼와 고리 모양 치료기를 올려 두어도 문제될 게 없을 테니 말이다. 그러나 이비인후과장에게는 그런 조교의 행동거지가 충격적인 일이 아닐 수 없었다. 과장은 아무 말도 하지 않았지만 화를 참느라 얼굴이 새빨개졌었다. 비록 조교의 실수라 해도 그 책임은 하싸에게 있었다. 조교의 머릿속에 든 현대위생학에 관한 개념마저도 하싸의 책임이었던 것이다.

"치료기구들은 사용하기 직전에만 탁자에 올려놓게."

하싸는 조교에게 불만스럽게 말했다.

'치료기구들 다루는 일이 뭐 그리 어렵다고! 한 대 때릴 수만 있다면 속이 다 시원할 텐데.'

하싸는 신경질적으로 눈을 깜박이며 손수건을 꺼내 반사경을 닦았다. 그러나 그는 자신의 기분이 언짢은 진짜 이유가 비경화증 환자나 조교 때문이 아니라는 걸 알고 있었다. 그 주범은 바로 차를 몰고 슈톨프헨제에 가는 것을 방해하는 날씨였다. 게다가 어제 진료를 받은 금발 여인이 오늘도 병원에 올 것이 거의 확실했다. 기분이 나쁜 건 날씨와 슈톨프헨제 탓일 뿐, 마리온이 여름내 프리츠와 함께 티롤 산맥(오스트리아의 서부지역-역주)에서 지냈다는 소식은 아무런 관계도 없었다. 마리온이 무슨 일을 했건 그와 무슨 상관이 있단 말인가? 하싸는 마음속으로 생각했다.

'환자가 원하든 원하지 않든 비경화증은 반드시 학생들에게 보여 줘야 해. 이런 것 하나 마음대로 못한다면 대학병원이 무슨 소용이야?'

그러고는 심각한 표정으로 널찍한 종합진료실에 들어섰다. 벽을 따라 끝없이 늘어선 진료대가 보였고, 그 옆으로 조명기와 진료기구를 올려놓는 탁자와 용기 두서너 개씩이 놓여 있었다. 환자들은 무표정하면서도 불안해 보이는 얼굴로 진료대에 앉아 있었다. 진료실 왼편에서는 닥터 모시츠키가 목 안을 비춰보는 데 사용하는 거울들을 덜걱거리며 뒤적였고, 오른쪽 끝에서 세 번째 진료대에서는 닥터 만이 이렇게 외치고 있었다.

"간호사, 귀에 꽂을 깔때기를 줘요!"

하싸의 진료대에는 금발에 낯선 회색 눈동자를 가진 여인이 앉아 있었다. 그녀의 눈초리는 살짝 올라가 있었고, 시선은 마치 허황된 꿈을 쫓는 듯 보였다. 하싸는 진료대 앞의 등받이 없는 낮은 의자에 앉아 환자를 유심히 살폈다. 여인이 미소를 짓자, 슬퍼 보이던 낯선 모양의 눈에서 갑자기 쾌활함이 분수처럼 뿜어져 나왔다. 여인은 하싸가 머리에 쓰고 있는 반사경을 손가락으로 가리켰다. 그리고 위로 젖혀진 반사경을 바라보면서 이국적인 목소리로 말했다.

"꼭 광륜光輪처럼 보이네요."

하싸는 소리 내어 웃었다. 뭐니 뭐니 해도 인생은 꽤나 흥미로운 것이다. 그리고 마리온이 무엇을 하든 그와는 아무 상관이 없었다. 그는 신비로울 정도로 깊은 환자의 눈을 바라보며 잠시 동안 이렇게 생각했다.

'혈관운동비염이면 좋겠군. 그럼 오랫동안 치료를 받으러 오겠지?'

하지만 이내 직업윤리에 어울리지 않는 생각들은 떨쳐 버리고, 다소 죄책감을 느끼며 환자에게 물었다.

"이름이 뭐죠?"

"아시아데 앙바리요."

"직업은요?"

"학생이에요."
"아, 그럼 제 동료나 마찬가지군요."
하싸는 친절한 목소리로 말을 이었다.
"의학을 공부하나요?"
"아뇨, 언어학을 전공해요."
하싸는 반사경을 고쳐 썼다.
"어디가 안 좋으시죠? 아, 목이 아프신가 보군요."
하싸는 왼팔을 뻗어서 무의식적으로 메스를 찾고 있었다.
"독어 전공인가요?"
"아뇨."
환자는 차가운 목소리로 대답했다.
"터키 문헌학이에요."
"그렇군요. 그런데 정확히 어떤 학문을 배우나요?"
"비교 터키 언어학이요."
"세상에! 그런 공부를 해서 어디에 써먹죠?"
"아무런 쓸모도 없어요."
아시아데는 화난 목소리로 대답한 뒤 입을 벌렸다.
천천히, 부드럽고 조심스럽게 환자를 진찰하는 동안, 하싸의 머릿속에는 직업적 생각과 사적인 생각 두 가지가 동시에 꼬리를 물고 이어졌다. 그는 의사로서 생각했다.
'비경 검사로는 별다른 이상이 없어 보이는군. 왼쪽 고막에 약간 염증이 있지만, 압력에 민감하게 반응하지는 않는 걸 보니 심하진 않아. 중이염은 없고, 국소감염일 뿐이야. 진통제를 처방하면 되겠어.'
그러면서 동시에 한 여자를 바라보는 한 남자로서 생각했다.

'비교 터키 언어학이라…… 그래, 저 회색빛 눈동자 속 어딘가에 터키인 같은 구석이 있어! 성이 앙바리라고 했지? 어디선가 들어 본 것 같은데……. 잘해야 스무 살도 안 됐겠어. 머릿결이 정말 고운걸.'

이윽고, 하싸는 반사경을 벗고 의자를 뒤로 민 뒤 사무적으로 말했다.

"편도선염입니다. 안지나 폴리큘라리스의 시초예요."

"그냥 편도선염이라고 하죠."

아시아데는 웃으며 말했고, 하싸는 학술적인 라틴어를 그만 써야겠다고 생각했다.

"그러죠. 하지만 침대에 누워 휴식을 취해야 합니다. 여기 가글액 처방전이 있어요. 습포濕布*까진 필요 없겠어요. 단, 집으로 돌아가실 때는 택시를 타고, 식사는 가볍게 하세요. 그런데 왜 하필 터키 문헌학을 전공하죠?"

"관심 있는 분야니까요."

아시아데는 겸손한 목소리로 대답했다. 그녀의 눈동자에 담겨 있는 행복감이 얼굴을 환히 밝혀 주는 듯했다.

"옛 문헌 속에는 낯설고도 불가사의한 단어들이 수없이 많아요. 그 단어들 하나하나가 북소리처럼 울려 퍼지곤 하죠."

"열이 있어요. 그래서 귀가 울리는 겁니다. 언젠가 당신 성을 들어 본 적이 있어요. 보스니아 사령관 중에 앙바리라는 사람이 있었죠."

하싸가 말했다.

"맞아요. 그분이 저희 할아버지세요."

아시아데는 진료대에서 일어섰고, 하싸는 커다란 손으로 그녀의 손

---

*염증을 가라앉히기 위해 헝겊에 냉수나 더운 물, 약물 등을 축이거나 발라서 대는 일.

을 잡으며 잠시 동안 악수를 했다.

"다 낫거든 다시 한 번 나오십시오. 제 말은 완치됐는지 진찰해 봐야 한다는 뜻입니다."

아시아데는 하싸를 올려다보았다. 그 의사는 구릿빛 피부와 넓은 어깨를 가지고 있었으며, 머리는 뒤로 빗어 넘기고 있었다. 신비로운 U-보트 선장이나 이름 모를 강가에서 고기를 잡고 있던 억센 낚시꾼들과는 사뭇 다른 모습이었다. 아시아데는 재빨리 고개를 끄덕여 보이고 문을 나섰다.

그녀는 역 근처에서 걸음을 멈추고 생각했다. 물론 걸어간다면 돈이 한 푼도 안 들겠지만 무언가를 타고 가야 한다면, 딱딱한 나무 의자에 앉아야 하는 전차를 타는 것이 가장 돈이 적게 들면서도 빠른 방법이리라. 그러나 의사는 택시를 타라고 말했다. 아시아데는 입술을 오므리면서 한 번쯤은 돈을 써 보기로 마음먹었다. 그녀는 꼿꼿이 고개를 들고 역을 지나친 뒤 운터덴린덴 거리로 걸어갔다. 그리고 버스에 올라타 부드러운 가죽 쿠션에 편안하게 등을 기대며 생각에 잠겼다. 독일어로 '아우토auto'는 자가용이나 택시를 말하기도 하지만, 미끄러지듯 나아가는 버스를 의미하는 '아우토부스autobus'의 줄임말이기도 했다.

"우란드가街에 세워 주세요."

아시아데는 버스운전사에게 동전 한 개를 건네며 말했다.

2

방은 1층에 자리하고 있었기 때문에 어두컴컴했다. 두 개의 유리창은 가옥들이 에워싸고 있는 좁은 마당을 향해 나 있었다. 대낮임에도 햇빛은 2층까지만 비추고 있었다. 방 한가운데에는 리놀륨 커버를 씌운 탁자와 의자 세 개가 놓여 있었고, 천장에는 전등갓 없는 전구 하나가 기다란 줄에 매달려 있었다. 낡은 벽지가 발라져 있는 벽을 따라 침대와 기다란 의자가 하나씩 놓여 있었고, 다른 쪽 벽에는 옷장이 하나 세워져 있었다. 그 옷장 문 사이에는, 문이 열리지 않도록 접어서 끼워 놓은 신문지가 보였다. 옷장 옆에는 빛바랜 사진 몇 장이 핀에 꽂혀 있었다. 아흐메드 파샤 앙바리는('파샤pasha'는 터키 고관의 존칭-역주) 탁자 앞에 앉아 눈을 크게 뜬 채로, 빛바랜 벽지의 낯익은 문양을 좇고 있었다.

"몸이 좀 아파요."

아시아데가 자리에 앉자, 아흐메드 파샤가 고개를 들었다. 그의 작고 짙은 눈동자는 겁먹은 듯 보였다. 아시아데가 하품을 하며 가느다란 팔을 뻗어 기지개를 켰다. 아흐메드 파샤는 자리에서 일어나 침대커버를 들췄다. 아시아데는 외투를 벗고 침대 가장자리에 걸터앉은 채로 몸을 떨었다. 그녀는 혼란스러운 듯이 야쿠트 활용어미 'a'와 자신의 목을 들여다본 낯선 남자에 대해 이야기했다. 그러자 아흐메드 파샤가 겁에 질린 눈으로 말했다.

"병원에 갔었다고? 그것도 혼자서 말이냐?"

"네, 아버지."

"옷도 벗었니?"

"아뇨. 정말 아니에요, 아버지."

아시아데는 매우 무심한 듯 대답하고 눈을 감았다. 팔다리가 납덩이처럼 무겁게 느껴졌다. 그 순간, 아흐메드 파샤가 비틀거리며 걷는 소리와 동전이 짤랑거리는 소리가 들려왔다.

"레몬차가 필요해."

문 뒤에서 아흐메드 파샤가 중얼거리는 소리가 들렸다. 아시아데는 눈썹을 떨었다. 그녀의 반쯤 감긴 눈에 벽에 걸린 빛바랜 사진들이 들어왔다. 사진 속의 아흐메드 파샤는 금실로 수놓은 관복을 입고, 품위 있는 페즈모(붉은 색에 검은 술이 달려 있는 터키 모자-역주)를 쓰고 있었으며, 손에는 산양 가죽장갑을 끼고 있었다. 아시아데는 깊이 숨을 들이쉬었다. 갑자기 갈라타 다리(골든혼 강을 가르는 다리-역주) 위에 흩날리던 먼지와, 보스포루스 근처에 있던 자신의 방 한구석에서 말리던 대추야자 냄새가 느껴졌다.

어디선가 나지막이 중얼거리는 소리가 아련히 들려왔다. 아흐메드 파샤는 베를린에 있는 방의 먼지 낀 카펫 위에 무릎을 꿇고 앉아서 이마를 바닥에 대고 있었다. 그는 자신만의 세계에 완전히 몰입한 채, 조용히 기도를 드리고 있었던 것이다.

아시아데는 공처럼 둥글고 커다란 태양과 이스탄불로 통하는 문에 서 있는 오래된 콘스탄틴 성벽을 상상했다. 예니체리 하싼은 그 벽을 타고 올라가서 고성古城 꼭대기에 오스만 제국*의 깃발을 높이 매달았다. 아시아데는 입술을 깨물었다. 미카엘 팔레올로구스는 성 로마누스 문에서 싸우고 있었고, 파티 마호메트는 말을 탄 채 시체를 넘고 넘어서 성 소피아 대성당 안으로 들어가, 피로 얼룩진 손바닥을 비잔틴 원주에 갖다 댔다. 아시아데는 손을 들어 입으로 가져갔다. 뜨겁고 축축한 입김이 느껴졌다. 그녀는 "보크사"라고 기운차게 외쳤다.

"아시아데, 그게 무슨 뜻이냐?"

---

* 황제 오스만 1세의 이름을 따서 붙여졌으며, 소아시아를 중심으로 형성된 이슬람 국가이다. 17세기 중기에 전체주의적 개혁에 의하여 질서를 회복하였고, 강경한 외교정책을 펴서 한때 부흥하였다. 제1차 세계대전 때는 독일 측에 서서 싸웠으나 패하였으며, 결국 1922년 해체되었다.

아흐메드 파샤가 침대 위로 몸을 숙이며 물었다.

"우리말로 해석하면 '목'이라는 뜻이에요."

아시아데가 대답했다. 아흐메드 파샤는 걱정스런 얼굴로 자신의 모피 코트를 아시아데에게 덮어 준 뒤 기도를 계속했다. 아시아데는 혼란스러운 공상 속에서, 열 지어 서 있는 군인들 앞을 지나 아침 기도를 드리러 가는 술탄 웨크헤딘의 좁은 어깨를 보았다. 작은 배들이 근처 해협에서 계속 돌고 있었다. 한편, 신문들은 일제히 카프카스 산맥에서의 승리를 보도했다. 독일군이 진격하고 있었고, 오스만 제국의 앞날에는 위대한 미래가 기다리고 있었던 것이다. 순간, 누군가가 아시아데의 머리카락을 쓸어내렸다. 눈을 떠 보니 아흐메드 파샤가 잔 하나를 손에 들고 서 있었다. 아시아데는 역한 맛이 나는 가글액으로 입 안을 헹군 뒤, 매우 심각한 말투로 말했다.

"가글은 의성어예요. 이 단어의 어원은 음 법칙을 통해 찾아봐야겠어요."

아시아데는 말을 끝내자마자 다시 베개 위로 쓰러졌다. 그러고 똑바로 누워 눈을 감은 채, 스텝(대초원 지대-역주)과 사막, 그리고 말을 타고 가는 야성미 넘치는 사람들과 보스포루스 궁전 위에 떠 있는 반달을 상상했다. 아시아데의 볼은 빨갛게 상기되어 있었다. 그녀는 벽 쪽으로 몸을 돌리고 한참 동안 서럽게 울었다. 그녀의 가냘픈 어깨가 떨렸다. 아시아데는 얼굴을 타고 흘러내리는 눈물을 손등으로 닦았다. 타국의 장군이 이스탄불을 점령하고 신성한 오스만家의 일족들을 추방하던 날, 모든 것이 끝나 버렸다. 바로 그날, 아흐메드 파샤는 장엄한 몸짓으로 칼을 방구석에 던지며 코낙(터키의 관저-역주)의 동쪽에 있는 작은 별채에서 눈물을 흘렸다. 가족들은 그가 우는 것을 알면서도 그저 문 앞에 조용히 서 있을 뿐이었다. 이윽고 아흐메드 파샤가 아시아데를 불렀고, 그녀는 아버지에게로 갔다.

아흐메드 파샤는 낡아서 해진 관복을 입은 채 바닥에 앉아 있었다.

"술탄께서 추방당하셨다."

그는 먼 곳을 바라보며 말했다.

"너도 잘 알겠지만 술탄은 나의 친구이자 통치자셨다. 이제 이곳은 내게 낯선 도시가 돼 버렸구나. 여길 떠날 계획이다. 아주 먼 곳으로 가자꾸나."

아흐메드 파샤와 아시아데는 창가에 서서, 보스포루스의 잔잔한 파도와 커다란 회교 사원의 둥근 지붕, 그리고 멀리 보이는 회색 언덕들을 지긋이 바라보았다. 오래전, 바로 저 언덕에서 오스만이 이끄는 무리들은 최초로 유럽 세력에 반기를 들어 세력을 모았었다.

"베를린으로 떠날 생각이다."

아흐메드 파샤가 말을 이었다.

"독일인들은 우리의 친구다."

회상에 잠겼던 아시아데는 눈물을 닦았다. 방 안이 제법 어두워져 있었다. 긴 의자 너머로 아흐메드 파샤의 잔잔한 숨소리가 들려왔다. 아시아데는 자리에서 일어나 앉아 두 눈을 크게 뜨고 먼 곳을 응시했다. 이스탄불과 오래된 집들, 그리고 눈부신 태양 아래 따뜻하게 데워진 정든 고향의 공기가 그리웠다. 이스탄불의 회교 사원 첨탑이 가까이, 아주 가까이 느껴졌고, 그 순간 조용히 두려움이 밀려왔다. 과거의 모든 것이 사라졌고, 그녀가 가졌던 모든 것이 손에서 빠져나갔다. 이제 남은 것이라곤 모국어의 부드러운 억양과 오스만 제국을 건립했던 야만족에 대한 사랑뿐이었다.

'할아버지는 보스니아 사령관이셨어.'

아시아데는 이렇게 생각했다. 그리고 문득 자신을 진찰했던 그 의사의 무릎이 자신의 넓적다리에 와 닿던 느낌을 기억했다. 그녀는 눈을 감고 약간 눈초리가 올라간 하싸의 검은 눈을 떠올렸다.

"'아' 하세요."

라고 말하는 의사의 등 뒤에서 후광이 빛나고 있었다.

"'아$_a$'는 야쿠트 활용어미예요. 그렇지만 저는 오스만족이죠. 우리나라 말의 소유격은 '이$_i$'예요."

환영 속에서, 아시아데는 자랑스럽게 말한 뒤 잠이 들었다. 그녀의 손은 담요 속으로 미끄러지듯 들어가더니, 넓적다리를 더듬어 의사의 무릎이 닿았던 부분을 어루만졌다.

아흐메드 파샤는 아시아데가 잠든 동안, 눈을 감은 채 침대에 누워 있었지만 통 잠을 이루지 못했다. 그는 제국을 구하기 위해 말을 타고 떠났으나 살아 돌아오지 못한 두 아들을 생각했으며, 정혼한 왕자와 혼인하지 못한 채 야만적인 상형문자에 파묻혀 질식 상태에 빠져 있는 금발의 딸을 떠올렸다. 그리고 앙바리가家의 전 재산인 백 마르크가 들어 있는 지갑과, 자신과 마찬가지로 낯선 타국 땅에서 이스탄불의 부드러운 공기를 그리워하고 있을 술탄을 생각했다.

이윽고 창백한 회색빛 아침이 밝아 왔다. 아흐메드 파샤는 차를 준비했고, 아시아데는 잠에서 깨어나 침대에 앉았다. 그녀는 내심 자랑스러운 듯 자신감에 찬 목소리로 말했다.

"이제 다 나았어요, 아버지."

크네스베크가街에 있는 와탄 카페는 담배 연기와 양고기 기름 냄새로 가득 차 있었다. 식당 주인은 안경을 쓴 인도 출신의 교수였다. 소문에 의하면, 그는 너무도 지혜로운 사람이었기에 고국을 떠나야만 했다고 한다. 식당 종업원 에메랄드는 기다란 코를 가지고 있었는데, 부차라에서 장관을 지낸 사람이었다. 식당 안에 놓인 여러 개의 작은 테이블에는, 이집트 학생들과 시리아 출신의 정치인들, 그리고 카디자 황실의 왕자들이 앉아 있었다. 그들은 양고기를 먹거나 작은 잔에 담겨 있는 향 좋은 커피를 마시고 있었다. 그 커피의 제조업자는 아시아 서남부의 터키, 이란, 이라크에 걸친 고원지대에서 약탈을 일삼는 자였는데, 어깨가 넓었고 두꺼운 눈썹은 일자로 이어져 있었다. 그는 커피 만드는 방법을 18가지나 알고 있었지만 황실의 왕자나 통치자, 혹은 족장 앞에서가 아니면 이 같은 재주를 선보이는 법이 없었다.

아흐메드 파샤 앙바리는 구석에 놓인 테이블에 앉아서, 둥근 커피 잔에 담겨 김이 모락모락 나는 진한 커피를 바라보았다. 옆 테이블에서는 체르케스가, 신비에 싸인 아흐메디안 부족의 코가 납작한 성직자와 주사위 놀이를 하고 있었다.

"각하, 혹시 알고 계십니까?"

식당 주인이 허리를 굽히며 파샤에게 물어왔다.

"렌시 파샤가 예멘(아라비아 반도 남쪽 끝에 있는 공화국-역주)에서 왔답니다. 그곳에서 이맘(이슬람 공동체의 정치적·종교적 우두머리-역주)을 모실 장군과 장관을 찾는다는군요."

"난 예멘에 갈 생각이 없소."

아흐메드 파샤가 대답했다.

"옳으신 생각입니다. 예멘 사람들은 이교도죠."

식당 주인은 무관심한 듯 말한 뒤, 카운터 뒤로 가더니 달그락거리며 컵을 옮겼다. 주사위 놀이에서 이긴 체르케스는 담배에 불을 붙인 후, 옆 테이블에 앉아 있는 뚱뚱한 시리안 사람을 바라보았다.

"수치스러운 일이야. 신을 믿는 사람이 주사위 놀이 따위를 해선 안 되지."

시리안 사람이 체르케스를 향해 이렇게 말하자, 그는 경멸적인 모습으로 담배를 한 모금 빨고 등을 돌렸다.

그때, 대머리에 뼈가 앙상히 드러난 손을 가진 한 남자가 식당에 들어서더니 가슴, 입술 그리고 이마에 손을 대면서 아흐메드 파샤의 테이블에 앉았다.

"각하, 늘 평화가 함께하기를 바랍니다. 정말 오랜만에 뵙는군요."

파샤는 고개를 끄덕였다.

"이스탄불에서 오는 길이오? 레우프 베이?"

"그렇습니다. 각하, 사차리아 전투에서 부상을 입은 후, 지금은 관세청에서 일하고 있습니다. 각하를 마지막으로 뵈었을 때, 저는 부관이었고 각하께서는 비밀내각의 총리대신이셨죠. 그때 각하께서는 저를 체포하려 하셨습니다."

"귀관이 법망을 피할 수 있었던 건 정말 유감이오. 그래, 고국 사정은 어떻소?"

"모든 것이 번창하고, 골든혼에는 태양이 빛나고 있습니다. 지난해는 풍년이 들었고, 앙카라에는 눈이 굉장히 많이 왔죠. 이제 터키로 돌아가셔야 합니다, 각하. 정부에 자비를 구하는 탄원서를 보내십시오."

"말은 고맙지만, 다른 사람과 동업하여 카펫 상점을 하나 해 보려는 참이오. 난 그 누구의 자비도 필요 없소."

다시 혼자 남겨진 아흐메드 파샤의 눈은 슬픔으로 가득 찼다. 그는 밀린 집세와 자신을 레반트(그리스와 이집트 사이의 동지중해 연안-역주)에서 온 야바위꾼으로 아는 집주인을 떠올렸다. 동시에, 돈을 보내겠다고 약속하며 아프가니스탄으로 망명한 사촌 키아심과, 적진으로 떠난 뒤 아무리 편지를 보내도 답장이 없는 또 한 명의 사촌 무스타파를 생각했다. 그리고 쌀쌀한 가을 날씨에도 얇은 비옷을 입은 채, 수행원도 없이 베를린 시내를 헤매고 다니다 병에 걸린, 자신의 딸 아시아데를 떠올리며 담배를 피웠다. 에메랄드는 아흐메드 파샤가 테이블에 올려놓은 돈을 집어 들며 의자에 앉았다.

"고약한 날씨입니다, 각하. 춥고 음산해요."

에메랄드는 거의 알아들을 수 없는 방언으로 말했다.

"부차라에 전쟁이 나면 전 다시 장관직을 맡을 겁니다."

얼굴은 웃고 있었지만, 그의 눈은 전과 다름없이 슬퍼 보였다.

식당 한쪽 구석에서는, 페르시아인 한 명이 옛 동양 가수들이 그랬던 것처럼 손을 귀 뒤에 대고, 오래전 불리던 베이얏(아랍음악의 기초가 되는 선율 중 하나-역주)을 나지막이 읊조렸다. 식당 주인은 카운터 뒤에 앉아서, 아흐메디안 성직자와 신의 본질에 대해 격렬하게 논쟁을 벌이고 있었다.

아흐메드 파샤는 고개를 숙인 채, 자신이 카펫 상점에서 전문가로 일하며 무지한 유럽 고객들에게 조언을 해 줄 수도 있으리라 생각했다. 그러고는 한숨을 쉬면서 왼쪽 옆구리에 희미한 통증을 느꼈다. 이 통증은 오래전 아라비아 전투에서 입은 상처를 기억나게 해 주는 마지막 기념품이었기에, 그는 이 아픔마저도 사랑했다.

옆 테이블이 앉아 있던 체르케스는 선율 하나를 콧노래로 부르더니, 무의식중에 노래가 나오기라도 한듯 겸연쩍게 웃었다.

"저는 오리엔트 식당에서 피아노 연주자로 일하고 싶습니다, 각하."

그는 마치 상대방의 의견을 묻는 듯 말했다. 그의 선조들이 최고의 업으로 삼았던 약탈과 전쟁은 이제 그에게 불가능한 일이 되었다. 한때 그의 선조들은 전투태세를 갖추고 떼를 지어 오스만 왕실로 몰려든 적도 있었다. 체르케스는 통치하고 명령을 내리는 운명을 타고난 사람이었지만, 어둡기만 한 과거는 사막의 소용돌이치는 모래가 만들어 낸 벽 뒤로 사라진 것 같았다. 그리고 현재의 자신은 바로 여기, 베를린의 단단한 아스팔트 위에 놓여 있었다. 이제 체르케스가 할 수 있는 일은 단 두 가지, 명령을 내리거나 작곡하는 일뿐이었다. 그러나 명령을 내리는 것도 더 이상 현실에 맞지 않았다.

그때, 추방당한 카디자 왕자 일행이 앉아 있는 테이블에서 속삭이는 소리가 들려왔다.

"낯선 땅의 빵은 쓰디쓰군요."

누군가 이렇게 말하자 다른 사람이 대꾸했다.

"그럴 수 밖에요. 본래 타국 땅에는 집 없는 자를 위해 구워진 빵이란 없는 법입니다."

아흐메드 파샤는 자리에서 일어나 식당 문을 나섰다. 그는 고개를 숙인 채 느린 걸음으로 낯선 도시의 거리를 정처 없이 걸었다. 길가에 있는 집들은 기이한 모양의 정복할 수 없는 요새처럼 보였다. 아흐메드 파샤는 어느새 시끌벅적한 시내로 접어들었지만 그의 귀에는 아무런 소리도 들리지 않았다.

'감자와 토마토를 사야겠군. 두 가지를 한데 섞어 요리하면 훌륭한 한 끼 식사가 될 거야.'

그는 생각했다.

아흐메드 파샤는 비텐베르크 광장에서 걸음을 멈추었다. 태양은 비스듬한 빛을 내뿜으며 커다란 백화점 건물의 정면을 환히 비추고 있었다. 실크 스타킹을 신은 이국의 여인들이 공허한 눈을 커다랗게 뜬 채로 그의 곁을 지나갔다. 아시아데에게는 실크 스타킹이 한 켤레도 없었다. 그때, 갈색 피부의 뚱뚱한 남자 한 명이 걸어오는 모습이 보였다. 아흐메드 파샤는 갑자기 빠른 걸음으로 걷기 시작하더니 옆 골목 안에 몸을 숨겼다. 그리고는 피곤에 절은 절망적인 눈으로 허공을 바라보았다. 제국의 장관직을 맡았던 사람이, 돈 많은 동향사람에게 50마르크를 빚졌다는 이유로 옆 골목에 몸을 숨겨야 하는 것은 참으로 가혹한 현실이었다.

아흐메드 파샤는 치고, 때리고, 싸우고 싶은 강렬한 충동을 느꼈다. 그는 어둡고 좁은 골목길에서 생전 처음 보는 사람이 자신을 밀쳐 주길 바랐다. 그러면 그 대가로 그 사람의 따귀를 때릴 수 있으리라. 하지만 거리에는 햇빛만이 환히 비추었고, 사람들은 공손하면서도 무관심한 표정으로 그에게 길을 양보했다. 아흐메드 파샤는 감자와 토마토, 무를 사가지고, 건물 정면을 초록빛 감도는 회색 페인트로 칠해 보기 좋은 집으로 돌아왔다.

대리석 기둥 사이로 난 문에는 'Nur fur Herrschaften(귀족들을 위한 문)'이라고 새겨져 있었다. 하지만 이것은 그를 위한 문이 아니었다. 그는 더 이상 이 고귀한 문을 통과할 만큼 지체 높은 사람이 아니었던 것이다. 그를 기다리는 것은 'Gartenhaus(정자)'라고 새겨진, 정원 별채의 작은 문이었다. '정자'라는 문구는 그야말로 반어적인 표현이었다. 그 작은 문은, 희고 매끄러우면서 우아한 중앙 출입구 옆에 목구멍처럼 벌어져 있었다. 아흐메드 파샤는 병든 나무들이 서 있는 좁은 뜰을 가로질러 부서진 손잡이가 달려 있는 별채 앞에 멈춰 섰다. 그러고는 문을 열고 복도를 지나 방에 들어섰다. 아시아데는 기다란 의자에 앉아서 스타킹을 꿰매느라 무명실을 입에 물고 있었다. 그녀 앞에 놓인 의자에는 책 한 권이 펼쳐져 있었고, 그녀는 알아들을 수 없는 원시적인 문장들을 중얼거리고 있었다.

아흐메드 파샤는 식탁 위에 토마토와 감자 그리고 무를 쏟아 놓았다. 아시아데는 빨갛고 둥그런 토마토와 흙냄새 나는 갈색 덩어리를 보면서 즐겁다는 듯 손뼉을 쳤다. 무슨 영문인지 몰라도 갑자기 행복한 기분을 느꼈던 것이다.

3

대학 식당은 시골 기차역의 대합실만큼이나 활기가 넘쳐흘렀다. 학생들은 기다란 나무 의자에 총총히 끼여 앉은 채, 몸집이 커다란 남자가 곡예사처럼 능숙하게 날라다 주는 음식을 가리는 것 없이 빠른 속도로 먹고 있었다. 카운터 왼편에는 분필로 메뉴를 적어 놓은 칠판이 걸려 있었다. 그 칠판에 적힌 저렴한 음식 값은, 소박한 음식에 붙여진 상상력 넘치는 이름들을 더욱 궁금하게 만들고 있었다.

아시아데는 정신을 모아 메뉴를 읽어 내려갔다. 그리고 한참 동안 피치 멜바(바닐라 아이스크림에 복숭아 시럽을 끼얹은 디저트-역주)와 고기만두 사이에서 망설이다가, 마침내 단것을 먹고 싶은 마음을 누르고 허기를 채우기로 했다. 그녀는 웨이터에게 25페니히를 건네고 커다란 고기만두가 담긴 접시를 받았다. 먹음직스러워 보이는 음식에서는 모락모락 김이 나고 있었다. 아시아데는 접시가 기울지 않도록 조심하면서 빈자리에 앉은 뒤, 만족스런 표정으로 음식 냄새를 맡았다.

"이제 괜찮으십니까, 앙바리 양?"
아시아데가 고개를 들었다.
하싸가 그녀 앞에 서서 접시를 내려다보고 있었다.
"언제부터 의사 선생님들이 학생 식당을 이용했죠?"
아시아데는 이제야 터키인도 아니고 터키어 학자도 아닌 사람과 이야기할 수 있게 된 것이 기뻤다.
"개인병원이 없는 의사들은 학생과 똑같은 대우를 받죠."
하싸는 이렇게 말하며 그녀 앞에 앉았다.
"터키인 맞죠? 터키인들 중에도 회색 눈동자를 가진 사람이 있는 줄은 몰랐습니다."
아시아데는 놀란 표정으로 하싸를 바라보았다. 터키 공주들이 옅은 회색빛 눈동자를 가졌다는 사실은 티베트에서 발칸반도에 이르기까지 모르는 사람이 없을 정도로 유명한데, 그 사실조차 모르는 사람이 있다니.
"이런 눈동자를 갖고 태어나는 사람도 있죠."
그녀는 겸손하게 대답하면서 김이 모락모락 나는 고기만두를 포크로 찔렀다.
"선생님도 독일인은 아니시죠?"
"어떻게 알았죠?"
아시아데는 만족스런 표정으로 웃었다.
"저는 터키 언어학을 공부하지만 독일 방언도 좀 알아요. 게다가 하싸는 독일식 이름이 아니잖아요."
하싸는 맥주를 조금씩 들이키면서 눈초리가 올라간 검은 눈동자로 아시아데를 바라보았다. 그리고 어린아이 같은 그녀의 몸매와 부드러운 입술, 베일을 드리운 듯한 회색 눈동자를 찬찬히 살펴보았다. 그러자 그의 상상 속에서 대리석 연못이 늘어서 있는 하렘*이 솟아올랐고, 베일을 쓴 신비로운 여인들과 사악한 환관(宦官)들이 보였다. 성공적인 외과 수술에 힘입어 생겨난 환관들은 아시아 국가 내에서 뚜렷한 임무가 정해져 있진 않았지만 나름대로 중요한 역할을 했다. 그는 불현듯 아라비안나이트에 등장할 법한 이 여인을 움켜쥐고 싶은 충동에, 테이블 밑에서 조심스레 그녀의 늘씬한 넓적다리를 무릎으로 건드렸다. 그러자 아시아데는 그를 노려보면서 말했다.

"선생님을 잘 알게 된다면 그때는 입을 벌리고 '아'라고 하겠어요. 그때가 돼서야 전 선생님의 진정한 환자가 되는 거예요. 하지만 아직은 아니죠. 직업윤리가 있는 분이라면 이런 식의 행동은 하지 않을 거예요."

이 앳돼 보이는 여인은 더 이상 어린애가 아님이 분명했다. 아니면 아주 영리한 어린애이리라. 하싸는 재빨리 잔을 비웠다.

"저는 오스트리아 사람입니다. 비엔나를 아십니까?"

그는 상냥한 목소리로 말했다.

오스트리아 제국의 중심지였던 비엔나를 언급했음에도 아시아데는 별다른 반응을 보이지 않았다. 그저 마지막 고기 한 점을 입에 넣은 뒤 빈 접시를 서운한 표정으로 바라볼 뿐이었다.

"카라 무스타파를 아시나요? 위대한 술레이만 황제가 통치하던 시절에 비엔나를 포위했던 장군이죠. 그분은 저희 집안사람이었어요. 만약 그분이 승리했더라면 선생님을 제 주치의로 임명했을지도 모르겠군요."

---

* 일반 남자들의 출입이 금지된 장소. 특히 이슬람 시대부터 엄격하게 지켜져 남녀 간의 풍기를 규제하였다. 술탄이 거느린 수많은 여인들이 살았던 곳으로, 매우 호화롭게 꾸며져 있었다.

아시아데의 이 말은 사실이 아니었다. 카라 무스타파는 앙바리가家와 아무런 관계도 없었다. 그러나 하싸는 적잖이 감명을 받은 모양이었다.

"진심으로 감사드립니다, 공주님."

그는 말을 이었다.

"공주님이라고 불러도 되겠죠?"

"아뇨. 그렇게 부르지 마세요."

아시아데는 울적한 기분을 느끼면서 압둘 케림 왕자를 떠올렸다. 한 번도 본 적은 없었지만, 그는 아시아데의 정혼자였다. 그러나 그는 미국으로 떠나 버렸고, 그 이후로는 아무도 그의 소식을 듣지 못했다. 어쩌면 식당종업원이 됐을지도 모를 일이었다.

하싸는 아시아데의 눈동자에서 슬픔이 느껴지자, 곧 카운터로 달려가 휘핑크림을 얹은 초콜릿 케이크를 가져왔다. 그녀는 호의를 받아들인다는 표정으로 그를 바라본 뒤 케이크를 먹기 시작했다. 먹는 도중에 혀를 뾰족하게 내밀어 끈적끈적하고 하얀색 크림투성이가 된 입술을 핥았다.

"저는 비엔나 출신이에요."

하싸는 이 낯선 여인이 자신의 말에 계속 냉담한 반응을 보이자, 끝내 마음에 걸려 다시 한 번 힘주어 말했다.

"비엔나에서 이미 의사 면허를 땄습니다. 하지만 경험을 쌓으려고 파리와 런던에서 한 학기씩을 보냈죠. 이번 학기가 끝날 때까지는 여기 베를린에 머물 예정입니다. 그 다음에는 비엔나로 가서 자리를 잡아야겠죠."

이 말 역시 온전한 사실은 아니었다. 그러나 하싸의 가슴속 깊숙한 곳에 숨겨진 진실을 갑자기 꺼내 보인다는 것은 상상할 수조차 없었다. 아무튼 면허 있는 의사가 손님처럼 이 병원 저 병원을 전전하며 유럽 전체를 떠돈다는 건 터무니없는 일이었다.

만약 아시아데가 이 부분에 대해 의문을 제기했다면, 하싸는 자신의 과학적 관심과 열정을 이야기했을 것이다. 그리고 베를린에 온 가장 큰 이유는, 이비인후과학 분야의 성형수술에 대해 최근 연구된 사실들을 공부하기 위해서라고 말했을지 모른다. 그러나 여름내 티롤 산맥에서 함께 지낸 마리온과 프리츠에 관한 추문은 언급조차 하지 않았을 것이다. 그건 쓸데없는 이야기에 불과했다. 아무도 상관할 일이 아니었으며 이미 오래전의 일이었던 것이다. 그는 고개를 숙이고 빙그레 웃으며 아시아데를 바라보았다.

"그렇군요."

아시아데는 그의 말과는 상관없이 말을 이었다.

"베를린에 온 지 4년 됐어요. 우리는 혁명 직후에 이스탄불을 떠났죠. 이곳은 모든 것이 낯설어요. 고향을 떠날 때 저는 15살이었고, 이미 베일을 쓰고 있었죠. 처음에는 베일 없이 혼자 바깥을 돌아다니는 게 정말 어색했어요. 지금은 그럭저럭 괜찮지만 사실 부끄러운 일이죠. 고향에서는 음악과 여러 나라 언어를 배웠어요. 지금은 자연 속에 묻혀 살던 시절, 제 조상들이 사용했던 언어를 배우고 있어요. 그 언어들은 고향과 저를 이어 주는 유일한 연결고리라고 할 수 있죠. 무슨 말인지 이해하시겠어요?"

"네."

하싸가 대답했다.

"이번 학기가 끝나면 비엔나에 자리를 잡을 생각입니다. 오페른링에 살 예정이에요. 그곳의 성악가들은 모두 제 환자가 될 거예요."

두 사람은 한동안 대화를 주고받으면서도 각자 한 가지씩 말하지 않은 것이 있었다. 하싸는 마리온이라는 이름의 비엔나 여인이 있다는 사실을 언급하지 않았고, 아시아데는 오늘 아침 우편집배원이 "편지요."라고 외치면서 문을 두드렸다는 사실을 말하지 않았다. 집배원은 아흐메드 파샤에게 봉인된 회색 봉투 하나를 내밀었다. 봉투 안에는 화려한 색상의 아프가니스탄 지폐 천 루피와 사촌 키아심이 쓴 편지가 들어 있었다. 그로부터 한 시간 후, 친절한 은행원 한 명이 지폐를 쳐다보며 고개를 흔들더니 본점에 전화를 걸었고, 아흐메드 파샤에게 740마르크를 건넸다. 아흐메드 파샤는 그 돈으로 아시아데의 대학 등록금을 냈고, 그녀는 고기만두를 사 먹었다. 하지만 이런 세세한 일들은 하싸와 아무런 상관이 없었다.

"오늘 오후엔 뭐 하실 겁니까?"

하싸가 불쑥 질문을 던졌다.

"오스만 역사, 고문서학, 아나톨리아 종파에 관한 수업이 있어요."

"중요한 수업인가요? 제 말은…… 오늘은 가을 날씨치고 따뜻한 마지막 날이 될 것 같아서요. 게다가 당신한테는 신선한 공기가 필요하죠. 저랑 같이 슈톨프헨제에 갑시다. 이건 의사로서 명령하는 겁니다."

아시아데는 그의 네모진 이마와 미소를 머금은 얇은 입술을 바라보았다. 그리고 자신을 기다리고 있을 키실바시 종파와 성자聖者 사리 살틱 데데를 떠올렸다.

그녀는 얼굴을 붉히며 조용히 말했다.

"좋아요, 슈톨프헨제에 가요."

하싸는 그녀가 생전 처음으로 낯선 남자의 초대를 받아들였다는 사실을 알지 못했다.

두 사람은 자리에서 일어나 밖으로 나갔다. 아시아데는 곧장 버스 정류장을 향해 걸었다.

"어디 가는 겁니까?"

하싸가 큰 소리로 물으면서 그녀의 팔을 잡았다. 그리고 그녀를 골목으로 데리고 가더니, 번호판 옆에 커다랗고 하얀 글씨로 'A'라고 쓰여 있는 자동차의 문을 열었다.

"오스트리아에서 가져온 차예요."

하싸는 자랑스러운 듯 말했고, 아시아데는 놀라서 입을 다물지 못했다. 이렇게 지위가 낮은 사람이 자동차를 소유할 수 있으리라고는 상상하지 못했던 것이다. 유럽은 정말이지 기적의 땅이었다.

두 사람은 호수 옆 나지막한 모래 언덕의 경사면에 누워 있었다. 아시아데는 약간 몸을 떨면서, 슈톨프헨제에 오는 길에 하싸가 사 준 초록색 수영복을 바라보았다. 이 모든 상황이 당황스럽고 터무니없게 느껴졌다. 그녀는 분홍빛 손가락으로 모래를 더듬으면서 이제 곧 무희들이나 입을 만한 이 수영복을 입어야 한다는 사실에 수치심을 느꼈다. 베를린에서 지낸 4년 동안, 그녀가 간 곳이라고는 대학과 식당 그리고 늘 지나다니는 거리뿐이었다. 바닷가나 호숫가에는 가 본 적도 없었다. 더구나 유럽 남녀가 반나체로 다닥다닥 붙어 앉아, 북쪽에서 비추는 부드러운 햇살에 고개를 쳐들고 있는 이러한 장소에 대해서는 막연한 지식만 갖고 있을 뿐이었다. 직원 한 명이 그녀를 탈의실로 안내한 뒤 열쇠를 건네고 문을 닫아 주는 동안, 아시아데는 겁에 질려 눈을 휘둥그렇게 뜨고 있었다.

좁고 어두컴컴한 탈의실 안에서는 물과 나무 냄새가 났다. 아시아데는 어려운 시험을 치르기 시작한 사람처럼 비참하고 불행한 기분이 들었다. 그녀는 의자에 앉아 자신의 몸을 가려 줄, 한 줌밖에 안 되는 수영복을 바라보았다. 그러고는 입술을 오므리면서 친숙한 위구르 접미사와 중동지역의 종파에 대한 그리움을 느꼈다.

이윽고, 그녀는 구두와 스타킹을 벗어서 마음이 어느 정도 가라앉을 때까지 이리저리 방향을 바꿔 놓았다. 그리고 나서 눈을 감은 채, 서둘러 옷을 벗은 뒤 재빨리 수영복으로 갈아입었다. 아시아데는 때 묻은 거울을 들여다보는 순간, 놀라서 몸이 얼어붙는 것 같았다. 가슴 부분이 푹 파인 수영복 밖으로, 아무것도 걸치지 않은 작은 가슴이 순진하게 모습을 드러내고 있었기 때문이었다.

그녀는 절망감에 사로잡혀 의자에 주저앉아 울음을 터뜨렸다. 베를린의 모든 여자들이 그런다 할지라도 자신만큼은 이런 모습으로 밖에 나갈 수 없었다. 탈의실 밖에서 누군가 맨발로 쿵쾅거리며 걸어 다니는 소리가 들렸고, 아시아데는 걱정스런 얼굴로 몸을 일으켰다. 어슴푸레한 빛이 비추는 탈의실 안의 그녀는 마치 덫에 걸려 놀란 새처럼 보였다. 마침내 그녀는 고개를 내밀 수 있을 만큼만 문을 열고 직원을 부른 후, 탈의실 안에 몸을 감춘 채 민망한 듯 웃으며 말했다.

"이렇게 하고 나가도 될까요? 저⋯⋯ 이 안에 있는 거울로는 잘 보이지가 않아서요."

"아뇨. 당연히 그러고 나오면 안 되죠. 수영복을 거꾸로 입었잖아요."

직원이 낮은 목소리로 대답했다.

직원은 수영복을 제대로 입도록 도와준 뒤, 고개를 내저으며 멀어져 갔다.

아시아데는 죄인이 지옥문을 넘어서는 심정으로 호숫가에 나와, 두 손을 꼭 쥔 채 배에 올려놓고 눈을 감았다. 잠시 후, 눈을 뜬 그녀는 맨살을 드러낸 여자들의 등과 털이 더부룩하게 나 있는 남자들의 가슴을 보자 현기증을 느꼈다.

"비스밀라, 신의 이름으로."

아시아데는 이렇게 중얼거리고 나서 필사의 각오로 다시 눈을 떴다. 그녀 앞에는 생전 처음 보는 낯선 사람이 서 있었다. 제일 먼저 눈에 들어온 것은 사이가 벌어진 발가락과 햇볕에 그을린 다리였다. 아시아데가 다리를 따라 천천히 시선을 위로 옮기자, 수영복에 감싸인 넓적다리가 보였다. 그녀는 부르르 몸을 떨고는 애써 크게 눈을 떴다. 다음으로, 수영복에 가려졌으나 잘 다듬어진 복부와 곱슬곱슬한 검은 털이 나 있는 넓은 구릿빛 가슴, 그리고 털 없이 힘찬 근육이 불룩대는 팔이 보였다. 그녀는 생전 처음 반나체인 낯선 남자의 모습을 보면서 적잖이 호기심을 느꼈다.

'나는 타락한 여자야.'

아시아데는 우울한 기분을 느끼며 이렇게 생각했다. 그리고 애써 하싸의 얼굴을 들여다보았다. 하싸는 아시아데의 이런 속마음을 전혀 모른 채, 그녀의 매혹적인 모습에 그저 미소를 지을 뿐이었다. 하싸는 아시아데를 자리로 데려갔고, 그녀는 털썩 주저앉아 몸의 어느 부분부터 모래로 감추어야 할지 고민했다.

"수영할래요?"

하싸가 물었다.

"아뇨. 물이 너무 찰 거예요."

아시아데가 대답했다. 하지만 한 번도 수영을 해 본 적이 없으며, 누군가 수영하는 모습을 본 적도 없다는 말은 하지 않았다.

하싸는 다이빙대를 향해 천천히 걸어갔다. 아시아데는 다 큰 성인이 아무런 이유 없이 '텀벙' 소리를 내며 물에 뛰어드는 모습을 보고 깜짝 놀랐다. 그리고 남녀 가릴 것 없이 불필요한 에너지를 써 가면서 이리저리 뛰어노는 모습과, 지친 달팽이처럼 태양 아래 꼼짝 않고 누워 있는 게으른 모습들을 바라보았다. 호숫가에는 종이와 음식 쓰레기가 나뒹굴었고, 어떤 뚱뚱한 여자는 코에 무언가 노란 것을 바르고 있었다. 아시아데는 앉은 채로 무릎을 끌어안았다. 이내 수치심은 사라지는 듯했지만 말로 표현할 수 없는 메스꺼움이 서서히 밀려왔다. 호숫가에 있는 사람들이 기이한 동물원에 갇혀 있는 동물들처럼 보였다. 그들은 하나같이 원숭이처럼 털북숭이였다. 발과 가슴 그리고 팔에 털이 나 있었고, 심지어는 여자들도 겨드랑이까지 털이 소복했다. 아시아데는 작은 털 하나까지도 정성스레 뽑아낸 자신의 몸과 아버지와 오빠들의 털 없이 윤기 나는 피부를 떠올렸다. 소리 없는 경멸감이 그녀의 가슴에 차올랐다. 그녀는 반나체인 몸뚱이들로부터 눈을 돌려 하늘을 올려다보았다. 부드럽고 하얀 구름이 이상한 모양들을 만들어 내고 있었다. 뱅 교수의 코처럼 보이는 구름도 있었고, 영토 확장으로 전성기를 누릴 당시의 로마 제국 지도 같은 구름도 있었다.

아시아데는 차가운 물 한 방울이 등에 떨어지자 몸을 움찔했다. 하싸가 흠뻑 젖은 푸들처럼 물을 뚝뚝 흘리면서, 야성적인 모습으로 그녀 옆에 서 있었다.

이윽고, 그는 아시아데의 옆에 앉아 매료된 표정으로 미지의 여인을 바라보았다. 아시아데의 짧은 윗입술은 그녀를 고집 센 어린아이처럼 보이게 했다.

"이곳이 마음에 드나요?"

하싸가 물었다.

"멋진 곳이에요. 고마워요. 슈톨프헨제에는 처음 와 봤어요."

"그럼 평상시에는 어디에서 수영하죠?"

"루펜호른에서요."

아시아데는 시선을 떨어뜨린 채 악의 없는 거짓말을 했다.

잠시 후, 두 사람은 얼굴을 마주한 채 엎드려서 손가락으로 모래를 더듬고 있었다.

"아시아데, 당신은 하렘에서 자랐나요?"

하렘의 미녀를 슈톨프헨제에 데려왔다는 사실에 정신이 멍해진 하싸가 여전히 정신을 차리지 못한 상태로 물었다. 아시아데는 고개를 끄덕였다. 그러면서 하렘은 아주 좋은 곳이고 남자는 들어올 수 없으며, 여자들끼리만 모여 지내는 곳이라는 설명을 덧붙였다. 하지만 하싸는 그녀의 말을 제대로 이해할 수가 없었다. 그동안 스스로 하렘에 대해서라면 모르는 것이 없다고 자부해 온 터였다.

"그럼 환관을 여럿 거느렸었나요?"

"여덟 명이요. 다들 매우 충실한 사람들이었죠. 그중 한 명은 제 스승이기도 했어요."

하싸는 깜짝 놀라며 담배에 불을 붙였다.

"휴! 정말 야만적이군요. 당신 아버지는 삼백 명쯤 되는 여자를 거느렸겠죠?"

"단 한 명뿐이었어요."

아시아데는 자랑스러움과 불쾌감을 동시에 느끼며 말했다. 그녀가 지금껏 만났던 남자들 중 감히 하렘에 대한 이야기를 꺼낸 사람은 없었다. 그러나 하싸는 의사였고, 다른 남자들과는 다를지도 모른다고 생각했다.

아시아데는 어린애처럼 인상을 쓰며 입을 삐죽거렸다.

"당신한테는 하렘이 야만적으로 보일지 모르지만, 오히려 저한테는 당신 이름이 야만적으로 들리는데요."

그녀는 흥분한 목소리로 말했고, 이 말은 그녀가 생각했던 것보다 훨씬 엄청난 결과를 가져왔다. 하싸가 자리에서 일어서더니, 깜짝 놀란 표정으로 그녀를 바라보았다.

"내…… 이름이 어때서요?"

그는 당황한 모습으로 말을 더듬었다.

"그건 이름이라고 할 수가 없어요."

아시아데는 여전히 화가 난 채로 말했다.

"'헤센Hessen'이라는 지방이 있어요. 그리고 '하스Hass'라는 이름도 있죠. 하지만 '하싸Hassa'는 야만적일 뿐 아니라 독일식 이름도 아니에요. '하싸'라는 이름의 마지막 철자 'a'는 이치에 맞지 않아요."

하싸는 다시 바닥에 엎드리더니, 이제 안심이라는 표정으로 아시아데를 바라보며 싱글싱글 웃었다. 고맙게도 이 여인에게는 비엔나 출신의 친구가 단 한 명도 없었다. 그러니 마리온에 관한 추문이나, 이로 인해 하싸라는 이름에 따라붙게 된 치욕 따위는 알 리가 없었다. 언어학을 배우는 사람들은 순진하기 마련이다.

"하싸는 약어예요. 합법적인 이름이죠."

하싸가 말했다.

"예전엔 '하싸노빅'이라고 불렸어요. 본래 저희 집안은 합병되기 이전의 보스니아 사라예보* 출신이거든요. 하지만 저는 비엔나 출생입니다."

---

*배경설명: 사라예보 사건이란, 1914년 오스트리아 황태자와 황태자비가 사라예보에서 세르비아 청년에 의해 암살된 사건. 사라예보는 현재 보스니아헤르체고비나에 있지만, 당시에는 오스트리아에 합병된 보스니아 주의 중심도시였다. 오랜 외세의 지배 아래에서도 굴하지 않고 민족독립의 의지를 불태우고 있던 세르비아인들은 슬라브 민족의 통일을 부르짖으며, 황태자를 그 장애물로 보았다. 세르비아의 민족주의적 비밀결사의 계획에 의한 이 사건은, 1차 세계대전의 시발점이 되었다고 볼 수 있다.

이번에는 아시아데가 벌떡 일어섰다. 그녀는 말문이 막힌 듯 하싸를 바라보았다.

"사라예보 출신이라고요? 하싸노빅이라니……! 잠깐만요. 성의 끝부분은 분명히 '아들'이라는 뜻일 거예요. 그러니까 '하싼'은 어근이 되는 거죠."

"맞습니다. 저희 가문의 시조이셨던 분이 '하싼'이었거나, 아니면 이와 비슷한 이름으로 불렸을 겁니다."

하싸는 천진난만하게 대답했다.

"그렇지만 하싼은……"

아시아데는 스스로의 통찰력에 놀라서 말을 끝맺지 못했다.

"뭐죠?"

하싸가 놀란 표정으로 물었다.

"제 말은……"

아시아데는 말을 더듬었다.

"그러니까 보스니아는 1911년까지 터키의 통치를 받았어요. 그리고 하싼은 이슬람교도의 이름이죠. 예언자 중에 하싼이라는 손자를 가진 사람이 있었어요."

하싸는 비로소 이 낯선 여인이 하려는 말을 이해했다.

"맞습니다. 물론 우리는 보스니아인의 혈통을 이어받았어요. 정확히 말하면, 터키 침공 이후에 이슬람교로 개종한 세르비아인의 후손입니다. 사라예보 어딘가에 저희 사촌이 있는 것으로 알고 있어요. 또 터키가 통치하던 동안 보스니아 어딘가에 땅도 소유했었다고 들었습니다. 하지만 모두 오래전의 일이 돼 버렸죠."

하싸가 말했다.

아시아데는 모래를 한 줌 쥐어 손가락 사이로 흘려보냈다. 그녀의 짧은 윗입술이 떨리고 있었다.

"그럼 당신도 이슬람교도인가요?"

하싸는 웃음을 터뜨렸다. 모래 위에 엎드린 그의 몸 전체가 흔들렸고, 눈은 아주 작아졌다. 얼마 뒤, 그는 몸을 일으켜 책상다리를 하고 앉았다.

"어린 터키 아가씨!"

그가 웃으며 말했다.

"카라 무스타파가 비엔나를 정복했거나 산세바스티안(에스파냐 북부 연안의 휴양지-역주) 강화조약 내용이 달라졌더라면, 제 이름은 이브라힘 베이 하싸노빅이 됐을 겁니다. 머리엔 터번을 두르고 있겠죠. 그렇지만 카라 무스타파는 비엔나를 정복하지 못했어요. 따라서 저는 훌륭한 오스트리아 국민이 됐고, 이름도 닥터 알렉산더 하싸가 된 겁니다. 비엔나에 대해 아나요? 포도밭 뒤로 해가 지고 정원에서 노랫소리가 들려올 때면, 세상 그 어느 곳도 비엔나보다 더 아름다울 수는 없을 거예요."

그는 말을 멈춘 뒤 우쭐대며 아시아데를 바라보았고, 그녀는 그런 하싸를 올려다보았다. 피가 천천히 그녀의 뺨과 귀, 그리고 입술과 이마에 솟구쳐 올랐다. 그녀는 펄쩍 뛰어올라, 모래밭에 앉은 채 자신의 조국을 조롱하고 있는 이 남자의 따귀를 갈기고 싶었다. 그리고 어디론가 멀리 달아나 옛 제국의 권력이 무너진 이 도시를 잊고 싶었다. 그러나 바로 그 순간, 자신의 곁에 앉아 있는 낯선 남자의 행복한 미소와 어린아이 같으면서도 유혹적인 그의 검은 눈동자를 보았다. 그는 두 사람 사이의 부조화는 아랑곳없는 듯, 순진한 표정으로 그녀를 바라보고 있었다.

아시아데는 밀려오는 슬픔에 눈을 감았다. 그리고 몰락한 제국과, 비엔나를 눈앞에 두고 전복되기 시작한 터키 군을 생각했다.
"너무 더운가요, 아시아데?"
하싸가 걱정스런 얼굴로 물었다.
"아뇨, 오히려 추워요. 아직 몸이 안 좋은가 봐요. 게다가 지금은 가을이잖아요."
아시아데는 당황한 표정으로 아래를 내려다보았다. 그녀의 눈동자가 왠지 우울해 보였다.
하싸가 갑자기 분주히 움직이기 시작하더니, 아시아데에게 자신이 입고 있던 가운을 걸쳐 주고 따뜻한 커피를 가져왔다. 그리고 그녀의 핏기 없는 차가운 손을 문지르면서, 가을철에 수영하는 동안 감염될 수 있는 간상세균의 종류를 끝없이 늘어놓았다. 그는 연쇄구균까지 나열했을 때, 겁에 질려 일그러진 아시아데의 얼굴을 보았다. 그러자 다시 간상세균 감염을 치료할 수 있는 항독소들을 설명하기 시작했다. 마침내 하싸는 마음을 가라앉힌 후 병을 예방하기 위한 것인지, 아니면 애무하는 것인지 확실치 않은 상태에서 아시아데의 뺨을 쓰다듬기 시작했다. 그리고 그만 돌아가자고 말했다.
아시아데는 뺨이 화끈 달아오른 채로 자리에서 일어섰다. 하싸는 그녀의 몸을 어루만진 첫 남자였던 것이다. 그러나 이러한 사실에 아랑곳할 사람은 아무도 없었다. 그녀는 탈의실로 달려간 뒤, 증오가 가득 담긴 눈빛으로 수영복을 구석에 던지고 재빨리 옷을 입었다. 그리고 밖으로 나와 도도하고 쌀쌀맞은 표정으로 하싸의 자동차 옆에 섰다. 그는 자동차를 만지작거리고 있었다.
두 사람을 태운 자동차는 지저분한 아스팔트 도로를 달렸다. 차들이 경적 소리와 함께 '씽' 소리를 내면서 스쳐 지나갔다. 하싸는 버스와 자전거, 택시 곁을 지나치며 정처 없이 차를 몰았다. 그리고 자신이 병원에서 하는 일에 대해 이야기하며, 오늘 아침에는 관자사이막 절제 수술을 하는 데 8분밖에 걸리지 않았다고 말했다. 비엔나의 명의_{名醫}인 하젝도 이보다 빨리 수술을 끝내진 못했을 거라는 말도 잊지 않았다. 그 수술은 시간을 다투는 것이었다는 말도 덧붙였는데, 그의 말투로 미루어 보아 환자의 상태가 매우 나빴던 것이 분명했다. 아시아데는 의자에 등을 기댄 채 하싸의 말에 귀 기울이며 공감하는 듯한 표정을 지었지만, 사실 그의 말은 전혀 듣지 않고 있었다. 그녀는 창밖을 내다보며 거리에 있는 광고들을 하나도 놓치지 않으려 애를 썼다. '괴로울 때나 즐거울 때나 언제라도 불리히 소금을 사용하라'는 광고 문구와, 온 세상 사람들에게 자신의 불행을 알리기 위해 절망적으로 두 팔을 위로 뻗고 있는 뚱뚱한 남자의 사진이 보였다. 그는 "울슈타인(독일 최대의 출판사—역주)에서 나온 책을 기차에 두고 내렸어요. 다시 집에 가야겠군요!"라며 외치고 있었다.

'나는 타락의 길로 들어섰어. 타락으로 이어진 길을 걷고 있는 거야.'

아시아데는 윗입술을 떨면서 이렇게 생각했다.

그녀는 기다란 미끄럼틀과 펄펄 끓는 호수를 향해 그 위를 미끄러지듯 내려가는 자신의 모습을 상상했다. 아버지가 호수 건너편에 서서 알아듣기 어려운 말로 그녀를 윽박지르고 있었는데, 언어학적인 측면에서 볼 때 그가 사용하고 있는 활용어미는 아주 흥미로운 것이었다. 아시아데는 고개를 돌려 하싸를 바라보면서, 이 낯설고 불경스러운 남자에게 점점 더 빠져들고 있는 자신에게 화가 났다.

이윽고 그녀의 눈은 거울을 발견했다. 윤이 나도록 닦인 거울로 하싸의 엄해 보이는 얇은 입술과 길쭉한 코, 그리고 먼 곳을 응시한 눈초리 올라간 눈이 보였다. 아시아데는 하싸의 얼굴이 몽골 사람 특유의 모습으로 보일 때까지 뚫어져라 거울을 바라보았다. 그녀는 한참을 그러고 나서야 기분이 나아졌다.

그동안 자동차는 쿠어퓌어스텐담으로 접어들었고, 관자사이막 절제 수술에 대한 이야기를 마친 하싸는 아시아데의 부드러운 입술을 생각하고 있었다. 때마침 그녀의 입술이 움직이면서, "우란드가街로 가 주세요."라고 이국적인 목소리로 말했다. 하싸는 자신을 바라보고 있는, 겁에 질린 듯하면서도 꿈꾸는 것 같은 두 눈을 잠시 쳐다보았다. 그러고는 아무런 이유 없이 신나게 경적을 울리면서 우란드가街로 차를 돌렸다. 마침내 그는 초록빛과 회색빛이 보기 좋게 어우러진 4층짜리 건물 앞에 차를 세우고 옆을 쳐다보았다. 그를 바라보는 아시아데의 이마 위로 바람에 날린 머리카락이 흘러내렸다. 하싸는 아시아데 쪽으로 몸을 숙여 자신의 입술로 그녀의 떨리는 작은 입술을 덮었다. 그러자 억눌린 신음소리가 들려왔고, 그녀의 무릎에 힘이 들어가는 것이 느껴졌다. 마침내 그녀의 부드러운 입술이 벌어지면서 고개가 뒤로 젖혀졌다. 하싸는 더 이상 힘주어 그녀를 붙잡을 필요가 없었다.

얼마 후 아시아데는 구석으로 몸을 옮겨 앉더니, 거칠게 숨을 쉬며 고개를 갸우뚱한 채 하싸를 올려다보았다. 그런 다음 문을 열고 나가 보도 위에 서서 빙그레 웃고는, 오른손을 입으로 가져가 이로 장갑을 벗었다. 그리고 '철썩' 소리가 나도록 하싸의 뺨을 때렸다. 그녀의 눈동자는 분노와 놀람으로 뒤섞여 빛나고 있었다. 그녀는 잔잔한 미소를 머금은 채, '정자'라고 새겨진 문 뒤로 사라졌다.

4

 벽에는 검은 액자에 끼운 반월기半月旗와 코란의 구절이 씌어 걸려 있었다. 그리고 터키의 문장紋章(국가 또는 일정한 단체 등의 상징적인 표지-역주)이 새겨진 덧옷 옆에는 이란의 사자상이 멋진 갈기를 뽐내며 빛나고 있었으며, 작은 별 세 개가 그려진 이집트 반월기는 헤다샤 왕국의 회색기旗 옆에 평화롭게 걸려 있었다. 넓은 집회장 안에는 메카*를 향해 깔려 있는 크고 작은 카펫들이 보였다. 그 카펫 위와 벽에 붙여 놓은 의자에는, 가장 좋은 옷을 차려입은 사람들이 페즈모를 쓰거나 터번을 두른 채 맨발로 앉아 있었다. 개중에는 빛바랜 왕실 제복을 입은 사람들과 고위관리들도 있었다. 페르시아인들의 인사말에는, 아랍인들의 축복의 말과 터키인들의 축하의 말이 한데 섞여 있었기에, 그들은 각국 사람들과 인사말을 나눴다. 베를린의 오리엔트 클럽에 모인 각국의 이슬람교도들은 이처럼 예언자 마호메트의 탄신일을 기념하고 있었다.

 뛰어난 학자이면서, 동시에 와탄 카페 운영자인 인도 출신의 교수가 이날의 예배를 인도했다. 페르시아인, 터키인, 아랍인, 장군, 웨이터, 학생, 그리고 장관들은 맨발로 촘촘히 모여 서서 코란의 구절을 암송했다. 그런 뒤 먼지 쌓인 바닥에 앉아 전능하신 신 앞에 엎드렸고, 인도 교수는 높고 구슬픈 목소리로 기도문을 낭송했다. 그러고 나서 그들은 서로를 포옹하며 상대방의 어깨에 입을 맞추었고, 넓은 집회장에 놓여 있는 의자나 소파, 혹은 크고 작은 카펫 위에 다시 앉았다. 하인들은 커피, 터

---

*Mecca, 사우디아라비아 헤자즈 지방의 도시로, 이슬람교조인 마호메트의 출생지이기도 하다. 고대부터 순례자들이 많이 모이는 종교도시이다.

키 과자, 작은 아랍 케이크, 페르시아 셔벗(얼음과자-역주)을 가져왔다.

클럽 회장은 바짝 마른 모로코인이었는데, 짤막한 연설문을 낭독한 뒤에 늘 자비를 베풀어 주시는 전능한 신과 자신들을 환대해 준 독일, 그리고 모임에 참석한 사람들에게 감사의 뜻을 표했다. 그 후 아랍 비스킷을 터키산 커피에 찍어 먹었고, 페르시아어로 축복의 말을 전했다. 그는 학식이 높은 사람이라서 어떻게 처신하는 것이 옳은지 정확히 알고 있었던 것이다.

아시아데는 작고 기다란 의자에 앉아 있었다. 그녀는 모임에 참석한 사람들의 옷에서 풍겨 나오는, 사막과 쓸쓸한 야영천막 그리고 낙타의 향내를 한껏 들이마셨다. 남자들은 아시아데의 곁에 다가와 어색하면서도 적잖이 놀란 표정으로 그녀를 바라보았다. 이곳에 모인 남자들은 아시아데와 같은 여자와 자리를 함께하는 것에 익숙지 못했다. 그들이 아시아데의 손을 잡으며 인사를 청하자, 아흐메드 파샤가 경건한 목소리로 그 손의 주인공들을 서로에게 소개해 주었다. 그들은 서로 인사를 나누었다.

아시아데는 주변에 있는 짙은 갈색, 혹은 검은색 피부의 사람들 얼굴을 들여다보았다. 온갖 나라의 사람들이 오로지 코란의 말씀으로 하나가 되어 이 자리에 모여 있었다. 젊은이건 늙은이건, 피부색이 갈색이건 검건 간에, 이들 중 어느 누구도 병원에서 만난 기다란 다리의 그 남자처럼, 감히 그녀를 붙잡고 그녀의 입술을 더럽히지는 않을 것이다. 그녀는 자신의 작은 손바닥을 들여다보면서 생각에 잠긴 듯 조용히 미소를 지었다.

바로 그 순간, 번쩍이는 이와 슬퍼 보이는 눈동자를 가진 흑인 남자가 아시아데 앞에 멈춰 섰다.

"안타 민 미스리?"

그녀는 아랍어로 '이집트에서 오셨나요?'라고 물었다.

"팀북투에서 왔습니다."

흑인이 대답했다.

"팀북투……"

아시아데는 그의 말을 따라 읊었다. 팀북투라는 이름이 마치 주문처럼 들렸다.

"수단에 있는 곳 맞죠? 한동안 디아리아만왕이 통치했었고, 아크수 제국이 들어서기도 했던 곳이죠. 아흐메드 바바라는 현자도 그곳 출신인 걸로 알고 있어요. 제가 당신 고향에 대해 아는 건 이게 다예요."

흑인 남자는 행복한 미소를 지었다.

"제 고향에 이런 속담이 있습니다. '소금은 북쪽에서, 금은 남쪽에서, 은은 서쪽에서 나지만, 신의 지혜와 신에 대한 찬가는 오로지 팀북투에서만 난다.'"

그는 자랑스러운 듯, 진지한 표정으로 활짝 웃음을 지어 보였다.

"독일에서는 무슨 일을 하시나요?"

아시아데가 물었다.

"이집트 대사의 사택에서 관리인으로 일하고 있습니다."

흑인은 위엄 있는 모습으로 대답했다.

"당신이 제 고향에 대해 한 말들은 모두 맞습니다. 그곳엔 아흐메드 바바라는 현자가 있었습니다. 《엘 이흐티하드시》라는 책을 쓴 사람이죠. 그러나 그는 이미 오래전에 이 세상을 떠났습니다. 모로코가 팀북트를 파괴한 그날부터 제 고향은 사막으로 변했고, 이제 그곳에선 아무도 노래를 부르지 않는답니다."

그는 이렇게 말한 뒤 입을 다물었고, 클럽 회장인 자그마한 체구의 모로코인을 반감 어린 시선으로 바라보았다.

이번에는 올리브색 피부의 젊은 남자가 아시아데에게 고개 숙여 인사했다.

"왜 이렇게 뜸하게 오십니까, 공주님?"

그가 서툰 독일어로 물어 오자, 아시아데는 페르시아어로 대답했다.

"제만 네 다렘."

이 남자는 다름 아닌 페르시아 왕자였으므로, '시간이 없어서요.'라는 뜻의 페르시아어로 대답한 것이다.

아흐메드 파샤는 자신의 딸을 자랑스러워하는 마음에 얼굴이 벌겋게 달아올라 있었다. 그 누구라도 그가 얼마나 훌륭히 딸을 키워 냈는지 알 수 있으리라. 아시아데는 선조들의 언어인 터키어와 신의 언어인 아랍어, 사랑의 언어인 페르시아어를 모두 능숙히 구사했다. 그러나 신은 그녀가 왕자의 하렘에서 지내는 것을 원치 않았다. 신은 그야말로 위대했다. 오직 신만이 왜 이 모든 일이 생겨났는지, 왜 오스만 제국이 멸망했는지 알고 있었던 것이다.

모임에 온 사람들이 커다란 원을 그리며 둘러섰다. 그러자 야윈 이집트인 한 명이 바닥에 앉아 우수에 찬 높은 목소리로 노래를 부르기 시작했다. 그때, 커다란 검은 눈동자의 젊은 시리아인 두 명이 원 안으로 들어왔다. 베두인족(사막에서 유목 생활을 하는 아랍인-역주)의 전통의상이 그들의 유연한 팔다리를 감싸고 있었고, 두 사람은 갈고리 모양으로 구부러진 기다란 칼과 호전적인 격언이 적힌 둥그런 방패를 들고 있었다. 이윽고, 두 젊은이가 열광적인 노래 가락에 맞추어 몸을 움직이기 시작했다. 사람들은 "야흐 사히브"라고 외쳐댔으며, 갈고리 모양으로 구부러진 시리아인의 칼은 허공에서 번쩍였다. 두 젊은이의 동작은 점점 짧게 끊어지면서 빨라졌다. 그들의 칼날은 선율을 만들어 내면서 맞부딪쳤고, 방패는 으스러질 듯이 맞닿았다. 젊은이들의 눈빛이 점점 거칠어졌다.

두 시리아인은 베이루트 상인의 예의 바른 아들들이었지만, 그들의 몸속에는 사막에서 태어나 베이루트를 정복한 선조들의 야성적인 피가 흐르고 있었다. 집회장에 모인 사람들은 칼날이 번쩍대는 가운데, 쉬고 탁한 목소리를 길게 늘어뜨리면서 "야-흐-이-이-이"하고 외쳐댔다. 두 젊은이는 모래 언덕에 몸을 숨긴 베두인족처럼 마룻바닥에 쪼그리고 앉아, 방패로 몸을 가린 채 서로를 쳐다보았다. 그러다가 벌떡 일어서더니, 갑작스레 시작된 싸움에 몰입하여 상대방을 공격했다. 그들이 입고 있는 두건 달린 겉옷은 담배 연기로 가득한 허공에서 휘날렸고, 이집트 노랫소리는 점점 높고, 점점 빠르게 치달았다. 싸움에 빠져 있던 두 젊은이는 사막의 소용돌이치는 바람처럼 갑자기 상대방 주위를 빙글빙글 돌기 시작했다.

두 사람의 눈빛은 경직되어 갔고, 동작은 경련을 일으킨 듯 발작적으로 변해 갔다. 그들의 싸움은 이슬람 수도탁발승의 춤처럼 미친 듯한 경련이 되었던 것이다. 얼마 후 이집트 노랫소리가 갑자기 멈췄고, 이슬람 수도탁발승처럼 야성적으로 변했던 두 젊은이는 베이루트 상인의 품위 있는 아들들로 되돌아왔다. 그들은 우호적인 인사의 표시로 칼날을 맞부딪치며 서로에게 고개를 숙였다.

아시아데는 현기증 나는 춤에 매료되어 박수를 쳤다. 집회장 안의 공기는 코를 찌르는 냄새와 자욱한 담배 연기로 가득 차 있었다. 그곳 사람들의 얼굴은 어딘가를 떠다니는 가면처럼 갑자기 나타났다가 이내 사라지곤 했다. 그때, 수염 하나가 구름처럼 짙게 깔린 담배 연기를 헤치고 헤엄치듯 다가오더니, 아시아데 앞에 멈추었다. 이내 숱 많은 눈썹과 콧수염, 빨간 입술이 보이더니, 기다란 이를 드러낸 얼굴 하나가 불쑥 나타났다.

"평화가 함께하기를."

수염을 기른 노인이 이렇게 말하자, 아시아데는 피로감과 거북함을 느끼며 고개 숙여 답례했다.

노인은 그녀 옆에 앉았다. 그는 천 년 묵은 도마뱀처럼 작고 날카로운 눈매를 가지고 있었다.

"저는 레자라고 합니다. 벡타쉬 성직자단에 속해 있죠."

"벡타쉬······"

아시아데는 같은 말을 되풀이하면서 전사와 고행자, 수도사로 결성된 신성한 조직을 떠올렸다.

노인의 눈동자는 완고하면서도 불안해 보였다.

"우리에게는 더 이상 힘이 없습니다. 터키는 우리를 내버렸어요. 단장님은 지금 보스니아에 계십니다. 그분의 성함은 알리 쿨리죠. 우리는 그곳에서, 고행을 위해 육체에 학대를 가하고 있습니다."

노인은 아랫입술을 축 늘어뜨린 채, 입을 반쯤 벌리고 있었다.

"당신은 현명한 분이시군요."

아시아데는 들릴 듯 말 듯한 목소리로 말했다.

"우리는 현재에도 믿음을 간직하고 있습니다."

노인은 열에 들뜬 모습으로 말했다.

"이교도들이 판치는 이 세상에서는 모든 것이 산산조각 나고 있습니다. 하지만 빛과 그림자는 곧 하나가 될 것이며, 신께선 죄지은 자들을 벌하실 겁니다. 죄악은 여러 가지 얼굴로 변장한 채, 믿음이 약한 자들의 뒤를 쫓는 법입니다."

"저는 죄를 짓지 않습니다."

아시아데가 이렇게 말하자, 노인은 우수에 찬 얼굴로 너그럽게 웃었다.

"당신은 지금 베일을 쓰지 않았습니다. 그게 죄악은 아니지만 다른 사람들을 죄악의 길로 인도하는 행동과 같죠."

마침내 그는 자리에서 일어나더니, 잠시 동안 오른손으로 눈을 가렸다. 그리고 외로워 보이는 모습으로 머리를 숙인 채 멀어져 갔다. 사람들은 겁먹은 표정으로 그가 지나가는 것을 지켜보았다. 아흐메드 파샤는 두 눈에 미소를 가득 담고 아시아데 곁으로 다가왔다.

"여기 모인 사람들 모두가 너랑 결혼하고 싶은 모양이구나."

그는 부드러운 목소리로 말했고, 아시아데는 장난스런 표정으로 아버지를 바라보았다.

"다들 좋은 사람 같아요, 아버지. 저를 누구한테 주실 거죠? 팀북투에서 온 흑인인가요, 아니면 카디자 왕자인가요?"

"그들 모두 아니란다."

아흐메드 파샤가 대답했다.

"아프가니스탄에 가서 적의 피에 내 칼을 담글 생각이다. 그리고 성을 세워야겠지. 그럼 넌 왕과 결혼하게 될 게다."

아시아데는 아버지를 올려다보았다. 그의 뒤로, 아프가니스탄 국기가 걸려 있었다. 흰 깃털이 꽂힌 모자를 쓰고 있으며 독수리 부리처럼 생긴 코를 가진 남자의 사진도 보였다.

"왕이요?"

아시아데는 부드럽게 말하면서 아버지의 팔을 어루만졌.

골든혼의 여인 63

"아버지, 만약 낯선 남자가 제게 키스했다면 어쩌시겠어요?"

아흐메드 파샤는 뭐라고 대답해야 할지 망설였다.

"너한테 키스를 했다고? 그것도 낯선 남자가? 감히 그럴 사람은 없을 게다!"

"만약에 말예요."

"맙소사! 왜 그런 생각을 하는 게냐? 실제로 그런 일이 생긴다면 칼을 뽑아 들어, 네게 키스한 입술을 도려내고 너를 쳐다본 눈알을 파낼 거란다. 그자는 네게 키스한 것을 뼈저리게 후회하겠지."

아시아데는 감사의 표시로 아버지의 손을 꼭 쥐면서, 자신이 하싸의 눈과 입술을 지켜 주는 수호천사가 된 기분이 들었다.

"저는 왕과 결혼하게 되나요?"

"아니다."

아흐메드 파샤가 웃으면서 대답했다.

"다시 생각해 보니, 미국 대통령과 결혼해서 네 남편을 이슬람교도로 개종시키는 게 낫겠구나. 네 남편은 미국 함대를 모조리 이스탄불로 보낼 테고, 그럼 우리는 고향으로 돌아갈 수 있겠지. 신부 값으로 그 정도는 내야지."

"아버지의 뜻을 따르겠어요."

아시아데는 경건하게 말했다.

"이제 집으로 돌아가서 아버지 말씀이나 되새겨 봐야겠어요. 여긴 담배 연기가 너무 심한 데다, 마호메트 탄신일 기념식도 다 끝났잖아요."

그녀는 자리에서 일어나 홀을 가로질러 갔다. 사람들이 수줍은 눈빛으로 그녀의 모습을 좇았지만, 그녀는 그들의 눈을 바라보지 않았다. 하싸의 얼굴처럼, 눈초리가 올라간 눈과 얇은 입술들이 연기를 뚫고 나타나는 것 같았다. 아시아데는 몸을 돌려 문 쪽으로 걸어갔다. 하인 한 명이 그녀가 외투 입는 것을 도왔고, 팀북투 출신의 흑인은 그녀를 보면서 빙그레 웃었다. 그녀는 클럽 문을 열고 계단에 발을 내딛는 순간, 벌써 낯선 적의 땅에 버려진 것 같았다. 몸을 돌리기만 하면 고향 같은 곳으로 되돌아갈 수도 있었다.

아시아데의 뒤에는 정성을 다해 그녀를 모실 하인들, 흑인 남자들과 왕자들, 그녀의 명예를 지켜 줄 혈족들이 있었다. 그리고 그녀에게 죄악에 대한 경각심을 일깨워 줄 독실한 수도탁발승들도 있었다. 바로 오리엔트 클럽만이 유일하게 그녀가 아는 세상이었으며, 안심하고 지낼 수 있는 공간이었다. 그러나 그녀 앞에는 어두컴컴한 건물의 먼지 낀 계단이 있었고, 저 멀리로 가로등의 어슴푸레한 빛이 보일 뿐이었다. 아시아데는 계단을 내려간 뒤 문을 열었다. 텅 빈 넓은 거리에는 바람만이 스쳐 지나갔고, 창문에서 새어 나오는 희미한 불빛이 아스팔트 길 위를 비추었다. 가로등의 판유리에서는 빗방울이 떨어졌다. 아시아데는 거리로 발을 내디뎠다.

그녀는 한껏 욕심을 부리며 차가운 밤공기를 들이마셨다. 바닥에 깔려 있는 돌들은 정확하게 사각형을 그리고 있었다. 아시아데는 그 포석鋪石들을 바라보면서 눈살을 찌푸렸고, 다리가 약하게 후들거리는 것을 느꼈다. 순간, 그녀는 갑자기 뒤돌아 달려가고 싶었다. 《엘 이흐티하드시》를 집필한 후, 이미 오래전 세상을 떠난 그 유명한 현자 아흐메드 바바에 대해, 팀북투에서 온 흑인 남자와 이야기 나누고 싶은 충동이 느껴졌다.

그러나 그녀는 그렇게 하지 않았다. 단지 우울하고 진지한 얼굴로 고개를 들어, 갑자기 나타난 하싸의 눈을 들여다볼 뿐이었다. 그는 모자를 벗어 들고 고개를 숙이며 다정하게 말했다.

"안녕하십니까, 앙바리 양?"

5

하싸는 부비동*에 구멍을 뚫으면서 뺨 맞은 일을 떠올렸다. 환자를 진료하면서도 그 기억만은 그의 머릿속에서 떠나지 않았다. 환자에게서 화농化膿(상처 입은 피부나 장기에 고름이 생기는 일-역주)의 기미는 보이지 않았다. 그는 환자의 귀 인두관에 카테터**를 삽입했다. 그 환자는 식료품점을 운영하는 뚱뚱한 남자였는데, 계속 어리석은 질문을 해 가면서 어린애처럼 굴었다. 치료를 마친 하싸는 수술실로 자리를 옮긴 뒤, 내이內耳(속귀-역주) 세척을 지도했다. 그러다 보니 뺨을 때리는 것은 무례한 행동일 뿐만 아니라, 내이에 장애를 가져올 수도 있다는 생각이 들었다.

그로부터 얼마 후, 하싸는 이비인후과장의 기관절개 수술 장면을 지켜보면서 그의 노련한 손놀림에 다시 한 번 감탄했다. 그리고 2층으로 가서, 인생의 공허함과 카라 무스타파의 지휘하에 이루어졌던 비엔나 포위 공격에 대해 생각했다. 그 다음 그는 회진을 돌며, 지독한 경화증을 앓고 있는 환자에게 위로의 말을 건넸다. 이 환자는 보기 흉한 노파

---

* 코 안쪽의 바깥 콧구멍에서 뒤쪽 콧구멍에 이르는, 콧속 및 콧속 둘레의 작은 구멍.
** 늑막강·복막강·소화관·방광 등, 체내 내용액의 배출을 측정하기 위해 사용되는 고무 또는 금속제의 가는 관.

였는데 끊임없이 불평을 늘어놓았다. 다른 환자들은 모두 착실하게 침대에 누워 있었고, 머리맡 벽에 걸려 있는 칠판에는 환자들의 병명이 적혀 있었다. 그때 당직 간호사가 오른쪽 8번 침대에 누워 있는 중이염 환자에게 모르핀 주사를 놓았다고 보고했다. 하싸는 고개를 끄덕인 후, 지하층으로 내려가서 인턴에게 호통을 쳤다. 탄산가스액 치료를 하는 동안, 환자 세 명에게 똑같은 안대를 되풀이하여 사용했기 때문이다.

"자넨 위생 관념도 없나?"

그는 손가락을 쳐들면서 인턴에게 소리쳤다.

이윽고 자리로 돌아온 하싸는 우울한 기분을 느꼈고, 일상적인 무감각 상태에서 그에게 자극제가 될 만한 것은 부비동에서 시작된 봉소염(화농성 염증 질환-역주)밖엔 없을 거라고 생각했다.

하지만 하싸를 찾아온 환자는 코에 단순한 염증을 앓고 있을 뿐이어서, 그는 실망을 금치 못하며 염소로 소독해 주었다. 그 다음 환자는 전문의에게 진찰을 받는 데 돈이 전혀 들지 않을뿐더러, 단지 자신의 증상에 호기심이 생겨 병원을 찾아온, 아무 문제없는 학생이었다. 그 학생이 떠난 후, 하싸는 한동안 환자가 뜸한 틈을 타서 멍하니 벽을 바라보며 유럽에서 터키인을 축출하는 문제에 대해 생각했다. 그러면서 그는 오른손을 검사기구가 놓인 탁자 쪽으로 뻗어 카테터와 검경檢鏡, 그리고 깔때기와 고막절개도刀를 요란하게 뒤적였다.

마침내 그의 왼편에서 진료 중인 의사가 곁눈질을 하며 "좀 조용히 합시다."라고 말했을 때에야 그는 손을 멈추었다. 동료의 핀잔에 비로소 현실로 돌아온 하싸는 진료 기록들을 뒤적이다가, 아시아데의 진료 기록이 상악후종양 환자와 성대염 환자의 기록 사이에 끼여 있는 것을 발견하고 묘한 만족감을 느꼈다. 그리고 자리에서 일어나 손을 씻은 뒤 흰 가운을 벗었다. 그제야 지극히 평범한 개인으로 돌아간 기분이 들었다.

그는 제한속도를 초과하면서 린덴가街를 따라 차를 몰았고, 그 근처 국도에서는 택시기사와 말다툼을 벌였다. 하싸는 택시기사에게 얼굴을 갈기겠다고 소리쳤으며, 택시기사는 하싸에게 운전이 뭔지도 모르고 흐느적대는 오스트리아인이라고 빈정댔다.

마침내 길모퉁이에 도착한 하싸는 주차장에 차를 세운 뒤 숙소 안으로 들어갔다. 그리고 정신을 한곳에 모아 《이비인후과학에 관한 자료집》을 훑어보았다. 그는 최근 뉴욕침례병원에서 재발하기 쉬운 고질성 비대증 치료에 방사선을 사용하기 시작했다는 것과, 흑인들에게서는 병리학적 격막膈膜 이상이 발견된 일이 거의 없다는 사실을 알게 되었다. 하지만 이 사실에 공연히 화가 치밀어 책을 덮었다.

하싸의 시선이 은테를 두른 마리온의 사진액자에 멈췄다. 그는 인상을 쓰면서, 불현듯 따귀를 맞는 것이 세상을 살면서 겪게 되는 최악의 일은 아니라고 생각했다. 문제는 누구의 손에 뺨을 맞았는가 하는 거였다.

그는 기다란 의자에 몸을 쭉 뻗고 누워 눈을 감았다. 늘 그랬듯 그의 상상 속에서 마리온은 의자 옆에 서 있었고, 그는 그녀를 심하게 비난했다. 그녀와 프리츠 사이의 관계, 그녀의 행동, 하싸라는 이름을 더럽힌 사실에 대해서였다. 그런데도 마리온은 여느 때처럼 고개를 갸우뚱하더니, 자신에게는 잘못이 없다고 말했다. 정신분석학적 측면에서 볼 때, 그녀의 말은 사실과 그다지 거리가 멀진 않았으나 걷잡을 수 없이 하싸를 격분시켰다.

그는 갑자기 의자에서 껑충 내려선 뒤, 책상 앞으로 가서 마리온의 사진을 서랍 안에 집어넣었다. 그리고 "이걸로 끝난 거야."라며 만족한 듯 큰 소리로 웃었다. 그는 방 안을 서성거리며, 병리학적 격막 이상 증세를 보인 적이 없다는 흑인들을 떠올리려 애썼다. 그러나 이러한 노력은 부질없었고, 생각은 여느 때와 똑같은 방향으로 흘러만 갔다.

마리온과 결혼한 사실부터가 전적으로 잘못이었다. 그러나 이보다 더 이해하기 힘든 것은, 왜 자신이 정신분석학자인 프리츠를 가장 친한 친구로 삼았는가 하는 점이었다. 그 친구는 심한 우울증 때문에 불면증이 생겼다고 호소하는 마리온을 치료했지만, 실제로 그녀에게 문제가 되었던 것은 샘근종(종양의 일종-역주)일 뿐이었다. 그것도 흔히 볼 수 있는, 대수롭지 않은 샘근종이었다! 사실 그 증상을 밝혀낸 것도 바로 하싸 자신이었다!

그러나 마리온은 정신분석학이라면 사족을 못 썼고, 정밀과학에 대해서는 기본적인 상식조차 이해하지 못했다. 그것도 부족해서 프리츠와 추문을 일으켰으며, 마침내 함께 달아나기까지 했다! 게다가 마지막 순간까지, 벌써 수개월 동안 만나 온 프리츠와 전혀 만난 사실이 없다는 듯 순진무구한 눈을 하고 있었다. 이건 그렇다 치자!

카페에서 만난 프리츠는 한술 더 떠서 이비인후과 의사들은 실패한 치과 의사일 뿐만 아니라, 여자들의 마음을 전혀 이해하지 못한다고 말했다. 하싸는 프리츠를 징계위원회 앞에 데려가야 했다. 세 사람이 출석한 가운데 징계위원장이 법에 따라 화해할 것을 권고하자, 노란 모자를 쓴 마리온은 뇌종양을 앓고 있기라도 한 것처럼 고개를 갸우뚱댔다.

하싸는 생각이 이쯤에 이르면 언제나 코냑을 한 잔 마신 뒤, 난해한 논문에 몰두했다. 그러나 이번에는 이상하게도 코냑을 마시거나 어려운 책을 읽어야 할 필요성을 느끼지 못했다. 그는 방 한가운데에 서서 이러한 사실에 놀랐고, 이 같은 변화를 가져온 은밀한 이유가 회색 눈동자를 가진 터키 여인 때문임을 확신했다. 그 여인은 자신의 행동이 어떤 결과를 가져올지도 모른 채, 휘청거리며 병원 안으로 들어왔던 것이다.

'참으로 무례한 어린애 같은 여자야. 아니면 앙고라고양이거나.'

이런 생각이 스치자, 불현듯 그 앙고라고양이를 끌어안고 싶다는 충동이 걷잡을 수 없이 밀려왔다. 그는 자리에 앉아 우울한 표정으로 고개를 내저었다. 마리온이 떠난 이후로 제대로 되는 일이라고는 아무것도 없었고, 이상하게 날마다 비가 오는 느낌마저 들었다.

'그녀를 '아시'라고 불러야지.'

그는 두서없이 이렇게 생각했다.

'의사 모임이 열리는 목요일마다 사람들은 나더러 앙고라고양이랑 결혼했다고 말할 거야. 친한 친구들은 나를 소돔* 사람이라 부르면서 부러워 어쩔 줄 몰라 하겠지. 그런데 터키 여자들도 정신분석학을 좋아할까?'

하싸는 모자와 코트를 챙긴 뒤, 다른 차에게 방해될 정도로 아주 천천히 차를 몰아 우란드가街로 향했다. 그러고는 '귀족들을 위한 문'이라고 새겨진 현관문 안으로 들어갔다. 그러나 건물 안에 있는 집 가운데 '앙바리'라는 문패가 붙은 곳은 아무리 찾아도 없었다.

그는 숨이 차오르는 것을 느끼면서 다시 1층으로 내려왔다. 그리고 관리인으로부터, '야만인들'은 마당을 가로질러 가면 나오는 오른쪽

---

*소돔sodom: 기독교의 구약성경 〈창세기〉에 나오는 팔레스타인 사해死海 근방의 한 도시이다. 이곳은 성적性的 퇴폐로 인하여 하나님의 노여움을 사게 되어, 불과 유황의 비가 내려 멸망했다고 전한다. 현재는 '죄악의 도시'를 뜻하는 비유어로 쓰인다.

별채에 산다는 말을 들었다. 그는 지저분한 문에 달려 있는 초인종을 눌러댔고, 마침내 졸린 모습의 집주인 여자가 나타났다. 그녀는 그 야만인들이 오늘 밤 터키 크리스마스인지 뭔지 하는 행사가 있어서 나갔다고 말했다. 그는 행사가 거행되는 장소를 알아낸 뒤, 재빨리 그곳으로 차를 몰았다.

하지만 목적지를 향해 가는 도중, 그만 용기를 잃은 그는 감히 건물 안으로 들어가진 못했다. 그곳에 모인 모든 야만인들 앞에서 뺨을 맞는 건 너무나 큰 위험을 감수하는 일이었기 때문이다. 그러나 그 야만적인 여인이 혼자 집으로 돌아갈 가능성은 아직 남아 있었다. 하싸는 너무 긴장한 나머지 차 안에 가만히 앉아 있을 수가 없었다. 그는 쏟아져 내리는 비를 피해 발코니 아래로 가서 이리저리 서성였고, 터키 사람들도 크리스마스를 축하한다는 사실에 놀라움을 금치 못했다.

얼마 뒤, 가냘픈 한 여인이 하늘을 올려다보더니 다시 땅을 내려다보면서 망설이는 모습이 보였다.

하싸는 잰걸음으로 그녀에게 다가가 모자를 벗었다.

"어떻게……"

아시아데는 그의 얼굴을 보고 다소 혐오스럽다는 표정을 지었지만, 턱을 살짝 내밀면서 말을 멈추었다.

"기다리다 녹초가 됐습니다, 아가씨."

하싸가 말했다.

아시아데는 입을 오므리며 대꾸했다.

"아가씨라니요? 제 이름은 아시아데예요."

그녀는 반대편 다리로 체중을 옮기면서 생각에 잠긴 모습으로 말을 덧붙였다.

"비가 오는군요. 이러고 있다가는 아버지가 나오셔서 당신 입술을 도려낼 거예요. 그럼 어쩌실래요?"
"누구에게도 키스를 못하게 되겠죠."
하싸는 짐짓 슬픈 표정으로 대답한 후, 아시아데의 팔을 잡으려 했다.
"안 돼요, 안 돼! 아버지는 매우 엄격한 분이세요."
그녀는 완강하게 말했다. 그리고 한동안 잠자코 있더니, 마침내 결심한 듯 입을 열었다.
"어디로든 가는 게 좋겠어요. 아버지가 정말로 나오실 것 같아요."
아시아데는 걸음을 뗐고, 하싸는 그녀를 쫓아가면서 주차해 둔 차를 열심히 가리켜 보였다. 그러나 그녀는 힘껏 고개를 저었다.
"싫어요. 그냥 따라오세요."
하싸는 하는 수 없이 그녀를 따라갔다.
비텐베르크 광장에 도착하자 다시 비가 내리기 시작했다. 아시아데는 거리로 삐죽 튀어나온 지붕 아래에 멈춰 서서 잠시 망설였다.
"한 번만 선심을 베풀어 주시죠. 부탁입니다. 저 카페 안으로 당신을 따라 들어갈 순 없을까요? 사람도 많고 불도 환하게 켜져 있잖아요."
하싸가 겸손하게 말했다.
그러자 아시아데가 그를 바라보며 말했다.
"고약한 날씨로군요. 우리가 이 나라를 정복하지 못한 이유를 알 것 같아요."
그녀는 하늘을 올려다보며 관대한 말투로 이렇게 덧붙였다.
"저를 카페 안으로 안내하는 걸 허락하겠어요."
그녀는 아직 화가 누그러진 것 같지 않았다. 아시아데는 길을 건넜고, 하싸는 유리문을 열어 주었다. 이윽고, 두 사람은 카페 안에 자리를 잡았다. 아시아데는 경건한 몸짓으로, 모카커피가 담겨 있는 잔 위로 몸을 숙여 향기를 들이마셨다. 기분 좋게 심장이 뛰는 느낌이었다.

"제게 화내지 말아요, 아시아데. 다시는 그러지 않겠습니다."

하싸는 난감한 표정으로 애원했다.

아시아데는 놀란 얼굴로 잔을 내려놓았다.

"정말인가요?"

그녀는 떨리는 목소리로 물은 뒤 입술을 깨물었다. 하싸는 홀가분한 기분으로 손을 내밀었고, 아시아데는 우아한 몸짓으로 그의 손을 잡았다. 그는 그녀의 손등에 부드럽고 정중하게 입을 맞췄다. 이것으로 둘의 화해가 이루어진 것이다.

두 사람은 손님으로 가득 찬 카페에 바싹 붙어 앉아 있었다. 아시아데는 팀북투에서 온 흑인 남자, 터키에 있을 때 아랍 기도문을 가르쳐 주던 환관, 베를린의 그 어떤 거리보다도 아름다운 페라 대로, 그리고 자신의 정혼자 압둘 케림 왕자에 대해서 이야기했다.

"그 사람과 정말로 결혼할 건 아니죠?"

하싸가 걱정스러운 얼굴로 물었다.

"얼굴을 본 적도 없어요. 아는 거라곤 지금 나이가 서른이라는 것뿐이죠. 그 사람은 혁명이 일어난 뒤 사라져 버렸어요. 정확히 말하자면 저를 버린 셈이죠. 그렇지만 달리 방법이 없었을 거예요."

하싸는 이해할 수 있다는 표정으로 그녀를 바라보면서, 혁명에는 많은 사연이 얽혀 있을 수도 있다고 생각했다.

"공부를 마치면 뭘 할 생각인가요?"

하싸가 물었다.

아시아데는 카운터에 놓여 있는 케이크들을 물끄러미 바라보다가 초콜릿 케이크를 골랐다. 그리고 하싸의 물음에 이렇게 대답했다.

"미국 대통령이나 아프가니스탄 왕 중 한 명을 골라 결혼할 거예요."

그녀의 입술에는 하얀 설탕이 묻어 있었다. 하싸는 담배를 권했고, 그녀는 기꺼이 손을 내밀어 케이스에 든 담배 한 개비를 받았다.

"누군가를 사랑해 본 적이 있나요?"

하싸가 물었다.

아시아데는 얼굴을 붉히며 담배를 내려놓았다. 그녀의 회색빛 눈동자가 번득이고 있었다.

"유럽 사람들은 도무지 예의라고는 모르는군요."

그녀는 격한 목소리로 말했다.

"낯선 여자와는 사랑에 대해 말하는 게 아니에요. 그렇게 눈을 동그랗게 뜨고 낯선 여자를 쳐다봐서도 안 되죠. 우리도 당신들만큼이나 사랑에 대해 알고 있어요. 단지 신중하고 말을 삼갈 뿐이에요. 그 때문에 당신들은 우리를 야만인이라고 부르는 거겠죠."

화난 그녀의 모습은 아름다웠다. 동공은 넓어져 있었고, 담배를 빨아들인 그녀의 입은 위쪽으로 연기를 내뿜었다. 그녀는 자신이 돌이킬 수 없을 만큼 하싸를 사랑하게 되었음을 알고 있었다.

하싸는 아시아데를 바라보았다.

"기분을 상하게 하려던 건 아니에요, 아시아데."

그는 서글픈 목소리로 말했다.

"단순한 호기심 때문에 물은 건 더더욱 아니었어요. 사실은…… 왜냐하면…… 이해 못하겠어요? 어떻게 설명하면 되죠? 그게……."

그는 입을 다물고 곤혹스런 표정으로 주위를 둘러보았다. 정신분석학 입문서를 읽어 보는 것도 그리 나쁠 것 같지는 않았다.

아시아데는 속으로 재미있다고 느끼며 그를 바라보았다. 유럽인들은 감정에 관해서는 너무나 순진했고, 그들에게선 터키인들만의 품위를 조금도 찾아볼 수 없었다. 그녀는 담배를 내려놓고, 동정 어린 눈으로 그를 바라보며 짤막하게 말했다.

"어디 한번 얘기해 보세요."

"제 인생에 이상한 일이 생겨났어요. 그래서 사람들 생각을 물으며 사랑이 무언지 알아보려는 거예요. 저는 예전에 결혼했었지만 지금은 이혼했어요."

아시아데는 천진난만한 얼굴로 조용히 그를 바라보았다. 그녀의 윗입술이 곡선을 그리며 올라갔고, 입은 살짝 벌어져 있었다.

아시아데는 갑작스레 몸을 앞으로 굽히더니 심하게 기침을 했다. 유럽인들은 참으로 알 수 없는 사람들이었다.

"이제 알겠어요. 부인이 아이를 갖지 못해서 인연을 끊으셨나 보군요."

그녀는 동정 어린 목소리로 말했다.

"아이라뇨?"

하싸는 깜짝 놀랐다.

"아이가 이 일과 무슨 상관이죠? 마리온은 아이를 원하지도 않았어요."

이번에는 아시아데가 깜짝 놀랐다.

"아이를 원하지 않았다고요? 하지만 아이를 갖는 건 아내의 본분이에요."

"세상에!"

하싸가 신음하듯 말했다.

"문제는 그게 아니었어요. 제게 친한 친구가 한 명 있었는데 늘 저희 집에 놀러오곤 했죠. 그런데 하루는 마리온이 그 친구랑 달아나 버렸어요."

그는 어깨를 으쓱해 보였고, 아시아데는 깜짝 놀라 눈을 휘둥그레 떴다. 잠시 후, 그녀는 모든 상황을 이해할 수 있었다.

"아, 이제야 알겠어요. 그 사람들을 쫓아가서 죽였군요. 그래서 당신 나라를 떠나 숨어 지내는 거고요. 재판과 피를 부르는 복수를 피하기 위해서 말예요. 당신 같은 처지에 놓인 사람들은 많아요."

하싸는 아시아데가 자신을 살인도 서슴지 않는 사람으로 생각하는 것이 언짢았다.

"저는 숨어 지낼 필요가 없어요. 법 역시도 제 편이랍니다."

그는 자랑스럽게 말했다.

아시아데는 고개를 내저었다.

"우리나라였다면 그런 여자를 들고양이랑 같이 사루에 넣어 보스포루스 해협에 던져 버렸을 거예요. 남자는 칼로 찔러 죽이고요. 그런 후에야 다들 드디어 정의가 실현됐다고 생각할 거예요. 그럼 당신이 너무 잘 숨어 있어서 적들이 찾아내지 못하는 모양이죠?"

"아뇨, 올 여름내 두 사람은 티롤 산맥에 함께 있었어요. 그런데 왜 적이라고 말하는 거죠?"

하싸가 말했다.

아시아데는 아무 대답도 하지 않았다. 이런 남자에게 사랑에 대해 설명하는 건 부질없는 일이었다. 그는 유리벽에 갇힌 사람처럼 고개를 숙인 채 어색하게 앉아 있었다. 그녀는 빈 커피 잔을 바라보며 만족감을 느꼈다. 그가 몹시 외로운 남자라는 사실을 알게 된 것이 기뻤기 때문이다.

"그런데 정신분석학을 어떻게 생각하십니까?"

하싸가 불쑥 질문을 던졌다.

"뭐라고요?"

아시아데는 깜짝 놀라며 물었다. 유럽인들이 생각을 늘어놓는 방법은 보스포루스의 군사령관들과는 전혀 달랐다.

"정신분석학 말입니다."

"그게 뭐죠?"

"정신분석학자는 다른 사람들의 영혼을 들여다보는 사람이에요. 제가 사람들 목을 들여다보는 것처럼요."

"말도 안 돼요."

아시아데는 몸서리를 쳤다.

"어떻게 낯선 사람한테 자신의 영혼을 보여 줄 수 있죠? 그건 강간당하는 것보다 심한 일이에요. 오직 예언자나 황제만이 그런 일을 할 수 있어요. 감히 누군가 제 영혼을 들여다보려 한다면, 저는 그자를 죽여 버릴 거예요. 당신네들은 벌거벗은 채로 거리를 활보할 수도 있겠군요."

그녀는 말을 멈추고 손으로 이마를 닦았다. 그리고 갑자기 행복한 미소를 지으며 하싸를 바라보았다.

그녀가 유순한 목소리로 말했다.

"저는 목을 들여다보는 사람이 훨씬 좋아요."

하싸는 바닥에 꿇어앉아, 회색 눈동자를 가진 이 여인에게 사랑을 애원하고 싶은 충동을 간신히 억누르며 마음을 가라앉혔다.

"갑시다!"

그가 갑자기 큰 소리로 말했고, 아시아데는 고개를 끄덕였다. 그녀는 더 이상 자신의 의지대로 움직일 수 없는 사람이 된 것 같았다.

두 사람은 손을 잡고 차가 있는 곳까지 걸어갔다. 이미 밖은 어두워져 있었고, 길 양옆으로 늘어선 가로등은 저 멀리에서 하나로 합쳐졌다. 아시아데는 보스포루스에 두고 온 집도, 지금쯤 집에 돌아와 자신을 기다리고 있을 아버지도 잊은 채 불빛을 바라보았다.

하싸는 낯선 나라의 동물처럼 커다란 체격을 가진, 이해할 수 없는 사람이었다. 그리고 그의 자동차는 밤이 만들어 내는 빛과 그림자 속에서, 갑옷을 입은 커다란 코끼리처럼 보였다. 두 사람은 차에 올라탔고, 아스팔트길은 차바퀴 아래로 안개처럼 사라졌다. 자동차는 쿠어퓌어스텐담을 따라 달리다가 고속도로로 접어들었다. 납작한 지붕에 네모진 모양의 집들이 자동차 불빛에 갑자기 나타났다가 사라졌고, 앙상한 뼈대처럼 하늘을 향해 우뚝 서 있는 라디오타워는 강철로 만든 창처럼 보였다.

두 사람은 아무 말 없이 나란히 앉아 널따란 고속도로를 달렸다. 하싸가 엑셀을 밟자 속도계의 바늘이 돌아갔다. 촉촉하게 습기를 머금은 바람이 아시아데의 얼굴을 스쳐 갔다. 하싸는 그녀의 휘날리는 머리칼과 한 곳을 응시하고 있는 회색 눈동자를 바라보았다. 그러고 나서 다시 속도를 올렸고, 커브 길을 돌 때 그녀의 손이 자신의 어깨에 와 닿는 것을 느꼈다.

자동차는 마법에 걸리기라도 한듯 어둠을 가르며 질주했다. 바깥세상은 그 형태를 잃어버리고, 마치 하나의 거대한 회색 덩어리 속으로 녹아드는 것 같았다. 하싸의 관자놀이가 팔딱거렸다. 그는 미친 듯 달리는 자동차 안에서, 생전 처음 실타래에 감겨 있던 실이 풀리듯 사랑이 솟아나는 것을 느꼈다. 자동차 불빛을 받은 아스팔트길은 끊임없이 말리는 리본 같았다. 지금 그의 옆에 앉아 있는 여인은 달리는 차의 광적인 속도감 속에서, 영원히 그의 사람이 되기 위해 갑자기 다가왔던 것이다.

아시아데는 하싸를 향한 자신의 순종에 놀라서, 반쯤 눈을 감은 채 꼼짝 않고 앉아 있었다. 이는 자신조차도 예기치 못한 상황이었다. 그녀는 자동차의 손잡이를 힘껏 움켜쥐었다. 쏜살같이 스쳐 지나가는 취한 세상 속으로, 세상의 모든 것이 사라지는 듯 보였다.

그녀는 속도계로 시선을 옮겼다. 속도계의 바늘이 숫자 하나를 가리키고 있었지만, 그것이 빠른 것인지 느린 것인지 더 이상 알 수가 없었다. 아시아데는 바람과 속도, 저 멀리 라디오타워에서 새어 나오는 음산한 불빛과 하나가 되어 갔다.

"이제 그만요."

그녀는 심한 피로감을 느끼며 속삭였다. 하싸는 다시 천천히 그리고 조용히 시내 쪽으로 차를 몰았다.

우란드가街에 있는 집 앞에 도착했을 때, 하싸는 창백하고 피곤해 보였다. 아시아데는 한 손으로 하싸의 목을 감쌌고, 그는 그녀 쪽으로 몸을 굽혔다.

"고마워요."

아시아데의 부드러운 목소리가 아주 먼 곳에서 전해져 오듯 아련하게 들렸다. 하싸는 그녀의 얼굴에서 전해지는 온기와 어린애 같은 입술에서 새어 나오는 거친 숨결을 느꼈다. 그는 아시아데의 볼을 만지며 눈을 감았다. 아시아데의 입술은 아주 가까이에 있었다. 그가 몸을 숙이면서 눈을 떴을 때, 그녀는 아까와 똑같은 표정을 짓고 있었다. 그러면서 아주 멀리에 있어 그녀의 눈에만 보이는 무언가를, 걱정스러우면서도 갈구하듯 바라보는 것 같았다.

"고마워요."

그녀는 다시 한 번 인사를 하고 차에서 내린 후, 한마디 말도 없이 건물 안으로 들어갔다. 하싸는 당혹감과 황홀감을 동시에 느끼면서 그녀의 뒷모습을 바라보았다.

6

> 중국인들은 이렇게 말했다.
> '터키를 전멸시키자. 그럼 이 땅에 터키인들은 한 명도 남지 않고 사라질 것이다.'
> 그러나 터키의 하늘, 터키의 신성한 땅과 물은 이렇게 말했다.
> '터키가 망하는 일은 없을 것이다. 우리를 위해서라도 터키인들을 안전하게 지키자.'
> 말을 마친 하늘은 나의 아버지이신 일테레스 칸의 머리칼을 잡고 모든 사람들이 볼 수 있도록 높이 들어올렸다. 그리고 칸*이신 나의 아버지는 이렇게 말씀하셨다……

아시아데는 비명碑銘에 새겨진 룬문자**를 손가락으로 짚어 가며 정신을 모아 읽었다.

'이건 말하기 위해서라기보다 읽기 위해 만들어진 문자야.'

그녀는 피로를 느끼며 이렇게 생각했다. 옛 문자의 수수께끼 같은 각

---

* 중앙아시아 제국의 통치자의 존칭.
** '룬Rune'은 '비밀'이란 뜻이며, 초기 게르만족이 점술에 사용한 부호를 가리켰던 것으로 추정된다. 1세기경부터 17세기경까지 썼으며, 최고의 알파벳은 8문자를 한 조로 하여 24문자로 되어 있다.

진 획들이 그녀의 눈앞을 떠다니기 시작했다. 수천 년 전, 머나먼 몽고의 스텝 지역에서 생활하던 야만인들은 자신들의 위대함을 알리기 위해 조잡한 기념비들을 건립했다. 그 야만인들은 이미 사라졌지만, 기념비의 거친 문자는 세월을 견뎌 냈다. 비바람 속에서 묵묵히 침묵을 지키며, 텅 빈 몽고의 대초원과 어두운 거울같이 차고 이름 없는 강을 지켜보았던 것이다. 돌이 산산조각 난 곳을 지나가는 유목민들은, 땅속에 반쯤 묻힌 채 오랫동안 잊힌 과거의 영광을 드러내는 기념비를, 두렵고 걱정스러운 모습으로 바라보았다. 먼 서구에서 온 방랑자들은 거친 황무지에서 길을 잃었으나, 훗날 고국으로 돌아가 신비로운 비명碑銘에 대한 이야기를 전했다. 드디어 비명을 연구할 원정대가 도착했고, 그들은 노련한 손놀림으로 세상에 알려지지 않은 기호를 베꼈다. 이렇게 해서 만들어진 탁본은 하얀 종이 위에 인쇄되어, 이제 학자의 조용한 서재 안에 놓이게 되었다.

학자는 힘줄이 불거진 여윈 손을 들어, 애정 어린 손길로 오랜 세월을 견뎌 온 문자를 어루만졌고, 그 종이 위로 깊게 주름진 이마를 숙였다. 그로 인해 비명은 서서히 비밀의 베일이 걷혔으며, 비바람에 시달린 각진 기호에서는 스텝을 누비던 늑대의 울음소리가 들려오는 듯했다. 그리고 머나먼 곳의 유목민들과, 기다란 갈기를 늘어뜨린 작은 말을 타고 있는 야성적인 지도자의 모습이 세상에 드러났다. 아주 오래전의 모험담과 전쟁담, 영웅담도 흘러나왔다.

아시아데는 부드러운 눈길로 거친 문자들을 바라보면서, 자신의 꿈과 욕망, 희망에 관한 이야기를 읽고 있는 듯 느꼈다. 그리고 단어들의 원시적인 형태와 구조가 만들어 내는 무질서 속에서, 큰 소리로 외치고 있는 커다란 무언가를 느꼈다. 그녀는 아주 오래전, 자신의 선조들이 만들어 내던 소리에 숨겨진 비밀스런 기원을 어렴풋이나마 깨달았다. 그리고 그 옛날 눈에 뒤덮여 꽁꽁 얼어붙은 스텝에서 유랑생활을 했으며, 신흥부족의 시조가 되었던 사람들을 떠올렸다. 그들은 수수께끼 같은 그들의 영혼으로부터, 자신들의 언어를 이루게 될 최초의 소리를 만들어 내고 있었다. 그녀는 자그마한 손가락으로 문자를 짚어 가며 천천히 비명을 읽었다.

> 당시 나의 형인 퀼 테긴은 16살이었다. 그의 영웅담을 들어보라!
> 그는 변발족과의 싸움터로 가서 그들을 무찔렀다. 전장에 몸을 던져, 전사인 자신의 손으로 5만 명의 군사를 거느린 적장, 옹그 투탁을 처단했던 것이다.

벨이 날카로운 소리를 내며 울렸다. 아시아데는 고개를 들고 피곤한 눈을 문질렀다. 그녀는 작은 열람실에 앉아 있었다. 주변에서는 중국학자들이 목이 쉰 채 중얼대는 소리와 아랍학자들의 간결하고 묵직한 억양, 그리고 이집트 학자들의 자음을 삼켜대는 희미한 억양이 들려왔다. 사람들은 이집트 학자들이 나일 강의 모든 신비를 밝혀냈지만, '오시리스(이집트 신화에 나오는 대지大地의 신神-역주)의 정확한 발음만은 알아내지 못했다고 했다.

아시아데는 자리에서 일어선 뒤, 강의시간표를 읽어 내려갔다.

> 최초의 오스만. 8번 강의실. 강사, 메이어 박사

그녀는 강의실로 올라가다가 복도에서 헝가리 출신의 학자인 추어마

이 박사를 만났다. 그는 꽤나 흥분된 모습으로, 최근 피노우그리아계(핀란드어, 헝가리어 등에 이에 속함-역주) 교착어膠着語*형에서 터키어적인 요소가 발견됐다고 말했다. 그러나 그녀는 건성으로 그의 말을 들었다. 그녀는 피노우그리아족 사람을 딱 한 번 만난 적이 있었다. 그는 금발 머리의 헬싱키 출신 스튜어드였는데, 퉁퉁한 몸집에 럼(당밀이나 사탕수수를 발효하여 증류한 술-역주) 냄새를 풍기고 다녔으며, 언제나 몰상식한 욕설을 퍼붓곤 했다. 아시아데는 그의 조상이 태어난 곳이, 최초의 오스만들이 탄생하여 서쪽으로 세력을 넓혀 갔던, 바로 그 머나먼 스텝과 같은 지역이라는 사실에 적잖이 놀랐다.

"부정과거不定過去형에서 발견됐어요."

추어마이 박사가 재차 강조하여 말했다.

"무슨 말인지 알겠죠? 부정과거형에서 발견됐단 말입니다."

아시아데는 무슨 말인지 충분히 이해했고, 두 사람은 강의실 안으로 들어갔다. 중국학 전문가 괴츠가 머리칼이 다 빠진 머리를 종잇장 위로 숙이고, 타르타르족 출신인 라흐마눌라에게 암호처럼 보이는 '튀케'라는 단어를 설명하고 있었다. 그는 종이 위에 보기 좋은 곡선을 그리면서 울려 퍼지는 목소리로 말했다.

"알아듣겠나? 여기서 단어의 뜻은 아무런 상관이 없어. 문제가 되는 것은 발음이지. 중국에는 'r' 발음이 없어. 그러니까 '튀케Tu-ke'는 '튀르크Turke' 혹은 '티크Turk'를 뜻하는 거야."

라흐마눌라는 인상을 쓰며 입을 벌렸다. 그리고 암호처럼 생겼으며,

---

* 언어의 형태적 유형의 하나. 실질적 의미의 단어나 어간에 문법적 요소가 차례대로 결합하여, 문장 내에서의 문법적 역할이나 관계의 차이를 나타내는 언어이다. 한국어·일본어·터키어·핀란드어 등이 여기에 속한다.

그 뜻은 중요치 않은 단어를 작은 눈으로 화난 듯 노려보았다. 그때 머리칼은 희끗희끗하지만 얼굴은 젊어 보이는 메이어 박사가 강의실 안으로 들어왔다. 그는 스와비아(독일 남서부의 역사적인 지역-역주) 억양으로 동양의 모든 언어를 구사할 수 있는 사람이었다. 그는 알타이족의 생활 터전이었던 골든 마운틴과, 카라 칸의 아들이자 위대한 영웅이었으며 자신의 민족 내에 군대를 조직했던 오글러스 칸, 그리고 오스만의 조상인 에르토그룰에 대해 이야기했다. 에르토그룰은 444명의 병력을 이끌고 그리스를 공격하여 신성한 오스만 제국을 건설하였던 것이다.

"에르토그룰에게는 세 명의 아들이 있었죠."

메이어 박사는 스와비아 사투리로 말했다.

"오스만, 게두살프, 수라야티 사브드시였는데, 이들 중 첫째가 진정한 팽창 정책의 기틀을 마련했던 겁니다. 우리가 오늘 이곳에 모인 것도 바로 이 오스만 제국의 팽창 정책에 대해 알아보기 위해서입니다."

어느 정도 시간이 흐른 후 수업의 끝을 알리는 벨이 울렸고, 메이어 박사는 강의를 마쳤다. 그는 왠지 불안해 보였는데, 안정감 있는 학자의 모습을 갖추려면 아직 시간이 많이 필요할 것 같았다.

아시아데는 계단을 뛰어 내려간 뒤, 달팽이가 껍질 안에 몸을 숨기듯 도서관 안으로 들어갔다. 그녀는 서가에서 손에 잡히는 대로 두꺼운 책 한 권을 골라잡은 뒤, 놀란 얼굴로 겉표지를 읽었다.

《카다쿠 빌리크, 신성한 지식, 2세기의 위구르 윤리학》

그녀는 '15페이지 15째 줄'이라고 스스로에게 명령을 내리며, 책을 펼쳤다. 그리고 흥분된 마음에 몸을 떨며, 위구르어로 쓰인 수수께끼 같은 문장들을 해독하기 시작했다. 문자는 불규칙했고, 형태는 낯설기만 했다. 이미 수업 시작을 알리는 벨이 울린 지 오래였지만, 아시아데는 과거의 비밀 속에 몰입한 채 수업 따위는 아랑곳하지 않았다. 마침내 그녀는 해석을 마쳤다.

> 인간에게 주어진 모든 것은 왔다가 사라지기 마련이다. 오직 신성한 지식만이 영원히 남는다. 또한 이 세상이 소유한 모든 것에는 끝이 있고 언젠가 없어지기 마련이다. 오직 기록된 글만이 영원히 남을 뿐이며, 그 외의 모든 것은 흘러서 지나가 버린다.

아시아데가 해독한 문구는 심오하게 들렸지만 그녀가 생각하는 것과는 아무런 관계가 없었다. 그녀는 고개를 숙인 채, 자신이 해석한 내용을 물끄러미 바라보았다. 엄청난 체력을 소모해 가며 고작 빈 병의 코르크 마개를 연 것 같은 기분이었다. 그녀는 종이를 주머니에 넣고 주위를 둘러보았다. 그리곤 도서관 안에 혼자만 있다는 사실에 만족스러워하며 살짝 머리를 긁었다. 지금의 모든 생활이 예전 같지 않은 것만은 분명했다. 하싸는 매일 집 앞에서 기다리고 있다가 그녀를 학교에 데려다 주거나, 베를린 서부의 전나무 숲인 그뤼네발트로 데려가곤 했다. 그는 그녀에게 꽃을 선물했고, 가족을 이루는 것이 얼마나 즐거운 일인지 이야기하기도 했다. 가끔은 그녀의 손과 이마를 입술로 어루만지기도 했다.

아시아데는 길게 늘어선 책꽂이들을 날카로운 눈으로 바라보았다. 정숙한 행동을 위한 규율을 따르면서 베일로 얼굴을 가리고 살았더라면, 모든 것이 달라졌을지도 모른다. 하싸는 그녀의 얼굴을 볼 수 없었을 것이며, 그녀의 인생 또한 이처럼 복잡해지지 않았을 것이다. 더욱이 우랄알타이어語*의 접두사를 연구하는 대신 사랑의 신비에 골몰하는 일 따위는 생기지 않았을 것이다.

그녀는 골똘히 생각에 잠긴 채, 짙은 색깔의 나무 책상을 손톱으로 긁었다. 그녀는 자신의 고향을 떠난 것이야말로 실수라고 생각했었다. 그러나 그런 결정을 내린 건 다름 아닌 아버지였고, 이제 재앙이 그녀 곁으로 다가오고 있었다. 감정, 사상, 행동 등 모든 면이, 그녀가 알고 있는 것들과 판이한 외국 남자를 사랑하게 된 것이다. 아시아데는 스스로에게 혐오감을 느끼며 한숨을 쉬었다. 자신이 마냥 무기력하고 수치스럽게 느껴졌다. 하싸는 그녀의 뒤를 쫓고 있었고, 매혹적인 그의 말과 외모 그리고 몸짓을 피해 달아날 곳은 아무 데도 없었다. 아시아데는 자리에서 일어나 책꽂이 앞으로 갔다. 문 앞에 앉아 도서목록을 뒤적이고 있던 대머리 사서는 호기심 어린 눈으로 그녀를 바라보았다. 아시아데는 짐짓 특별한 책을 찾는 척하면서, 초조한 눈빛으로 《스와힐리어** 문법》과 《11세기와 12세기의 페르시아 시詩 개론》이라고 쓰인 책들을 바라보았다.

'결혼……'

아시아데는 착잡한 기분을 느끼며 자리로 돌아가 앉았다. 그녀는 종이쪽 위에 악마의 머리와 기하학적인 모양들을 그렸고, 들어 본 적도 없고 존재하지도 않는 활용어미들을 긁적였다. 이윽고 연필을 내려놓은 그녀는, 종이쪽 위에 보기 좋은 아랍 문자로 '압둘 케림 왕자'라고 쓰여 있는 것을 보고 스스로 놀라움을 금치 못했다. 아시아데는 고개를 흔들

---

* 핀란드어, 헝가리어 등이 속한 '우랄어족'과 퉁구스어, 몽골어 등이 속한 '알타이어족'을 하나로 묶었을 때의 총칭.
** 동아프리카 콩고의 공용어.

면서 왕자의 이름을 다시 라틴어로 쓰더니, 이내 그 이름마저 지워 버리고 터키어로 왕자의 이름과 직위를 써 내려갔다.

Shah-Sade-Abdul-Kerim Effendi Hasretlari
(샤 사이디 압둘 케림 에펜디 하스레트랄리)

아시아데는 지금까지 잃어버린 왕자 이외에 다른 것을 생각해 본 적이 없음을 깨달았다.

그녀는 왕자를 한 번도 본 적이 없었다. 하지만 배를 타고 그의 궁전 앞을 지나면서, 테라스에 나와 있던 외로워 보이는 신하들을 볼 때 그의 존재를 느낄 수 있었다. 왕자는 틀림없이 창백한 피부에 오스만가家의 특징인 기다란 매부리코를 가지고 있으리라. 어쩌면 슬픈 눈을 하고 입을 굳게 다물고 있을지도 모른다. 그리고 술탄 압둘 아시스처럼 우울한 성격의 소유자이거나, 압둘 하미드처럼 교활하고 나약하며 난폭한 성격의 소유자일 수도 있다. 아니면 조용한 성격의 몽상가였던 메메드 라시처럼, 그 뒤로 가려진 내세를 느낄 수 있도록 반쯤 눈을 내리깔고, 빈둥거리며 나날을 보냈을지도 모른다.

아시아데가 아는 건 아무것도 없었다. 그녀가 알고 있는 사실은, 한때 보스포루스의 궁전에 살았던 왕자가 자신과 결혼을 약속한 사람이며, 자신은 다른 누구도 사랑해서는 안 된다는 것, 그럼에도 자신은 기다란 다리와 웃는 눈을 가진 야만스런 남자를 사랑하게 되었다는 것뿐이었다. 그러나 왕자는 떠났고, 그 역시 아시아데를 한 번도 본 적이 없었다. 왕자는 어쩌면 그녀가 존재한다는 사실조차 모를 수도 있었다. 그는 잘 손질되어 부드러운 손을 가진 사람일지도 모른다. 그리고 현실에 지친 나머지, 최근 사망한 오스만 제국의 왕세자처럼 마음의 평화와 망각을 얻기 위해 죽음을 갈망하고 있을지도 모를 일이었다.

지칠 대로 지친 마지막 오스만가家의 사람들은 생명력이 거의 고갈된 상태였다. 반면, 하싸는 강하고 건강한 남자였으며 아시아데의 곁에 있었다. 그녀는 어깨를 움츠렸고, 도무지 생각의 갈피를 잡을 수가 없었다. 그녀는 이제 더 이상 왕족이 아니며, 한 번도 본 적 없는 왕자를 위해 슬퍼하고 있었던 것이다. 아시아데는 연필로 왕자의 이름 둘레에 아름다운 곡선으로 장식을 하고, 그 아래에 '아시아데는 바보야.'라고 썼다. 갑자기 꿈을 꾸는 것 같기도 하고 깨어 있는 것 같기도 한 상태로 평생을 살아온 기분이 들었다. 그녀는 이마에 흘러 내려온 머리칼을 넘기고, 가방에서 종이 한 장과 만년필을 꺼냈다. 그런 뒤, 곰곰이 생각해 가며 천천히 글을 쓰기 시작했다.

존경하는 압둘 케림 에펜디 하스레트칼희 왕자님께!

아시아데는 자신도 마지막 오스만가家 사람들처럼 미쳐 버린 것이 분명하다고 생각하면서, 방금 써 놓은 글귀를 한참 동안 바라보았다. 그리고 다시 만년필을 들었다.

전하! 전하는 저를 단 한 번도 보신 적이 없습니다. 어쩌면 제 이름조차 기억하지 못하고 계실지 모릅니다. 믿음을 가진 모든 이들을 지켜 주시는 존엄하신 할제께서는, 제가 전하의 궁전에 들어가도록 운명 지으셨습니다. 이것이 알라의 뜻이었다면, 전 아마 전하의 가장 순종적인 노예이자 가장 충실

한 아내가 되었을 것입니다. 그러나 전하, 불행하게도 그건 알라의 뜻이 아니었습니다. 저는 지금 베를린에 살고 있으며 '지식의 전당'을 드나들면서 전하의 조상들에 대한 역사를 공부하고 있습니다. 저는 너무도 외로운 나머지 크나큰 슬픔에 빠져 있습니다. 그리고 베일을 쓰지 않기에 수많은 낯선 남자들이 제 얼굴을 들여다볼 수 있습니다.

위대하신 왕자님, 저를 벌하여 주시옵소서! 베일을 쓰지 않는 여자가 죄악의 희생양이 되지 않고 버티기란 너무도 어렵습니다. 전하의 위대하신 발밑에 엎드려 간청하오니, 부디 전하가 계신 곳으로 저를 데려가 주시옵소서. 그리하여 전하의 시중을 들며, 전하께서 호흡하시는 공기를 저 역시 들이마실 수 있게 해 주시옵소서. 만약 식당 종업원이 되셔야 했다면 저녁에 일을 마치고 돌아오셨을 때 전하의 발을 주물러 드리겠습니다. 만약 낯선 도시의 좁은 길을 운전해야 하는 택시 운전사가 되셨다면 보온병에 뜨거운 커피를 담아 드리고, 집을 나서실 때 배웅을 하겠습니다. 그러나 전하께서 제게 이 같은 자비를 베푸실 수 없다면, 간청하오니 더 이상 저를 소유하지 말아 주시옵소서. 그리하여 제가 사랑이라 불리는 심연을 향해 자유롭게 달려갈 수 있게 해 주시옵소서. 이는 베일로 얼굴을 가리지 않는 여자들의 피할 수 없는 운명입니다.

전하, 전 아직 어리고, 출가하기 전에 받아야 할 교육을 미처 끝내지 못한 채 저희 집을 빼앗겼습니다. 그리하여 유약할 뿐만 아니라, 알라께서 여자들에게 내리신 임무인 인내심과 자제력도 아직 갖추지 못했습니다. 저는 자주 전하와 보스

> 포루스에 있는 전하의 궁전, 배를 타고 가며 바라본 궁전의
> 정원에서 자라던 나무들을 생각합니다. 당시 저는 장차 그 나
> 무 그늘에서 쉴 수 있을 거라 생각했었습니다. 전하, 부디 저
> 를 생각하며 눈살을 찌푸리지 마시옵소서. 저는 모든 이의 주
> 인이신 황제께서 제게 명하신 바와 같이, 전하께 복종해야 할
> 의무의 사슬에 묶인 노예입니다.

아시아데는 서명한 편지를 봉투에 넣었다가 다시 꺼내더니, 얼굴을 붉히며 추신을 덧붙였다.

> 만일 전하께서 답장을 보내 주지 않으신다면, 두렵지만 저를
> 불행하고 탐탁잖게 여기시는 것으로 생각하겠습니다. 그리고 이
> 러한 생각은 저를 낯선 사랑의 품에 안기게 할 것입니다.

아시아데는 편지를 봉하고 나서도 결심이 서지 않는 듯, 봉투만 하염없이 바라보았다. 왕자의 행방을 아는 사람은 아무도 없었다. 그녀는 혀 끝을 내밀어 입술의 오른쪽 끝에서 왼쪽 끝으로 천천히 움직였다. 그런 후, 봉투에 다음과 같이 적어 넣었다.

> 터키 공화국 정부 전교轉交*, 망명한 압둘 케림 왕자 귀하.
> 중요한 문서 재중. 전송 요망.

---

*다른 사람의 손을 거쳐서 받게 한다는 뜻으로, 편지 겉봉에 쓰는 말.

이 편지가 왕자에게 전달될 가망은 거의 없었다. 아시아데는 자리에서 일어나 도서관 밖으로 나갔다. 머리가 벗겨진 사서는 그녀를 새로이 인정하는 마음으로 바라보면서 생각했다.

 '정말 열심히 공부하는 학생이로군. 꼭 성공해야 할 텐데. 잘 안된다면 정말 유감이야.'

 한편, 아시아데는 도로텐가街를 걷고 있었다. 하싸가 아시아데에게 손을 흔들어 보였고, 그녀는 하싸의 차에 올라탔다. 그는 차를 몰면서 이탈리아로 신혼여행을 가면 정말 좋을 거라고 말했다.

 "잠깐 멈춰요."

 아시아데의 말에 하싸는 차를 세웠고, 그녀는 차에서 내려 우체통에 편지를 넣었다. 그녀는 차로 돌아온 뒤, 의자에 기대고 앉아 그다지 내키지 않는 목소리로 말했다.

 "이탈리아요? 정말 그렇게 생각하세요? 그래요, 좋을지도 모르죠."

 아시아데는 입을 다물고 창밖을 내다보았다. 그녀는 진심으로 하싸를 사랑했다.

7

 아흐메드 파샤는 와탄 카페에 앉아 자신의 인생이 엉망이 되어 가고 있음을 깨달았다. 인도 출신의 카페 주인은 카운터 뒤에서 염주를 만지작거렸고, 부차라 출신인 종업원 에메랄드는 커피를 날랐다. 체르케스는 알라의 뜻은 그 깊이를 헤아릴 수 없다고 말하고 있었다.

 "그게 종교의 뜻에 어긋나는 건 아니잖아요."

와탄 카페 안에선 비밀이란 없었기에, 아시아데에 관한 모든 사실을 알고 있는 에메랄드도 한몫 거들었다.

"그렇긴 합니다. 우리 종교의 뜻에 어긋나는 건 아니죠."

아흐메드 파샤가 슬픈 얼굴로 말했다.

그때, 아흐메디안 종파의 사제가 수염을 쓰다듬으면서 파샤의 옆 자리에 앉았다.

"모두는 하나이고, 하나는 모두와 같습니다."

그는 수수께끼 같은 말을 계속했다.

"인간은 육체의 결합을 통해 피의 결속을 이루어 낼 수 있죠."

사제는 셔벗을 마신 뒤, 파샤에게 담배 한 개비를 건넸다.

카페 주인은 염주를 내려놓고 침울하게 말했다.

"알라께서는 예언자의 입을 통해 '믿음 없는 개가 되느니 차라리 믿음을 가진 노예가 되는 것이 낫다'고 말씀하셨습니다."

"그건 불신자에게나 해야 할 말입니다. 부차라의 이맘은 바로 그 부분에 대해 주석을 달았습니다."

에메랄드가 주인의 말을 가로막았다.

모두들 입을 다물었고, 체르케스는 자리에서 일어나 옆방으로 갔다.

"정확히 말하자면, 하싸라는 사람은 신앙이 없는 게 아니라 자유사상가라고 할 수 있습니다."

아흐메드 파샤가 말했다. 그는 슬픈 얼굴로 고개를 끄덕였고, 카페 주인은 냉담한 목소리로 말했다.

"옳으신 말씀입니다, 장관님. 게다가 그 사람은 부자잖아요."

그때, 뚱뚱한 시리아인 한 명이 카페 안으로 들어서면서 마치 예언자 같은 태도로 말했다.

"대체 돈이 뭡니까? 황제의 왕좌 앞에서는 돈도 먼지와 다를 바 없습니다. 압둘 하미드의 그 많던 재산은 다 어디에 있습니까? 그 돈이 왕좌를 지켜 주었던가요? 성인이 말하기를……"

그는 에메랄드가 커피 잔을 앞에 내려놓는 바람에 말을 끝맺지 못했다. 그러자 카페 주인이 침울한 목소리로 냉담하게 말했다.

"옳으신 말씀입니다."

이렇게 시간이 흘렀다. 이윽고, 파샤는 햇볕에 그을린 메마른 손가락을 들어 올리며 커피 한 잔을 더 주문했다. 그는 멍하니 허공을 바라보면서, 사촌 키아심이 빠른 시일 안에 다시 돈을 보내 주지 않는다면 정말로 카펫 상점에서 일해야겠다고 생각했다.

카페 안에는 침묵만이 맴돌았고, 사람들의 속삭이는 소리가 나직이 들려왔다. 모로코인 한 명이 에메랄드에게 이야기를 하고 있었다.

"……그는 칼을 움켜쥐고서 수천 명에 달하는 이교도들을 단칼에 베었다네. 리프족*과 카빌족* 사람들은 모두 그의 편에 섰지. 그는 페즈(옛 모로코 왕국의 수도-역주)를 향해 진격했고, 장차 칼리프가 될 운명이었어. 믿음이 없는 자들은 이제 종말을 맞게 된 거지."

"옳으신 말씀입니다."

에메랄드는 모로코인의 이야기에 빠져들어 이렇게 말하면서 커피를 따랐다.

그때, 옆방에서 체르케스의 목소리가 들려왔다.

"어서 들어와요. 장관님께서도 무척 반가워하실 겁니다."

체르케스는 체격 좋은 남자의 손을 잡고 카페 안으로 다시 들어왔다.

---

* 리프족과 카빌족은 베르베르족의 한 부족.

골든혼의 여인 93

그 남자는 턱수염을 기른 얼굴에 순박해 보이는 짙은 눈동자를 가지고 있었다.

"장관님! 사라예보에서 온 상인, 알리 소콜로빅을 소개하겠습니다."

체르케스가 말했다.

보스니아인인 그 상인은, 파샤에게 소개된 것을 몹시 기뻐하며 고개 숙여 인사했다.

"사라예보는 유명한 도시죠."

파샤는 눈썹을 치켜 올리며 말했다.

"그렇습니다, 장관님."

상인은 매우 만족해하며 대답했다.

"그곳 사람들도 믿음이 깊고, 이슬람의 계율을 충실히 따랐으면 좋겠군요."

"물론 그렇습니다, 장관님. 신을 모르는 자가 어찌 사람이라 할 수 있겠습니까?"

그 보스니아인은 사라예보의 학교와 이슬람교도 사원, 그리고 터키가 통치하던 시절과, 보스니아에 머물면서 군을 지휘했던 아흐메드 파샤의 아버지에 대해 이야기했다.

"세상 사람들은 우리 민족에 대해 잘 알지 못합니다. 그러나 저희는 평화롭고 신앙심이 깊은 민족입니다. 우리나라에는 현자와 이맘 그리고 회교 사원이 있습니다. 메카를 순례한 사람들도 있지요. 혹시 사라예보에 오실 계획은 없으신지요?"

"글쎄요."

아흐메드 파샤는 콧수염을 어루만지며 먼 허공을 바라보다가 말을 이었다.

"사라예보에 사는 하싸노빅이라는 집안을 아십니까?"

"여러 집안이 있는 걸로 압니다, 장관님."

"둘로 나누어진 집안 말입니다. 그중 한쪽은 비엔나에 살고 있죠."

상인은 이제야 알겠다는 듯 고개를 끄덕이면서 당황한 기색을 보였다.

"그건 저희 잘못이 아닙니다, 장관님. 흰 양의 무리에 검은 양 한 마리쯤은 섞여 있기 마련이죠. 메메드 베이 하싸노빅이라는 남자가 있었습니다. 그 사람은 사라예보에서 모스타르까지 여행을 했습니다. 장관님의 부친께서 당신의 지혜로 우리나라를 복되게 해 주시던 때의 일이죠.

어느 날, 후세이노빅이라는 남자가 산중에서 하싸노빅을 공격했습니다. 아니면 하싸노빅이 후세이노빅을 공격했는지도 모릅니다. 오직 알라만이 진실을 아실 겁니다. 어쨌든 둘 중 한 명은 그곳에서 죽음을 맞이했습니다. 바로 후세이노빅이었죠. 저희는 집안끼리의 싸움에 관한 한 단순한 민족입니다. 그 때문에 그 산중에서 엄청난 양의 피를 흘리고 말았습니다.

그날 이후, 3년 동안 두 가문은 피를 부르는 복수를 계속했습니다. 마침내 하싸노빅은 속세에서 가진 모든 것을 챙겨, 손에 지팡이를 들고 아내와 아들을 데리고 비엔나로 떠났습니다. 그리고 그곳에서 믿음을 저버리고 살아왔던 거죠. 그의 아들은 부자가 되었고, 손자는 박식한 사람이 되었습니다. 그러나 알라께서는 믿음을 저버린 자들을 벌하시기 마련입니다. 그 집안사람들은 하나같이 가문에 수치를 안겨 주는 정숙하지 못한 아내들을 얻었죠."

말을 마친 상인은 조용히 자리에 앉아서, 끊임없이 콧수염을 움직이며 차를 마시고 음식을 먹었다. 얼마 후, 딱 벌어진 체격의 그 상인은 흙덩어리가 굴러가듯 카페 문을 나섰다. 아흐메드 파샤는 조용히 자리를 지키고 앉아 생각에 잠긴 얼굴로 담배를 피웠다. 그러다 갑작스레 카페 주인에게 말을 건넸다.

"바로 그렇게 된 거군요. 제 아버지께서 제대로 된 경찰력을 갖추지 못하셨기 때문에 그런 일이 생겼던 겁니다. 만약 법과 질서가 제대로 잡혀 있었더라면 후세이노빅은 하싸노빅을 공격하지 못했을 거고, 그럼 아무런 문제도 발생하지 않았을 겁니다. 결국 부모들이 저지른 죄악이 손자에게 해를 미친 거지요. 사정이 이렇다 해도, 역시 아시아데의 결혼을 승낙할 수는 없군요."

카페 주인은 앞으로 몸을 숙였다.

"제가 장관님이더라도 허락하기 싫겠지만, 그렇게 말하지는 않을 겁니다."

"어째서죠?"

"더 나은 대안이 없는 한, 무조건 안 된다고 말씀하셔서는 안 됩니다. 지금 장관님께 더 나은 대안은 없습니다."

"모든 것은 변하기 마련입니다."

"장관님, 두 사람이 서로 사랑한다면 오히려 잘된 일입니다."

"교수님, 우리가 젊었을 때는 결혼 전에 사랑 같은 건 하지 않았습니다."

"저희가 젊었을 땐 여자들이 모두 베일로 얼굴을 가리고 다녔습니다, 장관님."

"교수님 말씀이 맞군요. 하싸라는 사람이 괜찮은 젊은이인지 한번 만나 봐야겠습니다."

파샤는 자리에서 일어나 카페 문을 나섰다. 카페 주인은 파샤의 모습을 눈으로 좇았고, 에메랄드는 서글픈 목소리로 말했다.

"외상 커피 18잔에 오늘 마신 커피 다섯 잔을 추가하면 25잔이 되는군요."

"23잔이야, 에메랄드."

카페 주인은 많이 배운 사람이었기에 이렇게 말했다.

"23잔."

에메랄드는 외상 장부에 이렇게 기입하면서, 부러운 듯 이야기했다.

"아시아데는 아주 아름다운 여인이에요. 그런데 믿음이 없는 사람 곁에서 행복할 수 있을까요?"

"그런 문제에 관해서는 함부로 이야기하는 게 아니야, 에메랄드. 게다가 이스탄불에서 온 지체 높은 여인이라면 못할 일이 없는 법이야. 행복해지는 것까지도 마음대로 할 수 있지."

카페 주인은 입을 다물고, 달그락거리며 커피 잔을 정리했다. 그는 베일을 쓰지 않은 채 거리를 헤매다가, 낯선 남자와 사랑에 빠진 딸이 없음을 다행스럽게 생각했다.

뉴욕 5번가, 엠파이어스테이트 빌딩

건물의 꼭대기 층인 102층의 마룻바닥에는 회전 장치가 깔려 있었고, 재즈 밴드와 여성 밴드가 음악을 연주하고 있었다. 그 주위로 사방을 막고 있는 유리창이 있었으며, 그 밖으로는 맨해튼의 풍경이 길게 펼쳐져 있었다.

존 롤랜드는 창가에 놓인 테이블에 앉아 있었다. 마룻바닥은 빙글빙글 돌아가고, 여자들은 요란하게 다리를 흔들고 있었다.

"마티니."

존 롤랜드가 여자의 다리를 바라보면서 말했다.

"단맛이 없군."

그는 이렇게 덧붙인 후, 얼음을 넣어 차게 만든 쓰디쓴 술을 한입에 들이켰다. 그리고 자리에서 일어나 빙글빙글 돌아가는 마룻바닥을 가로질러 걸었다. 그의 발아래로는 101층 높이의 공간이 놓여 있었다. 사람들은 그곳에 수직 도시를 이룬 채 살고 있었으며, 사랑하고, 일하고, 잠을 잤다. 그는 유리로 만든 베란다로 나갔다. 네모진 고층 건물들이 어둠을 뚫고 불쑥 모습을 드러냈고, 불 켜진 수많은 창문들이 캄캄한 밤에 빛을 발하고 있었다. 그중 전체에 불이 켜진 층들은 초자연적인 어떤 힘에 의해 공중에 떠 있는 것처럼 보였다. 까마득하게 내려다보이는 거리는 마치 물이 마른 강둑 같았다. 그때, 저 멀리로 어두운 점 하나가 보였다. 그 점은 마치 불빛이 넘쳐흐르는 이 도시의 한 귀퉁이에 향기를 풍기는 듯했다. 바로 센트럴파크였다.

존 롤랜드는 앞으로 몸을 굽혔다. 살을 에는 듯한 바람이 넓고 뿌연 허드슨 강을 지나, 리버사이드(미국 캘리포니아주 남부-역주)로부터 불어왔다.

그는 까마득한 아래에 있는 거리를 내려다보면서 한순간 현기증을 느꼈다. 그러고 나서 '안 돼.'라고 생각하며 뒷걸음질을 쳤다. 그는 또다시 '안 돼.'라고 되뇐 뒤, 종업원을 향해 외쳤다.

"마티니 한 잔."

그는 푸른 힘줄이 팔딱거리는 손목을 바라보면서 다시 한 번 '안 돼.'라고 생각했다.

'언젠가는……, 하지만 아직은 아니야.'

그는 흰 양복조끼를 고쳐 입고 거울을 들여다보았다. 재즈 밴드는 열정적이면서도 그리움에 사무친 리듬을 연주하고 있었다. 존 롤랜드는 조끼 안주머니를 조심스럽게 어루만졌다. 주머니 안에는 세상으로부터 그를 지켜 주는 방호물이 실크에 싸여 들어 있었다. 그 방호물이란, 다름 아닌 얄팍한 수첩 두 권이었다. 하나는 존 롤랜드라는 이름이 적힌 지극히 합법적이며 정당한 미국 여권이었고, 또 하나는 동일한 이름 앞으로 발행된 뉴욕 은행의 수표책이었다.

존은 이 두 가지만 갖고 있으면 마음이 든든했고, 세상으로부터 보호받고 있다는 느낌이 들었다. 그는 위스키를 마시면서 내일 아침 머리가 아플 거라고 생각했다. 그는 벌써 수년째 아침마다 두통에 시달려 왔지만, 아직은 까마득한 저 아래 길바닥으로 뛰어내릴 마음이 없었다. 그는 자신의 형이나 아버지, 혹은 할아버지와는 다른 종말을 맞겠다는 야망을 갖고 있었다.

"위스키 한 잔 더!"

존은 정신이 맑아지는 것을 느끼며 이렇게 외쳤다. 그는 이미 많은 분량을 촬영한 뒤에야 젊은 과학자가 등장하는 것은 옳지 않다는 확신이 들었다. 그 젊은이는 촬영 초반부에, 그것도 클로즈업 촬영으로 등장하는 것이 옳았다. 그의 등장은 다음과 같이 끌어내는 것이 좋으리라.

'젊은 과학자는 정글에 마련한 실험실에서 열대성 말라리아와 싸우고 있다……. 그래, 좋았어.'

존 롤랜드는 이렇게 생각하면서, 아침이 되어도 자신이 구상한 내용을 잊어버리지 않기를 바랐다. 그는 자리에서 일어나 테이블 위에 몇 달러를 올려놓고 엘리베이터를 탔다. 그리고 거울에 비친 자신을 바라보았다. 연미복 차림에 흰 넥타이를 맨 수척한 모습이었다. 마호가니로 만든 엘리베이터는 빠른 속도로 내려갔고, 그는 귀가 웅웅거리는 것을 느꼈다. 이윽고 거리로 나선 존은 주차해 두었던 차에 올라탄 뒤, 텅 빈 5번가를 따라 천천히 차를 몰아 센트럴파크로 향했다. 그곳에 도착하자, 회전을 해서 바비존 플라자 호텔 앞에 차를 세웠다. 호텔 프런트에 있는 직원이 그에게 열쇠와 편지 한 뭉치를 건넸다. 호텔 직원을 바라보는 존 롤랜드의 눈빛이 갑자기 슬프고 피곤한 기색을 띠었다. 그는 방 안에 들어와 실내복으로 갈아입은 뒤, 잠시 망설이다가 위스키 한 잔을 따라 들고 책상 앞에 앉았다. 그러고 나서 커다란 봉투를 열고 편지를 보낸 샘 두스에 대해 생각했다. 자신의 대리인으로서 영화기획사와의 일을 맡아 보는 샘 두스의 본명은 페리클레스 이에프또마니데스였다. 하지만 그는 이미 오래전부터 본명을 사용하지 않았다.

샘의 편지 내용은 다음과 같았다.

> 친애하는 존, 당신 앞으로 온 편지 몇 통을 동봉합니다. 제작사에서 온 편지는 꽤 중요해 보이는군요. 만 달러를 투자한다면 유괴 장면을 하와이 현지에서 촬영하지 못할 이유도 없겠어요.

존 롤랜드는 한숨을 쉬었다. 그는 제작사로부터 온 편지를 읽으면서, 유괴 장면을 하와이에서 촬영해야 하는 시나리오를 쓰느니 차라리 서정적인 시를 쓰는 편이 낫겠다고 생각했다. 동시에, 하와이에서 촬영한 것 이외에도, 아직 사용하지 않은 필름을 많이 갖고 있는 제작자를 떠올렸다. 그 제작자는 만 달러라는 큰돈을 들여 영화대본을 바꾸려 하고 있었다.

존 롤랜드는 다른 편지들을 살펴보기 시작했다. 광고지, 청구서, 설문지들은 모두 편지를 보낸 회사의 이름이 찍혀 있는 직사각형 봉투에 들어 있었다. 그러나 그중 유일하게 하나만은 발신자의 이름도 없이 네모난 봉투 속에 들어 있었다. 존 롤랜드는 자신의 손안에 기적을 쥐고 있다는 사실도 모른 채 그 편지를 꺼냈다. 그리고 분을 참지 못하며 갑자기 얼굴을 붉혔다. 그의 이마 위로 시퍼런 핏줄이 부풀어 올랐다. '존경하는 왕자님께'라는 구절을 읽는 순간, 그의 심장은 세차게 뛰기 시작했다.

그는 방구석에 편지를 던진 후 자리를 박차고 일어섰다. 그리고 자신의 대리인을 떠올리면서 마음속으로 '바보 같으니라고!' 하고 외친 뒤, 전화 수화기를 들고 다이얼을 돌렸다. 그는 대리인의 목소리가 들릴 때까지 기다리다가 몹시 화난 목소리로 소리쳤다.

"페리클레스 이에프또마니데스! 내가 몇 번이나 말했나? 이런 편지는 바로 휴지통에 처넣으라고 했지?"

대리인은 거나하게 술에 취해 있었다. 그는 외국어를 써 가며 혀 짧은 소리로 알 수 없는 말을 중얼거렸다. 그러나 존은 "전하."라고 하는 것 같은 그 말을 너무나 쉽게 알아들을 수 있었다.

"이런 멍청이!"

존은 버럭 소리를 지르며 거칠게 수화기를 내려놓았다. 방 안을 서성거리던 그는 곁눈질로 구석에 던진 편지를 보았다. 그러더니 갑자기 편지를 집어 들고 봉투를 뜯어, 아름다운 곡선을 그리고 있는 터키 문자를 읽어 내려갔다. 그는 편지 내용이 어찌된 영문인지 모르겠다는 듯 고개를 내저었다.

존 롤랜드는 "앙바리."라고 큰 소리로 말했다.

"장관이었던 것 같은데? 그 사람한테 딸이 있었군. 그래…… 그런 계획이 있었던 것도 같군."

그는 눈을 감았고, 잠시 동안 비현실적인 다른 세상에 옮겨진 듯한 기분을 느꼈다. 마침내 그는 다시 한 번 고개를 저으며 책상으로 갔다. 그리고 이내 바보가 된 기분을 느끼면서, 터키어로 오른쪽에서 왼쪽으로 편지를 써 내려갔다.

> 친애하는 아시아데, 나는 더 이상 내가 아니오. 그리고 당신도 스스로를 위해 영원히 당신으로 남지 않기를 바라오. 우리의 주인이신 황제께서는 우리 두 사람이 함께하기를 원하셨지만 그것은 지금과 다른 세상에서였소. 나는 더 이상 존재하지 않소. 그러니 조금도 양심의 가책을 느끼지 마시오. 당신은 완전한 자유의 몸이오. 죄악이라고 불리는 모든 것이 반드시 죄악은 아니오. 그러나 내 생각이 틀렸는지도 모르겠소. 나는 더 이상 내 자신이 아니니 말이오. 당신이 내 조상들의 삶에 대해 공부하며 나를 애타게 기다리고 있다니 정말 놀랍소. 그러나 부디 나를 잊어 주시오. 만일 내가 다시 살아난다면 당신을 찾도록 하겠소. 하지만 나를 기다리지 않는 편이 나을 거요. 부디 행복하시오. 이 편지에는 서명을 하지 않겠소. 그건 내가 존재하지 않는다는 증거요.

존 롤랜드는 편지에 날인하여 봉한 뒤, 복도에 있는 검은 우편함에 넣었다. 그런 뒤 '아주 좋아.'라고 말했다. 하지만 이것이 우편함을 뜻한 말인지, 아니면 자기 조상들의 삶에 대해 공부하고 있는 아시아데라는 낯선 여인을 뜻한 말인지 그 자신도 알지 못했다. 그는 마침내 옷을 벗고 침대에 누웠다. 그러자 서서히 통증이 밀려오기 시작했다. 그는 서둘러 위스키 한 잔을 더 마시면서 생각했다.

　'하와이……, 그래…… 좋아.'

　"좋아."
　아흐메드 파샤 역시 이렇게 말하면서 하싸를 껴안았다.
　"좋은 젊은이 같군. 비록 내 딸이 다른 사람과 혼인을 약속하긴 했지만, 자네에게 주겠네. 알라께서 딸애가 자네의 시중을 잘 들도록 도와주길 바랄 뿐이네. 아마 어려운 일도 많을 걸세. 부디 딸아이가 자식을 많이 낳을 수 있도록 해 주게나. 아시아데도 무척 기뻐할 거네. 교육을 잘 받고 자란 아이라 어떻게 행동해야 하는지도 잘 알 걸세. 만약 딸아이의 행실이 바르지 않거든 그 애와 인연을 끊도록 하게."
　아흐메드 파샤는 몇 차례 잠깐씩 숨을 멈추면서까지 다시 한 번 하싸를 껴안았다. 하싸는 당혹해하면서도 행복한 모습으로 아흐메드 파샤를 바라보았다.

8

　아시아데는 기다란 의자에 누운 채, 덩치만 커다랗고 서툰 아이 같은 하싸를 바라보고 있었다. 하싸는 그녀 위로 몸을 굽혔고, 아시아데는 그의 체취와 벌어진 입술에서 풍겨 나오는 온기를 느꼈다. 아시아데는 쿠션 밑에 손을 넣고 있었으며, 그녀의 눈동자에는 갈망과 두려움이 동시에 담겨 있었다. 하싸의 입술이 그녀 가까이 다가오면서 점점 더 크게 보였다. 마침내 그의 입술이 아시아데의 입술과 얼굴을 덮었고, 그녀의 온몸은 하싸의 좁게 벌어진 입술 사이로 녹아드는 것만 같았다. 하싸의 손이 그녀의 목에 와 닿았다. 아시아데는 자신의 손을 향해 미끄러져 내려오는 하싸의 손가락을 느꼈다. 그녀의 몸은 하싸의 힘 있고 낯선 손길을 향해 팽팽하게 긴장되었다. 아시아데는 고개를 옆으로 돌렸다. 하싸는 그런 그녀의 가슴을 힘껏 만졌다.

"아시아데."

하싸가 나직이 그녀의 이름을 부르자, 아시아데는 하싸의 머리를 잡아 그의 이마에 자신의 화끈 달아오른 볼을 갖다 댔다. 하싸의 몸은 아주 가까운 곳에 있었다. 그녀는 반쯤 감은 눈을 통해, 그의 짙은 양복저고리와 그 사이로 세모 모양을 그리고 있는 흰 셔츠를 보았다. 그의 입술이 다시 그녀의 입술을 덮었고, 아시아데는 그의 숨결을 들으면서 갑자기 낯선 세계로 빠져드는 기분을 느꼈다. 상상 속의 그곳은, 날마다 되풀이되는 평범한 일상의 세계보다도 더욱 감정이 실체적으로 느껴지는, 또렷한 윤곽을 지닌 꿈의 세계였다. 하싸는 마치 신비로운 힘을 가진 위대한 마법사처럼 보였다. 그 힘은 아시아데의 감각을 지배했고, 그녀는 결코 그 힘으로부터 벗어날 수 없을 것만 같았다. 아시아데는 자신의 가냘픈 몸 위로 하싸의 손길을 느꼈다. 또한 자신의 존재 자체가 그의 낯설고 단단한 손바닥 위에서 긴장을 풀고 휴식을 취하는 느낌을 받았다.

"그만해요!"

아시아데는 정색을 하고 말한 뒤, 안도감과 당혹감을 동시에 느끼며 한숨을 쉬었다.

하싸는 무안한 얼굴로 몸을 일으킨 후, 눈을 비스듬히 내리깔고 아시아데를 흘긋 바라보았다. 그는 자신이 어떻게 갑작스레 의자에 몸을 눕혔으며, 그를 나무라듯 웃으며 바라보는 회색 눈동자의 여인에게 어째서 그토록 무례하게 다가갔는지 도무지 이해할 수 없었다. 그러나 아시아데는 너무도 잘 알겠다는 얼굴로, 그에게 다가와 앉으라고 손짓했다. 그런 다음, 그의 무릎을 베고 누워 생소하고 단조로운 노래를 흥얼거렸다. 그녀는 하싸의 얼굴을 올려다보면서 자신이 이스탄불의 연수軟水 위에서 태어났음을 다행스럽게 생각했다. 이스탄불 사람들은 사랑의 방식과 수수께끼, 그리고 그 표현과 신비에 대해 훌륭한 가르침을 받기 때문이었다.

방 안이 어두워지자, 하싸는 작은 테이블 램프에 불을 밝혔다. 그는 얼굴에 불빛을 받으면서, 이탈리아에서 보내게 될 신혼여행에 대해 이야기했다.

"이탈리아에는 가지 않을 거예요. 결혼식이 끝나면, 우린 사라예보로 갈 거예요."

아시아데가 고개를 들면서 말했다.

"사라예보? 그건 왜지?"

하싸는 놀라움을 감추지 못했다.

"그냥 그러고 싶어요."

아시아데는 짧막하게 대답했다. 그녀는 회색 눈동자를 가진 고귀한 여인이고, 그는 단지 평범한 남자일 뿐이니 이야기는 이것으로 끝난 것이었다. 아시아데는 하싸의 다리에 턱을 비비며 갈망하는 눈빛으로 어둠을 응시하더니, 갑자기 눈을 동그랗게 떴다.

"유모가 해 준 이야기가 있어요. 절름발이 티무르*는 시바스**를 정복한 뒤에 가장 용감한 전사들과 가장 상태가 나쁜 나병 환자들을 한데 불러 모았어요. 그리고 그들을 사형에 처하라고 명령했죠. 용감한 전사들을 죽인 건 그들이 자신들의 용맹성을 남들에게 옮기지 못하게 하기 위해서였고, 나병 환자들을 죽인 건 자신들의 병약함을 남들이 알지 못하도록 하기 위해서였어요. 티무르는 그 사람들을 생매장하라고 명령했어요. 부하들은 그 사람들을 무릎 사이에 고개를 처넣게 하여 묶은 다음, 공 모양이 되도록 열 명씩 한데 묶었죠. 그러고 나서 구덩이에 던져 넣어 질식사시켰던 거예요.

유모가 제게 이 이야기를 해 준 이유는 너무 용감해서도, 또 너무 나약해서도 안 된다는 걸 일깨워 주기 위해서였죠. 하지만 그 이야기는 제게 그다지 영향을 끼치지 못했어요."

"충실한 아내가 될 수 있겠어?"

하싸는 달리 할 말이 없는 데다 아픈 과거도 있었기에 이렇게 물었다.

"불륜은 소설에나 나오는 거예요. 살아 있는 사람들에게는 생길 수 없는 일이죠. 저는 당연히 충실한 아내가 될 거예요."

아시아데는 도도하게 고개를 들며 말을 이었다.

"세상에서 제일 잘생긴 남자 백 명을 데려와서 저와 함께 외딴섬에

---

* 티무르 왕조의 제1대 황제. 시스탄 전투에서 오른발을 다쳤기 때문에 '절름발이 티무르'라고도 불렸다.
** 터키 북부의 키질이르마크 강 상류에 위치한 도시.

내려놓으세요. 그리고 십 년이 지난 뒤 데리러 오세요. 그들 중 단 한 사람도 저를 손에 넣지 못했을 거예요. 지혜로운 시인 사디가 말하기를, 남편과 아내는 한 껍질 속에 들어 있는 쌍 밤과 같다고 했어요."

그녀는 다소 언짢은 모습으로, 몸을 일으켜 책상 다리를 하고 앉았다.

"그건 나를 그토록 사랑한다는 말인가?"

하싸는 그녀의 말에 놀라움을 금치 못했다.

아시아데는 고개를 숙이고 웃었다.

"사랑에 대해서는 이야기하는 게 아니에요. 손과 눈, 그리고 결혼식 날 밤에 흘러내리는 베일만이 사랑을 이야기할 수 있죠. 위대한 시인 하피즈는, 키스가 묘비에 새겨진 글이 아니라고 말했어요."

"사디는 이렇게 말했고, 하피즈는 저렇게 말했다면, 아시아데가 하는 말은 뭐지?"

하싸는 투덜거리며 말했다.

아시아데는 일어서서 깡충거리며 방 안을 뛰어다녔다.

"아시아데가 하는 말은 없어요. 아시아데는 자신의 사랑에 대해서도 아무 말 하지 않아요. 단지 몸으로 보여 줄 뿐이죠."

말을 마친 그녀는 구석으로 가서 손을 들어 올리더니, 방을 가로질러 옆으로 재주넘기를 했다. 마침내 아시아데는 숨을 헐떡이며 똑바로 서서 만족스런 얼굴로 말했다.

"당신을 이만큼 사랑해요."

"비엔나의 링 거리에 있는 카페에서 친구들이 나를 사랑하냐고 물어볼 때도 그렇게 해야겠군."

아시아데의 눈꺼풀이 실룩거렸다.

"당신 친구들이 그런 질문까지 한단 말이에요?"

"물론이지."

"만약 그런 질문을 하면, 그 사람들의 코를 물어뜯겠어요. 그들이 상관할 바가 아니잖아요."

그녀는 하싸 앞으로 다가가 그의 팔을 어루만지면서, 농담조와 애원조가 섞인 목소리로 말했다.

"하싸, 베일을 쓰도록 허락해 줘요. 그게 좋겠어요."

하싸는 웃었고, 아시아데는 그런 하싸의 어깨를 흔들었다.

"바보처럼 웃지 말아요. 당신은 정말로 훌륭한 아내를 얻은 거예요."

그녀는 화를 내며 소리쳤다.

잠시 후, 아시아데는 현관 앞으로 가서 코트를 입었고, 하싸는 아흐메드 파샤가 기다리고 있는 카페로 그녀를 데려다 주겠다고 했다. 아시아데는 존재하지 않는 왕자로부터 온 편지가 든 핸드백을 단단히 움켜쥐었다.

아시아데는 카페 안으로 들어가서 작은 대리석 테이블 앞에 앉았다. 아흐메드 파샤는 테이블 위에 손을 포개고 앉은 채, 작고 검은 눈동자로 아시아데를 바라보며 말했다. 그녀는 망명한 왕자와 하싸, 그리고 오스만 제국의 힘으로도 정복하지 못한 오스트리아의 수도 비엔나를 떠올렸다.

"그 사람을 사랑해요."

아시아데는 똑바로 앞을 바라보면서 입을 굳게 다물었다.

"아무도 자신의 미래가 담긴 책에 무엇이 적혀 있는지 알지 못한단다."

파샤가 말했다.

"그가 내일이라도 다리를 잃거나 정신이 돌아 버릴 수도 있어. 아니면 사랑이 식을 수도 있지. 그런 일이 생기면 어떻게 할 생각이냐?"

"그래도 그 사람을 사랑할 거예요. 여전히 좋은 아내로 남을 거고요."

"남자들은 까다롭게 굴거나 성을 낼 때가 있단다. 알라께서 남자를 시험하실 때면 여자에게도 쉬운 일이 아니지."

아시아데는 잠시 생각한 뒤에 자신 있게 말했다.

"만약 그 사람이 심술을 부린다면 한동안 혼자 있게 내버려 두겠어요. 그리고 전 아이들과 놀아 줄 거예요. 그 사람은 자식을 많이 갖게 될 테니 결혼 생활이 지루할 리 없어요."

파샤는 만족스런 표정으로 딸을 바라보며 생각했다.

'아시아데는 현명한 여자야. 어떻게 처신해야 하는지 잘 알고 있지.'

"남자들은 변하기 쉽단다. 게다가 요즘에는 도덕관념조차 제대로 갖추지 못한 사람들이 많지. 결혼 생활을 하다 보면 상상하기 힘든 끔찍한 일들도 생겨난단다. 남자들 중에는 알라께서 정해 주신 배우자 이외의 여자들에게 정액을 낭비하는 사람들도 있거든."

"알고 있어요."

아시아데가 아랫입술을 내밀면서 말했다.

"그걸 간음이라고 하죠. 하지만 사람이라면 그런 행동은 하지 않아요. 오직 짐승들만이 그럴 뿐이죠. 하싸는 많이 배운 사람이에요."

그녀는 어색한 듯 어깨를 움츠렸다. 그러면서 어떻게 생각해야 할지 몰라 당황한 듯, 대리석 테이블 위로 시선을 떨어뜨렸다. 아흐메드 파샤는 목소리를 가다듬었다. 그녀의 딸은 누가 봐도 훌륭한 여인이었지만, 세상에는 짐승 같은 사람들이 너무 많은 데다, 더욱이 어린 여자는 무력하고 미숙하기 마련이었다.

아시아데는 그런 아버지의 마음을 읽은 듯했다.

"이스탄불을 떠날 때 저는 열다섯 살이었어요."

그녀는 얼굴을 붉히며 말했다.

"저는 왕자님과 결혼하기로 되어 있었고, 그 준비를 하고 있었죠. 환관들은 제게 남녀의 몸이 하나가 되는 것에 대해 가르쳐 줬어요. 전 이교도 여자들로부터 제 남자를 지킬 자신이 있어요."

그녀는 자신감에 찬 모습으로 앞을 바라보더니, 다시 얼굴이 창백해졌다. 파샤는 몹시 당황한 모습이었다. 그는 여태 자신의 딸을 과소평가하고 있었던 것이다. 하싸는 결코 딸의 눈을 속일 수 없으리라.

"우리는 전사의 후예다."

파샤가 말했다.

"에르토그룰이 우리 민족을 아나톨리아로 이끌었을 때, 병사의 수는 고작 444명에 불과했다. 그럼에도 우리는 용감했고, 모험을 두려워하지 않았다. 알라께서는 우리에게 세계의 절반을 통치할 수 있는 힘을 주셨던 거지. 진정한 터키 여성은 용감하고 아름다우며, 지혜로워야 하고, 결코 눈물을 보여서도 안 된다. 명심하려무나. 여자에게는 단 한 가지 의무만이 있단다. 그건 바로 남편을 섬기고, 아이들을 가르치는 일이지. 그러나 남자에게는 더 많은 의무가 있어. 남자는 오늘도 내일도 영원히 싸우면서 가정을 지켜야 한단다. 그 때문에 남자는 완전히 여자의 것이 될 수 없는 거지. 행복해지기를 바라는 마음은 중요한 거란다. 현명한 여자라면 남자를 섬기는 동시에 그로부터 섬김을 받는 법이야. 또한 통치하는 자의 운명을 타고 태어난 사람이라면, 비록 베일을 두른 여자라 할지라도 통치자가 되기 마련이지."

파샤는 잠시 아무 말 없이 옛 추억에 잠겨 있더니, 이윽고 엄한 목소리로 말을 이었다.

"우리의 예언자는 속세에서 손에 넣을 수 있는 최고의 보물을 정숙한 아내라고 했지. 이 아비를 수치스럽게 해서는 안 된다. 그렇지만 만에 하나, 네 위에 명예를 더럽히게 될 그림자가 드리운다면 나한테 와야 한다. 내 손으로 널 죽이는 편이 낫지. 신에 대한 믿음이 없는 자가 널 죽이는 건 원치 않는다. 네 어머니를 기억하느냐?"

"네, 아버지. 기다란 드레스를 입고 분수 옆에 서 계시던 모습이 생각나요. 창백한 얼굴에 집게손가락에는 반지를 끼고 계셨죠. 이게 제가 기억하는 전부예요."

파샤는 고개를 끄덕였다.

"네 어머니는 훌륭한 여자였어. 그녀를 만나기까지 세 번이나 다른 여자와 부부의 연을 끊어야 했단다. 나는 네 어머니한테 커다란 다이아몬드 여덟 개와 네 군데의 마을에서 거두어들이는 세금을 주었지. 훌륭한 아내는 좋은 다이아몬드보다도 귀하단다. 네 어머니는 우리나라에 죄악이 밀려들기 전에 명예롭게 세상을 떠났다. 부디 어머니와 같은 아내가 되도록 해라. 만일 그렇지 못하면 네 남편이 너와 인연을 끊을 게다."

아시아데는 고개를 숙인 채, 눈초리가 올라간 하싸의 눈과 희미한 불빛 아래 어색하게 앉아 있던 그의 모습을 떠올렸다.

"제 남편은 절대 그러지 않을 거예요. 제가 그러길 원한다면 또 모르지만요."

그녀는 자신 있는 목소리로 말한 뒤, 소리 내어 웃었다.

파샤는 그녀의 말뜻을 완전히 이해하지 못했다. 그 역시 한 사람의 남자에 불과했기에, 훗날 신이 그에게서 거두어 가신 아내에게 커다란 다이아몬드를 여덟 개나 선물했었다. 그는 아시아데를 바라보면서, 그녀 역시 일주일만 지나면 자신의 곁을 떠날 것임을 생각했다. 물론 그의 아내와는 경우가 달랐지만, 자신을 떠나는 건 매한가지였다. 그는 작고 검은 눈을 깜박거리며 자신이 허물어지는 기분을 느꼈다. 한때 그에게는 대리석 정원과 분수가 딸려 있는 집이 있었고, 화려한 제복을 입은 군대와 반월기가 있었다. 또한 정숙한 여자들과 궁전, 함께 내각을 이끌어 간 덕망 있는 남자들이 있었다. 세 대륙에 걸쳐 수백만의 사람들을 통치했던 제국도 있었다.

하지만 이제 그 모든 것은 사라져 버렸고, 그나마 남아 있는 것들마저도 부서지거나 없어지고 있었다. 이제 곧 야만인과 결혼할 금발의 딸 아시아데나, 오스만 제국을 지키기 위해 집을 떠난 뒤 살아 돌아오지 못한 그의 아들도 마찬가지였다. 이스탄불의 눈부신 태양을 그리워하면서, 절뚝거리는 늙은 몸을 끌고 다니는 자신 또한 다를 것이 하나 없었다. 그는 금요일마다 커다란 회교 사원 앞 광장에 집결하던, 붉은 제복의 흑인 대대를 여전히 그리워하고 있었다.

"이제 일주일만 있으면 너도 한 남자의 아내가 되는구나."

그는 다정하게 말하며 자리에서 일어섰다.

아시아데는 냉정을 잃은 그의 주름진 얼굴을 바라보면서, 문득 망명지라는 전장에서 탈영한 병사를 보는 듯한 착각이 들었다.

"훌륭한 아내가 돼야 한다."

파샤는 지친 모습으로 말했고, 아시아데는 고개를 끄덕이며 용기 있게 대답했다.

"말씀하신 대로 따르겠어요, 아버지."

9

호텔의 이름은 스릅스키 크랄리였고, 카페의 이름은 러시아 짜르였으며, 도시의 이름은 베오그라드(유고슬라비아의 수도-역주)였다. 하싸는 프린스 마이클가(街)를 따라 한가롭게 거닐었고, 아시아데는 그 근처 광장에 있는 상점들 앞에서 걸음을 멈추며 가게 주인들과 공손하게 대화를 나누었다.

두 사람은 저녁 무렵, 호텔과 사바 강(江) 사이에 있는 한적한 공원을 거닐었다. 그런 다음 유리창으로 둘러싸인 베란다에서, 아시아데가 주문한 커다란 세르비아산 굴과 낯선 음식들과 향신료를 맛보았다. 하싸는 그 음식과 향신료의 이름들을 발음조차 할 수 없었다. 아시아데는 식사를 마친 뒤, 김이 모락모락 나는 커피 잔에 눈과 코를 들이대고 조금씩 음미하면서 커피를 마셨다. 그리고 감사와 순종이 담긴 눈빛으로 하싸를 바라보았다. 곧 두 사람은 얼굴에 미소를 띤 짐 운반인 곁을 지나, 커다란 홀을 가로질렀다.

이윽고 호텔방에 도착하자, 하싸는 문을 걸어 잠갔다. 아시아데는 작고 연약한 몸매로 하싸를 향해 팔을 내밀었다. 전등갓을 통해 새어 나오는 테이블 램프의 희미한 불빛 아래, 그녀의 눈은 모든 것을 내맡긴 듯 보였고, 어린애 같은 입술은 살포시 벌어졌다.

마침내 하싸가 불을 껐다. 아시아데는 겸손하고 수줍은 모습을 보이면서도 그의 몸에 강한 호기심을 내비췄다. 그녀는 밤새도록 반쯤 깬 상태에서 길게 이야기를 늘어놓았고, 터키어로 지저귀듯 말했다. 하싸는 아시아데의 터키어 문장들을 제대로 이해하지는 못했지만, 그 안에 은밀한 애정이 담겨 있음을 느낄 수 있었다. 다음날 아침 일찍, 아시아데는 하싸의 몸을 뛰어넘더니 욕실로 들어갔다. 하싸 역시 그녀의 뒤를 쫓아가 실랑이 끝에 욕실 안으로 들어간 뒤, 샤워기를 손에 들었다. 아시아데는 놀라서 얼굴을 찌푸렸다. 그녀는 화가 나 숨을 거칠게 몰아쉬면서도, 용기를 내어 차갑게 흘러내리는 물줄기 아래로 걸음을 옮겼다.

얼마 후, 그녀는 수건으로 몸을 닦으면서 하싸의 모습에 고개를 내저었다. 그는 이를 드러내 웃으며 욕조 안에서 물장난을 치고 있었다.

"야만인."

그녀는 유쾌하면서도 위엄 있게 말했다.

옷을 갖춰 입고, 아침 식사가 차려진 식탁에 앉은 그녀의 모습은 진짜 공주 같았다.

"당신이 하는 생각이란! 베오그라드로 신혼여행 오는 사람은 아무도 없을 거야."

하싸가 말했다. 그러나 싫지 않은 목소리였고, 게다가 그의 말은 아시아데의 귀에 들리지도 않았다. 그녀는 초록이 우거진 공원길과 눈부신 햇살 아래 반짝이는 넓은 다뉴브 강의 물결을 바라보고 있었다. 그러는 가운데, 한때 2백 명의 군사를 이끌고 블랙 조지 무리와의 싸움에서 베오그라드를 지켰던, 술레이만 파샤를 떠올렸다. 동시에 블랙 조지의 무리가 이 도시의 성벽 앞에서 어떻게 무너져 내렸는지도 상상했다. 그러나 그 싸움은 아시아데가 태어나기도 전인 아주 오래전 일이었으며, 그 이야기를 한다 해도 하싸가 이해할 리 없었다.

"이곳은 동양으로 통하는 문이에요."

그녀는 페즈모와 안경을 쓰고, 손에는 지팡이를 든 남자를 가리키며 말했다.

"한때 우리 조상들이 정복했다가 다시 잃어버린 지방들을 둘러보는 중일 거예요."

"동양이라……"

하싸가 멸시하는 투로 말을 이었다.

"비위생적인 주거환경과 보수적인 관습으로 가득한 곳이지. 동양은 점점 설 곳을 잃어가고 있어. 앞으로 백 년만 지나면 동양은 지리학상의 용어로만 남게 될 거야."

"음……, 하지만 그래도 사랑은……"

아시아데는 나이프를 만지작거리며 중얼거렸다.

하싸는 그녀가 다시 동양에 대해 이야기하려는 것이라 생각했다.

두 사람은 식사를 마치고 거리를 산책했다. 하싸는 즐거운 웃음으로 가득한 아내의 눈을 보면서 가슴 뿌듯함을 느꼈다. 아시아데는 그의 손을 잡아끌어 어두운 골목길로 걸음을 옮긴 뒤, 가장 깊숙한 지하에 자리 잡은 술집으로 들어갔다. 아시아데는 그곳 사람들과 터키어로 이야기를 나누었다. 그들은 술레이만 파샤와, 그가 통치하던 시절에 사용되던 공용어를 잊을 수 없다는 묘한 믿음을 갖고 있는 이들이었다.

술집을 나온 두 사람은 내셔널 은행 뒤쪽으로 나 있는 널따란 길로 들어섰다. 그때 아시아데가 갑자기 걸음을 멈추더니, 몹시 놀란 표정으로 나지막한 건물을 바라보았다. 그 네모진 건물에는 둥근 지붕이 얹혀 있었고, 작은 탑이 달려 있었다.

"회교 사원이에요."

아시아데는 이렇게 말한 후, 너무 기쁜 나머지 입을 다물지 못했다. 그녀는 마침내 건물 내부로 들어갔다. 한 노인이 우물 옆에 앉아서 발 씻는 일에 골몰하고 있었다. 아시아데가 터키어로 말을 건네자, 그 노인은 더듬거리는 말투로 거드름을 부리며 대답했다.

아시아데는 입을 다문 채 고개를 돌렸다.

"뭐래?"

하싸가 물었다.

"터키인들은 신을 저버렸고, 여자들은 베일도 없이 거리를 쏘다닌대요. 여기서 나가요."

아시아데는 몸을 돌려 급히 출구 쪽으로 걸어갔고, 하싸도 그 뒤를 따랐다.

두 사람은 러시아 짜르 카페 안으로 들어갔다. 아시아데는 생각에 잠긴 표정으로 여전히 눈살을 찌푸리고 있었다. 하싸는 커피를 마시고 있는 아시아데의 부드럽고 여성스런 옆모습을 황홀하게 바라보았다.

"이제 관광은 그만하고, 내일 사라예보로 떠나요."

그녀가 냉정하게 말했다.

하싸는 아시아데의 손을 잡고 그녀의 작은 분홍빛 손가락을 만지작거렸다. 그의 시선은 그녀의 반쯤 감겨 웃고 있는 눈과 짤막하면서 약간 뒤집힌 듯한 윗입술을 향해 있었다. 지금처럼 그녀의 손을 잡고 얼굴을 바라볼 수만 있다면, 자신이 있는 곳이 베오그라드건 사라예보건 아무 상관이 없었다. 아시아데는 정확한 논리로는 설명할 수 없는, 한 편의 동화 같은 여인이었다. 하싸는 미로 같은 그녀의 생각 속에서 길을 찾는 것을 포기했다. 또 그녀가 갑작스레 소리 내어 웃거나 슬퍼하는 이유도 알려고 들지 않았다.

"좋아. 사라예보로 갑시다."

하싸가 말했다.

두 사람은 호텔로 돌아왔고, 아시아데는 새로운 야영지로 이동하던 유목민의 후예답게 노련한 솜씨로 짐을 챙겼다.

"곧 알게 되겠지만, 우리는 신앙심이 깊은 회교 도시로 가는 거예요. 그곳 사람들은 당신과 함께 있더라도 내게 예우를 표시할 거예요. 그들이 볼 때, 나는 올바른 삶을 살고 있지만 당신은 이교도일 뿐이에요. 그건 신앙심이 없는 것보다도 못한 대우를 받죠. 하지만 겁낼 필요는 없어요. 내가 당신을 지킬 테니까요. 당신은 내 남편이고, 내겐 당신의 행복과 안전을 지켜 줄 책임이 있어요."

"좋아."

하싸는 사라예보에 살고 있는 난폭한 사촌들 생각에 조금 두려워하며 대답했다. 하싸노빅이라는 이름을 가진 그의 사촌들은 분명 그를 혐오할 것이다.

하싸는 벽지와 커튼이 온통 붉은 침대칸의 작은 창문 앞에, 한참을 머물러 있었다. 그러는 동안 세르비아의 평원과 들판, 하얗게 회칠한 역사驛舍, 물을 마시려고 급히 기차에서 뛰어내리는 여윈 농부들의 모습을 바라보았다. 아시아데가 그의 어깨에 손을 얹었다. 하싸는 몸을 돌렸고, 그녀는 그를 껴안았다. 하싸는 뒤로 젖혀진 그녀의 얼굴과 독특한 눈매를 바라보았다. 아시아데는 발돋움하여 그의 목에 매달렸다. 작고 가냘픈 몸매의 그녀는 도무지 종잡을 수 없는 여인이었다.

하싸는 조심스레 그녀를 품에 안아 침대에 눕혔다. 아시아데는 그가 이불을 덮어 주는 동안 고분고분하게 가만히 있더니, 이내 잠든 것 같았다. 그는 상단에 있는 침대로 연결된 작은 사다리를 밟고 올라갔다. 그리고 규칙적인 탄성을 받으며 흔들리는 기차에 몸을 싣고 창밖을 내다보았다. 나무들이 어둠을 뚫고 불쑥 모습을 드러내, 아주 잠깐씩 가느다란 초승달을 가리곤 했다.

아래쪽에서 희미한 소리가 들려왔다.
"하싸, 내일 베일을 써도 될까요? 거긴 신앙심이 깊은 도시거든요."
아시아데가 말했다.
하싸는 자신이 숨어 살고 싶어 하는 여자와 결혼한 모양이라 생각하며 웃음을 참지 못했다.
"그럴 필요까진 없을 거야. 사라예보는 개화된 도시니까."
그는 다정하게 말했다.
아시아데는 아무 대답도 하지 않았다. 침대칸 안에 불빛이라고는 문 위에 달려 있는 푸른빛 전구가 전부였다. 그녀는 가죽으로 덮인 벽을 바라보며 손톱으로 살살 긁었다.
"내 말 좀 들어 봐요, 하싸."
아시아데가 말했다.
"내가 이토록 당신을 사랑하는 이유는 뭘까요?"
"글쎄, 있는 그대로의 나를 좋아하는 거겠지."
하싸는 그녀의 말에 감동받아 겸손한 목소리로 대답했다.
아시아데는 침대에 일어나 앉았다.
"나는 당신이 어떤 사람인지 전혀 모르는 상태에서 당신을 사랑했어요."
그녀는 기분이 상한 듯 말했다.
"하싸, 자는 거예요?"
"아니."
하싸는 이렇게 대답하며 손을 아래로 뻗었고, 아시아데는 부적이라도 되는 듯 그의 손가락 하나를 움켜쥐었다. 그리고 그의 손바닥 가까이 입을 대고 마치 수화기에다 말하듯 이야기했다. 하싸는 그녀가 하는 말을 알아듣진 못했지만, 부드럽고 따스한 그녀의 입술이 손바닥에 닿는 감촉만은 느낄 수 있었다.

"아시아데, 결혼은 멋진 일이야."

하싸가 말했다.

"그래요. 하지만 아직 익숙지가 않아요. 비엔나 생활은 어떨까요?"

아시아데가 말했다.

"아주 멋질 거야. 우리는 오페른링에 살 거야. 거기 훌륭한 집 한 채가 있어. 그곳의 오페라 가수들은 모두 나한테 치료를 받으러 오겠지."

"여자 가수들이요?"

아시아데가 퉁명스럽게 물었다.

"당신이 수술할 때 옆에서 돕겠어요."

"세상에, 그건 안 돼! 당신은 아직 너무 어려서 수술 모습이 역겹게 느껴질 거야. 당신은 그냥 내 대리인 역할을 하는 게 좋겠어."

"그건 무슨 일을 하는 거죠?"

하싸는 뭐라고 대답해야 할지 몰라 망설였다.

"글쎄…… 차를 타고 여기저기 일을 보러 다니는 거야. 말하자면 손님맞이 같은 거지. 아주 재미있어 할 거야."

아시아데는 아무 말도 하지 않았다. 창밖은 제법 캄캄해졌고, 기차는 커브를 돌면서 흔들렸다. 그녀는 눈을 감은 채 비엔나를 생각했고, 하싸의 눈동자를 닮은 아이들을 떠올려 보았다.

"우리나라 남자들은 장교나 문관文官이 되고 싶어 해요. 그런데 당신은 왜 그렇게 특이한 직업을 고른 거죠?"

"이제는 문관이 더 특이한 직업이 됐어. 의사는 좋은 직업이야. 나는 사람들을 돕고 있는 거나 다름없어."

골든혼의 여인 119

하싸는 거드름을 피우며 말했다. 그는 이런 상황과 맞닥뜨리면 늘 그랬듯이 인간의 평균수명이 최근 50세에서 55세로 늘어난 사실을 떠올렸다. 그리고 자신도 이런 결과에 기여하고 있다는 기분을 느꼈다.

아시아데는 인간의 평균수명에 대해선 아는 바가 없었다. 그녀에게 하싸는 친숙하면서도 이해할 수 없는 사람이었다. 마치 곁에 두고 사용하면서도, 그 안에서는 어떤 일이 벌어지고 있는지 알 수 없는 기계처럼 말이다.

그는 아시아데의 위쪽 침대에 누워 있었다. 하싸의 나지막한 숨소리가 들려왔다.

"잠들지 말아요!"

아시아데가 외쳤다.

"그럼 당신 아내가 혼자 남잖아요. 이제 보스니아에 다 왔나요?"

"그런 것 같아."

하싸가 졸린 목소리로 대답했다.

아시아데는 몸을 벌떡 일으키면서 갑작스레 흥분감을 느꼈다. 그녀는 사다리를 움켜잡았고, 하싸는 자신의 침대 가장자리를 잡으려 애쓰는 아시아데의 손가락을 보았다. 이윽고 헝클어진 머리칼을 한 아시아데의 얼굴이 나타났는데, 어둠 속이라 그런지 그녀의 파란색 잠옷은 검게 보였다. 하싸는 그녀의 몸을 당겨 올렸다. 아시아데는 맨발로 하싸의 이불 속에 파고들더니, 그에게로 바싹 다가가 누우며 엄숙하면서도 감격스러운 듯 말했다.

"제 할아버지께서 다스리던 곳이에요."

그녀는 하싸의 베개에 누우며 도도하게 말했다.

"당신 옆에 있겠어요. 저 아래는 너무 어두워요."

그녀는 이내 잠이 들었다. 하싸는 기차가 회전할 때 아시아데가 떨어지지 않도록 꼭 끌어안고 있었다. 정확히는 알 수 없지만 한두 시간은 족히 그렇게 누워 있었다.

그때 아시아데가 갑자기 깨어나더니, 졸린 목소리로 나무라듯 말했다.
"내려가요, 하싸. 한밤중에 남의 침대에 들어오다니, 말도 안 돼요!"
하싸는 왠지 모를 수치심을 느끼며 비어 있는 아래쪽 침대로 내려왔다. 그러고 나서 베개에 남아 있는 아시아데의 체취를 느끼며 잠이 들었다.

다음날 아침 잠에서 깨어 보니, 아시아데가 열린 창 앞에 서 있었다. 그녀는 창밖으로 몸을 내민 채, 차가운 아침 공기를 쐬고 있었다.
"이리와 봐요! 어서요!"
하싸를 보자마자 그녀가 큰 소리로 말했다.

하싸는 창 앞으로 다가갔다. 떠오르는 태양이 들쭉날쭉한 바위들을 분홍빛으로 물들이고 있었다. 그들이 탄 기차는 산등성이를 따라 달렸고, 바위들이 기찻길 양옆으로 가파른 절벽을 이루고 있었다. 저 아래 계곡에 서 있는 하얗고 네모진 집들은 주사위 모양의 장난감 블록을 흩뿌려 놓은 듯 보였다. 나지막한 언덕 위로는 회교 사원의 둥그런 지붕이 있었고, 아침햇살을 받으며 하늘을 향해 우뚝 솟아 있는 사원의 첨탑들은 분홍빛 대리석으로 만든 것 같았다.

화려한 빛깔의 옷을 입은 사람들이, 첨탑의 발코니에서 양손을 깔때기 모양으로 만들어 입에 대고 있었다. 기차 소리에 묻혀 아무 소리도 들리지 않았지만, 아시아데는 물라(이슬람 율법학자-역주)의 목소리가 들려오는 것만 같았다. 첨탑에서는 '일어나 기도하시오!'라는 소리가 울려 퍼지고 있었다.

"일어나 기도하시오! 잠자기보다 깨어나 기도하는 것이 좋습니다!"

얼굴에 베일을 두르고 굽 없는 슬리퍼를 신은 여인들은 지나가는 기차를 구경하려고 길가에 멈춰 섰고, 아이들은 맨발로 풀밭에 엎드려 장난스럽지만 진지한 표정으로 기도를 드렸다.

아시아데는 하싸의 어깨에 손을 얹었다.

"저것 좀 봐요!"

그녀가 의기양양한 모습으로 외쳤다.

"저것 좀 보세요!"

그녀는 회교 사원과 바람에 펄럭이는 사제의 옷자락, 그리고 떠오르는 태양을 가리켰다.

"이제 알겠죠?"

아시아데는 이렇게 물은 뒤, 계곡을 향해 손을 흔들었다.

"뭐를 알겠냐는 거지?"

하싸가 물었다. 그의 눈에 보이는 것이라곤 누더기를 걸친 아이들과 작고 초라한 집, 산비탈에 흩어져 있는 바짝 마른 염소들뿐이었다.

"이 모든 게 얼마나 아름다운지를 말이에요!"

아시아데가 말했다.

"세상 그 어느 것도 이보다 아름다울 순 없어요. 마호메트의 자손들이 이 모든 걸 세운 거예요."

그녀는 입술을 깨물면서 고개를 돌렸으나, 하싸는 그녀의 눈물을 보지 못했다. 그는 빛의 방향에 신경을 쓰면서, 동화에나 나옴직한 계곡을 사진기에 담는 데 온 정신이 팔려 있었다.

"하싸!"

아시아데의 목소리가 깊게 울렸다. 그녀는 하싸의 얼굴에 볼을 대고,

면도도 하지 않은 그의 윗입술 위에 문질렀다.

"하싸!"

그녀는 다시 한 번 그의 이름을 불렀다.

"지난 5년 동안 제 고향처럼 보이는 나라를 그리워했어요."

하싸가 사진기를 내려놓았다.

"그래, 침대차 창문을 통해 바깥세상을 내다보는 건 멋진 일이야. 모든 게 현실과는 다르게 보이거든. 당신은 로맨틱한 사람이고, 그건 당신다운 모습이야. 당신은 아라비안나이트에서 곧장 걸어 나온 사람이니까."

아시아데는 짐을 챙겼고, 기차는 속도를 줄였다.

"저는 이스탄불에서 온 여자일 뿐이에요."

그녀는 이렇게 말한 뒤, 얇은 베일로 얼굴을 가렸다.

그 사이 기차는 사라예보 역에 멈췄다.

10

기차가 천식 환자처럼 요란한 소리를 내며 사라예보 역에 도착하던 날로부터 사흘이 흘렀다. 아흐메드 파샤 칸트가街에 있는 한 카펫 상점 안으로 들어가고 있었다. 오래된 카펫과 러그에서 풍겨 나오는 냄새가 그의 마음을 편안하게 해 주었다. 비록 자신의 신분과는 맞지 않는 일이었지만, 돈을 벌 수 있는 일을 하기로 마음먹은 건 무엇보다 옳은 결정임에 틀림없었다. 카펫의 부드러운 라인은 사라진 제국을 떠오르게 했다. 또한 고대 문양의 섬세한 곡선은 정원, 사냥과 전투 장면, 나이 든 전사, 기다란 눈매와 고상한 얼굴을 한 가냘픈 소녀의 머뭇거리는 몸짓 등을 그리고 있었다.

아흐메드 파샤는 안쪽 방에 쌓여 있는 카펫 더미 앞에 앉아, 화려한 색상의 부드러운 카펫을 어루만졌다.

"이건 케르만(이란 동남부의 도시-역주) 카펫이로군."

그는 이렇게 속삭이면서 가격을 적어 넣었다. 카펫들은 그의 손가락 사이로 미끄러지듯 움직였다. 그중에는 스미르나(터키 서부의 항구-역주), 카슈미르(인도 북부의 카라코람 산맥 남쪽에 있는 주-역주), 코샨트의 카펫이 섞여 있었으며, 화려한 색상으로 호화로운 동양의 모습을 그려 냈다. 그는 집중하느라 찡그린 진지한 얼굴로 가격을 적었다. 그런 후 까펫을 사 갈 돈 많은 야만인들을 위해 짤막한 설명을 덧붙였다. 그 야만인들이 부차라 카펫의 놀랍도록 화려한 색상 뒤로, 피르두시(페르시아의 시인-역주)의 서사시에 나옴직한 전형적인 전투 장면을 찾아낼 수 있도록 하기 위해서였다.

정오가 되자, 아흐메드 파샤는 신발을 벗고 기도용 깔개를 바닥에 펼쳤다. 그리고 메카 쪽을 향하여 한참 동안 열렬히 기도를 올렸다. 기도를 마친 그는 돋보기를 들고 자그마한 선반 뒤에 앉아서, 한 상인에게 두툼하게 쌓여 있는 페르시아 미세화微細畵에 대해 설명하기 시작했다.

"이 그림은 16세기, 아흐메드 파브리시의 문하생인 바흐사데의 작품처럼 보이실 겁니다. 하지만 손님을 속여서는 안 되지요. 이건 바흐사데가 그린 게 아닙니다. 바흐사데는 배경을 질서 있게 정돈하여 그리는 걸 좋아했죠. 예를 들어 정원을 그린 다음, 그 뒤에 호수를 그리고, 호수 뒤에 사슴을 그리는 방식처럼 말입니다. 이 그림은 같은 유파에 속하기는 하나, 다소 실력이 떨어지는 화가가 그린 거랍니다."

"아, 그렇군요."

바그다드 출신의 상인은 그 그림이 진품이 아닌 것을 알았으면서도, 카탈로그에 '바흐사데의 작품. 진귀품'이라고 적었다.

아흐메드 파샤는 그 모습을 보면서 걱정스러운 마음에 입을 꾹 다물었다. 오스만 제국이 폐허가 되는 동안, 다른 나라들은 바로 이런 방법으로 부를 축적한 게 분명했다.

그는 해 질 녘까지 카펫으로 가득한 방에서 일하다가 집으로 돌아갔다. 탁자 위에는 사라예보 우표가 붙어 있는 편지 한 통이 놓여 있었다. 그는 가볍게 떨리는 손으로 편지를 읽으면서, 사라예보가 신을 높이 숭배하는 도시이며, 이스탄불의 블루 모스크(술탄 아흐메드 사원의 애칭-역주)와 비슷하게 생긴 사원이 있다는 사실을 알게 되었다. 그리고 하싸는 세상에서 가장 훌륭한 남편이며, 그의 일가 사람들 역시 이스탄불에서 온 지체 높은 여인을 제대로 대우할 줄 아는 좋은 사람들임을 알 수 있었다. 또한 사람의 일생 중 결혼한 상태보다 더 좋은 것은 없으며, 신혼여행 장소로 사라예보만 한 곳은 없다는 사실도 알게 되었다. 편지 내용은 짤막했고, 글씨의 줄은 오른쪽으로 갈수록 위로 올라가고 있었다.

"아주 좋아."

파샤는 이렇게 말하면서 편지를 접었다.

"아주 좋아."

존 롤랜드는 자정이 가까운 시간에 그리니치 빌리지의 좁은 길가에 앉아 이렇게 말했다. 그는 샘 두스의 넥타이로 자신의 지팡이에 멋진 리본을 묶으려 애쓰고 있었다.

"아주 좋아."

그는 같은 말을 되풀이하면서 중심을 잡아 지팡이를 세우려 했다. 그러나 지팡이는 휘청대다가 곧 쓰러졌고, 샘 두스는 크게 웃으면서 존 롤랜드의 어깨를 쳤다. 두 사람은 슬픈 표정으로, 넘어진 지팡이를 물끄러미 바라보았다. 뉴욕 예술가의 거리에 늘어서 있는 작은 술집들에서는 닫힌 문을 통해 날카로운 고함 소리가 들려왔고, 술집 입구에는 희미한 등불이 매달려 있었다. 경찰관 한 명이, 인도에 걸터앉아 지팡이로 장난하는 두 남자를 관대한 눈빛으로 바라보며 길을 건너고 있었다.

두 남자는 머리에 쓰고 있던 중산모자(꼭대기가 둥글고 높은 서양 모자-역주)를 뒤로 젖혔고, 그중 한 명은 왼손을 귀 뒤에 갖다 대더니 입을 벌렸다. 그러자 야성적으로 울부짖는 소리가 어둠을 가로질렀다.

"아마나마나-아-아-아……"

남자는 열정적으로 노래를 불렀다. 그러자 나머지 한 명도 행복한 표정으로 눈을 깜박이며 같이 노래를 부르기 시작했다.

"그자시스크자마나-아-아-아……"

그는 달을 향해 고개를 들면서 노래를 불렀다. 이윽고 두 사람은 서로를 얼싸안았다. 그런 다음, 길게 목소리를 늘어뜨려 별에 닿을 정도로 크게 고함을 질렀다.

"아이-디리베-에-에-에흐, 와이-디리베-에-에흐."

밤새도록 영업하는 술집 문 하나가 열리더니, 금줄로 장식한 옷을 입은 종업원이 놀란 얼굴로 나왔다. 잠시 후, 경찰관이 두 사람에게 다가와 경찰봉으로 어깨를 건드렸다.

"무슨 일입니까? 왜 고함을 지르는 겁니까?"

"경관님, 우리는 노래를 부르고 있는 겁니다. 우리는 체질적으로 음악을 좋아하는 사람들이거든요."

경찰관은 험한 표정으로 두 사람을 바라보았다. 촉촉이 빛나는 그의 눈은 넓은 바다와 아일랜드의 초록빛 해안에서 그 빛깔을 가져온 듯했다.

"이건 노래가 아니라 고함을 지르는 거요. 그만 집으로 돌아들 가요."

그는 경찰 당국을 대신해서 이렇게 선언했다.

그러자 둘 중 한 남자가 이렇게 말했다.

"경관 나리, 이건 인도차이나 음계예요. 당신이 정확히 들은 바와 같이 아일랜드 음계랑은 상당히 다르죠. 하지만 수백만의 사람들이 이 인도차이나 음계를 들으면서, 에로틱한 것에서부터 신성한 것에 이르기까지 인간의 온갖 감정을 느낀다는 사실은 부인할 수 없을 겁니다."

"그렇다고 칩시다."

경찰관은 위협적인 목소리로 말한 뒤, 수첩을 꺼내 들었다.

"벌금 10달러 내세요."

그가 사무적으로 말하며 두 사람에게 벌금영수증을 내밀었다.

결국 두 사람은 벌금을 물었고, 그중 한 명은 몸을 똑바로 가누려 애쓰며 다른 한 명을 일으키려 했다. 마침내 그들은 비틀거리며 워싱턴 광장을 향해 걸음을 옮겼다.

두 사람은 서로를 얼싸안은 채 광장까지 걸었고, 한 명이 다른 한 명의 귀에 대고 속삭였다.

"여기는 미개한 나라야. 이곳 사람들은 음악에 대해 아는 게 없어."

그들은 워싱턴 광장에서 걸음을 멈추었다. 그들이 등지고 있는 그리니치 빌리지에서는 싸구려 재즈 음률이 들려왔다. 또 흔들리는 가로등 불빛 아래로, 높은 이상理想과 구불구불하고 기름 낀 머리칼을 가진 젊은이들도 보였다. 이따금 짙은 색깔의 커다란 자동차들이 자갈 깔린 좁은 길 위를 지나갔는데, 차 안에 타고 있는 사람들은 호기심 가득한 눈으로 거드름을 부리며 창밖을 내다보았다. 멀리서 유리 깨지는 소리와 함께 여자의 높은 목소리가 들려왔다.

"조, 술 가져와요!"

"갈라타가 따로 없군."

존 롤랜드가 말했다.

"여긴 완전히 번잡스러운 갈라타야. 아니면 타트왈라든지. 한 번도 못 가 봤지만 크게 다르진 않을 거야. 당신은 잘 알겠지, 페리클레스."

샘 두스는 도도한 표정으로 입을 꽉 다물더니, 이내 이렇게 말했다.

"난 당신 나라 수도의 하수구도 본 적이 없어요."

그가 점잔을 빼며 말을 이었다.

"나는 빠나르 지방의 원로元老들이 사는 지역에서 태어났어요. 우리 집안은 대대로 귀족 신분을 유지했죠."

"그건 거짓말이야."

존 롤랜드가 나무라듯 말했다.

"당신은 범죄가 들끓는 타트왈라에서 태어난 게 분명해. 그렇지 않다면 어떻게 내 수입의 10퍼센트나 떼어 갈 수 있나?"

"돈이 그렇게 중요합니까?"

샘 두스가 손을 펴 보이며 씨근대는 목소리로 말했다.

"마음의 평화. 중요한 건 바로 이겁니다. 말 나온 김에 하겠는데, 다른 사람들한테는 15퍼센트를 받는다고요."

그는 뒷주머니에서 쇠로 만든 납작한 술병을 꺼내더니, 화해의 표시로 존에게 내밀었다. 존은 그 술을 들이켜고 고개를 뒤로 젖힌 후, 끝없이 늘어선 초고층 빌딩의 창문들을 황홀한 듯 눈으로 좇았다. 그 사이에 있는 낡아빠진 개선문이 초라하게만 보였다. 이 개선문은, 독실한 청교도들이 월스트리트(맨해튼의 남쪽 끝-역주)에 공동묘지를 조성하고, 사람들이 이 도시의 거리에 숫자 대신 이름을 붙여 부르던 당시에 세워진 것이었다.

"네덜란드인들은 돈이 많고 씀씀이가 헤퍼. 그들은 인디언들한테 25달러씩이나 주고 맨해튼을 샀지. 비싸도 너무 비쌌단 말씀이야."

존 롤랜드는 반어적인 표현으로 말하면서 샘에게 술병을 건넸다.

샘은 끝없이 늘어선 빌딩들이 만들어 내는 장엄한 광경을 바라보았다.

"돈을 돌려 달라고 해야겠군요. 아니면 계획적으로 불리한 거래를 한 인디언들을 고소하든지요."

샘 역시 존의 말에 맞장구치며, 그의 어깨에 손을 올렸다.

"하지만 이미 오래전에 시효가 지났을 겁니다."

샘은 한숨을 내쉬었다. 자신조차도 범죄가 들끓는 타트왈라에서 태어났는지, 아니면 빠나르 지방의 귀족들이 모여 사는 언덕에서 태어났는지 알 수가 없었다. 이윽고 해가 떠오르기 시작했다. 거인처럼 광장에 서 있는 시커먼 건물들이 담홍빛 은색으로 희미하게 빛났다.

"히운 후."

존 롤랜드가 눈을 반짝이면서 갑작스레 입을 열었다. 그는 "히운 후"라고 같은 말을 되풀이했다.

"유럽에서 훈족이라고 불리던 옛조상들은 한 민족을 이루었고, 중국인들은 그중 한 종족을 '뛰케'라 불렀지. 바로 터키인을 뜻한 거였어."

흉물스런 버스가 광장을 가로질러 오자 존은 입을 다물었다. 버스가 지나간 뒤, 그는 말을 이었다.

"뛰케는 강한 종족이었고, 중국에 맞서 싸웠지. 당시 중국은 진시황이라는 지혜로운 황제가 통치하고 있었어. 진시황은 자신의 백성들을 외부의 야만인들로부터 지키기 위해 만리장성을 쌓았지. 하지만 그 방법은 그다지 효과적이진 않았어. 야만인들은 성벽에 사다리를 놓아 중국 안으로 기어들어 갔거든. 그리고 중국음악과 관계 깊은 인도차이나 음계를 배운 거야."

존 롤랜드는 넥타이를 고쳐 맸고, 다시 한 번 정면으로 삶에 도전할 자신감을 느꼈다. 어느새 어둠을 물리친 연한 황갈색 햇빛이 워싱턴 광장을 비추고 있었다.

"이 자연 그대로의 거친 음악소리는 야성적인 우리 조상들을 지중해 연안으로 모여들게 했어. 그로부터 한참이 흐른 뒤 신성한 오스만 제국이 건설됐고, 보스포루스 해협을 따라 돌마바흐체 궁전이 세워졌지."

샘 두스는 어떤 물건의 소유자나 발명가만이 느낄 수 있는 자부심을 느끼며 존을 바라보았다.

"존, 당신은 감상적인 시인이에요."

그는 감탄한 듯 말했다.

"영화에 인도차이나 음계를 써 보는 거예요. 극동 지역 특유의 분위기가 나게 말이죠. 제목은 〈만리장성 축조〉로 하면 어떨까요? 화려한 의상을 선보이는 영화가 될 거예요. 한번 생각해 보세요."

"그렇게 하지."

존 롤랜드는 샘의 제안에 순순히 대답했다.

"머릿속으로 모래 언덕 위로 태양이 떠오르고 있어. 사람들은 만리장성을 쌓고 있지. 하지만 현실 속의 나는 두통을 느끼며 알약을 삼킬 거야. 그리고 속옷 차림으로 타자기 앞에 앉겠지. 해가 지면 위스키를 마실 테고, 그러고 나면 다시 인생은 살 만한 것이 될 거야."

샘 두스는 존의 길쭉하고 창백한 얼굴을 바라보았다. 마지막 오스만 가家 사람들은 모두 존과 같은 모습이었다. 그들은 수줍어하면서도 위엄

이 있었고, 외로운 듯하면서도 다정했으며, 동시에 거칠기도 했다. 그들의 우아한 자태와 터무니없는 공상은, 훌륭한 대리인만 만난다면 엄청난 돈을 벌어들일 수 있는 것이었다. 샘 두스는 오스만 제국이 무너진 이유와 존의 영화가 그토록 잘 팔리는 이유를 잘 알고 있었다. 오스만 왕좌에 앉아서 세 대륙을 통치했던 사람들은 진정한 정치가가 아니었다. 그들은 몽상가이자 이상주의자였던 것이다.

"그만 가지."

존 롤랜드는 이렇게 말하고 친구의 어깨에 몸을 기댔다.

"자네, 아나? 보스포루스 궁전에 있을 때, 나는 죄수나 다름없었어. 지금은 이 도시의 돌무덤에 갇혀 있는 신세지만."

샘은 한숨을 쉬었다.

"인생이란 다 그런 겁니다. 하지만 당신한테는 돈이 있잖아요. 어디로든 떠나서 세상 구경을 좀 하는 게 좋겠어요. 당신이 아는 곳이라곤 보스포루스 해협이랑 바비존 플라자 호텔밖엔 없어요. 당신과 함께 가겠어요. 호텔에 얘기해 두고, 필요한 곳에 전화도 걸어야겠어요. 당신은 그런 일은 할 줄 모르잖아요."

두 사람은 광장을 가로질러 걸었다. 5번가에 있는 카페테라스에는, 종업원들이 잠이 덜 깬 모습으로 우두커니 서 있었다. 초록빛 테이블들은 이슬 맺힌 잔디처럼 보였지만, 그곳에 앉아 있는 사람은 아무도 없었다. 존 롤랜드와 샘 두스는 지쳐서 무거운 몸을 이끌고 카페 안으로 들어가 자리에 앉았다.

"커피 두 잔. 아주 진하게요."

존 롤랜드는 이렇게 말한 후, 갑자기 정신이 맑아지는 느낌이 들었다. 그는 샘을 향해 몸을 굽히고 말하기 시작했다.

"촬영 장소는 중국이야. 과거로부터 현재 장면을 이끌어 내는 거야. 만리장성은 자기만족과 자부심에 빠져 있는 편협한 평화의 상징이지……."

샘은 고맙다는 얼굴로 존을 바라보고 있었다.

11

"호스레브 파샤는 돈과 권력을 모두 갖춘 사람이었어요."

아시아데는 베일로 얼굴을 가린 채, 커다란 회교 사원의 안뜰에 서 있었다.

그녀는 고개를 젖히고, 첨탑의 가냘픈 실루엣을 넋을 잃고 바라보았다.

"대단한 권력자였죠."

그녀는 같은 말을 되풀이했다.

"호스레브 파샤가 이곳에 왔을 때 여기엔 세 개의 마을이 있었어요. 그는 그 마을들을 모두 없애 버리고, 그 위에 '세라이', 다시 말해 궁전을 세웠죠. 그래서 이 도시 이름이 사라예보가 된 거예요."

아시아데는 사원 입구의 대리석 계단에 앉아 아랍어가 새겨진 분수를 바라보았다. 분수 옆에서는 아이들이 놀고 있었으며, 저쪽에서는 하얀 터번을 두른 사제가 안뜰을 가로질러 오고 있었다. 하싸는 줄지어 서 있는 기둥이 만들어 주는 그늘 아래에 서서, 아시아데의 다리와 대리석 타일 위에서 폴짝거리는 비둘기를 바라보았다. 그는 비둘기의 모습에서 베니스를 떠올렸지만, 그가 마리온과 함께 산마르코 광장을 걷던 때와 지금은 모든 것이 너무 달랐다. 마리온은 비둘기에게 먹이를 주면서 그에게 영원한 사랑을 맹세했었다. 그러나 아시아데는 비둘기에게 먹이를 주지 않았다. 그녀는 그저 머리 위에 햇빛을 받으며 조용히 생각에 잠긴 채, 계단에 앉아 있었다.

"여긴 참 아름답군요."

하싸는 여전히 아시아데의 다리만 바라볼 뿐, 그녀의 말에는 대답하지 않았다. 인생은 참으로 멋진 것이다. 그는 기둥에 몸을 기댄 채, 결혼을 한 건 참 잘한 일이며, 지금까지의 그의 인생은 학교와 졸업시험 사이의 막간극幕間劇에 불과했다고 생각했다.

서른 살이 된 그는 비엔나 대학과 유럽의 병원들, 그리고 마리온을 알게 되었다. 그런데 이제는 아시아데를 알게 된 것이다. 그는 아시아데에게, 부비동에서 발생한 질환이 봉소염으로 이어질 수도 있으며, 바로 이 점에 대해서 의사협회에 보고서를 제출할까 생각 중이라고 말하고 싶었다. 하지만 그녀는 그의 말뜻을 이해하지 못할 것이며, 공연히 '봉소염'의 어원에 대해서만 물어볼 거라는 생각이 들자 입을 다물었다.

그 순간, 구부정한 등에 얼굴이 햇볕에 그을린 노인 한 명이 사원 안으로 들어왔다. 그는 신발을 벗고 진지한 얼굴로 기도를 드렸다. 이곳은 하싸가 발을 들여 놓을 수 없는 낯선 세계였다. 그는 호텔로 자신을 찾아왔던, 억세 보이는 사촌들을 생각했다. 그들은 함께 차를 마시는 동안 자신을 먼 나라의 동물 대하듯 바라보았다. 반면, 군사령관의 딸을 실제로 만났다는 사실을 믿을 수 없다는 듯 아시아데에게 존경을 표했다. 그들은 혀 차는 소리를 내며 감탄을 늘어놓았고, 아시아데는 품위를 지키며 차분하게 존경의 표시를 받아들였다. 그녀는 사촌들의 아내를 찾아가 동양인의 정신세계에 대해 한참 동안 심오한 이야기를 나누었다. 억세 보이는 사촌의 아내들은 커피를 따랐고, 박식하며 알아들을 수 없는 말을 늘어놓는 군사령관의 딸을 물끄러미 바라보았다.

"회교도들은 모두 형제예요."

아시아데는 자부심을 느끼며 말했다.

"우리의 고향은 발칸반도에서 시작해 인도에서 끝나죠. 우리 모두 같은 관습과 가치관을 갖고 있어요. 제가 여러분들과 함께 있으면서 마음이 편안해짐을 느끼는 것도 바로 그 때문이에요."

이 말에 사촌의 아내들은 고마워 몸둘 바를 몰라 하면서, 그저 말없이 군사령관의 딸에게 커피를 따를 뿐이었다.

"그만 가요."

아시아데는 하싸에게 이렇게 말하며 자리에서 일어섰다. 두 사람은 사라예보의 좁은 골목길을 걸으면서, 시장에 늘어선 상점들의 파란색 문과 귀를 흔들며 좁은 광장을 뛰어다니는 당나귀를 보았다.

"이곳이 정말 마음에 들어요. 이곳 사람들 모두 행복해 보여요."

아시아데는 당나귀를 바라보면서 말했다.

두 사람은 작은 커피숍으로 들어갔다. 카운터 위에는 이쑤시개에 꽂은 올리브와 얇게 자른 치즈가 담긴 접시가 놓여 있었다. 하싸는 포크 대신 이쑤시개를 사용한 것을 보고 적잖이 놀라면서, 현명하고 위생적인 방법이라 생각했다.

그는 아시아데가 권하는 대로 라키(곡물과 포도 등으로 만드는 강한 증류수-역주)를 주문했다. 라키는 작은 유리병에 담겨 나왔는데, 병째로 들고 마셔야 했고 물에 치약이랑 쓴 쑥을 섞은 듯한 맛이 났다. 아시아데는 이쑤시개로 올리브를 찍어 입에 넣고 만족스러운 얼굴로 씹었다. 아무런 걱정 없이 하싸와 함께 즐거운 마음으로 세계를 여행하면서, 회교 사원을 구경하고 올리브를 먹는 것은 참으로 멋진 일이었다.

아시아데는 갑자기 사라예보가 친숙하고 소중하게 느껴졌다. 비록 하싸가 장교나 문관은 아니었지만, 세상에서 가장 훌륭한 남편임에는 틀림없었다.

"당신 친척들은 정말 좋은 사람들이에요."

그녀는 이렇게 말하고 씨를 뱉었다.

하싸는 그녀의 말에 무척 놀랐다. 오히려 그에게는 거친 하싸노빅 일가 사람들이 낯설게만 느껴졌던 것이다.

"사실 그들은 터키인이나 다름없어. 터키인들은 이 나라를 정복한 뒤, 사람들에게 아시아식 생활방식을 강요했지."

아시아데는 놀라서 눈을 둥그렇게 떴다. 그리고 하얀 이를 드러내 보이며 어이없다는 듯 소리 내어 웃었다.

"가엾은 하싸."

그녀는 고개를 내저으며 이렇게 말했다.

"터키인들은 평판보다 훨씬 좋은 사람들이에요. 우리는 이 나라를 정복한 적이 없어요. 이 나라가 우리를 부른 거죠. 그것도 세 차례에 걸쳐서 말이에요. 마호메트 1세, 무라드 2세, 그리고 마호메트 2세 때였어요. 이 나라는 내전으로 엉망이 되어 있었어요. 그래서 투브르코 왕이 술탄에게, 이 땅에 와서 법을 만들고 질서를 세워 달라고 간청했던 거예요. 훗날 이곳은 오스만 제국의 영토 중에서도 가장 신을 공경하는 신앙심 깊은 도시가 되었죠. 우리는 이 나라를 문명국으로 만들기 위해 온 힘을 다해 애썼지만, 이들 스스로가 그리 되기를 원치 않았어요."

이번에는 하싸가 소리 내어 웃었다.

"터키가 그 어떤 진보도 원치 않는 나라라는 건 누구나 다 아는 사실이야. 학교에서도 그렇게 배웠지."

아시아데는 입술을 깨물었다.

"들어 봐요. 1241년 실카데 11일, 당신들은 1826년 6월 6일이라고 하겠군요. 술탄 무라드 2세는 나라를 개혁하려 했어요. 그래서 자유주의 헌법인 탄지마트 하이리에*를 공포했죠. 이건 당시의 그 어떤 헌법보다도 진보적이었어요. 하지만 보스니아 사람들은 자유를 원치 않았고, 후세인 아가 베르베를리는 술탄이 믿음이 없다고 비난하며 반란을 일으켰어요. 그는 마침내 보스니아 사령관직을 맡고 있던, 육군원수 알리 파샤의 주둔지인 트라브닉을 함락했죠. 알리 파샤는 최신 유럽스타일로 재단한 육군원수의 제복을 입은 채 포로가 됐어요. 신앙심 깊은 반란군들은 그가 입고 있던 제복이 죄악에 물들었다면서 벗겨 냈고, 그의 몸에서 유럽의 냄새를 없애려고 사흘 밤낮으로 씻겼어요. 그러고 나서 육군원수에게 낡은 터키 옷을 주었고, 회개하도록 강요하며 밤낮으로 알라를 찬양하는 노래를 부르게 했죠.

자, 말해 봐요, 하싸. 누가 시대에 역행하려 한 거죠?"

하싸는 술병을 비웠다. 그의 아내는 많이 배운 여자였고, 그런 그녀와의 말싸움은 승산이 없는 일이었다.

"그만 돌아가지. 난 의술밖에 모르는 야만인이야."

그는 정중하게 말했다.

아시아데는 천천히 몸을 일으켰다. 하싸는 호텔로 돌아가는 동안, 아시아데가 단 한 번만이라도 편도선 수술은 정확히 어떻게 하는 것인지 등과 같이, 자신이 대답할 수 있는 질문을 해 준다면 얼마나 좋을까라고

---

*Tansimati Hairieh, 은혜적 개혁을 뜻하며, 광범위한 법률 제정이 포함되어 있었다. 이를 계기로 오스만 제국은 제2단계 개혁운동에 접어들었다.

생각했다. 그러나 그녀는 아무런 질문도 하지 않았고, 하싸는 덕분에 우울한 기분이 들었다. 아시아데는 짧은 윗입술을 조금 내민 채로, 성실하고 신중한 모범생처럼 그와 나란히 걸었다. 아시아데가 공부하는 이국적인 단어들의 야만적인 활용어미가 그에게 낯선 것처럼, 그녀에게는 의학과 관련된 모든 문제가 생소할 것이 분명했다.

호텔의 눈부신 샹들리에 불빛 아래 남자 서너 명이 앉아 있었다. 그들은 매부리코에 번득이는 검은 눈동자를 가졌으며 검은 수염을 기르고 있었다. 하싸노빅가家 사람들은 외국에서 온 사촌에게 인사를 했다. 하싸는 커피를 주문했고, 아시아데는 그의 친척들이 묻는 짤막한 질문을 통역했다.

"네."

하싸가 대답했다.

그는 '이곳이 무척 마음에 듭니다.' '아니요, 비엔나에는 회교 사원이 없습니다.'라고도 대답했다.

사촌들은 하싸가 알아들을 수 없는 말을 속삭였고, 아시아데는 미소 띤 얼굴로 하싸가 훌륭한 의사인지를 묻는 그들의 질문을 통역했다.

"저도 그러기를 바랍니다."

하싸는 난처한 듯 대답했다. 그는 사촌들 중 누군가에게 하제下劑(설사가 나게 하는 약-역주)라도 처방해서, 더이상 곤란한 질문을 못하게 만들어야 할 모양이라고 생각했다.

그러나 사촌들은 말없이 천천히 커피를 마시면서 생각에 잠긴 모습으로 거리를 내다보았다. 마침내 가장 나이 든 사촌이 수염 난 얼굴 위로 굵은 눈물을 흘리면서 흐느껴 울기 시작했다. 그는 눈물을 닦은 뒤 한참 동안 설명을 늘어놓았고, 아시아데는 잔뜩 긴장한 모습으로 귀를 기울였다.

그녀가 통역을 시작했다.

"이 마을에는 알리 쿨라라는 현자賢者가 살아요. 그 사람은 아주 나이가 많은데, 벡타쉬 성직자단에 속해 있는 유명한 사제래요. 이곳 사람들은 신의 계율에 순종하며 사는 그분을 성인으로서 존경한다는군요."

사촌은 다시 슬픈 목소리로 장황한 설명을 시작했다.

"그런데 알라께서 그 성자에게 천벌을 내리셨대요."

아시아데는 계속해서 사촌의 말을 통역했다.

"그는 지금 병에 걸렸고 사제들의 기술로도 고칠 수 없다는군요. 의사들이 진찰을 하긴 했지만 워낙 신을 모르는 자들이라서 아무런 도움도 안 됐대요."

"어디가 안 좋은 겁니까?"

하싸가 갑자기 흥미를 느끼며 물었다.

사촌이 대답했고, 아시아데는 넋이 나간 모습으로 그를 바라보았다.

"눈이 멀어가고 있대요."

그녀는 절망적인 목소리로 나직이 말했다.

"이제 기력조차 남아 있지 않고, 몽롱한 상태에서 하루를 보낸대요. 얼굴빛은 마치 죽은 사람 같다고 하네요. 하싸, 당신이 도울 수 있을 것 같지는 않아요. 알라께서 그 사람을 부르고 있는 거예요."

하싸는 아시아데의 슬픈 눈과 짧은 윗입술을 바라보았다.

"그 성인을 한번 봐야겠군."

그는 단호한 목소리로 말했다.

그들은 도시 외곽을 향해 자갈길 위로 차를 몰았다. 아시아데는 하싸의 손을 잡고 말했다.

"무서워요. 알라께서 데려가려는 사람을 어떻게 도울 수 있죠?"

하싸는 어깨를 으쓱해 보였다. 그의 아내는 그를 야만인쯤으로 생각하는 것이 분명했다.

"나는 언어학자가 못하는 일을 할 수 있어."

하싸가 말했다.

아시아데는 미덥지 않은 듯 그를 바라보았다. 그녀의 동양적인 사고 방식에서 나오는 불신이 의학적 기교의 세계와 맞서고 있었다. 아시아데의 눈에는, 하싸가 하는 일이 그녀가 하던 공부만큼이나 실용성 없는 하찮은 오락거리로 보였다. 그녀에게 있어 진정한 직업은 단 세 가지였으니, 바로 전사, 사제 그리고 정치가였다.

그들은 회반죽을 바른 나지막한 집 앞에 멈춰 섰다. 마당 안에는 노인 한 명이 넓게 퍼져 있는 나뭇가지 아래에 앉아 염주를 돌리고 있었다. 그는 백짓장처럼 창백한 얼굴을 들어 하늘을 향하고 있었으며, 머리칼이 몇 가닥 남지 않은 머리에 아라비아 문자가 새겨진 원뿔 모양의 모자를 쓰고 있었다. 아시아데는 깊은 감동을 느끼면서 벡타쉬의 옛 격언을 되뇌었다.

> 존재한 모든 것은 사라지는 법이며
> 오직 알라만이 영원히 남는다.
> 알라는 전능한 존재이시며
> 모든 것은 알라의 손안에 놓여 있다.

하싸의 사촌들은 노인의 손에 입을 맞추었고, 노인은 놀란 눈으로 그들을 바라보았다.

아시아데는 사제 쪽으로 몸을 굽힌 채 조용히 말했다.

"사제님! 서양의 지식 세계에 모든 것을 맡기십시오. 전능하신 알라는 의사의 손을 통해서도 말씀하실 수 있습니다."

하싸는 그들로부터 멀찍이 서서 백짓장처럼 창백한 사제의 얼굴을 바라보았고, 낯선 나라말로 속삭이는 소리를 들었다. 그리고 사랑하는 아시아데를 생각하면서 그녀로부터 존경받고 싶다는 욕망을 느꼈다. 마침내 사제가 고개를 끄덕이며 손을 들어올렸다.

"이리 와서 진찰해 보세요."

아시아데가 머뭇거리며 말했다. 하싸는 노인에게 다가가 아시아데를 어리둥절하게 만드는 질문들을 했다. 그는 노인이 오랫동안 당뇨와 신장병, 안질환 치료를 받았지만 아무런 효과를 얻지 못했음을 알게 되었다. 그리고 눈살을 찌푸린 채, 노인이 매일 18시간이나 잠을 잔다는 소리를 들었다.

이윽고 노인이 옷을 벗었고, 하싸는 실눈을 뜨고 그의 쇠약한 몸을 뚫어지게 바라보았다.

"팔을 들어보라고 해 줘."

하싸는 노인의 겨드랑이에 털이 흔적도 없이 빠져 있는 것을 보았다.

"이제 앞을 거의 볼 수가 없습니다."

사제는 이렇게 말했고, 하싸는 그의 눈을 검사했다.

"양관자쪽반맹(시력이 나빠져 두 눈이 잘 안 보이는 상태-역주) 이로군."

사제는 하싸가 주문을 외운 거라고 생각하는 듯했다.

하싸가 환자의 상태에 대해 생각하는 동안, 하싸노빅 일가는 그를 둘러싸고 선 채 기대에 부푼 모습으로 바라보았다. 사제는 옷을 입은 뒤,

무심하고 졸린 표정으로 다시 카펫 위에 앉았다.

"제가 도울 수 있을지는 내일 알려 드리겠습니다."

하싸는 말을 이었다.

"하룻밤 자면서 좀 더 생각해 보겠습니다."

아시아데는 자리에서 일어섰다. 알라의 의지 앞에서는 서양의 지식도 아무런 힘을 발휘할 수 없음이 분명했다. 알라가 뜻하신 바가 있는 한, 하싸가 밤새 고민을 하건 말건 상관없이 사제는 어차피 죽을 운명이었던 것이다.

"그만 가지."

하싸는 이렇게 말하면서 아시아데의 팔을 잡았다. 그는 호텔로 돌아오는 동안, 생각에 잠긴 채 아무 말도 하지 않았다.

아시아데는 호텔에 도착한 뒤 한숨을 쉬었다.

"정말 서글픈 일이에요. 하지만 모든 것은 신의 손에 달려 있어요."

"그래."

하싸가 대답했다.

"물론 그렇지. 병원에 전화 좀 해 주겠어? 몇 가지 물어볼 게 있어."

아시아데는 수화기를 들고 기계적으로 하싸의 말을 옮겼다.

"여기는 닥터 하싸입니다. 원장님이랑 통화할 수 있을까요? 제 남편이 묻기를, 혹시 그곳에…… 잠시만요…… 잠깐만 기다려 주세요! 뭐라고요? ……네, 죄송합니다. 발음하기가 너무 힘드네요…… 뇌하수체종양 수술을 하려고요. 그렇게 생각지 않으신다고요? 네, 닥터 하싸가 찾아뵐 거예요."

통화가 끝나자 하싸는 문 쪽으로 달려갔고, 아시아데는 숨을 헐떡이면서 그 뒤를 따라갔다.

하얀 가운을 입은 병원장이 두 사람을 맞았다. 아시아데는 기다란 라틴어 명칭 뒤에 숨어 있는 뜻을 이해하지 못한 채, 병원장의 말을 통역했다.

마침내 병원장은 고개를 끄덕였고, 하싸는 감사의 표시로 그의 손을 잡고 흔들었다.

잠시 후, 하싸와 아시아데는 호텔방으로 돌아와 앉아 있었다. 그는 커피를 마시는 동안 흥분해서 말을 멈추지 못했다.

"무슨 말인지 알겠어? 이건 '터키인의 말안장'이라는 뜻의 '터키안'이야. 뇌하수체(간뇌 밑에 있는, 돌기 모양의 내분비샘-역주)라고 부르는 샘 안에 종양이 있는 게 틀림없어. 일단 엑스레이를 찍어 봐야겠지만 내 생각이 맞을 거야. 히르슈 박사의 수술법대로 코를 통해 수술할 생각이야. 통계에 의하면, 지금까지 환자들 중 12.4퍼센트만이 사망했어. 그래도 이건 가장 어려운 수술 중 하나야. 내 말 이해하겠어?"

그는 종이 한 장을 꺼내, 두개골을 세로로 자른 해부학적 단면도를 그렸다.

"바로 여기, 이게 뇌하수체오목이고 이건 뇌하수체야."

아시아데는 생소하기만 한 이야기를 이해하려 애썼다.

"터키안이라고요?"

그녀는 눈썹을 치켜올리며 걱정스레 말했다.

하싸는 아시아데의 허리를 잡고 공중으로 들어 올리더니, 양손을 펴서 그녀를 받쳐 들고 방 안을 빙글빙글 돌았다.

"그래, 터키안이야!"

그는 큰 소리로 말했다. 그의 손은 힘 있고 단단했다. 마침내 그가 아시아데를 내려놓았지만, 그녀의 눈앞에서 방은 계속 돌고 있었다. 그녀는 카펫 위에 앉아 하싸를 바라보았다.

"세상에! 마블라위 성직자단의 수도승들은 바로 이렇게 울부짖으면서 춤을 춰요. 이게 당신이 말하는 뇌하수체인가요?"

"아니, 이건 터키안이야."

하싸는 아시아데의 앞에 서서, 다루기 힘든 연대 앞에 선 장군처럼 말했다.

"내가 당신의 사제를 구할 수 있는 확률은 88.6퍼센트야. 그가 앓고 있는 건 세상에서 가장 희귀한 병 중 하나야. 당신은 나를 믿지 못한 벌로 수술을 도와줘야 해. 당신 없이는 수술 중에 사람들과 의사소통을 할 수 없을 테니까. 흰 가운을 입고 내 옆에 서 있어 줘. 할 수 있겠지? 아니면 말도 안 되는 의성어로 비명을 지르면서 기절해 버릴 거야?"

아시아데는 바닥에 앉은 채 고개를 들었다.

"우리 터키인들은 언제나 용감한 전사였어요. 전 괜찮을 거예요."

그녀는 일어서서 하싸의 얼굴을 어루만졌다. 그는 방 한가운데에 서 있었으며, 친근하고 가깝게 느껴졌다. 그녀는 사라예보에 사는 그 누구도 해내지 못한 일을 하게 될 하싸의 손을 바라보면서, 소심하고 수줍어지는 자신을 느꼈다.

"정말로 터키안을 정복할 자신 있어요?"

"그럴 수 있을 거야. 내 판단이 맞다면……."

"알라 바리프, 오직 알라만이 아실 거예요."

아시아데는 두려움을 느끼며 시선을 떨어뜨렸다. 갑작스레 생생한 꿈을 꾸듯, 화려한 색상의 옷을 입은 한 무리의 기수들이 그녀의 눈앞에 보이는 것 같았다. 아시아데의 환영 속에서, 그들은 부드러운 터키 안장에 올라탄 채 스텝을 가로질러 달리고 있었다. 하싸는 손에 창을 들고 있었고, 그의 안장에는 금으로 된 글자가 새겨져 있었다. 그는 손을 들어 올렸고, 그의 창은 적의 얼굴을 관통했다.

백짓장처럼 하얀 얼굴이 안장 위로 고꾸라졌으며, 그녀는 낯선 목소리가 '알라 바리프!'라고 외치는 소리를 들었다.

"알라 바리프."

아시아데는 다시 한 번 이렇게 되뇌며 눈을 비볐다. 이내 환영은 사라져 버렸고, 세면대에서 손을 씻고 있는 하싸의 모습이 보였다. 맑고 굵은 물방울이 그의 손가락을 타고 흘러내렸다.

12

환자는 감정이 없는 사람처럼 의자에 앉아 있었고, 리넨(아마亞麻의 실로 짠 얇은 직물-역주)으로 만든 소독 마스크가 그의 얼굴을 덮고 있었다. 수술실 간호사는 수술 도구 위로 몸을 숙였다. 아시아데는 마스크에서 사제의 코가 닿는 부분을 길게 째 놓은 구멍을 보았다. 그때, 하싸의 목소리가 아득히 먼 곳에서 전해져 오듯 들려왔다.

"간호사, 에페드린*을 희석한 국소마취 용액을 준비해요. 침윤浸潤마취**에 쓸 슐라이히 용액도 주세요."

아시아데가 하싸의 말을 간호사에게 전하자, 수술실 안은 가스와 요오드포름 냄새로 가득 찼다. 그녀는 수술의자 팔걸이에 얹힌 사제의 창

---

* 마황麻黃 성분에 들어 있는 알칼로이드. 기관지염, 천식 따위의 치료제이자 각성제의 원료.
** 수술 부위에 천천히 국소 마취제를 주입하여 신경 종말을 마비시키는 방법.

백하고 힘없는 손을 바라보았다. 그러자 사제의 메마른 손등은 아마시아(터키 아마시아 주의 중심 도시-역주) 근처의 짙푸른 들판처럼 보였다.

그녀의 상상 속에서, 술탄 오르칸은 매사냥꾼, 노예, 장관을 대동하고 말에 올라타 들판을 가로지르고 있었다. 그때 튜브처럼 생긴 도구가 하싸의 왼손에서 반짝거렸고, 간호사가 환자 위로 몸을 구부렸다.

"격막 절제를 할 겁니다."

하싸는 이렇게 말했고, 아시아데의 눈에는 또 다른 의료 도구가 들어왔다. 하싸가 환자의 얼굴에 메스를 대자, 리넨 마스크 위로 한 줄기 피가 배어 나왔다. 피를 보는 순간, 아시아데의 입술은 바싹 마르면서 화끈거리기 시작했고, 다시금 환영이 펼쳐졌다. 리넨 마스크 위로 슐리드쉬 마을이 솟아올랐고, 술탄 오르칸이 성직자단을 설립한 신성한 벡타쉬의 집 안에 발을 들여놓았다. 성자 하드시 벡타쉬는 미끈하게 늘어져 내린 옷을 입고 있었고, 술탄 오르칸은 그에게 자신이 일으킨 군사를 위해 기도해 달라고 부탁했다. 넓은 가슴에 털이 난 전사 한 명이 성자 앞으로 걸어 나왔고, 교주 벡타쉬는 펠트 코트의 소맷자락을 전사의 머리 위에 얹고 그를 위해 기도해 주었다.

한편, 하싸는 점막을 고정시키기 위해 벌리개를 찾았고, 아시아데는 그의 말을 전했다. 그러자 간호사는 반짝이고 기다란 물건 하나를 그에게 건넸다. 하싸는 입을 다물고 있었으나, 그의 두 손만은 살아 움직이는 생명체처럼 빠르고 정확하게 움직였다. 간호사가 사제의 얼굴 앞에 볼을 받쳐 들었다. 아시아데는 아랫입술을 늘어뜨렸다. 이에 사제는 대수롭지 않은 듯 희미하고 나직한 신음소리를 냈다. 아시아데는 눈을 감고 싶었지만, 하싸가 폭이 좁은 끌을 찾는 바람에 다시 눈을 크게 뜨고 그의 말을 전했다.

간호사는 작은 망치를 들고 있었다.

"망치."

하싸의 말이 떨어지자, 작은 망치가 끌을 세차게 내리쳤다. 하싸가 상처 안으로 갈고리처럼 생긴 도구를 밀어 넣자, 새빨간 피가 널따란 줄무늬를 그리며 마스크 위로 번져 갔다. 피투성이가 된 볼 안에는 쪼개진 뼈 조각들이 흩어져 있었다.

"그만해요."

아시아데가 하싸의 어깨를 만지며 말했다.

"이제 됐어요. 평화롭게 눈을 감을 수 있도록 그냥 놔두세요."

그녀의 얼굴은 빨갛게 달아오르고, 이마 위로는 시퍼런 핏줄이 부풀어 있었다. 하싸는 앉은 채 의자를 뒤로 밀었고, 간호사는 사제의 얼굴을 덮고 있던 리넨 마스크를 걷었다. 사제의 얼굴은 창백했고 움푹 들어가 있었으며, 고통으로 일그러진 채 먼 허공을 바라보고 있었다.

"그만해요."

아시아데는 같은 말을 되뇌면서 피범벅이 된 수술도구들을 바라보았다. 하싸는 잠시 주위를 둘러보았다. 그의 눈동자는 딴 데 정신이 팔린 듯 멍해 보였다.

"그래, 알았어."

그는 불만스럽게 말했다.

"기초 작업은 끝났어. 이제부터가 본격적인 수술 시작이야. 마스크를 신속히 갈아 달라고 전해 줘. 경질막(뇌를 둘러싼 막 중 가장 바깥쪽의 막-역주) 천자를 시작할 거야."

아시아데는 갑자기 서투른 어린애가 된 듯한 기분이 들었다. 사제는 의자에 앉아 있었고, 수술실은 중세의 고문실처럼 보였다. 하싸는 위대한 마술사이자 고문자였다. 그는 성인을 고문할 수 있는 권한이라도 부여받은 듯, 생명력이 남아 있는 뼈를 끌로 깎아 내고 살을 도려냈다.

사제의 얼굴은 다시 마스크 뒤로 사라졌다. 아시아데는 입술에 찝찔한 맛을 느끼면서 눈을 쉴 새 없이 깜박였다. 눈물이 가득 고인 눈으로 바라본 비현실적이고 흔들리는 환상 속에서, 그녀는 성자 하드시 벡타쉬 앞에 무릎 꿇는 전사를 보았다. 하드시 벡타쉬는 전사를 축복해 주면서 부드러운 목소리로 말했다.

"그대들을 야니차르라 명명합니다. 그대들의 얼굴은 하얄 것이며 팔로는 승리를 얻을 것입니다. 그대들의 검은 날카로울 것이며, 창은 만물을 꿰뚫게 될 겁니다. 그대들은 언제나 강인한 모습으로 승리를 가슴에 안고 돌아올 것입니다."

아시아데의 눈앞에서 수술실이 빙빙 돌기 시작했고, 하싸의 손에 쥐인 폭이 좁은 메스는 갑자기 휘어지면서 떨리기 시작했다.

"낭포(생체의 조직 안에 있는 주머니-역주)로군."

하싸의 목소리에서 팽팽한 긴장감이 느껴졌다. 그는 마치 깃털을 다루기라도 하듯 메스를 손에 들고 있었다.

'그의 검과 창이 날카롭게 하옵소서.'

아시아데는 이렇게 기도하면서 주먹을 꼭 쥐었다. 그러자 그녀의 상상 속에서, 수도승으로 구성된 야니차르 군이 물밀듯이 유럽으로 진격했다. 전사들은 신성한 하드시 벡타쉬 성직자단의 모자를 쓰고 있었는데, 그 모자에는 꽃모양의 표지 대신 숟가락이 달려 있었다. 저녁 무렵, 그들은 야니차르 막사 앞마당에 모여 고기를 삶고 있는 커다란 솥을 가운데 두고 둘러앉았다. 벡타쉬 성직자단의 단장은 흰 글씨가 쓰인 원뿔 모양의 모자를 쓰고 있었는데, 그는 영웅들로 이루어진 99개 연대에 대해 모르는 게 없는 사람이었다.

아시아데는 눈물을 닦았다. 그녀는 피를 너무 흘려서 죽기 직전인 사제 앞에, 벌써 여러 시간째 서 있는 기분이 들었다. 그러나 하싸는 여전히 그의 몸을 칼로 베고 있었으며, 그녀는 하싸가 유혈극流血劇을 멈출 때까지 며칠, 아니 몇 주 동안 그 자리에 더 서 있어야 할 것만 같았다.

하싸는 이제 한 손에 고무관을 쥔 채, 다른 한 손으로는 고무공을 가지고 노는 것처럼 보였다.

"흡인吸引."

그는 이렇게 말하고 고무공을 눌렀다. 사제는 손가락을 움직이면서 커다란 신음소리를 냈다.

"탈지면."

하싸가 말했다.

"배액술排液術*을 시작합시다."

하싸는 손에 유리관을 든 채, 갑자기 고개를 들면서 아시아데에게 말했다.

"낭포가 제삼뇌실第三腦室** 아래쪽에 붙어 있는 것 같아. 하지만 수술 도구가 날카롭고 좋으니까 문제없어."

아시아데는 고개를 끄덕여 보였지만 간호사에게 하싸의 말을 전하지는 않았다. 그의 말은 알아듣기 어려운 데다가 아시아데에게만 하는 말 같았고, 단지 당황한 마음을 표현한 것으로 들렸기 때문이다. 간호사는 지혈을 위해 솜을 동그랗게 말았고, 아시아데는 사제의 거친 숨소리를

---

*체벽과 내장 사이에 불필요하게 고인 고름이나 흉수胸水, 복수腹水 등의 액체를 밖으로 배출시키는 수술.
**투명한 액체로 가득 차 있는 뇌 안의 빈 곳.

들었다.

한때는 그를 따르는 사제 여덟 명이 야니차르 막사 안에 앉아서 밤낮으로 기도를 드리기도 했다. 그 사제들은 신성한 하드시 벡타쉬 성직자단의 모자를 쓴 채, 고기가 가득 든 솥을 가운데에 두고 앉아 있던 99개 연대를 위해 신의 축복을 기원했던 것이다. 그러한 신의 축복은 전사들의 무기와 함께했지만, 술탄 마흐무드의 분노가 영웅들과 사제들을 집어삼키는 순간, 그들 곁을 떠나고 말았다. 술탄은 이스탄불의 대경기장에 4만 명의 성직자들을 불러 모은 뒤, 모두 사형에 처했다. 그들 중 단 한 사람도 술탄의 분노를 피해 가지는 못했다. 그날 이후로 신성한 제국은 힘을 잃고 무방비 상태에 놓이게 되었다. 살아남은 벡타쉬 성직자단의 사제들은 산속 깊숙한 곳에 있는 수도원으로 몸을 피했다. 훗날 그들은 다시 술탄의 총애를 받게 되었지만, 이미 이빨이 부러져 나간 늑대와 다를 바 없었다.

"솜은 이틀 후에 빼면 됩니다."

하싸는 몸을 일으키며 말했다.

"오늘 하루는 간헐적으로 열이 날 수도 있지만, 뇌막염으로 악화되지는 않을 겁니다."

간호사들은 사제를 모시고 나갔다.

아시아데는 하싸의 창백한 얼굴을 바라보면서 그와 나란히 걸었다. 그녀는 그제야 정신을 차린 뒤, 미심쩍은 얼굴로 하싸를 바라보았다. 그녀의 얼굴은 상기되어 있었고, 눈은 빨갛게 부어 있었다. 하싸는 손을 씻으면서, 어쩌면 낭포가 아니라 두개내종양頭蓋內腫瘍이었는지도 모르겠다고 생각했다. 그리고 뇌하수체오목뼈가 전혀 단단하지 않았던 것을 참으로 다행스럽게 여겼다.

호텔로 돌아온 두 사람은 비엔나의 집과 그린칭에서의 저녁에 대해 이야기했다. 하싸는 비엔나 사람들이, 해가 뉘엿뉘엿 질 무렵이면 교외에 있는 술집으로 걸음을 옮긴다고 했다. 그리고 포도나무가 늘어진 술집 정원의 기다란 나무 의자에 앉아 햇포도주를 마시며, 반짝이는 별 아래에서 행복한 얼굴로 노래를 부르고 큰 소리로 웃는다고 했다.

아시아데는 하싸와 함께 홀에서 커피를 마시는 동안, 창과 검을 능숙하게 다룰 줄 아는 그의 손을 바라보았다. 하싸의 무기는 커다란 소리를 내며 올리던 야니차르의 무기와는 전혀 달랐다.

"괜찮아질까요?"

아시아데는 짐짓 사제를 대수롭게 생각지 않는 것처럼 물었다.

"물론이지. 뇌막염에만 걸리지 않는다면 말이야. 만약 뇌막염에 걸리면 죽게 될 거야."

하싸는 자신감이 넘치면서도 위엄 있는 목소리로 말했다. 아시아데는 어깨를 곧추세우며 고개를 숙였다. 그러고 나서 그녀의 아버지와 자신의 대학, 거친 무력보다 훨씬 강한 힘을 가진 지혜에 대해 이야기했다. 그녀의 눈앞에 빨갛게 피범벅이 된 사제의 얼굴이 빙글빙글 돌아다녔다. 그녀는 걷잡을 수 없는 공포를 느끼며, 갑작스레 하싸의 칼이 사제의 시력과 기력을 되찾아 줄 수 없을지도 모른다고 생각했다. 이미 정해진 운명을 거스르려는 것은 죄악이었다. 피를 내뿜게 하는 하싸의 흉악한 마력은 알라의 뚜렷한 의지 앞에서는 무기력할 수밖에 없었다. 그녀는 피할 수 없는 일이 생겨나고, 자신이 남편의 위력에 대한 믿음을 완전히 잃기 전에 어디론가 멀리 달아나고 싶었다.

"의사는 여기에도 있어요."

그녀는 애원하듯 말했다.

"이제 여기 의사들도 사제를 돌볼 수 있을 거예요. 내일 두브로브니크로 가요. 여긴 너무 덥네요. 바다가 정말로 그리워요."

하싸는 그녀의 말대로 하기로 했다. 그는 아시아데가 이토록 갑자기 떠나고 싶어 하는 이유를 모르고 있었다. 하지만 그녀는 애원하는 눈빛으로 그를 바라보았고, 입술은 떨리고 있었다. 게다가 두브로브니크 해변에 누워 아드리아 해海의 푸르른 수평선을 바라보는 것은 멋진 일임에 틀림없었다.

이렇게 해서 두 사람은 범죄현장에서 달아나듯 사라예보를 떠났다. 그로부터 두 주 동안, 하싸는 지중해의 물결 속에서 첨벙거렸고, 두 사람은 뜨거운 모래 위에 누워 있기도 했다. 아시아데는 조용히 바다를 바라보았다. 바로 저 바다는 그녀의 고향에 접해 있는 해변으로도 파도를 보내고 있으리라.

"사제가 좀 어떤지 알아봐야겠어."

하싸는 마음의 가책이라도 느끼듯 말했다. 아시아데는 갑자기 말이 많아지더니, 몬테네그로 산악지방의 체티네로 여행을 떠나자고 했다. 그들은 차를 타고 로브렌을 가로질렀다. 카타로 지방의 3면이 산으로 둘러싸인 평지가 까마득히 아래로 보였고, 두 사람을 태운 차는 가파른 절벽 위를 달렸다. 아시아데는 왔던 길을 되밟아 사라예보로 돌아가는 것이 두렵기만 했다. 어떤 소식이 그들을 기다리고 있을지는 불 보듯 뻔했다. 사제는 이미 죽었고, 하싸의 수술은 쓸모없는 것으로 판명 났을 것이 분명했다.

"우리 그냥 지나가요. 사라예보에서 내릴 필요는 없잖아요."

아시아데는 집으로 돌아가는 기차 안에서 이렇게 말했다.

그러나 사라예보의 회교 사원 첨탑이 저 멀리 모습을 드러내자, 그녀는 서둘러 짐을 싸기 시작했다. 그리고 하싸의 손을 잡고 플랫폼으로 뛰어내렸다.

"왜 그래, 아시아데?"

하싸가 이렇게 물었지만 그녀는 아무런 대답도 하지 않았다. 두 사람은 차를 타고 시내로 들어간 뒤, 호텔에서 아침 식사를 했다. 그 후 시장의 좁은 골목길을 걸었다.

터키 커피숍의 뜰에 사제 알리 쿨리가 앉아 있는 모습이 보였다. 음흉해 보이면서도 신앙심이 깊은 눈동자에, 기다란 수염을 기른 남자들에게 둘러싸인 사제는 물담배를 피우고 있었다. 하싸노빅 일가 사람들은 그 옆 테이블에 앉아서 작은 잔에 담겨 있는 커피를 마시고 있었다.

사제가 자리에서 일어나 하싸 앞으로 다가오더니 깊이 고개를 숙였다. 사제가 아시아데에게 말했다.

"여인이여! 지혜로운 남편의 아내라는 행복을 누리는 여인이여, 내 말을 전해 주시오!"

그는 마치 의식을 치르듯 경건하게 말했고, 아시아데는 숨을 죽였다.

"지혜로운 남자여, 그대는 나의 시력과 본래의 피부색과 기력을 되찾게 해 주었습니다. 뿐만 아니라, 다시 머리칼이 자라도록 해 주었습니다. 당신의 인생이 환하며 당신의 침대가 포근할 수 있도록 기도하겠습니다. 또한 당신의 길에 영광이 가득하고, 당신의 아내가 당신을 섬길 만한 자격이 있는 여인이 되도록 기도하겠습니다."

사제는 이렇게 말을 마쳤다.

하싸는 깊은 감동을 느끼며 고개를 숙였다. 수염을 기른 남자들은 그를 에워싸며 엄숙한 얼굴로 바라보았고, 하싸노빅 일가 사람들은 자신들의 사촌이 명성을 얻게 된 것을 자랑스럽게 여기며 그의 곁에 서 있었다.

이제 아시아데가 총사령관의 딸이며, 그녀의 할아버지가 한때 보스니아를 다스렸다는 사실을 기억하는 사람은 아무도 없었다. 그녀는 하싸의 손이 이루어 낸 기적을 흉내 낼 수 없는 한 명의 여자에 불과했다. 그녀는 사제의 시력이나 기력을 되찾게 할 수도 없고, 머리칼을 자라게 할 수도 없었다. 단지 훌륭한 남자의 충실한 노예가 되기 위해 태어난 한 명의 여자에 불과했던 것이다.

하싸는 자신을 둘러싼 사람들의 아시아식 감사 표시로부터 겨우 빠져나올 수 있었다. 그는 아시아데의 손을 잡고 겸연쩍은 듯 웃으며 커피숍을 나섰다. 아시아데는 호텔로 돌아가는 동안, 혼자만의 생각과 감정에 사로잡혀서 아무 말도 하지 않았다.

이윽고 두 사람이 호텔에 도착하자, 그녀는 갑작스레 목욕을 하고 싶다고 말했다. 아시아데는 욕실 문을 걸어 잠갔고, 하싸는 물이 흐르는 소리를 들었다. 그러나 아시아데는 목욕은 하지 않고, 걸어 잠근 문 뒤에서 옷을 입은 채로 욕조 가장자리에 걸터앉아 있었다. 그녀의 볼 위로 눈물이 흘러내렸다. 그녀는 욕조에 물이 가득 찬 것을 보고 수도꼭지를 잠갔다. 그리고 바닥에 앉아서 이유도 모른 채 한참을 소리 죽여 울었다. 하싸는 승리를 거두었다. 자신이 더 이상 총사령관의 딸이 아니며, 죽음을 정복할 수 있는 남자의 아내라는 사실이, 그녀에게 아픔이자 기쁨으로 다가왔다.

그녀는 두 손으로 눈물을 닦았다. 욕조 안에 고인 맑은 물에서 더운 김이 올라오고 있었다. 그녀는 거울처럼 자신을 비추는 따뜻한 물 위에 얼굴을 담그며 한동안 숨을 참았다. 그렇다, 동양은 이미 죽었다. 그리고 이교도인 하싸는 벡타쉬 성직자단의 성자를 구했다. 이로 인해 그는 총사령관의 딸로부터 사랑받는 남자, 그 이상의 사람이 되었다. 그녀는 몸을 일으킨 뒤 얼굴의 물기를 닦았다. 그러고 나서 문을 열고 발끝으로 걸어 방 안으로 들어갔다.

하싸는 기다란 의자 위에 몸을 쭉 펴고 누운 채, 천장을 바라보고 있었다. 그것은 그녀가 생각하는 영웅이나 승자의 모습과는 전혀 달랐다. 아시아데는 하싸의 옆에 앉아 두 손으로 그의 머리를 감쌌다. 그의 구릿빛 얼굴에는 만족감이 어려 있었으며, 졸린 듯 보이기도 했다. 그녀의 속눈썹이 그의 볼에 와 닿았고, 그녀는 하싸의 은은한 체취를 느꼈다.

"하싸, 당신은 영웅이에요. 당신을 너무나 사랑해요."

"그래. 그 아시아 군중들 틈에서 빠져나오는 건 쉬운 일이 아니었어. 그 사람들이 재잘거리는 소리가 마치 폭포수 소리처럼 들리더군."

하싸는 졸린 목소리로 대답했다.

그는 손을 뻗으면서, 가냘프고 유연한 몸매의 여인이 곁에 누워 있다는 사실에 묘한 흥분을 느꼈다. 아시아데는 유순하고 연약했으며, 무언가를 갈망하는 듯 보였다. 하싸는 그녀의 몸을 끌어당겼다. 그녀는 눈을 감고 있었지만 입가엔 미소를 머금고 있었다.

2부

The Girl From The Golden Horn

1

 하싸는 링에 있는 훌륭한 저택 2층에 집을 갖고 있었다. 하싸가 없는 동안 나이 지긋한 숙모 두 분이 집을 관리해 주었는데, 그들은 주름진 얼굴과 기쁨에 들뜬 눈을 하고 있었다. 아시아데는 왼발을 빼서 무릎을 굽히며, 몸을 깊숙이 숙여 인사함으로써 숙모들의 마음을 샀다. 이 같은 예절은 전쟁 중, 대공비大公妃를 만나기로 되어 있었을 때 배워 둔 것이었다.

 창밖으로 널따란 거리와 부르크 공원의 푸르른 나무들이 보였다. 아시아데는 창밖으로 몸을 내밀어 비엔나의 포근한 공기와 꽃향기를 들이마셨고, 먼 곳의 숲과 오스트리아의 푸른 언덕의 향내를 느꼈다. 그녀는 집 안 구경을 시작했고, 숙모들은 미소 띤 행복한 얼굴로 벽장과 방, 그리고 지하실 열쇠를 건네주었다.

 하싸는 아주 오래전에 잃어버린 장난감을 되찾은 아이처럼 이 방 저 방으로 뛰어다녔다. 그는 아시아데의 팔을 잡아끌어 식당으로 데려갔다. 그곳에는 차가워 보이는 가죽을 씌운 짙은 색 의자가 놓여 있었다. 그는 그녀를 한쪽 모퉁이에 있는 응접실로도 안내했다. 그곳에는 유리로 만든 장식장과 포근하고 편안해 보이는 밝은 색 의자가 가득했다. 다음 차례로 하얗게 칠한 진료실을 구경했는데, 유리장 안에는 금속으로 만든 물건들이 셀 수 없이 많이 들어 있었다. 대기실에는 해묵은 잡지들이 놓여 있었다. 벽에는 하싸 덕분에 생명을 되찾은 사람들의 사진이 걸려 있었는데, 그 밑으로 그들의 증언이 적혀 있었다. 그들은 경직되고 거만한 얼굴로 아시아데를 차갑게 내려다보았다.

마침내 욕실에 도착한 그녀는 지친 듯 걸음을 멈춘 뒤, 거울에 비친 자신의 상기된 얼굴을 보았다.

"물이요. 물 좀 주세요. 한꺼번에 너무 많은 가구들을 봤어요."

그녀는 애원하듯 말했다.

하싸는 수도꼭지에서 물 한 컵을 받아 그녀에게 건넸다. 아시아데는 음미하듯 물을 마시더니 심각한 표정을 지었다.

"정말 좋은 물이에요! 이스탄불의 물 다음으로 최고예요!"

그녀는 놀란 표정으로 말했다.

아시아데는 하싸의 어리둥절한 표정을 보자, 이내 설명하기 시작했다.

"당신도 알다시피 우리 터키 사람들은 포도주를 마시지 않아요. 그 대신 물에 대해서라면 모르는 게 없죠. 제 아버지는 전 세계의 물을 구별할 줄 아세요. 할아버지께서는 보스니아에 계시는 동안, 흙을 구워 만든 물병에 이스탄불의 물을 담아 오게 하셨죠. 이곳 물은 유럽에서 제일 좋은 물이에요."

그녀는 계속 조금씩 음미하며 물을 마셨다. 하싸는 그녀의 야만적인 옛 조상들도 오랫동안 사막을 헤매다 집에 돌아올 때면, 바로 저런 모습으로 자신들의 우물물을 마셨을 거라고 생각했다.

"우리나라에서는 방 안에 카펫이랑 러그, 기다란 의자만 들여놔요."

아시아데는 물 잔을 내려놓으면서 말했다.

"기다란 의자는 벽 쪽에 붙여 놓죠. 그 위에는 쿠션을 놔요. 간혹 방 안에 작고 나지막한 탁자를 두기도 하죠. 우리는 바닥에 매트리스를 깔고 자고, 낮에는 벽장 안에 매트리스를 넣어 두죠. 겨울이 되면 방 안에 화로를 들여놔요. 그 안에 뜨겁게 달아오른 숯을 넣어서 방을 따뜻하게 하는 거예요. 전 이런 가구에 익숙지 않아요. 여기 있는 탁자랑 장식장에 부딪치면서 다닐 게 뻔해요. 하지만 괜찮아요. 마저 구경할게요!"

두 사람은 길고 침침한 복도를 지났다. 하싸는 침실 문을 열면서 자랑스러운 듯 말했다.

"바로 여기야."

아시아데는 방 안으로 들어갔다. 커다란 2인용 침대, 휘장과 기다란 의자, 그리고 침대 옆으로 자그마한 탁자가 보였다.

"여기로군요."

아시아데는 풀 죽은 목소리로 말하면서, 하싸를 떠난 마리온을 떠올렸다. 마리온은 다른 남자를 꿈꾸며 바로 이 침대에 누워 잤을 것이다. 하싸는 의기양양한 모습으로 방문을 닫고 방 한가운데에 섰다. 그리고 침대와 아시아데, 작은 탁자들을 바라보더니 돌연 슬픈 표정을 지었다. 아시아데는 그의 턱을 어루만졌고, 그는 눈초리가 올라간 눈으로 애원하듯 그녀를 바라보았다. 그는 눈에 보이지 않게 방 안에 솟아오르는, 음산하고 곰팡내 나는 그 무엇인가로부터 몸을 숨기려는 듯 그녀를 껴안았다.

아시아데는 고개를 숙였다. 하싸의 굵은 목과 강한 팔 근육이 보이자, 갑작스레 그가 애처롭게 느껴졌다. 다부진 체격에 강인한 하싸가 방 한가운데에 이토록 어색하게 서 있었던 것이다. 차마 말로 표현하지 못하고, 제대로 느껴 보지 못한 감정의 세계에서는, 그도 무력하고 초라한 존재일 뿐이었다. 아시아데는 하싸의 볼을 어루만졌다. 그러면서 그가 눈에 보이는 세계에서 지혜롭고 강인하며, 영원히 기적을 행하는 사람으로 남을 수만 있다면 무슨 일이라도 하리라 마음먹었다.

'겁내지 말아요. 충실한 아내가 될게요.'

그녀는 이렇게 이야기하고 싶었지만, 아무 말도 하지 않은 채 그저 그의 목만 안고 있었다. 하싸는 그녀의 눈 속에서 아시아 여인의 겸손한 충성심을 보았다.

"이리 와요. 같이 짐을 풀어요."

그녀는 조용히 말했다.

이윽고 밤이 되자, 두 사람은 커다란 침대에 나란히 누웠다. 하싸는 그녀의 머리칼을 어루만지면서 매일 동료들을 만나는 카페와 친구들, 그리고 금장식한 대리석 계단이 있는 부르크 극장에 대해 이야기했다. 또 짐을 풀고 환기를 시키고 나면 곧 시작될 새로운 인생에 대해서도 이야기했다.

아시아데는 잠자코 그의 이야기를 들으며 회반죽을 바른 천장을 바라보았다. 그리고 자신과 똑같은 회반죽 자국을 바라보며 다른 남자를 꿈꿨을 마리온을 생각했다. 그녀는 하싸에게 마리온에 대해 묻고 싶었지만 차마 그러진 못했다. 침대는 포근했고, 하싸는 짙은 색 잠옷 차림으로 아시아데의 다리를 베고 누워 있었다.

"하싸, 내 곁에 있어 줘요."

하싸는 그 어디로도 갈 생각이 없는 사람임에도 그녀는 이렇게 말했다. 그리곤 윗몸을 일으켜 행복감으로 환해진 그의 얼굴을 바라보았다. 그녀의 인생까지도 지배하는 신비로운 힘을 가진 그는, 조금 낯설어 보이는 미소를 지으며 누워 있었다. 그는 아시아데를 끌어당겼고, 그녀는 자신이 위대한 마법사의 팔에 안긴 작은 아이가 된 것 같았다.

 아시아데는 눈을 감았다. 하싸의 손과 몸, 숨결이 가깝고 따뜻하게 느껴졌다. 그녀는 행복하고 두려운 감정을 동시에 느끼며, 머뭇거리다가 천천히 눈을 떴다. 회반죽을 발라 훌륭하게 꾸민 천장은 아주 까마득히 보였고, 하싸의 표정은 딱딱하고 심각하게 변해 있었다. 그리고 그의 가느다란 검은 눈은 낯설고 잔인하게만 보였다.

 그로부터 얼마 후, 하싸는 어린애처럼 볼이 무릎에 닿도록 몸을 웅크린 채 잠이 들었다. 반면, 아시아데는 잠을 이루지 못한 채 뚫어져라 어둠 속을 바라보았다. 하싸의 집은 섬과 같았으며, 그녀는 인생이라 불리는 거친 바다로부터 안전하게 몸을 피해 난파한 사람이었다. 밖에는 신비로운 카페들이 있었고, 하싸와 같은 생각을 하지만 그와 같은 마법사가 아니기에 그녀의 감각과 감정은 조절할 수 없는 남자, 여자들이 있었다. 또한 바깥 어딘가에는 아시아데에게 자리를 빼앗긴 마리온이 있었다. 아시아데가 그녀에 대해 아는 거라곤 한 남자와 세상 어딘가를 여행하고 있다는 것과, 알라가 정숙하지 못한 여자에게 내리는 벌을 받아 마땅하다는 것뿐이었다.

 "하싸."

 아시아데가 하싸의 머리칼을 만지며 말했다.

 "하싸."

 그는 놀라고 졸린 표정으로, 고개를 돌리며 헛기침을 했다.

 "우리 둘 사이가 너무 멀어요."

 그녀가 나지막이 말했다.

 "가까이 와요, 하싸."

"알았어."

그는 이렇게 말하더니 다시 잠이 들었고, 아시아데는 눈을 감았다. 그녀는 이 밤이 평생토록 계속되기를, 하싸가 잠든 아이처럼 그녀 곁에 누워 있기를 바랐다. 그 잠든 아이는, 이질적인 사람들과 말과 행동으로 가득한, 불가사의의 세계 속으로 떠날 필요가 없으리라.

얼마 후, 그녀는 긴장을 풀고 편안하게 잠이 들었다. 그녀는 자신의 가슴 위에 올려진 하싸의 손이 마치 마법의 힘을 가진 부적이라도 되는 양 잡고 있었다. 그 부적은 그녀가 몸을 피한 섬 기슭으로 파도를 보내는 바다로부터 그녀를 지켜 줄 것이었다.

2

링 카페는 신문이 바스락거리는 소리로 가득했다. 하싸를 맨 처음 알아본 사람은 급사장給仕長이었다. 그는 하싸에게 인사한 뒤, 종업원에게 큰 소리로 말했다.

"선생님을 예전처럼 모시도록 해. 크림커피와 의학저널을 가져다드려."

그는 여전히 몸을 숙인 채로 대리석 테이블 앞에 서서 말했다.

"다시 돌아오신 건가요?"

그는 당연한 질문을 했다.

"네. 그리고 결혼도 했습니다."

하싸가 대답했다.

"정말 축하드립니다, 선생님. 부인께서 외국인이라고 하던데요?"

"네, 터키 사람이에요."

급사장은 터키인이랑 결혼하는 것이 지극히 예사로운 일이라는 듯 고개를 끄덕였다. 그는 전쟁 중 터키에 있었던 자기 형에 대해 장황하게 이야기를 늘어놓았고, 터키인들도 남다를 게 하나 없는 보통 사람이라고 했다. 그러고 나서 신문과 잡지 한 뭉치를 가져왔고, 하싸는 건성으로 그것들을 들춰 보았다.

링 거리 위로 태양이 환하게 비치고 있었다. 여자들은 작은 개를 데리고 그 길을 걸으면서 자신감 있는 모습으로 주위를 둘러보았다. 거리 위에는 나뭇가지가 드리워 있었고, 짙은 색의 오페라 극장 건물은 요새처럼 보였다. 그때 카페의 문이 열리고, 안면 있는 사람들과 친구들이 들어왔다. 그들은 하싸가 앉아 있는 테이블로 다가와 반갑게 손을 내밀며 인사했다.

"오랜만이군."

그들은 이렇게 말하고 자리에 앉았다. 하싸는 친지들이 내민 손을 잡아 악수를 했고, 집에 돌아온 것에 대해 이루 말할 수 없는 행복감을 느꼈다. 그가 속한 '집단'의 구성원인 사람들이 한자리에 모이게 되었다. 그들은 수수께끼 같은 운명에 의해 하싸와 마주 앉아서 그에게 이야기를 하고, 그를 즐겁게도 하며, 그가 멋진 친구라거나 어쩔 수 없는 친구라 생각했다. 또, 관객의 입장에서 수동적인 호기심을 가지고 그의 인생을 지켜보도록 예정돼 있는 듯했다.

하싸의 테이블에는 산부인과 전문의인 닥터 할름과, 널리 알려지긴 했으나 전혀 효과는 없는 다이어트법의 창시자인 네투섹 박사가 희끗희끗한 머리칼을 하고 앉아 있었다. 또한 겨울철 스키 시즌에만 진료하는 정형외과 의사 작스, 기다란 다리에 중국 그림 애호가인 외과의 마테스, 그리고 신경외과 전문의이자 요양원 소장인 닥터 쿠르츠의 모습도 보였다. 쿠르츠는 사랑을 신경계질환의 하나로 생각하는 사람이었다.

그들은 하싸의 테이블에 앉아서 급사장이 했던 것과 다를 바 없는 질문들을 늘어놓았다. 그런 후에 수긍 반, 걱정 반의 모습으로 고개를 흔들었고, 그중 누군가는 부러운 듯 말했다.

"결국 앙고라고양이랑 결혼한 거로군. 이 소돔사람 같은 친구야."

하싸는 고개를 끄덕이며, 주기적으로 나타나는 꿈을 다시 한 번 꾸고 있다는 기분을 느꼈다. 지금과는 다른 어느 비현실적인 세계에서, 이미 똑같은 질문을 받고 그 질문에 똑같이 대답했다는 확신이 들었다.

테이블 위에 커피 잔이 하나 둘 늘어 갔다. 반쯤 쏟아진 잔에서 흘러나온 물은 대리석 테이블 위로 가느다란 물줄기를 그리더니, 점점 넓어지면서 만과 호수를 이루듯 퍼졌고, 마침내 쿠르츠의 잔 아래로 사라졌다.

하싸는 과거에 총사령관을 지냈으며 지금은 베를린의 커다란 카펫 상점 관리인인 장인과, 갑자기 너무 잘 알고 있는 듯 느껴지는 보스포루스 궁전, 그리고 자신의 아내가 대학에서 수강했던 낯선 과목들에 대해 이야기했다. 그는 조금 쑥스러워하면서, 사라예보의 유명한 사제 알리 쿨리를 성공적으로 치료한 경험담에 대해서도 이야기했다.

그들은 감탄과 질투가 뒤섞인 표정으로 하싸의 이야기에 귀를 기울였다. 이윽고 하싸가 '뇌하수체종양'이라는 단어를 말했을 때에야, 그들은 굳어 있던 얼굴의 긴장을 풀고 다시금 평범한 직업 세계의 정신으로 되돌아왔다.

"나도 얼마 전에 특이한 환자 한 명을 치료했어."

쿠르츠는 뇌하수체종양 따위는 아무것도 아니라는 듯 말했다.

"단스키라는 사업가가 갑자기 신경성 딸꾹질을 시작했어. 그렇게 꼬박 사흘 동안 딸꾹질을 해댔지. 이럴 때는 어떻게 하면 되겠나?"

그는 말을 멈추더니, 우쭐대며 한 사람 한 사람을 바라보았다.

"물에 반시간 정도 얼굴을 담그고 숨을 참으라고 해. 그럼 성공은 따 놓은 당상이지."

외과의 마테스가 직업적 잔인함이 드러나는 말투로 이야기했다.

"얼음을 삼키게 해."

정형외과 의사인 작스가 스키 시즌의 빙하를 떠올리며 이렇게 말했다.

그러자 쿠르츠가 말을 이었다.

"난 최면술을 썼어. 아마 이 말은 못 믿을걸. 그 사람, 최면에서 깨어나더니 다시 딸꾹질을 하더라고."

의사들은 의자를 바싹 끌어당겼고, 쿠르츠는 심령충격요법이라는 것에 대해 이야기했다. 그러자 네투섹이 큰 소리로 힘주어 말했다.

"횡격막의 혈관운동신경이 불규칙적으로 움직여서 그런 거야."

급사장은 대리석 기둥에 등을 기대고 서서, 의사들이 모여 앉은 테이블을 바라보며 만족스럽다는 듯 생각했다.

'학술토론이 한창이로군. 역시 우리 가게는 가장 수준 높은 카페야.'

"자네들은 의학적 무지가 뭔지 가르치는 입시준비 전문학원에나 가는 게 좋겠어."

산부인과 전문의 할름이 말했다.

"다들 논리적으로 생각하는 법을 잊은 것 같군. 이건 단순한 횡격막 경련일 뿐이야. 횡격막을 조절하는 게 뭐지? 그건 바로 고실(고막 안쪽에 있는 가운데귀의 한 부분-역주) 신경이야. 하하! 루쿠스 시실바치라고 들어 본 적 있나? 바로 그거야. 해결 방법은 딱 한 가지가……"

그는 말을 채 끝내지 못했다. 금발 여인 한 명이 놀란 눈으로, 열띤 토론 중인 의사들과 쿠르츠의 잔 아래로 자취를 감추고 있는 만과 호수를 바라보고 있었기 때문이다.

"아시아데라고 해요."

여인의 이 말 한마디에 딸꾹질하는 사업가는 의학 지식의 심연 속으로 사라져 버렸다. 의사들은 자리에서 벌떡 일어섰고, 아시아데는 그들의 낯선 손을 잡고 악수를 했다. 그녀가 살그머니 하싸를 바라보자, 그는 넌지시 고개를 끄덕였다. 그녀는 바로 이 사람들과 악수를 하고, 이 사람들의 질문에 대답해야 했던 것이다. 이들이 바로, 하싸가 살고 있는 수수께끼 같은 세계를 이루고 있는 그 사람들이었다.

"비엔나는 정말 아름다운 도시예요."

그녀는 아무 생각 없이 말하며 자리에 앉았다.

의사들은 호기심 어린 시선으로 그녀를 바라보며 질문을 했고, 그녀는 성실하고 차분하게 대답했다. 낯설기만 한 그들의 얼굴은 미소를 지을 때 이국적인 표정으로 잔뜩 일그러졌다. 회색 눈동자에 짧은 윗입술을 가진 아시아데는 순진한 얼굴로 의사들 사이에 앉아 있었다. 그리고 의사들은 세상이 아름답고 살 만한 곳이며, 사업가 단스키의 딸꾹질과는 전혀 다른 매혹적인 비밀로 가득 차 있다고 생각했다.

"우린 오늘 저녁에 호이리겐(그해 생산한 와인만 판매하는 농원의 레스토랑-역주)에 갑니다."

쿠르츠는 여자의 마음을 이해하는 세심한 사람이었기에 이렇게 말했다.

"아직 호이리겐에 못 가 보셨죠?"

"네. 하지만 어떤 곳인지는 알아요. 그린칭에 있죠. 해가 뉘엿뉘엿 질 때면 술집 정원으로 가서 노래를 부르고요."

"정확하게 알고 계시는군요."

쿠르츠는 그녀를 칭찬했고, 나머지 의사들은 고개를 끄덕였다. 바로 오늘 저녁, 그들은 햇포도주를 마시기 위해 호이리겐에 갈 계획이었다. 교외에 있는 자그마한 포도밭의 부드러운 달빛 아래, 언덕 위 좁은 골목길을 끼고 있는 푸르른 정원에 자리를 잡고 앉을 것이다. 그들은 몸을 일으켜 서둘러 집으로 갈 것이다. 그리고 진료실을 둘러보고, 아내 혹은 애인과 짧은 대화를 나눈 뒤, 차를 타고 울퉁불퉁한 길을 달려 밤의 정막이 흐르고 있는 오래된 포도밭에 도착할 것이다.

"좋아요. 호이리겐에 가요."

아시아데가 말했다.

그녀는 연약한 이국적 여인의 모습으로 조용히 하싸 곁에 섰다. 그러고 나서 그의 팔짱을 끼고 문 쪽으로 걸어갔다. 카페 안에 있는 모든 남자들의 시선이 그녀에게로 쏠렸다.

"따가워요."

그녀는 거리로 나서며 이렇게 말한 후, 어깨뼈를 움직였다.

"뭐가?"

"시선이요. 저 사람들 말이에요. 나한테 키스라도 하고 싶은 것처럼 쳐다보잖아요."

"그럴지도 모르지."

아시아데는 발을 굴렀다.

"조용히 해요! 아내한테 그렇게 말하는 법이 어디 있어요? 어서 호이리겐에나 가요."

그녀는 격한 목소리로 말했다.

초록빛 테이블 위에는 유리 촛대에 꽂힌 초가 놓여 있었고, 테이블 위로 늘어진 나뭇가지들은 곤드레만드레 취한 유령들처럼 보였다. 여종업원들은 화려한 색상의 치마를 입고, 포도주가 가득 든 병을 나무쟁반에 받쳐 든 채 정원을 누비고 다녔다. 사람들은 흔들리는 촛불 빛을 받으며 빨갛게 달아오른 얼굴로 앉아 있었다. 포도밭에서 따뜻한 바람이 가볍게 불어왔고, 사람, 나무, 테이블은 이지러진 조각달의 부드러운 빛 속에 함께 녹아드는 것처럼 보였다. 정원에는 환희의 감정과 이교도적인 황홀감이 넘쳐흘렀다. 그곳에선 종교의식이 거행되는 것처럼 보였는데, 그것은 다름 아닌 포도주를 위한 축복의 기도를 드리는 모습이었다.

사람들은 쉴 새 없이 술병을 비웠고, 이제 테이블과 나무는 그들의 눈앞에서 빙글빙글 돌아가고 있었다. 조용했던 정원은 눈에 보이지 않는 신을 위해 유리 촛대에 불을 밝혀 둔 고대의 신전처럼 보였다. 멀리서 부드럽고 우수에 찬 목소리로 부르는 여인의 노랫소리가 들려왔는데, 그 가사는 떨리는 선율 속에 젖어들고 있었다. 사람들은 두 손으로 턱을 괴고 앉아, 그 슬픈 선율 속에서 자신들이 꿈꾸고, 생각하고, 갈망하는 것들이 은밀히 메아리치는 것을 듣고 있는 듯했다. 뚱뚱한 남자 한 명이 오래 묵은 나무에 기대어 혼자 앉아 있는 모습이 보였다. 그의 얼굴은 세상의 모든 괴로움을 향하고 있는 것 같았다.

여자들은 남자의 품에 안긴 채, 우아한 모습으로 주위를 둘러보았다. 모두들 노래를 불렀으며, 여종업원들은 맑고 향기로운 포도주 병을 쉴 새 없이 날랐다. 아시아데는 하싸와 쿠르츠를 양옆에 두고 딱딱한 벤치에 앉아 있었다. 그녀는 같은 테이블에 앉은 의사들과 여자들의 복잡한 이름 때문에 당황하고 있었다. 비록 그녀들의 이름을 몰랐지만, 구태여 질문하지 않더라도 누가 어떤 남자의 여자인지 이내 알 수 있었다. 남자들은 소유권자의 눈, 혹은 상대방의 관심을 끌어 보려는 호기심 어린 눈빛으로 여자들을 바라보고 있었다. 아시아데는 여자들의 상기된 얼굴과 테이블 위로 숙이고 있는 그들의 금색, 검정색 혹은 황갈색 머리를 보았다. 그리고 포도주가 가득 든 잔을 들어 입으로 가져가고 있는 그들의 손도 유심히 바라보았다.

"왜 안 마셔요?"

테이블 건너편에 앉은 사람이 물었다. 아시아데는 미소를 지어 보이며 고개를 저었다. 좋은 사람들과 함께한 자리였지만 그녀는 술을 마실 수 없었다. 아시아데는 물을 한 모금 마신 후, 상냥한 목소리로 말했다.

"저는 술을 안 마셔요. 종교상의 이유로 마실 수 없죠. 하지만 이곳 물은 참 좋아요. 유럽에서 가장 좋은 물이에요."

아시아데는 물을 마셨고, 화려한 색의 치마를 입은 여종업원은 두껍게 자른 소시지와 햄 그리고 빵을 가져왔다. 아시아데는 하얀 기름 덩어리와 연한 붉은빛이 도는 고기를 보면서 귀가 멍해지는 것을 느꼈다.

"돼지고기로 만든 건가요?"

그들은 그녀의 질문에 고개를 끄덕이더니 이내 음식을 먹기 시작했다.

아시아데는 갑작스런 공포를 느끼며 입을 벌린 채 움찔했다. 바로 그녀가 두려워했고, 예상했던 순간이 다가온 것이다. 유럽인들은 돼지고기를 즐겨 먹었다. 그녀는 살아 있는 돼지를 본 적이 없었으며, 돼지고기가 어떤 맛이 나는지도 몰랐다. 그러나 그녀의 피와 신경 속에는, 조상 대대로 알라가 회교도들에게 금한 돼지고기에 대한 두려움과 증오, 혐오감이 스며들어 있었다. 그녀가 조심스레 빵 한 조각을 베어 물자, 닥터 마테스와 함께 온 금발 여인이 애처로운 듯 그녀를 바라보았다.

"지루하지 않아요? 통 먹지도 않고 마시지도 않는군요."

"괜찮아요. 고맙습니다. 정원이 참 아름답군요."

그 이국 여인은 빙그레 웃었다. 그녀는 금발 머리에 얇고 새빨간 입술을 가지고 있었다.
"자녀는 많이 두셨나요?"
아시아데는 그 여자에게 친절히 대하고 싶은 마음에 이렇게 물었다.
금발 여인은 이해할 수 없다는 듯 아시아데를 바라보았다.
"아이요? 한 명도 없어요."
"아!"
아시아데는 갑자기 즐거운 표정을 지으면서 소리 내어 웃었다.
"저처럼 이제 막 결혼하셨나 봐요."
금발의 여인 역시 유쾌한 얼굴로 소리 내어 웃었다.
"다 합해 보면 결혼한 지 10년 됐어요. 남편은 두 번 바뀌었지만요. 두 번 이혼했거든요."
아시아데는 새빨개진 얼굴을 옆으로 돌리고 더듬대며 말했다.
"아, 그랬군요."
그녀는 물 잔을 비운 뒤, 동정 어린 눈으로 금발 여인을 바라보았다.
'가엽게도! 아이를 못 가진 게 틀림없어.'
닥터 작스 옆에 고상한 모습으로 앉아 있던 여자가 미소 띤 얼굴로 아시아데에게 말했다.
"치즈 좀 드세요."
그녀는 아시아데에게 치즈 한 조각을 건넸다. 이 여자는 얌전하고 좋은 사람 같아 보였다. 그러나 아시아데는 유럽 여자에게 아이에 대해 물어선 안 된다는 걸 깨달았다.
"집안 살림 때문에 바쁘신가요?"
아시아데는 이것만은 예의에 어긋난 질문이 아니므로, 상대방의 기분이 상할 리 없다고 생각하며 물었다.

"아뇨. 엄마가 집안일을 하세요."

"아, 어머니를 모시고 사시는군요."

아시아데는 흐뭇한 얼굴로 닥터 작스를 바라보았다. 아주 심성이 고운 남자만이 장모를 모시는 법이었다.

"아뇨, 엄마를 모시는 게 아니라 제가 엄마랑 사는 거죠."

아시아데는 말뜻을 제대로 알아차릴 수 없었고, 사람들이 모두 취한 것처럼 보였다. 그녀는 술은 기적을 행할 수 있다는 말이 떠올랐다.

"남편이 가만히 있나요?"

그들은 그녀의 질문에 일제히 웃음을 터뜨리며, 즐겁고 행복한 표정으로 다 같이 입을 열었다. 아시아데는 도무지 이해할 수가 없었다. 짙게 화장한 얼굴로 미소를 지으며 테이블에 앉아 있는 네 명의 여자 중, 단 두 명만이 결혼한 상태였다. 정확히 말하자면, 두 명은 벌써 여러 차례 결혼한 경험이 있었다.

황갈색 머리칼의 여자가 아시아데의 당황하고 절망적인 얼굴을 보더니, 그녀 쪽으로 몸을 굽혔다.

"결혼하지 않고도 누군가를 사랑할 수 있잖아요. 안 그래요?"

아시아데는 고개를 끄덕였다. 그런 일은 얼마든지 있을 수 있었다. 그러나 누군가를 사랑하면서 아이를 원하지 않는다는 건 불가능한 일이었다. 그건 절대로 있을 수 없는 일이었고, 어른이라면 누구나 알 만한 일이었다. 그러나 지금, 그런 어른들이 웃고 있었다. 하싸 역시 소리 내어 웃으면서 아시아데의 무릎을 더듬거렸다. 그녀는 놀라 몸을 움찔했다. 이 정원은 결혼한 사람들을 위한 곳이 아닌 것 같았고, 하싸는 술에 취한 듯했다. 이런 일들은 유럽인들에게 얼마든지 있을 수 있었다. 이것은 그들의 잘못이 아니었다. 남편은 여럿 있었지만 아이는 없는 네 명의 외국 여자들이 큰 소리를 내며 웃었다. 아시아데는 문득, 그들에게 결혼을 했고 안 했고는 아무 상관이 없다는 걸 깨달았다.

"금방 올게요."

그녀는 하싸에게 속삭여 말한 뒤, 기다란 테이블 사이를 지나 정원을 가로질렀다. 그녀는 나뭇가지에 부딪치면서 이 세상에 혼자가 된 듯했다. 술 취한 사람들로 가득한 미로 안에서 뼈에 사무치는 외로움이 느껴졌다.

얼마 후, 그녀는 조용한 거리로 나왔다. 정원 안에 있는 사람들은 악몽 속에 나오는 가면을 쓴 것 같았다. 타트왈라의 범죄가 들끓는 지역이나 술고래들의 소굴인 갈라타의 좁은 골목길에 가면 꼭 이런 여자들이 있었다. 하지만 그런 여자들은 죽음을 지배할 수 있는 남자를 소유하지는 못했다. 아시아데는 가슴에 무지근한 통증을 느끼면서 일렬로 주차된 자동차를 따라 걸었다. 마침내 하싸의 2인승 자동차를 발견하고, 그 안에 들어가 부드러운 의자에 몸을 웅크리고 앉았다. 어두운 거리는 친절하긴 하지만, 이질적인 이들의 인생처럼, 손에 닿지 않는 낯선 세계의 그림자처럼 신비로움에 싸여 있었다.

아시아데는 멀리 달빛이 환한 하늘 위로 그려진 포도밭의 검은 윤곽을 바라보았다. 그러면서 아련히 들려오는 노래의 앞부분을 들었다.

"나는 작은 원숭이 한 마리를 데리고 그린칭에서 집으로 돌아가고 있다네······"

노랫말은 이 낯선 도시의 모든 것이 그러하듯 전혀 이해할 수 없었고, 마치 수수께끼처럼 들렸다. '작은 원숭이'란, 비엔나 속어로 가볍게 취한 상태를 뜻한다는 것을 터키 여인이 어찌 알 수 있었겠는가?

'어딘가에 이 세계의 진짜 얼굴이 감춰져 있을 거야.'

그녀는 혼란스러운 마음으로 이렇게 생각했다. 그린칭 어딘가에는, 집에 데려갈 수 있을 만큼 유순하게 길들인 작은 원숭이들이 이 나뭇가지에서 저 나뭇가지로 뛰어다니고 있을 게 분명했다. 그녀는 주위를 둘러보았으나 그 어디에도 원숭이는 보이지 않았다. 걷잡을 수 없는 슬픔이 밀려왔고, 포도주와 고기 기름 냄새가 풍겨 왔다. 그녀는 전에 없이 느껴지는 나약함에 눈을 감으면서 쿠션에 머리를 기댔다. 그로부터 반시간 후, 하싸가 놀란 얼굴로 그녀를 찾아왔다. 아시아데는 그를 향해 팔을 뻗으며 속삭였다.

"하싸, 난 길을 잃었어요. 원숭이도 무서워요. 도와줘요, 하싸!"

3

"존, 캐비아 좀 드세요."

눈부신 불빛 아래로 찬 음식이 차려져 있는 뷔페는 갖가지 맛있는 음식이 지닌 무지개 색으로 빛나고 있었다. 검은 캐비아 알은 매끄러우면서도 부드러웠고, 빨간 가재는 명상에 잠겨 있는 철학자처럼 보였다. 파이는 성처럼 높이 쌓여 있었고, 얼음 속에서 헤엄치고 있는 굴은 엷은 색 껍질 속에 넓은 바다의 향기를 가득 담고 있었다.

존은 말 잘 듣는 아이처럼 캐비아를 조금 떠서 그 위에 레몬즙을 뿌려 먹었다. 귓속에서 윙윙거리는 소리가 점점 커지고 있었다.

"풍력 강도 9의 강풍이에요."

샘 두스는 즐거운 표정으로 파이를 먹으며 말했다.

"이상하죠? 이렇게 큰 배도 작은 배랑 다를 바 없이 흔들리니 말예요."

존 롤랜드는 샘의 말이 끝나기 무섭게 접시를 테이블 가운데로 밀어놓더니, 출구 쪽으로 뛰어갔다.

"개자식."

존은 외국어로 이렇게 말했지만, 그리스 출신인 샘은 그의 말을 완벽하게 알아들었다. 샘은 빙그레 웃으면서 캐비아를 더 먹었고, 그 사이 존은 갑판에 올라가 있었다. 바다는 잿빛을 띠었고, 수평선은 그의 눈앞에서 빙글빙글 돌았다. 바람에 밀려와 배에 부딪히는 파도는 구름덩어리가 바다에 빠진 것처럼 보였다. 승무원 한 명이 다가와 존의 다리 위에 담요를 덮어 주었다.

"커피 한 잔 드실래요? 아니면 위스키나 코냑을 드릴까요?"

"다 개야!"

존은 이렇게 말했고, 승무원은 강도 9의 강풍이 불고 있으니 이해할 만하다는 표정으로 고개를 끄덕였다.

존 롤랜드는 입 안에 곰팡내와 시큼한 맛을 느꼈고, 끝없는 심연으로 세게 내던져진 듯했다. 그는 안간힘을 쓰며 간신히 담배에 불을 붙였지만 이내 담배를 던져 버렸다. 한 모금만 더 빨면 평생 잊을 수 없는 끔찍한 일이 생길 것만 같았다.

존 롤랜드는 성난 얼굴로 담뱃갑을 쳐다보면서, 이게 다 포장이 잘못된 탓이라고 생각했다. 담뱃갑에는 멍청해 보이는 낙타 한 마리가 사막에 서 있는 모습이 그려져 있었다. 그는 지금 호텔 바에 편안하게 앉아 있을 수도 있었다. 그랬더라면 그가 딛고 있는 바닥은 견고하게 수평을 유지하고 있었으리라.

날마다 그러했듯, 그는 엿새 전 멍청하게 웃고 있는 낙타의 얼굴을 보며 담뱃갑을 뜯었다. 그런데 갑자기 낙타의 얼굴이 커지면서 그의 발

아래로 모래가 소용돌이쳤고, 메마른 사막의 바람이 그의 얼굴을 때렸다. 그는 이러한 환영 속에서 낙타의 떨리는 뒷발을 보았고, 먼지 낀 뻣뻣한 털을 느꼈다. 존 롤랜드는 갑작스레 애정 어린 손길로 담뱃갑을 어루만졌다.

존은 샘을 향해 말했다.

"페리클레스, 낙타랑 회교 사원이 있는 사막을 찾아 줘. 그곳으로 여행을 가야겠어. 자네도 나랑 같이 가는 거야."

그날의 기억을 떠올리던 존 롤랜드는 졸다가 잠이 들었다.

다음날 아침, 그는 잠에서 깨어나 담요 속에서 발을 꼼지락거렸다. 샘이 만족스런 얼굴로 시가를 피우며 갑판 위를 걸어오는 모습이 보였다. 마침내 샘은 카사블랑카행 표 두 장을 들고 존 앞에 섰다. 그리스인의 지혜가 담긴 그의 눈에는 웃음이 가득했다.

"어쩌면 그렇게 즐거워할 수 있지? 수많은 사람들이 이 눈물의 계곡을 지나갈 때 쓰디쓴 약을 들이켠다는 걸 몰라? 자넨 세상에 대한 괴로움도 모르나?"

존이 씁쓸하게 말했다.

샘 두스는 고개를 끄덕이면서, 자리에 앉아 모카커피를 주문했다.

"〈만리장성〉이 벌써 4주째 브로드웨이에서 상영되고 있어요. 그러니 즐거울 만도 하죠."

샘이 말했다.

"그걸 쓴 사람은 나야. 난 임신한 인도 여자들의 운명이 떠올라 슬퍼서 죽을 지경이야."

존 롤랜드가 말했다.

"그래요. 강도 9의 강풍이 불 때면 보통 그런 생각을 하기 마련이죠."
샘은 천천히 모카커피를 마시면서 말했다.
"전 벌써 여덟 번째 바다를 건너는 거예요."

존 롤랜드는 깊은 모욕감을 느꼈다. 그는 자리에서 일어나 자신의 대리인인 샘에게, 그리스인들은 모두 양서류이고, 아르고선의 승무원*은 말할 것도 없으며, 율리시스**도 해적이었다고 말하고 싶었다. 또한 자신의 조상들은 언제나 땅을 딛고 산 사람들이었으며, 세 대륙을 정복했지만 겨우 4만 톤밖에 안 되는 호두껍질 같은 배를 타고 바다를 건너는 것은 인간 이하의 행동이기 때문에, 바다만은 건드리지 않았다고 말하고 싶었다. 다시는 그를 샘 두스라 부르지 않을 것이며 오로지 이에프또마니데스라고만 부르겠다고 못 박고도 싶었다. 그러나 그는 그저 의자에서 일어나, 생기 없는 눈으로 샘을 바라보면서 미소 띤 얼굴로 말했다.

"친애하는 샘, 나는 자리에 눕겠네. 내 유서는 바비존 플라자 호텔의 프론트 데스크에 맡겨 뒀어."

그는 계단 난간을 움켜쥐고 비틀거리는 걸음으로 걸어간 뒤, 선실의 문을 열었다. 그리고 나서 눈을 감은 채 침대에 누워 있었다. 그의 몸은 깊은 나락으로 떨어지다가 다시 위로 던져 올려졌다. 그는 담요 위에 주먹 쥔 손을 얹은 채, 술탄 압둘 하미드가 여섯 살 된 자신을 무릎에 올려놓고 흔들어 주던 때를 생각했다. 압둘 하미드는 핏기 없는 입술과 비밀스러워 보이는 작은 눈, 크고 기다란 코를 가지고 있었으며, 그의 손은

---

*그리스 신화에서 영웅들이 황금의 양모피를 구하기 위해 탔던 배의 승무원을 가리킴.
**고대 그리스의 시인 호머Homer가 기원전 약 700년경 쓴 〈오디세이Odyssey〉의 주인공 '오디세우스'의 라틴어 이름. 트로이 전쟁이 끝난 후 그리스 측 대장들의 귀국담을 노래한 장편 서사시로, 지혜로 명망이 높은 이타카의 왕 오디세우스, 즉 '율리시스Ulysses'를 주인공으로 하고 있다.

피에 젖어 있었다. 온 세상 사람들이 그런 그를 두려워했다. 그러나 존 롤랜드는 그의 무릎에 앉아 있었고, 피에 굶주린 술탄은 그의 볼을 어루만지면서 페르시아 시 한 편을 외우게 했다. 그 시 내용이 어떻게 되었던가? 이젠 단 한 줄밖에 기억이 나질 않았다.

> *Taze bitaze, un binu*
> (타제 비타제, 운 비누)
> 점점 신선하고, 점점 새로운……

'나는 이제 싱싱하지도, 젊지도 않아.'

존 롤랜드는 눈을 감으면서 생각했다. 이렇게 몇 분이 흘렀다. 채 몇 분도 안 되는 시간 동안 그의 기억 속에서는, 피에 굶주린 술탄이 권좌에서 추방당했고, 새로운 술탄이 오스만의 검을 허리에 찼다. 또한 존 롤랜드는 궁전에서 환관과 여자들 틈에 끼여 지내게 되었다. 존은 때때로 빨강과 파랑이 섞인 제복을 입고 고위 인사들과 악수를 했다.

그는 커다란 카펫 위에 앉아 책을 읽거나 시를 썼고, 가냘픈 노예는 그의 시중을 들면서 그로 하여금 사랑의 신비를 경험하게 해 주었다. 그의 몸은 다시 한 번 깊은 나락으로 빠져들었고, 샘 두스는 그에게 오렌지 주스를 건네며 장난스럽게 웃었다. 다시 몇 분이 흘렀다. 이 짧은 시간 동안에도 해는 동쪽에서 떠오르더니, 바다를 빨갛게 물들이면서 서쪽으로 졌다. 풍력이 강도 10으로 올라갔다. 샘 두스는 존 롤랜드의 선실에 앉아 짤막한 그리스 노래 한 곡을 콧노래로 흥얼거렸다. 노래는 어느 부두에서 일하던 노동자가 과부를 유혹한 뒤, 그녀의 돈을 가지고 달아났다는 내용을 담고 있었다.

존 롤랜드는 잠깐 일어나 앉아서 인도의 과부들과 미국의 임산부들에 대해 애처로운 기분을 느꼈다. 그는 바로 지금, 낙타에 대한 교육 영화 대본을 쓰고 싶은 충동과, 유명한 담배 제조 회사를 폭력 행위로 고발하고 싶은 마음이 들었다. 그러나 그 순간, 풍력이 강도 11로 올라갔다. 존 롤랜드는 뉴욕에 남겨 두고 온 조용하고 편안한 호텔방을 그리워하면서, 걷잡을 수 없는 삶에 대한 통증을 느꼈다.

그는 맹렬한 파도 소리를 들으며 보스포루스의 잔잔한 물결을 떠올리려 애썼지만 뜻대로 되질 않았다.

선실 안으로 희미한 햇빛이 들어왔다.

존은 눈을 감았다가 떴다. 그런 후, 햇빛이라고 생각했던 것이 사실은 달빛이었음을 깨닫고 놀라움을 금치 못했다. 그는 잠을 잤으며, '육지'라는 제목의 시나리오를 써 봐도 괜찮겠다는 생각을 했다. 그러다가 갑자기 잠에서 완전히 깨어났다. 배는 보초를 서고 있는 군인처럼 꼼짝하지 않고 있었다. 존은 창가로 가서, 초록색과 회색이 뒤섞인 땅이 좁고 기다랗게 펼쳐져 있는 광경을 보았다. 희고 네모진 집들과 첨탑, 그리고 회교 사원의 둥근 지붕이 보였고, 해변 위에서는 흑인 한 명이 그의 선실을 갈망하는 눈으로 바라보고 있었다.

"아프리카예요."

샘 두스가 그의 선실로 들어오면서 말했다.

"라바트(모로코의 수도-역주)에 있는 스플렌디드 펠리스에 방을 예약해 뒀어요. 라바트 관광이 끝나면 오아시스에 갈 거예요. 지역 이름은 잊어버렸지만, 어쨌든 거기 있는 호텔 이름이 메디테라니안이에요. 물론 그곳에서 가장 좋은 호텔이죠."

존 롤랜드는 면도를 하다가, 창밖으로 돌연변이처럼 생긴 낙타 한 마리가 지나가는 것을 보고 갑판으로 달려 나갔다. 바람이 그의 얼굴을 스쳐 갔고, 커다란 야자나무들이 그에게 가지를 흔들며 인사했다.

"드디어 아프리카에 왔군."

존이 샘의 손을 잡으며 말했다. 그는 심호흡을 하면서 트랩을 밟고 내려와 카사블랑카의 땅 위로 발을 내디뎠다.

나지막한 3백 단짜리 계단을 올라가 좁은 복도를 지나자, 엉클어진 수염과 햇볕에 그을린 얼굴을 한 가이드가 하싼탑(라바트의 상징적인 존재로, 미완성된 첨탑-역주)의 돌들을 애정 어린 손길로 어루만지고 있었다. 저 아래로 라바트 시가 펼쳐져 있었다. 마침내 가이드가 입을 열었다.

"이 도시의 풍경은 마치 흑인 노예의 가슴 위에 누워 있는 백인 처녀의 모습과 같습니다."

존 롤랜드는 아무 말 없이 하얀 도시와 바다, 저 멀리 지평선을 그리고 있는 잿빛 모래를 바라보았다.

"이 탑은 그라나다*에 있는 히랄다탑**과 마찬가지로 하싼이 세웠습니다."

아랍인 가이드는 진지한 얼굴로 먼 곳을 바라보면서 말했다.

그리고 한동안 말이 없었다. 그의 주름진 옷 사이사이에 끼인 흙먼지가 보였다. 존은 모래와 늙은 가이드의 주름진 얼굴과 하싼탑의 닳아빠진 돌들을 바라보았다.

"칼리프는 바로 이곳에 제2의 알람브라궁을 세우라고 하싼에게 명령

---

*Granada, 스페인 남부 안달루시아 지방의 그라나다 주州의 주도州都. 옛 그라나다 왕국의 수도.
**이슬람교도에 의해 회교 사원의 첨탑으로 세워졌다. '히랄다'는 '풍향계'를 뜻한다.

했습니다."

가이드가 말했다.

"하싼은 여기서 밤낮없이 평평한 지붕에 올라가 있었습니다. 그러던 어느 날, 칼리프는 하싼의 명상을 방해하고 싶다는 생각에 3백 단의 계단을 밟고 탑으로 올라왔습니다. 그런데 그곳에서 하싼이 자신의 아내를 껴안고 있는 모습을 보고 말았죠. 그것이 바로 사원과 궁전이 미완성인 채로 남아 있는 이유랍니다."

가이드는 탑의 가장자리로 걸어가더니 아래를 가리켰다.

"여기, 바로 이 돌 위에서 하싼의 팔다리를 잘라냈어요."

아래를 바라보는 존의 이마 위로 굵은 힘줄이 부풀어 올랐다. 그는 갑자기 까마득한 아래로 침을 뱉더니, 아랍어로 격하게 소리를 질렀다.

"개자식! 칼리프의 아내를 유혹하다니!"

가이드는 아랍어로 외쳐대는 욕설을 듣고 소스라치게 놀랐다. 샘 두스는 그에게 팁을 주면서 손가락으로 살짝 머리를 가리켜 보였다.

"조심하세요! 저 사람은 정상이 아니에요."

샘은 존을 데리고 아래로 내려왔다. 두 사람은 시내로 가서 시장의 좁은 골목길을 헤매고 다녔다. 낙타들은 산들바람을 맞으며 밀을 싣고 가는 마차처럼 머리를 흔들고 다녔다.

존 롤랜드는 커피숍에 들어가서 커피 두 잔을 주문했고, 물담배를 피웠다. 그는 아무 말 없이 그저 고통스러운 얼굴을 한 채, 호박琥珀으로 만든 담배파이프 주둥이만 깨물고 있었다. 샘 두스는 걱정이 되기 시작했다.

"그만 호텔로 가죠."

샘의 말에 존은 고개를 끄덕였다.

그날 저녁, 존은 약식 야회복을 입고 호텔 바에 앉아 헤네시 코냑을 마시고 있었다. 그는 옆에 앉은 프랑스 사업가에게 자신은 미국인이라 영어밖에 할 줄 모르며, 지금은 관광여행 중이라고 말했다.

"이 나라는 미개해 보이는군요. 이곳 사람들은 욕조를 써 본 적이 없는 것처럼 보이니 말입니다."

존이 거만하게 말했다.

"잘 보셨습니다. 여기 사람들 집에 욕조 같은 건 없어요. 정말 불결한 사람들이죠."

프랑스인이 말했다.

"이곳 원주민들은 프랑스어를 합니까? 아니면 자국어가 따로 있나요?"

존 롤랜드는 나름대로 독특한 질문이라고 생각하며 물었다.

"물론 자국어가 있긴 합니다만, 너무나 미개한 언어라서 아무도 배울 수가 없답니다."

프랑스 사업가는 이 외국인의 무지에 감동되어, 그를 교화시키는 것이 자신의 의무라 생각하게 되었다.

"혹시 아실지 모르지만, 이곳 사람들은 우리 프랑스가 들어오기 전까지 식인종이나 다름없었답니다."

프랑스 사업가가 빙그레 웃으면서 말했다.

"그런 야만인이 따로 없었죠. 지금으로부터 2백 년 전만 해도 극악무도한 자가 이곳을 지배했어요. 그자의 이름은 칼리프 물라이 이스마일이었습니다. 상상이 가세요? 글쎄, 아들 1,200명과 딸 800명을 남기고 죽었답니다! 자기 혼자서 부족 하나를 만든 셈이죠."

그는 큰 소리로 웃었고, 존 롤랜드도 덩달아 웃으며 말했다.

골든혼의 여인 181

"아이들을 알아보기가 굉장히 어려웠겠군요. 생일을 기억하기도 힘들었겠어요."

"그 사람들은 생일 같은 건 안중에도 없었어요. 그저 야만인일 뿐인 걸요. 그 칼리프는 장남이자 제일 잘생긴 아들을 나무판 두 장 사이에 끼워 놓고, 팀북투 출신의 흑인 두 명을 시켜 반으로 자르게 했답니다."

"끔찍하군요! 샌드위치를 자르듯 말입니까? 이제 칼리프가 남아 있지 않다니 천만다행입니다."

존 롤랜드가 말했다.

"아직 몇 남아 있어요. 하지만 이제 하찮은 존재가 되었죠. 구경거리 밖에 안 되니 말입니다. 그리고 보니 내일이 금요일이군요. 그 야만인들이 열병식閱兵式인가 뭔가를 하는 날입니다. 궁궐 안뜰로 가 보세요. 아마 재미있을 겁니다."

"그렇게 하죠."

존 롤랜드가 진지한 얼굴로 대답하며 샘 두스를 바라보았다. 샘은 아몬드를 우적우적 씹으며 몹시 불안한 얼굴을 하고 있었다.

다음날 오전 10시 반, 존 롤랜드는 하얀 궁전의 드넓은 안뜰로 들어섰다. 샘은 사진기를 들고 걱정스런 마음으로 그 뒤를 따라갔다. 존을 생각할 때, 궁전이나 칼리프 같은 건 멀리하는 것이 좋을 듯싶었기 때문이다. 그러나 존은 끝까지 고집을 부렸고, 이미 오래전에 아물었어야 할 상처의 언저리를 끊임없이 살펴보려 했다.

햇빛이 넘쳐흐르는 광장 둘레로 귀족들이 줄지어 늘어서 있었고, 광장 한가운데에는 말에 올라탄 근위병 중대가 서 있었다. 반들거리는 얼굴에 시퍼런 입술을 가진 뚱뚱한 흑인들은 빨간 바지를 입고 눈처럼 하얀 터번을 쓴 채로, 훌륭한 아랍산 말에 올라타 돌처럼 꼼짝 않고 있었다.

"팀북투 출신의 흑인들이로군."

존은 이렇게 중얼거리면서, 오래전 바로 저 흑인들의 조상에 의해 두 쪽으로 잘라진 왕자를 생각했다. 트럼펫 소리가 공기를 가르며 들려왔다. 흑인 근위병들은 손에 번쩍이는 검을 들고 있었다. 드디어 검과 깃발이 내려지더니 내전의 문이 천천히 열렸다. 귀족들은 무릎을 꿇고 앉아서, 빨간 원추형 모자가 안뜰의 잔디에 닿도록 머리를 조아렸다. 말에 올라탄 황제 근위대 소속의 장교 두 명이 내전 밖으로 나왔고, 그 뒤로 흑인 두 명이 하얀 종마를 이끌고 있었다. 그 종마는 등에 금으로 장식된 안장을 얹은 채, 차분하고 당당한 걸음으로 천천히 앞으로 나아갔다. 말 뒤로는 구부정한 어깨에 기다란 수염을 기르고 있는 황제 근위대 각료들의 모습이 보였다. 그들이 입고 있는 눈처럼 하얀 옷자락이 바람에 휘날리고 있었다. 마침내 금을 입힌 화려한 마차가 모습을 드러냈다. 수정 같이 맑고 투명한 마차의 창문은 굳게 닫혀 있었다. 그 뒤로 기다랗고 검은 얼굴 하나와 검은 두 눈, 그리고 진주 염주를 돌리는 섬세한 손이 보였다. 바로 이슬람교도의 지도자인 위대한 칼리프였다.

흑인 장교들이 우렁찬 구호를 외치자, 말에 올라탄 근위병들은 대열을 좁혔다.

사원 꼭대기에서 마호메트를 상징하는 초록빛 깃발이 천천히 펼쳐졌다.

그때, 구경꾼들 사이에서 갑자기 한 남자가 튀어나왔다. 그는 커다란 몸짓을 해 보이며, 푸른 잔디가 깔려 있는 안뜰을 가로질러 달리기 시작했다. 그 뒤로는 사진기를 들고 있는 뚱뚱한 남자가 부지런히 쫓아가고 있었다. 그 미쳐 날뛰는 남자는 문 앞에 멈춰 서더니, 알아들을 수 없는 외국어로 고함을 질러댔다. 그의 회색 눈동자는 거의 흰빛을 띠고 있었다.

"왕자님! 왕자님, 진정하세요!"

뚱뚱한 남자가 소리쳤다.

존 롤랜드는 기다랗고 너무도 힘센 두 손으로 샘의 옷깃을 움켜쥐더니, 그를 거칠게 흔들었다. 그리고 나서 일그러진 입에 거품을 문 채, 광기가 서린 회색 눈동자를 샘의 얼굴에 들이댔다. 그는 매우 낯설고 이국적인 쉰 목소리로 이렇게 외쳐댔다.

"집어치워! 집어치우라고! 지금 당장! 칼리프 따위는 이제 없어! 이건 멍청한 광대짓이야! 사원도! 낙타도! 담배도! 다 집어치워, 지금 당장!"

그는 곧 택시 안으로 뛰어들었고, 샘도 그 뒤를 따랐다.

"어디로 갈까요?"

샘이 더듬거리며 물었다.

"공항."

존 롤랜드가 대답했다.

그는 정신없이 날뛰던 미치광이에서 다시 무기력한 어린애 같은 모습으로 되돌아와 있었다. 그는 샘의 어깨에 머리를 기댄 채, 경련을 일으킨 듯 온몸을 떨며 흐느껴 울었다.

"이제 다 없어졌어."

존은 이렇게 울부짖었다. 그리고 사라진 제국과 보스포루스의 칼리프와 그의 앞에 살다 간 역대 왕자들을 위해 울었다. 그들은 외부인의 출입이 금지된 궁궐 안에 살면서 시를 썼고, 자신을 이렇게 차갑고 낯선 세계에 머물도록 만든 사람들이었다. 이로 인해 그는 흑인 근위대의 제복에 깃들어 있는 사라진 영광과 장관들의 느린 걸음걸이, 그리고 낯선 나라의 칼리프가 타고 있는 황금마차를 봐야 했다. 결국, 보스포루스의 황실 셀람릭(터키 사람 집의 남자 전용실-역주)을 다시 한 번 기억해야 했다.

"파리로 가도록 하지. 그곳엔 회교 사원이나 제왕 따윈 없을 거야."

존이 안정을 되찾으면서 말했다.

"이런 말을 해도 될지 모르겠지만, 제 말은…… 다 당신의 건강을 생각해서예요. 파리에는 아름답고 커다란 대리석 사원이 있어요. 게다가 강제 퇴위당한 페르시아 황제 샤힌샤(이란 통치자의 칭호-역주)도 그곳에 살죠. 어쩌면 추방된 뒤 행방을 감춘 압둘 케림 왕자의 친척들도 있을지 몰라요."

"그럼 파리는 그만두도록 하지."

존 롤랜드는 넥타이를 고쳐 맸고, 이로써 자신과 추방당한 왕자 사이의 모든 유사성을 지워 버렸다.

"다른 곳으로 가는 거야. 유령이나 흑인 따위가 없는 정상적이고 건강한 나라로 말이야. 난 유럽에서 좋은 시간을 보내고 싶어. 알아듣겠나? 좋은 시간 말이야!"

"베를린은 어떨까요?"

샘 두스의 제안에, 존은 피곤하고 무관심한 표정으로 고개를 끄덕였다.

"좋아, 베를린으로 가지."

이윽고 택시는 공항에 멈췄다.

4

저녁 무렵, 존 롤랜드는 쿠어퓌어스텐담을 산책했고, 베를린의 빛나는 불빛을 바라보았으며, 켐핀스키 식당에서 차가운 펀치를 주문했다.

"새로운 인생을 시작할 거야. 남부끄럽지 않은 건강한 인생 말이야."

샘 두스는 존의 말에 고개를 끄덕였다. 샘은 이미 똑같은 말을 여러 번 들은 터였다.

그래서 그들은 새로운 인생을 시작했다. 두 사람은 1시에 바베리나 나이트클럽을 나섰고, 존 롤랜드는 비틀거리며 거리를 헤맸다. 그리고 그들은 인생을 살아가는 유일한 방법은, 모든 것을 절제하는 길뿐이라며 택시운전사를 설득하려 애썼다. 택시 운전사는 침울한 표정으로 그 이야기를 들으면서, 샘 두스의 어두운 얼굴과 존 롤랜드의 동양적인 옆얼굴을 보았다. 그는 마침내 카이저알레에 있는 오리엔트 식당 앞에 택시를 세워 두 사람을 내려 주었다. 존 롤랜드와 샘 두스는 식당 입구에 늘어져 있는 빨간 장막 뒤로 사라졌다.

이제 시계가 1시 30분을 가리키고 있었다. 식당 벽에는 카펫이 걸려 있었고, 바닥에도 카펫이 깔려 있었다. 식당 안은 손님들로 붐볐다. 젊은이 한 명이 피아노 앞에 앉아서 폭스트롯(짧고 빠르며 활발한 리듬의 무곡-역주), 원스텝(2/4박자의 무곡-역주), 탱고, 그리고 심지어 비엔나 왈츠까지 연주하고 있었다. 사람들은 희미한 빨간 불빛 아래, 비대한 무처럼 보이는 머리를 음악에 맞추어 흔들어댔다. 한편, 종업원들은 터키 그림자극(劇)에 등장하는 인형들처럼 테이블 사이를 미끄러지듯 걸어 다니고 있었다. 어두컴컴한 식당 안은 온통 금니를 해 넣은 시뻘건 입속처럼 보였다. 이윽고, 종업원들이 테이블마다 접시에 담긴 계산서를 올려놓았다. 그들의 몸놀림은 마치 주인이 손님에게 관용을 구하기 위해 신청서를 나누어 주는 듯했다. 손님들은 하나둘씩 식당을 빠져나갔고, 몇 안 되는 단골손님들만이 반쯤 취한 상태로 조용히 자리에 앉아 있었다. 창백한 얼굴의 그들은 전시장의 밀랍인형들처럼 보였다. 피아노 연주자는 계속해서 곡을 연주했지만, 그의 연주를 듣는 사람은 더 이상 아무도 없었다. 시끄러운 폭스트롯이 점점 조용해지다가 낯설고 흥미로운 이국적 선율로 바뀐 것도 아무도 눈치 채지 못했다. 그 선율은 한밤에 담배 연기로 가득 찬 홀 안에서 마치 찬가처럼 들렸고, 존 롤랜드에게는 무희의 발자국 소리와 페르시아 세밀화의 광택 없는 푸른빛을 연상시켰다. 그는 갈증을 느끼며 칵테일 한 잔을 주문한 뒤, 샘 두스를 바라보았다.

"인도차이나 음계 기억하나?"

그는 이렇게 말하면서 윙크를 해 보였다. 샘 두스는 종업원을 불렀고, 그로부터 5분 뒤 피아노 연주자가 그들의 자리로 와서 앉았다. 존 롤랜드는 테이블 위에 널브러져 있던 잔 하나를 들어 포도주를 따른 뒤, 아주 오만한 목소리를 지으며 영어로 말했다.

"당신의 음악은 음계가 올라갔다 내려갔다 하는군요. 내림표가 붙은 음들이 아주 색다르게 들립니다. 플루트로 연주하는 게 좋겠어요."

"네."

피아노 연주자는 이렇게 대답했지만, 포도주에는 입도 대지 않았다.

"이건 아주 독특한 대위법을 사용한 겁니다. 이 곡의 음조는 3화음을 기본으로 구성되어 있죠. 으뜸음의 버금딸림음과 딸림음, 이렇게 말입니다. 2도 음정을 지나치다 싶게 많이 사용하고 있지만, 그렇게 해서 전체적인 화음을 만들어 내고 있는 겁니다."

존 롤랜드는 그의 설명을 들으면서 침울한 표정을 지었다.

'나는 술주정뱅이에다 타락한 인간이야. 유럽에 있으면서도, 정신을 살찌우기 위해 예술을 논하기보다 나이트클럽이나 드나들고 있다니!'

존은 이렇게 생각했다.

피아노 연주자는 테이블 위에 손가락을 두들겨 박자를 맞춰 가며 콧노래를 흥얼거렸다. 존 롤랜드는 그 노래를 듣다가 갑자기 정신을 번쩍 차리고 입을 열었다.

"반복절마다 2도 높게 시작하는 게 좋겠군요. 그럼 종지 화음이 자연스럽게 조옮김을 만들어 낼 겁니다."

존은 노래를 불렀고, 피아노 연주자는 몹시 놀란 얼굴로 그의 노래를 들었다.

"마셔요."

존은 이렇게 말하면서 피아노 연주자 앞으로 잔을 밀었다.

"감사합니다. 그런데 전 이슬람교도입니다. 이스탄불 출신의 체르케스(서카시아 지방의 원주민-역주) 사람이죠. 전에 황제 근위대에서 근무했었습니다."

피아노 연주자가 공손하게 말했다.

샘 두스는 그의 말이 끝나기가 무섭게 계산을 했고, 존은 서둘러 식당을 빠져나왔다.

택시는 다시 두 사람을 에덴 호텔로 실어다 주었다. 존 롤랜드는 방문으로 들어서면서 내일 다시 새로운 인생을 시작하리라 맹세했다.

정오가 되어서야 그는 잠에서 깨어났다. 머리는 무거웠지만 흥미로운 음악을 들었던 것이 희미하게 기억났다.

'이게 바로 유럽이야. 베를린은 예술과 문화의 도시야. 내게 이러한 예술과 문화를 즐길 자격이 있는지 한번 시험해 봐야겠어.'

존은 생각했다.

그는 옷을 입은 후, 무표정한 얼굴로 샘에게 말했다.

"이에프토마니데스, 난 박물관에 가네. 자넨 그냥 여기 있게. 박물관은 자네랑 어울리지가 않아. 난 영감도 좀 얻어야겠고, 문화에도 흠뻑 젖어 봐야겠어."

마침내 그는 거리로 나섰지만 어떻게 해야 할지 갈피를 잡지 못했다. 박물관이 어디에 있는지도 몰랐고, 어둡고 서늘한 큰 전시실을 생각하니 조금 두렵기도 했다.

왼쪽으로 모퉁이를 돌아가자, 커다란 교회 하나가 있었다. 그는 교회 안으로 들어가면서 문화생활을 하는 기분이 들었고, 그곳의 로마식 기둥을 바라보며 스스로에게 만족감을 느꼈다.

"14세기에 지어진 교회로군요, 그렇죠?"

그는 교회지기에게 물었다.

"아닌데요. 이건 카이저 빌헬름 기념 교회입니다. 20세기 초에 세워졌죠"

교회지기가 대답했다.

존 롤랜드는 서둘러 교회 밖으로 나갔다. 그는 넓은 길을 따라 걸으며, 거리의 이름이 위대한 철학자 칸트의 이름과 같다는 사실에 흐뭇해했다. 왠지 우쭐해지면서 문화적으로 한 단계 높아지는 기분이 들었던 것이다.

'아름다운 도시로군.'

그는 이렇게 생각하면서 한 상점의 진열장 앞에 멈춰 섰다. 부드러운 곡선 문양이 그려진 화려한 색상의 카펫과 러그들이 보였다. 카펫 사이로는 누렇게 색이 바랜 페르시아 필사본과 빛바랜 세밀화가 진열되어 있었다. 그림 속의 가는 타원형 눈을 가진 왕자들은 금으로 만든 잔에 물을 마시고 있었고, 멀리로는 놀란 눈의 사슴 한 마리가 우아하게 다리

하나를 들고 있었다.

존 롤랜드는 진열된 물건들을 유심히 살펴보면서, '정말 잘됐어.' 라고 생각했다. 그는 필사본과 세밀화에 관한 한 실수할 리 없다는 것을 알고 있었다. 그는 상점 안에 앉아 있을 야만인을 생각했다. 그 야만인은 존 롤랜드가 로마의 건축 양식에 대해 모르는 것만큼이나 페르시아 세밀화에 대해 아는 것이 없을 게 틀림없었다. 존 롤랜드는 막연한 복수심을 느끼며, 교회지기가 자기에게 창피를 주었듯이, 세밀화를 팔고 있는 야만인에게 망신을 주리라 마음먹었다.

존이 상점 안에 들어서자, 슬픈 눈의 노인이 자리에서 일어섰다.

"페르시아 세밀화를 좀 보고 싶군요."

존 롤랜드가 영어로 말했다. 노인은 고개를 끄덕이더니, 그의 눈앞에 풍경화와 사냥 장면과 연회 장면이 그려진 그림을 펼쳐 보였다.

"이 그림은 말입니다……"

노인은 구름이 떠 있는 환한 하늘 위로 보이는 천사들을 가리키며 말했다.

"아흐메드 파브리시의 문하생이었던, 위대한 화가 부차리의 작품을 복사한 겁니다."

"별로 마음에 안 드는군요."

존 롤랜드가 입술을 깨물며 말했다.

"중국의 영향을 조금 받았으면서도 페르시아의 감성이 가득 담겨 있는 풍경화를 원합니다. 드야니가 이슬람교주 '이브라힘 엘 귈샤니'를 위해 그렸던 그림처럼 말입니다."

노인은 존을 뚫어질 듯 바라보더니 서툰 영어로 이야기했다.

"죄송합니다. 그런 그림은 없군요. 15세기 작품은 준비된 것이 별로 없답니다. 하지만 여기 압바스 대제 시대의 작품이 있습니다. 해 질 녘 노랗게 물든 가을 나무를 좀 보십시오. 이렇게 섬세한 색채를 표현한 걸로 봐서 마니의 작품인 것 같습니다."

존 롤랜드는 그림을 바라보면서, 페르시아 왕자의 옷을 입고 있는 예언자 조나스를 애정 어린 손길로 어루만졌다.

"이 그림을 사겠습니다. 그러나 이 인도 유파는 퇴폐적인 작품을 그렸죠. 전 이보다 건강하고 긍정적인 작품을 원합니다. 예를 들면, 슈드샤 에드 다울레의 작품처럼요. 제 말뜻을 아시겠습니까?"

"물론 잘 압니다, 전하. 전하께서 무얼 원하시는지 잘 알지만 지금은 가진 게 없습니다."

노인이 터키어로 말했다.

존 롤랜드는 고개를 들었다. 노인은 그의 앞에 고개를 조아리며 서 있었고, 상점 문은 닫혀 있었다. 존 롤랜드는 달아나기라도 하려는 듯 허둥대며 주위를 둘러보았다. 카펫과 러그, 세밀화, 상점 안에 가득한 곰팡내, 현실과 꿈, 과거와 현재, 이 모든 것이 갑작스레 환영처럼 그의 눈앞을 맴돌았다.

"전하, 다 제 잘못입니다."

노인이 말했다.

"저를 벌하십시오. 언젠가 전하께서 제가 경솔하게 다른 이에게 내준 것을 찾으러 오시리라고는 미처 생각지 못했습니다. 여자들은 지혜롭지도 않고, 인내심도 없습니다. 그러나 늙은 소인만은 미리 알았어야 마땅합니다. 소인이 딸아이를 데리고 있어야 했음에도 그리하지 못했습니다."

존 롤랜드의 눈앞에 알 수 없는 모형과 색깔들이 빙글빙글 돌았다.

저 노인이 무슨 말을 하는 것인가? 대체 무엇을 원하는 것인가? 왜 당황한 눈빛으로 손을 떨고 있는가?

"제 잘못입니다, 왕자님."

그는 같은 말을 되풀이했다.

"아시아데는 결혼했습니다. 제가 허락한 겁니다. 저를 죽여 주십시오!"

존 롤랜드의 목소리는 갑자기 권좌에 있는 제왕의 음색을 띠기 시작했다. 그는 주머니에 들어 있는 얄팍한 여권과 존 롤랜드라는 이름을 잊어버렸고, 가면이 벗겨져 신분이 드러난 사람이 된 것 같았다.

"대체 당신은 누굽니까?"

그는 자신의 조상들이 궁전에서 사용하던 부드러운 터키어로 물었다.

"소인은 아흐메드 파샤 앙바리입니다. 아시아데가 제 딸입니다."

"아!"

존 롤랜드는 추방당해 사라진 왕자 앞으로 왔던 혼란스러운 편지를 기억했다.

"그럼 황제께서 나를 위해 골라 두셨던 여자는 어떻게 됐습니까?"

아흐메드 파샤는 여전히 고개를 숙이고 있었다. 그는 신성한 오스만 제국의 왕자에게 말을 건네고 있는 이 순간, 최대한 겸손한 자세를 보이면서도 무한한 기쁨을 느꼈다. 그는 아시아데와 하싸에 대해서 공손한 말투로 장황하게 이야기했다. 왕자는 눈살을 찌푸린 채로 그의 이야기를 들었고, 벽에 걸려 있는 카펫들은 보스포루스의 궁전을 그대로 재현하고 있었다.

"이런 망측한! 이런 망측한 일이 있다니!"

왕자가 말했다. 그는 당연히 자신의 것이어야 할 그 무언가를 빼앗긴 기분이었다.

"이런 망측한!"

그는 격한 목소리로 같은 말을 계속 되풀이하면서, 러그 위로 주먹을 내리쳤다.

"이렇게 되려고 궁궐의 주랑柱廊(여러 개 기둥을 나란히 세운 복도-역주) 현관에 카펫을 깔아 두고, 그 위에 당신을 앉힌 줄 아시오? 이렇게 하라고 하찮은 당신에게 높은 지위를 주고, 끝없는 자비를 베푼 줄 아시오? 당신은 사막 한가운데로 추방당해야 마땅하오!"

그러나 그는 갑자기 자신의 이름이 존 롤랜드이며, 뉴욕에서 활동 중인 시나리오작가라는 사실을 떠올렸다. 그러자 모든 것이 우스꽝스럽게만 느껴졌다.

"그만둡시다."

그는 노인이 무릎을 꿇으려는 것을 보고 모든 것을 용서하겠다는 듯이 말했다. 그가 노인에게 손을 내밀자, 노인은 그의 손에 경건하게 입을 맞추었다.

"뭘 좀 먹으러 갑시다."

존 롤랜드는 갑작스레 이렇게 말했다. 상점 안의 곰팡내 나는 공기, 희미한 불빛 아래로 보이는 분홍빛 카펫과 부드러운 세밀화에 신물이 났던 것이다.

"갑시다."

아흐메드 파샤는 놀란 얼굴로 존을 바라보았다.

"영광일 따름입니다."

그는 이렇게 말하면서, 왕자가 자신의 음식 안에 독을 넣을 것이며 자신은 죽어 마땅하다고 생각했다. 그러나 왕자의 마음속에는 독을 넣을 계획 같은 건 없었다. 단지 켐핀스키 식당에 가서, 제국의 오랜 식사 규칙에 따라 돼지고기나 술을 피해 음식을 주문했을 뿐이었다. 존 롤랜드는 갑자기 자신이 어떻게 행동해야 하는지를 깨달았던 것이다.

"난 더 이상 왕자가 아닙니다."

그는 식사 도중 이렇게 말했다.

"난 작가입니다. 말하자면 예술가인 셈이죠."

"고귀한 직업이십니다. 왕자님의 위대하신 선조들께서도 훌륭한 예술가이셨습니다."

아흐메드 파샤가 힘주어 말했다.

"난 훌륭한 예술가는 아닙니다."

존 롤랜드가 심각한 얼굴로 말했다.

"모든 인간은 자기 안에 영원한 아버지이신 신을 품고 다니며, 죽어야 할 운명을 타고난 자식입니다. 예술은 볼 수 있고 만질 수 있는 그 무언가를 통해서, 눈에 보이지 않는 신의 숨결을 표현하는 것입니다. 만약 누군가 신의 자식을 이해하고 표현해 내는 것 이외의 작품을 만든다면, 그의 예술은 그저 외형만 추구하는 것일 뿐 아무런 의미도 갖지 못할 겁니다. 이게 바로 내가 할 수 있는 유일한 일입니다. 그리고 이러한 예술가가 신을 표현해 내기 위해 추상적인 개념만 사용하려 애쓴다면, 그는 더 이상 예술 작품의 창조자가 아니라 형이상학을 만들어 낼 뿐입니다. 단어를 사용하여 우리 안에 있는 불멸의 신을 표현해 내는 것은 마술과 다름없습니다. 아담이 이브를 알고 있었듯이, 단어는 다루고자 하는 문제가 무엇인지 알고 있어야 합니다. 그러나 내가 사용하는 단어 안에는 그런 힘이 없답니다."

"그건 외국어로 읽어야 하는 낯선 단어들이기 때문입니다."

아흐메드 파샤가 슬픈 듯 눈살을 찌푸리며 말했다.

"유럽의 언어들은 단어 안에 깃들어 있는 힘을 점점 잃어 가고 있습니다. 그 언어들은 기술적인 도구나 단순한 두뇌 운동, 혹은 무기력한 정보 전달 수단이 되고 마는 거죠. 그러나 저희 동양 사람들은 보다 동물적이라고 할 수 있습니다. 단어 안에 깃들어 있는 힘을 여전히 느낄 수 있으니 말입니다. 이게 바로 동양과 서양의 차이점입니다."

"틀렸습니다."

존 롤랜드가 고개를 내저었다. 그는 느린 속도로 엄숙하게 말하면서, 갑자기 궁전의 널따란 방 안에 빼곡히 모인 현자들 가운데 앉아 있는 자신을 상상해 보았다.

존 롤랜드가 말했다.

"서양인들의 의식 속에서 가장 중요한 존재는 개인입니다. 그러나 우리의 의식 속에서 가장 중요한 것은 영원히 우주와 하나가 되도록 묶어 놓은 지식이죠. 서양인들은 우주로부터 고립되어 있습니다. 그들과 우주 사이의 유대관계가 무너진 거죠. 그들은 자신들의 둘레로 참호塹壕를 파면서 스스로를 격리시키고 있습니다. 독단적으로 개별적인 조직체가 되고자 하는 겁니다. 그러나 동양인들은 양성동물과 같아서 우주와 하나가 되어 살아가고 행동합니다. 그래서 동양의 예술에는 아직 끝나지 않은 무한한 무언가가 담겨 있는 겁니다. 반면, 엄격한 경계에 둘러싸여 있는 서양 예술은 개인적일 수밖에 없습니다. 만약 내가 타락한 인간이 아니고 예술을 창조해 낼 수 있는 인간이라면, 내 영혼이 먼저 자신 안에 물결치는, 끝없이 넓고 변함없는 바다로부터 솟아올라야 할 겁니다. 그러나 서양 예술가의 경우에는 상황이 전혀 다릅니다. 어쨌든 근본적으로 따져 보면 이런 건 하나도 문제가 되지 않습니다. 우리 모두는, 보이지 않는 신의 얼굴을 가리고 있는 투명한 가면과 다름없기 때문입니다."

"전하께서는 타락하신 게 아닙니다."

아흐메드 파샤는 심각한 얼굴로 말했다.

"전하께선 우리의 아버지이신 신에 대해 믿음이 없을 뿐입니다. 부디 이걸 기억해 주십시오. 동양을 지배하는 것은 아버지이지만, 서양을 지배하는 것은 아들입니다. 예술가는 모든 일들 하나하나 속에서 아버지를 찾기 위해 애써야 할 것입니다."

"나는 못합니다."

존 롤랜드가 말했다.

"그건 내가 겁쟁이이기 때문입니다. 나는 눈에 보이는 만물의 세계가 두렵습니다. 만약 내가 순수한 예술 작품을 만들어 내야 한다면, 그건 예술지상주의라는 옷을 입은 강한 욕망에 불과할 겁니다. 진정한 예술이란 고귀한 그 무엇이어야 합니다. 진정한 마술과 같아야 하지요. 그 안에서 말은 눈에 보이지 않는 숨결을 사로잡고, 자기 것으로 간직하며, 육체로 형상화되어야 합니다. 결국, 자기 모습을 우리 인간에게 드러내 보이는 거죠. 그래서 진정한 예술가는 신의 창조 능력에 버금가는 힘을 갖게 됩니다. 그리고 이 모든 것은 '말'에서 비롯된 겁니다."

존 롤랜드는 입을 다물고 꿈꾸듯 주위를 둘러보았다. 널찍한 켐핀스키 식당 안에는, 접시 위로 숙인 얼굴과 음식을 씹고 있는 치아가 보였다. 그는 갑자기 걷잡을 수 없는 혐오감을 느꼈다. 그러면서 싫증 날 정도로 충족되었음에도 여전히 음식물을 씹고 있는 이 세계로부터 벗어나, 다시 혼자가 되고픈 욕망을 느꼈다. 그는 이 같은 바람이 조금 전 자신이 한 말과 상반된다는 생각을 하면서도 견딜 수 없는 갈증을 느꼈다. 그는 눈에 보이는 세계의 내적인 형상이 지워질 수 있도록, 적국의 광활한 사막에서 아무런 욕망 없이 혼자가 될 수 있도록, 술을 마시고 싶었다. 그러나 자신은 신성한 혈통을 이어받은 왕자였기에 이러한 강한 욕망을 억눌러야만 했다. 또한 테이블에 마주앉아서, 지친 눈으로 애원하듯 자신을 바라보는 독실한 파샤가 있었기 때문이었다.

존 롤랜드는 기계적으로 쉬지 않고 이야기했다. 아흐메드 파샤는 그런 왕자의 모습을 바라보면서 오스만 제국에 들이닥쳤던 재앙을 떠올렸다. 동시에, 왕자를 도울 수 있었음에도 지금은 먼 곳에 있는 자신의 딸을 생각하며 수치심과 슬픔에 사로잡혔다.

왕자의 얼굴은 보이지 않는 신의 얼굴을 가리고 있는 투명한 가면과 같았다. 아흐메드 파샤는 그 가면 속에서, 왕자가 스스로에 대해 알고 있는 것보다 더 많은 것을 보았다.

'왕자님께는 아내가 필요해. 그것도 좋은 아내가.'

아흐메드 파샤는 이렇게 생각했지만, 다시 차갑고 거만하게 변한 존 롤랜드의 얼굴을 보면서 감히 그런 말을 꺼낼 수는 없었다. 존 롤랜드는 손가락으로 테이블을 두드리면서 말했다.

"당신들은 모두 나를 배신하고 떠났습니다. 왕실도 제국도 권력도 다 마찬가지예요. 게다가 오랫동안 황실을 지켜 온 신하들까지 내 여자를 다른 남자에게 주었으니 말입니다."

아흐메드 파샤는 아무 말도 못한 채, 금발의 아시아데를 생각했다. 만약 자신이 왕자였다면, 손에 무기를 들고서라도 자신이 차지해야 마땅할 아내를 되찾았을 것이다. 그러나 그는 왕자가 아니라 칸트가街의 상점 안에 쪼그리고 앉은 노인에 불과했다. 게다가 그가 차지하도록 예정되어 있는 여자는 아무도 없었다.

"갑시다."

존 롤랜드는 이렇게 말한 뒤 거리로 나섰고, 아흐메드 파샤는 슬픔에 잠긴 유령처럼 그의 곁에서 비틀대며 걸었다. 파샤는 다시 한 번 아시아 데와 하싸, 그리고 훌륭한 물이 있는 비엔나에 대해 이야기했다. 존 롤랜드는 여자란 성가시고 시끄러운 장난감이며, 좋은 위스키보다도 못한 존재라고 생각하면서 그의 이야기를 건성으로 흘려들었다. 얼마 후, 존 롤랜드는 쿠어퓌어스텐담 모퉁이에서 아흐메드 파샤에게 작별 인사를 한 뒤, 천천히 호텔을 향해 걸었다.

존 롤랜드는 널찍하고 깨끗한 거리를 걸으면서 행인들을 바라보았다. 그들의 얼굴은 하나같이 만족스럽고, 영양이 충분히 공급된 듯했다. 그는 나른하게 밀려드는 공허감을 느끼며, 지나가는 사람들을 밟아 뭉개고 목을 조르고 싶은 충동에 사로잡혔다. 그들은 오스만 제국이 와해되었음에도 감히 살아남아 만족스런 얼굴을 하고 있었다. 그는 아흐메드 파샤의 슬픈 눈과 구부정한 어깨를 떠올리면서 주체할 수 없는 외로움에 빠져들었다. 존 롤랜드는 카펫 상점으로 되돌아가고 싶었다. 페르시아 세밀화와, 지상의 만물이라는 투명한 가면을 통해 그 모습을 드러내는, 눈에 보이지 않는 신에 대해 이야기하고 싶었던 것이다.

그러나 그는 되돌아가지 않았다. 옛 제국은 이미 폐허가 되었고, 죽은 자는 편히 쉴 수 있도록 내버려 둬야 하는 법이었다. 그가 호텔로 돌아왔을 때, 샘 두스는 신문을 읽고 있었다. 존은 샘의 어깨를 두드리면서 스스로도 놀랄 만한 말을 했다.

"페리클레스, 그만 일어나지. 비엔나로 가는 거야."

5

 자동차는 구불구불한 큰길을 따라 미끄러지듯 나아갔다. 왼편으로 보이는 계곡에는 하얗게 회칠한 마을 교회의 종탑들이 우뚝 솟아 있었고, 푸르른 초원은 여름의 태양 아래 빛나고 있었다. 살찐 소들은 길가에 멈춰 서서 둥그렇고 온화한 눈으로 자동차를 바라보았다. 아이들은 새까만 발로 나무 아래에 앉아서 마른 나뭇가지를 가지고 놀았다. 오른쪽으로는 경사가 완만한 산기슭이 넓게 펼쳐져 있었다. 인디안 썸머(봄날 같은 늦가을의 화창한 날씨-역주)의 화사한 색채가 대지를 뒤덮고 있었으며, 손에 잡힐 듯 가깝게 느껴지는 따사로운 태양은 오래된 친구처럼 친근하게 느껴졌다.

 아시아데는 망가지기 쉬운 장난감 다루듯 조심스럽게 액셀을 밟으면서, 젬머링을 향해 천천히 차를 몰았다. 자동차는 한 번만 발에 힘을 주어도 고삐 풀려 미친 듯 날뛰는 말처럼 앞으로 나아갔고, 발을 살짝 떼면 말 잘 듣는 가축처럼 다시 속도를 줄였다. 아시아데는 창밖의 경치를 바라보았다. 푸르른 초원과 계곡을 따라 솟은 교회 종탑과 길모퉁이에 서 있는 십자가가 보였다. 그녀는 발로 미세한 압력을 가하여 강철, 바퀴, 램프, 튜브, 타이어가 모여 이루어진 복잡한 덩어리를 조종할 수 있다는 사실에 묘한 기분을 느꼈다. 그녀는 부드러운 가죽 의자에 몸을 기댄 채, 자신의 손과 발, 눈을 엔진과 하나가 되게 하여 차를 몰았다. 아시아데는 가끔 미소를 지었고, 그럴 때면 찌푸렸던 눈살이 환하게 펴졌다. 그녀는 액셀에 발을 올려놓은 채 조심스럽게 모퉁이를 돌았다. 그러나 그녀의 생각은 그 어느 차보다도 빠른 속도로, 이미 지나온 먼 길을 거슬러 비엔나로 향하고 있었다. 아시아데는 링에 있는 집과 하싸를 생각했다. 그는 지금쯤 강렬한 여름 태양 아래, 지칠 대로 지쳐 땀을 뻘뻘 흘리며 앉아 있으리라.

요즘 들어 그녀의 하루하루는 날마다 똑같았다. 링에 있는 집에는 언제나 커튼이 쳐져 있었고, 아시아데는 호숫가를 거닐거나 카페에서 차를 마셨다. 그리고 집에 돌아와 대기실에 앉아 잡지를 뒤적이는 낯선 사람들을 만났다. 내닫이창이 나 있는 작은 응접실에는 희미한 약 냄새가 배어 있었고, 그 옆방에서는 하싸가 진료도구들을 덜그럭거리며 만지고 있었다.

간혹 그의 커다란 목소리가 들려오기도 했다.

"22번! 안 들려요? 22번!"

"14번 차례예요."

한 환자가 대답했고, 진료실 안에서는 다시 진료도구들이 달그락대는 소리가 들려왔다. 이윽고, 하얀 가운을 입은 하싸가 땀을 흘리며 진료실 밖으로 나오더니 아시아데에게 재빨리 키스를 했다. 그러나 그의 눈은 너무 먼 곳을 향해 있었다. 그녀는 그가 '22번!' 하고 자신을 부른 뒤 진단을 내리지는 않을까 두렵기까지 했다. 다행히 그런 일은 없었다. 하싸는 잠시 동안 그녀의 손을 쥔 채 앉아 있다가, 다시 진료실 안으로 들어가곤 했다.

"'아' 하세요."

하싸는 큰 소리로 말했고, 뒤이어 '아!' 하는 높고 애처로운 소리가 들려왔다. 아시아데는 커다란 거실로 갔다. 책상 위에 쌓여 있는 책과 잡지들 사이로, 흐릿한 색의 표지에 싸인 언어학 잡지들이 보였다. 그녀는 그 잡지들을 보면서 화가 난 늙은 처녀의 모습을 떠올렸다.

아시아데는 죄책감을 느끼며 그중 한 권을 펼쳤다. 그녀는 그루지야어*의 한 형태가 무정형無定形 단계에서 어미변화 단계에 이르기까지 널리 나타난다는 사실을 알게 되었다. 언어학을 공부하지 않은 사람이라면 도무지 알아들을 수 없는 말이었지만 아시아데는 쉽게 이해할 수 있었다. 그리고 새로운 사실을 알게 되었음에도, 여전히 냉담한 자신에 대해 적잖이 놀랐다. 그녀는 지루함을 느끼면서 두서너 쪽을 더 훑어보았다. 그녀가 읽은 마지막 페이지에는 기사가 실려 있었다. 샤니드세 교수가 완 호숫가에서, 함어語로 기록된 '거듭 쓴 양피지**'를 발견했다는 내용이었다. 아시아데는 화를 내며 잡지책을 덮었다. 결혼한 이후로, 낯선 단어들의 신비로운 형태는 더 이상 그녀의 관심을 끌지 못했다. 이제 그녀에게 그 단어들은 조악하고 거칠게만 들렸고, 더 이상 눈이 가느다란 유목민과 머나먼 스텝을 연상시키지도 않았다.

그때 전화벨이 울렸다.

"여보세요."

아시아데는 상대방의 이야기를 듣고 다음과 같이 말했다.

"오늘 오셔도 됩니다. 6시 30분 어떠세요?"

이제 그녀가 전화 예약을 받는 시간은 지났고, 병원은 8시나 되어야 문을 닫을 것이다. 그녀는 카페로 가서 닥터 작스나 닥터 쿠르츠가 오기를 기다리며 신문을 읽었다. 8시 30분이 되자 하싸가 카페에 모습을 나타냈고, 그들은 차를 몰고 프라터나 코벤츨에 가기로 했다.

코벤츨에 도착하자 나무가 살랑살랑 소리를 내며 흔들렸고, 어슴푸

---

*Georgian language, 흑해의 동부 해안을 따라 코카서스 산맥 지역에 위치한 그루지야 공화국의 공용어.

**palimpsets, 글자를 지우고 그 위에 다시 글을 쓴 양피지를 일컫는다. 양피지란, 양의 생가죽을 얇게 펴서 약품 처리를 한 후 표백하여 말린 것으로, 글 쓰는 재료이다.

레한 하늘에는 북두칠성이 보였다. 아시아데는 버터밀크를 마시면서 하싸가 그의 환자나 극장, 혹은 정치에 대해 이야기하는 것을 들었다. 그들은 밤이 될 때까지 그렇게 앉아 있었다. 아시아데는 저 아랫마을에 하나둘씩 불이 켜지는 것을 바라보면서, 현실은 아름답지만 치열한 것이며 사람들이 상상하는 것과는 다르다고 생각했다.

"아이들이 생기면 여기 데리고 와요. 아이들은 우리 둘 사이에 앉아 케이크를 먹을 거예요. 전 다섯 명의 아이를 갖고 싶어요."

그녀가 말했다.

"그래."

하싸는 건성으로 대답했다.

"그래, 우리도 아이를 갖게 될 거야. 언젠가는……."

그는 더 이상 아무 말도 하지 않았다. 사실 그는 자신과 아시아데 사이에 앉게 될 아이들이 두려웠다.

"그래."

그는 재차 이렇게 되뇌면서 아시아데의 손을 잡았다. 그는 그녀를 무척이나 사랑했다.

두 사람은 차를 몰고 복잡한 시내로 되돌아왔다.

"주말에 젬머링에나 갈까?"

하싸의 질문에 아시아데는 고개를 끄덕였다. 그녀는 한 번도 그곳에 가 본 적이 없었다.

드디어 토요일이 되었다. 아침 6시, 바리톤 오페라 가수 한 명이 전화를 걸더니, 자신이 류머티즘성 섬유조직염에 걸렸다고 우겨댔다. 그는 전화를 끊고 곧장 병원으로 달려왔지만 아무런 이상도 없었다. 그런데도 하싸의 옷소매를 붙잡고 늘어지면서 튀어나온 눈알을 굴리며 속이 메스껍다고 했다. 하싸는 결국 그의 극장으로 가서, 막간을 이용하여 바리톤의 성대에 국소마취제를 부어 넣어야 했다.

"아침 일찍 떠나도록 하지. 가서 월요일 저녁까지 머무는 거야."

하싸는 아시아데에게 말했다.

그는 어린애같이 부끄러워하는 듯 보였다. 이윽고 밤이 되었다. 그러나 하싸는 한 아이가 디프테리아로 숨을 제대로 못 쉬고 있다는 전화를 받고 침대에서 일어나야 했다. 그러면서 "기관지를 절개해야겠군."이라고 말했다.

드디어 다음날 아침 7시가 되었다. 아시아데는 하싸가 집으로 전화를 걸어 다음과 같이 말했을 때, 조금도 놀라지 않았다.

"당신 먼저 가도록 해. 난 나중에 기차를 타고 갈게. 쿠르츠한테 전화해서 같이 가자고 해 봐. 덜 지루할 거야."

아시아데는 쿠르츠에게 전화를 걸었다. 역시나 그는 시간이 있었다. 그의 히스테리 환자는 급할 것이 하나도 없었고, 조울병 환자도 마찬가지였다.

일은 그렇게 된 것이었다.

아시아데는 길가에 서 있는 성모마리아 그림을 보면서 하싸와 어디선가 앓고 있는 아이, 그리고 아름답기는 하지만 치열한 삶에 대해 생각했다. 그녀 뒤에는 닥터 쿠르츠가 앉아 있었는데, 그 역시 생각에 잠겨 있었다. 그는 깊게 생각할 수 있는 훌륭한 뇌를 가지고 있었으며, 배운 지식 또한 많은 사람이기 때문이었다. 그는 길가에 서 있는 소가 보였으므로 소에 대해 생각했고, 가까이 교회가 보이기에 교회에 대해 생각했으며, 자신에게 일용할 양식을 제공해 주는 사람들이었기에 정신 질환자들에 대해 생각했다. 그리고 아시아데의 목을 바라보며 생각에 잠겼다.

'아름다운 목이야. 게다가 저 금빛 머리칼 좀 봐! 하싸는 여복이 있어. 하지만 시작만 좋을 뿐이지 오래 가진 못해. 그건 그렇고, 아직도 자기 남편을 하싸라고 부르다니 정말 이상해. 잠재의식 속에서는 하싸를 남으로 여기고 있는지도 모르지. 정말 멋진 가슴을 가졌군. 어쩌면 오늘 하싸는 못 올지도 몰라. 그 친구가 전공 하나는 기막히게 골랐어. 가진 거라곤 의술밖에 없다니까. 저녁 식사 때 샴페인을 주문해야겠어. 그리고 하싸에 대한 이야기를 늘어놓는 거야. 물론 칭찬을 아끼지 말아야겠지. 이 방법은 언제나 잘 먹히거든. 아시아데는 나를 믿게 될 거야. 이게 제일 중요해. 게다가 이 여자는 향수병에 걸려 있어. 잘 살펴보면 파더 콤플렉스가 있는 것도 같아. 두고 보면 알겠지. 아, 저 목! 하싸는 분명 이 여자 눈엔 안 찰 거야. 아시아데가 분위기에 빠져들기만 한다면 어쩜 오늘 밤에 난……'

쿠르츠는 깊이 생각할 수 있는 훌륭한 뇌를 가졌으며 배운 것도 많은 사람이었기에 이렇게 생각했다. 자동차는 쥐트반 호텔 앞에 멈췄다. 커다란 홀의 유리창 밖으로, 각진 산의 윤곽과 넓고 깊은 계곡이 보였다.

"정말 아름다워요!"

아시아데가 말했다. 그녀는 테라스로 나갔고, 갑자기 삶에 대한 강한 열정을 느꼈다. 공기는 서늘하면서도 건조했으며, 푸르른 산은 시야를 가리고 있었다. 이 계곡은 그 안에 무한함을 가둬 놓고 있었다. 이곳은 산이 만드는 가파른 벽에 의해 모든 일상적인 걱정들로부터 격리되어 있었다. 그런 곳에 머무는 건 멋진 일임에 틀림없었다.

저 아랫마을에서는 하싸가 아픈 아이의 머리맡에 앉아 그 아이의 목에서 가르랑거리는 소리를 듣고 있었다. 그리고 바리톤 가수는 숨을 헐떡거리면서 대기실 안을 서성대고 있었다. 그는 이제 자기가 후두암에 걸린 것이 확실하다고 생각했다. 저 아랫마을에서는 전화벨 소리가 울렸고, 가정부가 수화기를 들어 사모님은 젬머링에 가셨다고 대답했다. 한편, 기품 있는 외국인이 큰 건물의 수위에게 젬머링이 어디에 있으며 어떤 곳인지를 묻고 있었다. 그러나 아시아데는 아무것도 모르고 있었다. 설령 알고 있었더라도 아무런 관심조차 갖지 않았을 것이다.

"우리 산책이나 가요."

그녀는 이렇게 말했고, 쿠르츠는 그녀의 뒤를 따랐다. 두 사람은 좁은 길을 따라 걸으며 판한스 호텔이 있는 곳까지 올라갔다. 오른편으로 보이는 거무칙칙한 숲은 오랜 세월 동안 쌓아 온 어둠을 품은 채, 지나가는 사람을 위협하는 듯 보였다.

"있잖아요, 자꾸만 이 산들이 성벽이거나 오래된 요새의 잔해라는 생각이 들어요."

쿠르츠는 그녀를 유심히 바라보더니, 부드러우면서도 열정적인 목소리로 말하기 시작했다. 그는 끊임없이 이야기를 늘어놓으면서 자신의 깊은 생각에 스스로 감동을 받았다.

'이 여인은 내게 영감을 불어넣어 주는군.'

그는 마음속으로 이렇게 생각했으나, 아시아데가 자신의 이야기를 듣지 않고 있다는 사실은 전혀 눈치 채지 못했다.

두 사람은 계곡으로 걸어 내려갔다. 나지막한 언덕 위로 오래된 교회 하나가 보였다.

교회가 가까워지자, 아시아데는 입구에 새겨진 글자를 읽었다. 그 글자는 비바람에 씻겨 희미해 보였다.

Maria Schutz steht allen Feinden zum rutz.
(마리아 슈츠는 모든 적 앞에 저항하며 서 있다.)

그녀는 한참 동안 이 글자를 들여다보면서 인내심이 무엇인지 실감할 수 있었다. 그러자 그녀의 상상 속에서, 온 세상이 오래된 문구가 새겨져 있는 작은 교회 뒤로 솟아올랐다. 이 교회는 승승장구하던 터키 군을 보았을지도 모른다. 오스만 제국의 궁수弓手들은 기다란 갈기를 휘날리는 말에 올라탄 채 이 산을 넘었고, 마을들은 불길에 휩싸였을지도 모른다. 또한 교회 앞에 있는 작은 광장에서는 장작더미가 타오르고, 군인들은 밤새 그 불에 몸을 녹이며, 산 너머에 있는 비엔나에서 손에 넣게 될 전리품을 생각했을지도 모른다. 교회 문은 닫혀 있었지만, 입구에 새겨진 글자는 아무 말 없이 조용히 아래를 내려다보고 있었다. 교회는 외적과 냉혹한 군사령관, 그리고 오스만 제국 전체에 맞서 승리를 거두었던 것이다.

아시아데는 주위를 둘러보았다. 그녀의 눈에 보이는 풍경은 평화롭기 그지없었다. 그녀가 한숨을 내쉰 뒤 말했다.

"당신들은 행복한 국민이에요. 이렇게 아름다운 나라를 가졌으니 말이죠."

그녀의 목소리에는 슬픔과 약간의 질투심이 어려 있었지만, 쿠르츠는 이를 알아채지 못했다. 그는 단지 그녀의 젖혀진 윗입술과 독특한 눈매를 보면서 계속 이야기를 했고, 아시아데는 점점 더 깊은 생각에 빠져

들었다. 그녀는 자신이 이 푸르고 아름다운 나라의 일부분이 되었으며, 오스만 제국의 권력이 이 작은 교회 앞에서 완전히 무너져 내렸다는 사실에 기뻐해야 한다는 것을 이제야 온전히 깨달았다. 자신은 더 이상 터키 여인이 아니라는 것과, 자신의 아이들이나 손자·손녀 역시 터키 사람은 될 수 없다는 것도 처음 깨달았다. 그녀는 골똘히 생각에 잠긴 채 호텔로 발걸음을 돌렸고, 쿠르츠는 그녀의 곁에서 나란히 걸었다.

쿠르츠가 말했다.

"오후 5시에 홀에서 댄스파티가 열릴 겁니다. 늘 많은 외국인들이 참석하죠. 제게 모시고 갈 영광을 주시겠습니까?"

아시아데는 고개를 끄덕였다.

드디어 5시가 되었고, 그녀는 쿠르츠와 함께 홀에 마련된 낮은 테이블 앞에 앉았다. 밴드는 그리움에 사무친 생소한 선율을 연주했다. 짝을 이루어 춤추는 남녀들은 마룻바닥 위를 미끄러지듯 지나갔다. 아시아데의 귀에는 세계 각국어로 속삭이고 있는 사랑의 말들이 들려왔다.

쿠르츠는 허리를 굽히며 춤을 청했고, 낯선 선율은 마룻바닥 위에 선 그녀에게 주문을 걸었다. 환한 불이 켜져 있는 홀에서 저 멀리에 있는 푸르른 산을 바라보며 춤추는 건 기분 좋은 일이었다. 서로를 부둥켜안은 남녀들이 그녀와 쿠르츠 곁을 지나갔다. 아시아데는 그들의 탐욕스런 눈빛을 보았으며, 낯선 입에서 뿜어져 나오는 숨소리를 들었다. 그러나 쿠르츠는 그녀의 허리 위에 닿을 듯 말 듯 손을 대고 있었다. 이는 그가 친구의 아내에게 제대로 예우를 갖출 줄 아는 점잖은 사람이라는 인상을 주었다. 오스트리아는 진정 아름다운 나라였고, 호텔 역시 그러했으며, 삶은 아름답지만 그다지 치열한 것만은 아니었다.

"이제 그만요."

아시아데는 갑자기 이렇게 말하더니, 쿠르츠를 재단사의 인체 모형처럼 우두커니 세워 둔 채 돌아섰다. 그런 후 가쁘게 숨을 쉬면서 자리로 돌아와 앉았다. 쿠르츠는 아시아데 쪽으로 몸을 굽혔고, 그녀는 서둘러 커피 잔을 비웠다. 아시아데는 하싸가 도착할 시간이 되었다고 생각하면서, 그와 함께 빙글빙글 돌며 홀을 가로지르고 싶은 욕망을 느꼈다. 그의 강한 손을 느끼고 싶었고, 간절한 눈빛으로 그녀를 바라보며 미소 짓는 그의 비스듬히 치켜 올라간 눈도 보고 싶었다.

그때 홀의 반대편에 앉아 있던 늘씬한 여자가 몸을 일으키더니, 무도회장을 빙 돌아 아시아데와 쿠르츠 쪽으로 오고 있었다. 아시아데는 그녀의 윤기 나는 밤색 머리카락을 바라보았다. 그 여인은 구불구불한 머리카락을 수수하게 뒤로 넘기고 있었으며, 섬세한 타원형 얼굴에 도도한 눈과 좁다란 코를 가지고 있었다. 가느다란 눈썹은, 입술이 그리고 있는 고상한 곡선을 매끄러운 이마 위에 다시 한 번 반복해 그려 놓은 듯했다.

이 낯선 여인은 아시아데가 앉아 있는 테이블 쪽으로 다가왔고, 아시아데는 쿠르츠를 바라보았다. 그는 시뻘겋게 얼굴을 붉히면서 깜짝 놀라고 당황한 듯 눈을 깜박였다. 그리고 웃어야 할지, 아니면 재채기를 해야 할지 망설이기라도 하는 사람처럼 입을 반쯤 벌리고 있었다. 이윽고, 낯선 여인은 자신감 넘치는 아름다운 모습으로 두 사람이 앉은 테이블 앞에 섰다. 그러고 나서 작고 반짝이는 이를 드러내 보이며 말했다.

"안녕하세요, 쿠르츠. 이렇게 다시 만나다니 정말 반가워요."

그녀의 목소리는 부드럽고 경쾌했다. 쿠르츠는 자리에서 일어섰고, 그의 이마 위로는 송알송알 땀방울이 맺혔다. 낯선 여인은 우월감에 젖은 거만한 미소를 머금은 채, 여전히 두 사람 옆에 서 있었다.

쿠르츠는 헛기침을 했다.

"저…… 소개해 드리죠……."

그는 쉰 목소리를 냈다.

아시아데는 얼음같이 차가운 물에 갑자기 내던져진 사람처럼 보이는 쿠르츠의 모습에 깜짝 놀랐다.

"소개해 드리죠…… 이쪽은 하싸의 전처인 마리온입니다…… 그리고 이분은 하싸의 부인인 아시아데입니다."

그는 말을 멈췄다. 지금의 그에게서는 신경질환을 치료하는 의사의 모습을 전혀 찾아볼 수가 없었다.

아시아데는 잠깐 동안 눈을 감았다. 가슴 한구석이 타는 듯 쓰라렸고 입술이 말라 왔다. 그녀는 소용돌이치는 심연으로 빨려드는 기분을 느꼈다. 그 까마득한 아래에서는 밴드가 음악을 연주하고 있었고, 격렬한 소리는 그녀의 귀를 세차게 때렸다. 얼마 뒤, 아시아데는 눈을 떴다. 마리온은 당당한 미소를 지으면서 자리에 앉았다.

"이렇게 우연히 만나다니 정말 기분 좋군요."

마리온의 목소리는 여전히 부드러웠지만 더 이상 경쾌하게 들리지는 않았다.

"알렉스도 왔나요? 아니면 비엔나에 있나요?"

"누구요?"

"알렉스요. 우리 남편 말이에요."

마리온은 소리 내어 웃었다.

"아, 하싸는 비엔나에 있어요. 저는 남편을 늘 하싸라고 부르죠."

아시아데는 자리에서 일어나 황급히 홀을 가로질렀다. 따가운 바늘

들이 등에 꽂힌 것 같았다. 그런 거였다. 하싸는 '우리 남편'이었고, 그에게는 마리온 하싸와 아시아데 하싸가 있었다. 아시아데는 그동안 낯선 사람의 침대에 누워 있었으며, 낯선 이름을 가지고 있었던 것이다. 그리고 늘씬한 마리온이 앉아 있던, 바로 그 내닫이창이 달린 응접실에 앉아 있었다. 하싸는 마리온의 자신감에 찬 거만한 눈에 키스를 했으리라. 마리온이라는 이름의 여자는 실제로 존재했고, 아시아데는 그녀의 자리를 차지한 것이었다. 아시아데는 눈살을 찌푸린 채, 앞을 노려보며 호텔 안뜰을 가로질러 뛰었다.

"차를 꺼내야겠어요."

호텔 안내원은 주차장 문을 열었다. 아시아데는 차에 시동을 건 다음, 핸들이 마리온의 목덜미라도 되는 것처럼 두 손으로 움켜쥐었다. 그리고 요란스럽게 경적을 울리며 차를 몰았다. 그러면서 놀란 얼굴로 껑충 뛰어 아슬아슬하게 길옆으로 몸을 피한 두 아이를 증오 가득한 눈으로 바라보았다.

'누군가 저 호텔에 폭탄을 던져야 할 텐데.'

그녀는 이렇게 생각하면서 다시 한 번 속도를 올렸다. 회색 아스팔트 길이 그녀 앞으로 구불구불 이어지고 있었다. 그녀는 흐느껴 울면서 눈물을 닦았다. 터키인들은 관대하고 마음이 약한 민족이었다. 이 나라에 돌 하나, 풀 한 포기, 소 한 마리도 남겨 두지 말았어야 했다. 그리고 이 땅은 터키의 스텝 지대처럼 텅 빈 잿빛 사막으로 변했어야 했다. 차축이 끽끽대는 소리를 냈고, 아시아데는 브레이크를 밟았다. 그러자 자동차 바퀴가 길 위에 쌓여 있던 흙더미에 빠졌다. 그녀는 기어를 바꾸면서 마음속으로 외쳤다.

'가라! 가! 멀리! 멀리! 냉각수가 끓어도 상관없어.'

4인승 자동차 한 대가 길 아래쪽에서 커브를 돌아 모습을 드러냈지만 아시아데는 아무것도 보지 못했다. 그녀는 핸들을 움켜쥐고 힘껏 액셀을 밟았다.

'지금이야!'

그러나 자동차는 멀리 나아가지 못했다. 그녀는 계기판에 시선을 고정한 채 가슴에 갑작스런 충격을 느꼈다. 이내 유리 깨지는 소리가 들렸다. 고개를 들어 보니, 내연기관 밀대가 휘어지고 등이 깨진 차 한 대가 보였다. 그녀는 자신이 어떻게 상대편 차를 들이받았는지 도무지 알 수가 없었다.

그 차 안에는 놀란 눈을 한 두 남자가 그녀를 바라보며 앉아 있었다. 그녀는 차에서 뛰어내린 뒤, 분노로 이글대는 눈으로 그들에게 달려갔다. 두 명 중 한 명은 살찐 얼굴이었고, 나머지 한 명은 길쭉한 얼굴을 하고 있었다.

"인간쓰레기!"

아시아데는 이렇게 소리 지르면서도, 그 말이 마리온을 향한 것임을 미처 깨닫지 못했다.

"운전하는 법도 안 배웠나요? 당신들이 뭘 하고 있는지도 모르는 거예요? 요즘엔 바보 멍청이들도 다 운전면허를 갖고 있다니까! 당신들 술 취했죠? 경찰에 신고해야겠군요. 나쁜 사람들!"

아시아데는 길 한가운데 서서, 무례한 말을 쏟아 부으며 보이지 않는 마리온과 다투고 있었다. 두 남자는 천천히 차에서 나오더니, 미소 띤 얼굴로 고개를 숙였다.

"바보처럼 웃으면서 그렇게 서 있지 말아요!"

아시아데는 발을 구르며 소리쳤다.

골든혼의 여인 211

두 남자는 다시 한 번 고개를 숙였다.

"부디 용서해 주십시오, 부인."

한 남자가 영어로 이야기했다.

"부인께서 저희 차를 들이받은 건 정말 유감입니다. 어떻게라도 배상을 해 드리고 싶군요."

그는 잘 손질된 손으로 백 달러짜리 지폐 한 장을 꺼내 들어 그녀에게 내밀었다.

"외국인들 맞죠?"

아시아데는 분을 이기지 못하고 소리쳤다.

"우리나라에 들어와서 여자들 차나 들이받다니! 당신들은 추방감이에요! 왜 당신들 나라로 돌아가지 않는 거죠? 떠돌이 같은 사람들! 대체 여기서 뭘 하고 있는 거예요?"

두 외국인은 그녀의 말을 한마디도 알아듣지 못하는 게 분명했다. 그들은 몹시 당황한 채, 체중을 이 발에서 저 발로 옮기면서 멀뚱히 서 있었다. 마침내 뚱뚱한 남자가 마른 남자에게 외국어로 말했다. 그러나 아시아데는 그 말을 너무도 분명히 알아들을 수 있었다.

"저것 좀 봐요, 존. 대단한 가슴이죠! 게다가 저 엉덩이 좀 봐요! 키스나 한번 해 줘요. 그럼 조용해질지도 모르겠군요."

아시아데는 모국어를 듣는 순간, 사나운 암호랑이로 변해 버렸다. 그녀는 마른 남자의 손에서 백 달러짜리 지폐를 낚아채더니, 갈가리 찢어 그 위에 침을 뱉고 그의 얼굴에 던졌다. 그러고 나서 다시 차에 올라타 한마디 말도 없이 차를 몰고 그 자리를 떠났다.

두 남자는 멀어져 가는 그녀의 모습을 눈으로 좇았다.

"성질 한번 대단하군. 남편이 다루려면 고생 좀 하겠어."

마침내 존이 입을 열었다.

"멋진 가슴이에요."

샘이 다시 한 번 말했다.

"아직 어려 보이던데 뭐가 잘못된 걸까요? 미친 게 틀림없어요. 미치지 않고서야 백 달러짜리 지폐를 찢어 버릴 리가 없죠."

샘은 안타까운 얼굴로 차에 올라탔고, 존은 그 뒤를 따랐다. 두 사람은 조심스레 차를 몰았고, 마침내 반시간 후 호텔에 도착했다. 이미 댄스파티가 끝난 뒤라 홀은 텅 비어 있었다.

"혹시 하싸 부인이 여기 묵고 계십니까?"

존의 질문에 프론트 데스크를 지키고 있던 직원이 고개를 숙였다.

"네, 손님. 28호실입니다."

"먼저 바에 들르도록 하죠."

샘이 말했다.

"영어로 얘기를 시작하세요. 아시겠지만 놀라게 하면 안 돼요. 공손하고 상냥하게 대하세요. 여자들은 그런 걸 좋아하죠."

샘은 위스키를 여섯 잔째 마신 후, 수줍은 듯 눈을 내리깔고 으르렁거리듯 말했다.

"마음에 들거든 당장 데리고 가야 해요. 얘기가 잘 안 되거든 절 부르세요. 어쨌든 저는 당신의 대리인이잖아요. 자, 가 보세요. 전 여기서 기다리고 있을게요."

존은 자리에서 일어나 계단을 올라갔다. 그의 얼굴은 자신감에 차 있으면서도 심각해 보였다. 마침내 그가 문을 두드리자, "들어오세요."라는 경쾌한 목소리가 들려왔다.

존은 방 안으로 들어갔다. 도도한 갈색 눈동자와 고상한 곡선 모양의

골든혼의 여인 213

입술을 가진 여자가 몸을 일으켰다.

"하싸 부인이십니까?"

존은 고개를 숙이며 물었다. 여인은 고개를 끄덕였다. 존은 뚫어질 듯 그녀를 바라보다가 상냥한 미소를 지어 보였다. 그런 후, 안락의자에 앉아서 담배에 불을 붙였다.

"영어로 이야기를 나눌까요, 아니면 터키어로 할까요?"

그는 느린 말투로 물었다.

"당연히 영어로 해야죠."

여자는 놀란 표정을 짓더니 이렇게 대답했다.

존은 빙그레 웃으면서 다리를 꼬았다. 여자는 아름다운 모습이었지만 지금 상황을 이해하지 못하는 게 틀림없었다.

"나는 압돌 케림 왕자요. 당신을 데리러 왔소. 당신이 날 기쁘게 할 수 있도록 말입니다."

반나절 동안 위스키를 여섯 잔이나 마신 건 역시 지나친 행동이었다.

"기쁘게 하다니요?"

여자는 피가 다 빠져나간 창백한 얼굴로 물었다.

존은 소리 내어 웃으며 말했다.

"내가 올 줄 몰랐겠죠. 나의 왕궁은 사라졌지만 난 여전히 존재합니다. 이제 이 낯선 나라에도 싫증이 나고, 대리인한테서도 도망쳤죠. 우린 오늘 이곳을 떠날 수 있어요."

"맙소사! 뭘 원하죠?"

여자는 이렇게 말하면서 입술을 깨물었다.

존은 눈살을 찌푸렸다.

"모르는 척하지 말아요!"

그가 엄한 목소리로 말했다.

"같이 가자고 명령을 해야겠소?"

"같이 가죠. 같이 가겠어요."

마리온은 이를 딱딱 부딪치며 대답했다.

"그 전에 하녀한테 전화를 좀 해야겠어요."

그녀는 떨리는 손으로 수화기를 들었다.

"쿠르츠, 부탁이에요. 빨리 좀 와 줘요."

그녀는 수화기를 내려놓았다.

"잠깐 가서 짐을 쌀게요. 30분이면 떠날 준비가 끝날 거예요."

그녀는 상냥하게 말을 마친 뒤 방에서 뛰어나갔고, 존은 담뱃불을 끄고 그녀를 기다렸다.

곧 한 신사가 방 안에 들어서더니, 험악한 표정으로 존을 바라보았다. 그는 고개 숙여 인사하며 이렇게 말했다.

"닥터 쿠르츠입니다."

그는 자리에 앉아 직업적인 태도로 부드럽게 물었다.

"의식이 있는 상태에서 가장 먼저 떠오르는 것은 무엇입니까?"

"왕관입니다."

존은 가볍게 취한 상태에서 솔직하게 대답했다.

"그렇군요!"

쿠르츠는 눈살을 찌푸리며 말했다.

바로 그 순간, 바 안으로 뛰어 들어간 마리온은 "위스키 한 잔 주세요."라고 말하고 있었다.

그녀는 넋이 나간 모습으로 종업원에게 말하기 시작했다.

골든혼의 여인 215

"상상해 보세요. 낯선 남자가 방 안으로 들어오더니 영어로 자기가 왕자라고 말하는 거예요. 저를 데리러 왔다더군요. 제 전남편은 의사였어요. 그래서 그 남자가 과대망상증 환자라는 걸 바로 알아차렸죠."

"끔찍하군요."

종업원이 말했다.

그때, 한쪽 구석에 앉아서 편안히 자고 있던 뚱뚱한 남자가 갑자기 헛기침을 하더니, "웨이터!"하고 소리쳤다. 그리고 홀을 가로질러 가서 종업원과 몇 마디 말을 나눈 뒤, 갑자기 민첩해진 동작으로 계단을 뛰어 올라갔다. 그가 28호실의 방문을 열었을 때, 쿠르츠는 얼굴에 달래는 듯한 미소를 머금은 채 존의 무릎을 두드리고 있었다.

"기찻길이나 비행기가 나오는 꿈을 자주 꿉니까?"

의사가 이렇게 묻자, 존이 대답했다.

"아뇨, 저는 꿈을 꾸는 일이 없습니다."

"그렇군요."

의사는 눈을 가느다랗게 뜨면서 걱정스런 목소리로 말했다.

"그만 가요!"

샘이 터키어로 소리쳤다.

"늦기 전에 빨리요!"

존이 자리에서 벌떡 일어나자, 의사도 덩달아 벌떡 일어섰다.

"아! 간호사이신가 보군요. 전형적인 과대망상증입니다. 조울병 증세도 있습니다. 청구서를 누구 앞으로 보낼까요?"

쿠르츠가 샘의 팔을 잡으며 말했다.

"무슨 청구서요?"

샘이 화난 얼굴로 물었다.

쿠르츠는 위엄 있는 얼굴로 말했다.

"진료비로 50실링을 내셔야겠습니다."

"20실링이면 충분해요."

샘은 비난하듯 말하면서 의사의 손에 지폐 한 장을 떼밀듯 쥐여 주었다. 그러고 존을 방 밖으로 끌고 나갔다.

"무슨 일인지 바로 알아차렸어."

복도로 나온 존은 장난스럽게 윙크를 해 보이며 말했다.

"저 의사는 내 약혼녀의 남편이지. 그녀는 짐을 꾸릴 때까지 시간을 벌고 싶었던 거야. 이제 준비가 다 된 모양이지?"

"조용히 해요."

샘은 이렇게 속삭이면서 존을 차로 데려갔다.

이윽고, 호텔 안뜰을 벗어난 뒤에야 샘은 거만한 목소리로 말했다.

"이걸 머릿속에 꼭 넣어 둬요, 존. 어떤 작가든지 대리인 없이 협상에 뛰어들다가는 정신병원 신세를 지기 쉬워요. 그 의사 말이 맞아요. 당신한테는 과대망상증이 있어요. 나 없이도 담판을 지을 수 있다고 생각하잖아요. 내일 진짜 아시아데를 만나러 가야겠어요. 당신 없이 이 문제를 해결하도록 하죠. 당신은 결혼할 때도 중개인이 필요한 사람이에요."

그는 마치 아버지라도 되는 듯 길게 이야기를 늘어놓았고, 존은 점점 작아지는 자신을 느꼈다.

마침내 존이 풀죽은 목소리로 입을 열었다.

"샘, 날 믿어 줘. 그 여자를 보는 순간, 솔직히 마음에 안 들었어."

그는 우울한 표정으로 고개를 흔들었고, 자동차가 비엔나를 향해 달리는 동안 창밖에 침을 뱉었다.

그러는 동안 앞 유리가 산산이 부서진 차 한 대가 링에 있는 집 앞에 멈춰 섰다. 아시아데는 계단을 뛰어 올라갔다. 마침 떠날 준비를 마친 하싸가 손에 모자를 들고 복도에 서 있었다.

"하싸!"

그녀는 흐느껴 울면서 큰 소리로 말했다.

"난 당신 친구 쿠르츠한테 무례한 행동을 했어요. 게다가 차를 들이받았고, 백 달러짜리 지폐를 찢었어요. 낯선 사람들에게 침도 뱉었어요. 이게 다 마리온 잘못이에요."

그녀는 비 오듯 눈물을 흘리며 하싸의 어깨에 얼굴을 묻었다.

하싸는 그녀의 떨리는 어깨와 울어서 빨개진 회색빛 눈동자를 바라보았다. 이 야성적인 여인은 의심할 나위 없이 그를 사랑했다. 비록 그것이 기이한 생각과 충동으로 가득한 낯설고 이질적인 사랑일지라도, 그건 틀림없는 사실이었다.

하싸는 아시아데의 머리칼을 어루만지면서 부드럽게 말했다.

"마리온은 없어. 마리온은 존재한 적도 없었어. 오직 아시아데가 있을 뿐이야."

그녀는 고마움이 가득 담긴 얼굴로 그를 올려다보았다.

"그래요. 오직 아시아데가 있을 뿐이에요. 그런 아시아데는 자기가 들이받은 차 번호를 적는 것도 잊었어요. 하싸, 화내지 말아요. 다시는 운전하지 않을게요."

6

샘 두스는 시가를 깨물면서 링 거리를 따라 천천히 걸었다. 그러다가

극장 앞에 발을 멈추고 못마땅한 표정으로 고개를 흔들었다. 존 롤랜드의 작품을 한 편도 상영하지 않는 걸 보면 비엔나는 보수적인 도시임에 틀림없었다.

"여름 성수기가 지나서 그렇겠지."

그는 화난 목소리로 투덜거리면서 다시 걸음을 옮겼다. 거리는 죄를 물을 정도로 넓었고, 집들은 수치스러울 정도로 낮았다. 유럽에 가자고 한 것은 참으로 어리석은 생각이었다. 멕시코나 쿠바로 갔어야 했으며, 존은 여자들로부터 멀리 떨어져 있어야 했다. 여자들은 오스만 일가 사람들에게 언제나 말썽만 일으키는 존재들이었다. 샘은 걸음을 멈추고 시가의 재를 털었다.

바워리가街(뉴욕 시의 큰 거리-역주)의 싸구려 여관에서 누더기를 걸친 채, 굶주림에 허덕이고 있는 압둘 케림 왕자를 처음으로 발견한 건, 지금으로부터 6년 전이었다. 샘은 영리한 그리스인의 직감으로 그것이 좋은 기회가 될 수 있음을 곧바로 알아차렸다. 그는 가엾은 압둘 케림 왕자를 배불리 먹였고, 존 롤랜드라는 새 이름도 지어 주었다. 그러나 풀을 먹인 하얀 셔츠와 얇은 여권 뒤에는 여전히 오스만가家의 다치기 쉬운 영혼이 살아 숨 쉬고 있었다.

'존은 술고래야. 그가 마음의 평화를 찾기 전까지는 언제나 지금처럼 살게 될 거야.'

샘은 이렇게 생각했다.

그는 눈살을 찌푸리며, 인류에 대한 사랑과 사업상의 계산이 함께 맞물려 나아갈 수 있다는 사실에 만족했다.

'앞으로 3년만 더 지금처럼 술을 마신다면 존은 헛것을 보고 말 거야. 오스만가家 사람들 중에 진정 강인한 체력을 가진 사람은 없었어. 더

이상 시나리오를 못 쓰게 되는 일이 생겨선 안 돼.'

샘은 농부의 아내가 가장 좋은 소를 향해 품는 애정과 같은 마음으로 존을 생각했다.

'좋은 아내라면 존을 도울 수 있을지도 몰라.'

그의 생각은 꼬리를 물고 이어졌다.

'겸손하고 조용하면서도 밤에는 그의 곁을 지켜 줄 수 있는 아내 말이야. 그리고 가끔씩은 고향에 대해 함께 이야기 나눌 수 있는 여자라야 해. 그러면 존은 영감을 얻게 될 거야. 하지만 지금의 존은 제정신이 아니야.'

샘 두스는 어깨를 으쓱해 보였다. 그는 자신의 고향에 대해선 생각하는 법이 없었다. 마침내 그는 자신을 향해 눈을 깜박이는 놋쇠 간판 앞에서 걸음을 멈추었다. 간판에는 '닥터 알렉산더 하싸, 이비인후과 전문의'라고 적혀 있었다. 그는 넓은 계단을 올라간 뒤 아시아데를 찾았다. 가정부는 그를 내닫이창이 나 있는 응접실로 안내했다.

샘 두스는 경험이 풍부한 대리인이자 수완 좋은 사업가였다. 절대 감정에 치우치거나 이성을 잃는 법이 없었다. 그러나 그는 지금 땅에 뿌리를 내린 듯 꼼짝 못하고 서서, 당혹감에 눈을 깜박이고 있었다.

백 달러짜리 지폐를 갈가리 찢었던 다혈질의 여인이 빙그레 웃으면서 샘을 바라보고 있었다.

"아!"

그는 잔뜩 겁먹은 얼굴로 주위를 둘러보았다. 그러나 그녀 가까이로 무거운 물건은 보이지 않았다.

"부인!"

그는 말문을 열긴 했지만, 미리 준비했던 말은 목에 걸려 나오지가 않았다.

"부인, 이렇게 귀찮게 해 드리는 것을 용서하십시오. 차 번호를 가지고 부인의 주소를 찾았습니다. 저와 제 친구는 부인을 언짢게 해 드린 것을 진심으로 유감스럽게 생각합니다."

"터키어로 말씀하시지 그래요?"

금발의 여인은 화난 얼굴로 그를 바라보며 말했다.

"이미 터키어로 제 가슴이랑 엉덩이에 대해 칭찬했잖아요?"

샘은 침울한 표정을 지었다. 그녀는 지금 당장이라도 놋쇠로 만든 명패를 들어 그에게 던질 수도 있었다. 아니면 그의 눈을 할퀼지도 모를 일이었다. 백 달러짜리 지폐를 찢는 여자라면 못할 일이 없는 법이었다.

샘은 자신이 구사할 수 있는 스탐불*식 터키어로 최대한 부드럽게 말했다.

"부인, 제가 비록 사막의 모래알보다 더 많은 죄를 저질렀다 해도, 부인의 관대함이라면 제 모든 죄를 햇빛 아래 안개가 사라지듯, 깨끗이 씻어낼 수 있을 겁니다. 부인, 술탄께서 위대한 사디가 죄를 범하고 있는 현장을 목격했을 때를 기억하십니까? 사디는 이렇게 외쳤습니다. '오, 술탄이시여! 부디 제가 범한 죄에만 주목해 주십시오. 그럼 저를 용서하실 수 있을 겁니다.'"

샘 두스는 영리한 사람이었다. 그러고 보면 그는 정말로 빠나르의 귀족들이 모여 사는 언덕에서 태어났는지도 모른다.

아시아데는 기쁜 얼굴로 손뼉을 치면서 큰 소리로 말했다.

"하싸! 이리 와 봐요!"

---

*터키의 골든혼 남쪽에 위치하며, 이스탄불에서 가장 오래된 지역으로 고대 비잔티움이었던 곳.

문이 열렸고, 하얀 가운을 입은 하싸가 들어왔다.

"이분은 어제 제가 들이받은 차에 타고 있던 외국인 두 분 중 한 분이세요. 사실은 이분들께 침까지 뱉었어요. 하지만 좋은 가르침을 받고 자란 분들이세요. 이스탄불 출신이시거든요. 게다가 제게 공손히 용서를 빌기까지 하셨어요. 하싸, 용서해도 될까요?"

"그래, 용서해 드려."

하싸가 대답했다. 그는 눈을 깜박이며 응접실에 서 있는 검은 머리칼의 뚱뚱한 남자를 보았다. 하싸는 앞으로 이 남자가 자신의 아내를 빼앗아 갈 것이며, 그의 가정과 평화를 파괴하려 한다는 사실을 모르고 있었다. 그리고 이 모든 것이 알코올진전섬망증*에 걸릴 위험이 있는 존 롤랜드라는 남자를 위해서라는 것도 모르고 있었다.

"존경하는 의사 선생님."

샘 두스는 최대한 겸손을 가장하며 말했다.

"저와 제 친구가 오늘밤 두 분을 모실 수만 있다면 더없이 기쁘겠습니다. 유럽에서 동포를 만나는 일은 흔치 않답니다."

아시아데는 대답을 기다리는 얼굴로 하싸를 바라보았다.

"당신만 가도록 해. 오늘은 의사 모임이 있는 화요일이잖아."

하싸가 대답했다.

샘 두스는 몹시 놀랐다. 유럽 남자들은 어리석기 짝이 없었다. 또한 알라는 어리석은 자를 벌하고, 지혜로운 자를 돕기 마련이었다. 이렇게 아름다운 금발 여인을 낯선 두 남자하고만 가도록 내버려 두다니! 샘은 조금도 양심의 가책을 느낄 필요가 없었다.

---

*장기간 음주하던 사람이 갑자기 음주를 중단 혹은 감량했을 때 나타나는 증상.

그는 고개 숙여 인사한 뒤 병원을 나섰다. 중매는 고대부터 전해 내려온 고귀한 직업이었다. 결혼 중매인에 대한 언급은 아시리아 설형문자판에 처음 나타나 있었다. 비잔티움*의 신성한 궁전에서는, 세계 각국에서 온 결혼 중매인들이 최고의 여인을 황제의 침대에 눕히기 위해 치열한 경쟁을 벌였다.

그리고 결혼을 성사시킨 중매인들은 한 지방 전체를 상으로 받았다. 이스탄불의 위대한 오스만 황제는 결혼 중매인을 나라 곳곳에 특파했고, 영주들과 파샤들은 황제에게 여자를 보냈다. 이처럼 결혼 중매인은 고대부터 존재해 왔으며 존경받을 만한 직업이었기에, 샘은 자부심을 느꼈다.

이윽고 해가 졌다. 아시아데는 미소를 짓고 있었으며 눈은 기쁨으로 빛났다. 그녀는 옷방 거울 앞에 서서 마치 홀笏**이라도 되는 양 립스틱을 들고 있었다. 터키인들은 참으로 기품 있는 민족이었다. 터키 남자들은 어떻게 여자를 대해야 하는지 잘 알고 있었으며, 심지어 자신들의 차를 들이받고 욕설을 퍼부은 여자에게도 깍듯이 예를 표했다. 아시아데는 립스틱을 발랐다. 오늘은 저녁 내내 터키어로 말하리라. 고향의 흙냄새를 느낄 수 있는 동포인 이상, 그들이 누구이건 아무런 문제가 되지 않았다. 그녀는 향수병을 열고 마개를 관자놀이에 갖다 댔다. 오늘밤 그녀는, 건장한 키잡이가 조종하여 아나톨리아에 있는 마을들과 마르마라 해海의 섬 주위를 도는, 작은 유람선에 대해 이야기를 나눌 것이다. 그러

---

*Byzantium, 보스포루스 해협의 서해안에 번영한 옛 도시. 오스만 제국이 멸망하고 터키공화국이 탄생하면서 수도를 앙카라로 옮긴 후로 쇠퇴하였다.
**왕조 때, 벼슬아치가 조현할 때 조복에 갖추어 손에 쥐던 패.

면 아시아 언덕의 흙먼지가 느껴질 것이며, 뜨거운 햇빛도 미치지 않는 머나먼 마을의 좁은 골목길을 걷는 기분일 것이다.

아시아데는 작은 솔을 들어 부드러운 속눈썹 위로 아이라인을 그렸다. 그녀는 친근한 모국어에 푹 빠져든 채 두 남자의 이야기를 들을 것이고, 그들은 사막에서 돌아오는 노란 눈의 낙타에 대해 이야기할 것이다.

"바로 내가 원하던 거야."

아시아데는 이렇게 말하면서 자신의 분홍빛 손톱을 바라보았다. 그녀는 자신이 무례하게 대했던 두 사람을 상냥하게 대하고 싶었다. 그들은 고향의 흙먼지를 발에 묻히고 온 동포이기 때문이었다.

이윽고 아시아데는 집을 나섰다. 호텔 로비에 있던 샘은 그녀가 나타나자 자리에서 일어섰다. 그의 옆에는, 존이 넋이 빠진 듯한 흐릿한 눈으로 먼 곳을 바라보고 있었다. 마침내 존은 아시아데와 눈을 마주치며 그녀의 손을 힘 있게 쥐었다. 그는 오스만가※의 매부리코로 그녀의 체취를 느끼면서 조용히 말했다.

"부인, 저는 당신의 노예입니다."

그들은 식당에 앉아 있었다. 종업원들이 조용히 시중을 드는 가운데, 존 롤랜드의 손은 미끄러지듯 접시 위를 움직였고, 경쾌하게 잔이 부딪치는 소리도 들렸다. 아시아데는 베를린에 계시는 아버지와 전쟁 중에 목숨을 잃은 오빠들, 그리고 보스포루스 해협을 끼고 있던 자신의 집에 대해 이야기했다.

"이스탄불을 떠난 지 한참 되셨나요?"

아시아데가 물었다.

그녀를 바라보던 존의 눈이 반쯤 내려진 눈꺼풀 뒤로 흐릿해졌다.

그는 이렇게 생각했다.

'대단한 여자야. 정말 대단한 여자야! 돈을 찢어 버리고 자신을 지킬 줄도 아니 말이야. 진정한 오스만의 여자야. 게다가 이스탄불 최고의 품위를 갖추고 있어. 직접 눈으로 보기 전에는 여자를 내주는 게 아닌데, 난 정말 어리석었어. 하지만 이젠 아니야. 잠자는 것보다는 기도하는 게 낫고, 술보다는 여자가 나은 법이지. 이 여자를 차지하고 말겠어.'

"네, 오래전에 이스탄불을 떠났습니다. 그러나 그곳 사람들이 잘 살고 있으며, 조국은 번창하고 군은 강하다는 소식을 들었죠. 이제 이스탄불에 더 이상 슬픔은 없습니다."

마침내 존이 입을 열었다.

"그리고 오스만도 없죠."

아시아데가 덧붙여 말했다.

"맞습니다. 이제 오스만은 없어요. 오직 터키인만이 있을 뿐이죠. 오스만家 사람들은 이빨이 다 빠져 버린 늙은 늑대와 다를 바 없었습니다."

존의 목소리는 매우 냉담하게 들렸다. 그 역시도 이스탄불 최고의 품위를 갖추고 있었던 것이다.

"그래도 그 사람들 나름대로의 장점이 있었어요."

샘은 존의 냉담한 목소리가 걱정되어 이렇게 말했다.

"하지만 장점이 있다고 해서 영원히 감사할 일만 생기는 건 아니야."

존은 말을 이었다.

"알라께서는 모든 걸 재고, 또 그 무게를 다시는 법입니다. 마침내 한계에 도달했던 겁니다."

"저는 오스만왕족과 정혼한 사이였어요. 비록 주인이 몰락했을지라도, 그 하인은 자신이 섬기던 사람에 대해 나쁘게 말해선 안 돼요."

골든혼의 여인 225

아시아데가 말했다.

"난 오스만왕가의 하인이었던 적이 없습니다. 하지만 당신은 오스만가家의 정혼자 대신 비엔나 남자와 결혼하기를 원했습니다. 그게 바로 한계에 도달했다는 증거죠!"

존 롤랜드가 눈을 치켜뜨면서 말했다.

"하지만 제 정혼자께선 절 원하지 않으셨어요."

아시아데는 냉정한 목소리로 말했다. 샘 두스는 갑자기 전화할 데가 있다는 사실을 기억했고, 어쩌면 전보를 보내야 할지도 모르겠다고 생각했다.

샘은 식당 밖으로 나가면서, 종업원에게 존의 침대맡 탁자에 위스키한 병을 갖다 놔 달라고 부탁했다. 그는 머리가 좋을뿐더러 친구를 배려할 줄도 아는 사람이었다.

"베를린에서 당신 아버지를 만났습니다. 안부를 전해 달라고 하시더군요."

존은 의자 팔걸이에 힘없이 팔을 늘어뜨린 채 조용히 말했다.

"아버지를 만났다고요? 제 아버지를 아세요?"

"물론입니다. 아주 오래전부터 알고 있죠. 처음 당신 아버지를 뵌 것은 바로 '행복의 문' 앞에서였습니다. 메메드 라시드 황제가 마호메트가 입던 외투에 처음으로 입을 맞추었을 때입니다. 아주 오래전 일이죠. 라마단이 시작되고 15일째 되던 날입니다. 우리는 '황제의 문'을 통해 안으로 들어갔습니다. 황제께서는 군 최고사령관의 제복을 입고 계셨고, 그 뒤로는 수상이 서 있었죠. 우리는 '신성한 외투의 방' 안으로 들어갔습니다. 그 넓은 방 안에는 온통 검은 천이 드리워 있었고, 그 위에 금빛 글씨로 코란의 구절들이 적혀 있었습니다. 방 한가운데에는 보석으로 뒤

덮인 상자가 하나 있었는데, 그 안에 마호메트의 외투가 들어 있었죠. 이렇게 옛 이야기를 듣는 게 지루하시겠군요. 다 오래전 일이고, 더구나 당신은 현대적인 여성이니 말입니다."

"아니에요, 계속하세요."

아시아데는 이렇게 말하고 나서 나이프와 포크를 접시 옆에 내려놓았다. 그녀의 얼굴은 빨갛게 달아올라 있었다. 아버지가 황제의 옆에 서서 행복의 문을 지나, 신성한 외투의 방으로 들어간 적이 있다는 것은 틀림없는 사실이었다.

"마호메트가 입던 외투는 금실로 수놓은 마흔 벌의 예복에 감싸여 있었습니다. 방 안은 촛불이 밝히고 있었죠. 실내는 무척이나 더웠고, 마호메트의 외투를 감싸고 있는 마흔 벌이나 되는 예복을 벗겨 내는 데 한참이 걸렸습니다. 몸이 편찮은 황제께서는 당신의 검으로 몸을 지탱하신 채, 눈을 감고 서 계셨습니다. 마침내 황제께서는 기도하신 뒤, 마호메트의 외투에 입을 맞추셨습니다. 황제의 뒤를 이어, 고관들도 한 명씩 차례로 외투에 입을 맞췄습니다. 당시 젊은 장군이었던 당신 아버지는 38번째였죠. 외투의 오른편에는 양손에 벨벳 쿠션을 든 황실 청지기가 서 있었습니다. 쿠션 위에는 실크로 만든 현장懸章이 놓여 있었지요. 청지기는 고관들이 입을 맞추고 나면 매번 실크 현장으로 외투를 닦았습니다. 그리고 고관들 모두 그 현장을 받았죠. 마침내 황실 하인들이 은으로 만든 물병을 들고 들어왔습니다. 하인들은 외투의 솔기를 물로 헹군 뒤, 그 물을 작은 병에 담았습니다. 그리고 참석한 사람들은 황실 봉랍封蠟으로 밀봉한 그 작은 병을 하나씩 받았습니다. 정말로 아름다운 날이었죠. 바로 그날 당신 아버지를 처음으로 본 겁니다."

넓은 식당 안에는 환하게 불이 밝혀져 있었고, 아시아데는 테이블을 바라보며 앉아 있었다. 그리고 하얀 연미복 차림에 흰 넥타이를 맨 급사장은 허리를 굽힌 채, 옆 테이블 앞에 서 있었다. 전채요리가 놓여 있는 왜건이 바퀴 소리를 내며 지나갔다. 존 롤랜드의 이야기는 마호메트의 영靈을 불러냈다. 아시아데의 환영 속에서, 마호메트는 비현실적이고 신비로운 유령이 되어 식당 안을 맴돌았다. 몸이 편찮은 황제는 검은 천이 드리운 캄캄한 방 안에서 자신의 검에 몸을 지탱하고 있었다. 그러다 갑자기 그녀 눈앞의 광경이 흐려지더니, 한데 녹아들었다. 몸이 편찮은 황제는 테이블 앞에 앉아 있었고, 그의 외투에는 물 대신 포도주가 쏟아지고 있었다.

"제 아버지를 본 건 그때 한 번뿐이었나요?"

"아닙니다. 그로부터 10년 후에 다시 한 번 만났죠. 이번엔 기수旗手인 '아이유브'의 사원에서였습니다.

"제 아버지가 메메드 라시드 황제의 시종 중 서열상 38번째였다면, 당신은 몇 번째였죠?"

아시아데는 천진난만한 목소리로 물었다.

"저 말입니까? 전 17번째였습니다."

두 사람은 아무 말도 하지 않았고, 옆 테이블에 앉은 손님은 한참이 걸려서야 저녁 식사를 주문했다.

"당신은 사기꾼이 틀림없어요. 하지만 상관없어요. 옛 이야기를 하는 건 기분 좋은 일이거든요."

아시아데가 나지막한 목소리로 말했다.

"나는 사기꾼이 아닙니다. 왜 나를 사기꾼으로 여기죠?"

존은 침울한 목소리로 말했다.

"그건, 왜냐하면…… 이유는 간단해요. 당신은 잘해야 마흔 정도로밖엔 안 보여요. 아버지가 황제의 시종 중에서 서열상 38번째였을 때, 당신은 기껏해야 스무 살도 안 됐을 거예요. 그런데도 17번째였다고요?"

"그렇다고 내가 사기꾼이라는 법은 없습니다."

그의 말투에는 조금도 불쾌한 기색이 없었다. 그는 잠시 동안 입을 다물고 있더니, 냉혹하고 날카로운 목소리로 말했다.

"황실의 왕자들은 시종이나 군의 요원보다 직위가 높은 법입니다."

"무슨 뜻이죠?"

놀란 아시아데의 눈은 몹시 불안해 보였다. 그리고 커다란 식당은 갑자기 감방처럼 변했다.

"그게 무슨 뜻이에요?"

아시아데는 같은 말을 되풀이했으나, 대답을 들을 필요가 없었기에 이내 입을 다물었다. 그녀는 기다란 얼굴과 넋이 빠진 듯한 옅은 색 눈동자, 코와 사악해 보이는 메마른 입술, 또 각진 이마를 바라보았다. 그의 얼굴은 가면처럼 보였고, 한 곳에 고정된 눈으로는 대못으로 꿰뚫는 듯 그녀를 바라보았다.

"안 돼요. 제발요, 이건 말도 안 돼요."

아시아데가 말했다.

그녀는 손등으로 입을 가렸고, 존 롤랜드는 아무 말도 하지 않았다. 돌처럼 굳어 있는 그의 얼굴은, 고대에 길을 잃고 헤매다가 불빛이 휘황찬란한 식당 안으로 굴러들어 온 조각상처럼 보였다.

"당신 아버지한테서 당신 주소를 받았습니다."

마침내 그가 입을 열었다.

"황제께서 당신을 내게 주셨지만, 이스탄불에서도, 미국에서도, 당신 생각은 하지 않았습니다. 하지만 당신을 바라보는 지금, 나는 당신 생각을 합니다. 당신은 왕자들의 어머니가 될 겁니다."

아시아데는 입을 다물고 있었다. 다만 미소가 가신 단호한 얼굴로 존 롤랜드를 바라볼 뿐이었다. 추방당한 왕자, 사라진 왕자는 그렇게 그녀 앞에 있었다. 그의 궁전에서는 소나무가 자라고 있었고, 그녀는 넓은 담 너머로 그 가지와 꼭대기를 보았었다. 청지기인 듯 보이는 뚱뚱한 환관이 테라스에 앉아 있는 모습도 여러 번 보았다. 왕자는 메메드 라시드의 뒤를 이어 마호메트의 외투에 입을 맞출 수 있는 17번째 사람이었다. 그리고 좁은 어깨를 가진 황제는 그녀가 왕자의 아내가 되도록 결정했었다. 그녀는 왕자의 사람이었으며, 그녀의 몸은 송두리째 왕자의 것이었다. 그녀는 한때 왕자를 위해 페르시아 시와 아랍 기도문을 배우며, 미개한 단어들이 만들어 내는 소리에 귀를 기울였었다.

"왕자님."

그녀는 말문을 열었지만 무슨 말을 더 해야 할지 알 수가 없었다. 현실은 거친 꿈처럼 혼란스럽기만 했다. 어디에선가 마리온의 거만한 웃음소리가 아련하게 들려오더니 곧 잦아들었다. 보스포루스 해협을 바라보고 있던 그녀의 집과 피처럼 새빨갛게 하늘을 물들이던 골든혼의 석양은 이제 다시 현실이 되었다. 사악해 보이는 가느다란 입술과 날카로운 눈매를 가진 존 롤랜드를 통해 구체적으로 형상화된 것이었다.

갑자기 그녀는 자리에서 일어나, 힘없이 늘어져 있는 그의 손을 잡고 각진 어깨에 입을 맞추고픈 욕망을 느꼈다.

"왕자님."

그녀는 다시 한 번 왕자를 부르면서 고개를 숙였다.

"저는 전하의 노예입니다. 전하가 가시는 곳이라면 어디든 따라가겠습니다."

그녀는 거칠고 격렬하면서, 고통스럽기까지 한 행복을 느끼며 고개를 들었다. 존은 입가에 미소를 머금고 있었다.

그가 말했다.

"고맙소. 당신 아버지가 딸을 잘 기르셨군요. 내일 5시까지 호텔로 오시오. 우리가 알아서 모든 준비를 해 두겠소."

그는 자리에서 일어나 호텔 문까지 그녀를 바래다주었다.

아시아데는 링 거리를 따라 걸었고, 아스팔트길은 폭신한 카펫처럼 느껴졌다. 상상할 수 없는 행복이 갑자기 그녀 앞에 모습을 드러냈다. 그 행복은 옅은 색 눈동자와 가느다란 입술을 가지고 있었으며, 이스탄불의 부드러운 사투리로 이야기했다. 그 행복은 갑자기 그녀의 것이 되었고, 자신의 팔다리처럼 떼어 놓을 수 없는 것이 돼 버렸다.

그녀는 집에 도착해서야, 자신이 결혼한 몸이며 자신의 이름이 아시아데 하싸라는 사실을 기억해 냈다. 그녀는 겁에 질린 채 주위를 둘러보았다. 그리고 나서 땅에 뿌리를 내린 듯 꼼짝 않고 서서, 온통 혼란스러운 마음에 고개를 흔들었다. 하싸라는 이름을 가진 남자는 엄연히 존재했으며, 그녀는 그와 결혼한 것이었다. 그녀는 몸을 돌려 잰걸음으로 공원을 향해 걸었다.

7

아시아데는 공원 산책로를 따라 정처 없이 걸었다. 모래와 자갈이 그녀의 발밑에서 자박자박 소리를 냈고, 잔디 위로 늘어진 나무 그림자는 바람에 흔들렸다. 연인들은 몸을 바싹 붙인 채, 외로워 보이는 벤치 위에 앉아 있었다. 그들은 부드러운 사랑의 밀어를 속삭이다가, 아시아데가 그들 앞을 지나갈 때면 잠시 동안 말을 멈추곤 했다. 그녀는 고개를 숙인 채 걸었다. 짙은 색의 나뭇가지들은 산책로 위에 아치 모양의 터널을 만들고 있었고, 발밑으로는 달빛을 받아 반짝이는 자갈들이 보였다.

이윽고, 그녀는 다리 위에 멈춰 서서 난간에 몸을 기댔다. 그리고 메말라 텅 비어 있는 강바닥을 바라보았다. 그곳의 뒤틀린 흙더미는 은빛을 띠고 있었다. 그녀는 산책로를 따라 똑같은 원을 그리면서 빙글빙글 돌았다.

그녀는 한때 차 안에 앉아 우월감을 느끼며 그녀에게 키스했던 하싸를 생각했다. 그 일이 있은 뒤 그는 비에 젖은 베를린의 거리에 서서, 초라한 모습으로 그녀에게 용서를 빌었다. 그게 언제였던가? 어제? 아니면 수세기 전이었던가? 그는 벡타쉬 성직자단의 성자를 구했고, 어느 더운 여름날 밤, 세르비아 호텔의 커다란 침대에서 그녀를 여자로 만들었다. 아시아데는 걸음을 멈추었다. 하늘에 떠 있는 달이 나뭇가지 사이로 아른아른 빛났다. 부드럽고 온화한 달빛은 하싸의 영혼처럼 느껴졌다. 그는 커다란 2인용 침대가 있는 침실에서 겁에 질려 애원하는 눈으로 그녀를 바라보며 서 있었다. 한때 마리온 역시 바로 그 침대에서 다른 남자를 꿈꾸며 잠을 잤던 것이다.

그렇다. 아시아데는 좋은 아내가 되기로 약속했고, 하싸의 곁에 누워 그를 떠난 마리온을 생각했었다. 마리온 앞에는 지옥의 문이 활짝 열려 있었다. 아시아데는 사랑의 속삭임으로 가득 찬 산책로를 빙글빙글 돌면서도, 자신이 제자리를 맴돌고 있다는 사실을 미처 깨닫지 못했다.

하싸는 알라를 믿지 않는 이교도였으며 감정의 세계에서는 무력한 존재였다. 그러나 그는 강한 손과 정교한 손가락을 가졌으며, 자신의 사랑이 만들고 있는 좁은 세계 안에서 만족해했다. 아시아데는 흰 가운을 입은 채 약 냄새를 풍기고 있는 그의 모습과, 카페에서 친구들에게 환자와 극장, 정치 등 단순한 이야기를 하고 있는 그의 모습을 보아 왔다. 그녀의 가슴과 그녀의 존재 자체는 하싸를 향한 사랑과 애정으로 가득 차올랐다. 그녀의 삶에 더 이상 하싸가 존재하지 않는다는 건 상상조차 할 수 없는 일이었다.

아시아데는 담배에 불을 붙였다. 작은 불꽃이 그녀의 얼굴을 환히 비추었다. 그녀는 담배를 피우면서 걸었고, 갑자기 불쑥 나타나서 그녀에 대한 권리를 주장하는 왕자가 견딜 수 없이 두려워졌다.

아주 먼 옛날, 아시아데의 조상들은 사막을 떠나 왕자의 조상들을 섬기는 노예가 되었다. 그녀는 자신의 조상들에게 은혜를 베풀어 준 왕자의 조상들께 감사해야 했다. 그녀가 공기를 들이마실 수 있는 것, 팔다리를 움직일 수 있는 것 모두가 왕자의 조상들 덕분이었다. 만약 그들의 뜻이 달랐다면, 그녀는 지금 농부의 아내나 스텝을 떠돌아다니는 미개한 여자가 되었을지도 모른다. 담배가 반짝거리며 타들어갔다. 아시아데는 점점 길어지는 담뱃재를 바라보면서, 자신의 조상들이 세계 정복을 위해 떠났던 사막의 타는 듯한 열기를 떠올렸다. 또한 위대한 오르칸과 성마른 무라드, 그리고 이집트에 진격한 뒤 자신의 넓은 어깨에 마호메트의 외투를 둘렀던 잔인한 셀림을 생각했다. 이제 왕국의 위대함은 모두 낯선 왕자 안에 깃들어 있었으며, 왕자는 힘없는 손으로 아시아데를 부르고 있었다. 그녀는 그를 따라가야 했으며 텅 빈 오스만 제국의 하녀가 돼야 했다. 신 앞에 여자로서의 당연한 의무를 다하듯, 겸손하고 순종하는 하녀가 되어야 했다.

아시아데는 담배를 바닥에 던진 뒤, 걷잡을 수 없는 두려움을 느끼면서 담배꽁초를 밟았다. 하싸에게 다른 여자를 찾아 줘야 할지도 모르겠다는 생각이 들었다. 그 여자는 잃어버린 왕국의 망령으로부터 자유로운, 하싸와 같은 부류의 여자여야 하리라. 또한 하싸가 바리톤을 치료하는 동안 카페에서 기다릴 수 있어야 하고, 마리온이 자신이 앉아 있는 테이블로 다가오더라도 달아나지 말아야 할 것이다.

아시아데는 주위를 둘러보았다. 자신이 떠밀려 들어온 이 낯선 도시, 이 낯선 세계가 갑자기 두렵게 느껴졌다. 그녀는 이 세계를 도무지 이해할 수 없었고, 이 세계는 그녀를 지루하게 만들었다. 그렇다, 그녀는 자신이 권태를 느끼고 있다는 사실을 너무 잘 알고 있었다. 내닫이창이 나 있는 방에서도, 의사들이 모여 있는 카페에서도, 그리고 그녀 자신이나 그녀의 아버지, 혹은 왕자와는 너무 다른 생각과 감정을 가진 사람들을 만날 때에도 권태를 느꼈다. 그녀는 예전에 왕자를 한 번도 만나 본 적이 없었다. 그런데도 왕자는, 늘 환자와 친구들에 둘러싸여 판에 박힌 대화를 나누는 하싸보다 더 친근하게 느껴졌다.

아시아데는 하싸가 카이로나 사라예보로 이민을 간다면 기꺼이 그의 곁에 머물겠노라 생각했다. 그는 자신의 조상들이 그러했듯 페즈모를 써야 할 것이다. 또한 그녀가 살아온 방식대로 생활하면서, 수도승들을 치료하고 회교 사원에 참배해야 할 것이다. 아시아데는 갑자기 걸음을 멈추었다. 머릿속이 너무나 혼란스러웠다. 그녀는 커다란 나무 그늘 아래에 놓인 텅 빈 벤치에 앉았다.

"맙소사!"

나지막하게 말하는 그녀의 손은 얼음장처럼 차가웠다. 하싸는 그녀의 남편이었고, 그녀는 그를 사랑했다. 아시아데가 하싸에게 순종하도록 강요한 사람은 아무도 없었다. 그런데도 그녀는 지금 공원 벤치에 앉아 마리온처럼 낯선 남자를 생각하고 있었다. 지금쯤 아시아데의 남편은 침대에 누운 채 애타게 그녀를 기다리고 있을 터였다. 아시아데는 왕자에게 가고 싶었고, 그건 그녀의 의무였다. 그러나 하싸의 그림자가 그녀를 따라다닐 것이 분명했다. 그 그림자는 아시아데가 왕자와 나란히 누워 있는 밤마다 그녀 곁에 머무를 것이며, 왕자와 이야기를 나누는 낮에도 그녀의 곁을 떠나지 않으리라. 하싸의 그림자는 그 어디를 가더라도 아시아데의 곁을 맴돌 테고, 그녀는 하싸의 눈과 얼굴을 떠올리며 소리 없는 질책을 느낄 것이다. 그리고 그가 그녀를 향해 내뱉는 저주의 말을 듣게 될 것이다.

아시아데는 두 손에 얼굴을 파묻었다. 막다른 골목에 다다른 듯한 고통으로부터 빠져나올 길은 아무 데도 없었다. 그녀는 자신이 감히 하싸의 곁을 떠나지 못하리라는 것과, 만약 떠난다면 감히 거울을 들여다볼 수 없으리라는 사실을 잘 알고 있었다.

아시아데는 길 잃은 아이의 심정으로 나무를 바라보았다. 의무와 수치, 명예와 욕망이 갑자기 한 덩어리로 헝클어지며 뒤섞였다. 아시아데는 자신의 의무감이 그녀를 왕자에게로 데려가는 것인지, 아니면 사랑이 그녀를 하싸 곁에 머물게 하는 것인지 더 이상 알 수가 없었다.

그러나 한 가지만은 확실했다. 남편을 떠난 거만한 마리온과 공원 벤치에 앉아 생각에 잠긴 채 캄캄한 어둠을 응시하고 있는 아시아데는 분명히 달랐다. 하지만 마리온에게 있어 그녀가 함께 떠났던 남자의 의미는, 아시아데에게 있어 새로이 만난 왕자가 갖는 의미와 같을지도 모른다.

아시아데는 한숨을 쉬었다. 결국, 불륜을 범한 마리온과 자신 사이에는 다를 것이 하나도 없었다. 하싸는 세 번째 아내를 맞지 않은 채 외롭고 슬픈 나날을 보낼 것이다. 그리고 모든 사람을 피하면서 혼자 외로이 거리를 거닐며, 충실한 아내가 되기로 약속해 놓고 결국 다른 남자와 떠나 버린 아시아데를 저주하리라.

아시아데는 새빨갛게 달아오른 얼굴로 자리에서 일어섰다. 그리고 나서 수치심에 사로잡힌 채 천천히 출구 쪽으로 걸음을 옮겼다. 그렇다, 이스탄불 고관의 딸과 남편을 배신한 마리온은 분명히 달랐다.

아시아데는 골똘히 생각에 잠긴 채 링 거리를 따라 걸었다. 이 먼지 낀 널찍한 길은 바로 그녀의 미래가 달린 곳이었다. 그녀는 앞으로 수십 년간 이 거리에 있는 카페에 앉아 있을 것이며, 해가 지면 차를 몰고 코벤츨에 갈 것이고, 하싸에게 키스하게 되리라. 또한 자신의 조국과 정체성을 잃게 되어, 영혼 또한 유럽이라는 세계에 녹아들게 될 것이다. 그럼에도 그녀는 자신의 남편을 떠나지 않을 것이고, 모든 사람의 얼굴을 똑바로 쳐다볼 수 있는 좋은 아내로 남을 것이다. 단, 자신을 불렀음에도 그 부름에 응하지 않았기에, 압둘 케림 왕자의 파리하고 외로워 보이는 얼굴만은 차마 마주 대할 수 없으리라.

마침내 집으로 돌아온 아시아데는 천천히 계단을 올라가 침실 문을 열었다. 방 안에는 아직도 불이 켜져 있었다. 하싸가 졸린 얼굴로 침대에 누운 채, 그녀의 책상에서 가져온 언어학 잡지를 뒤적이고 있었다. 그는 그녀를 올려다보며 미소 지었다.

"늦었군. 식사는 즐거웠어? 당신 잡지를 읽어 보려 했는데 도무지 무슨 소린지 모르겠어. 폴리스타디알리티가 도대체 뭐야?"

"뇌하수체종양을 언어학 용어로 바꿔 놓은 거예요. 그런 건 몰라도 괜찮아요. 그리고 고마워요. 식사는 즐거웠어요."

아시아데는 잠시 말을 멈췄다. 터키어로 생각하고 꿈꾸면서, 자신의 남편에게는 독일어로 말하는 것이 갑자기 너무나 이상하게 느껴졌다. 그녀는 슬그머니 밀려드는 불안감을 억누르면서 침대로 다가갔다. 그러자 하싸가 자리에 누운 채 그녀를 바라보았다.

"오늘밤 굉장히 아름다운걸, 아시아데. 정말 아름다워."

아시아데는 침대에 앉은 채로 몸을 굽혀 하싸의 이마에 키스했고, 그는 팔을 뻗어 그녀를 애무했다. 그녀는 그의 체취와 강인한 근육, 그리고 그가 만들어 내는 익숙한 사랑의 표현을 느꼈다. 그녀는 옷을 벗은 뒤 다시 침대에 앉아서, 다리를 오그리고 머리를 무릎에 닿도록 숙였다.

"정말 즐거운 시간이었어요. 우리는 옛날이야기를 하며 조국에 대한 이야기도 나눴어요. 하지만 여자에게 있어 진정한 조국은 남편의 침대죠."

하싸가 그녀를 끌어당기자, 아시아데는 두 손으로 그의 머리를 잡고 그에게로 바짝 다가갔다. 그녀는 그의 강한 팔 안에서 도움과 보호를 구하기라도 하듯, 그를 꼭 껴안고 그의 몸에 미끄러지듯 입을 맞췄다.

완전히 잠에서 깨어난 하싸는 그녀 안에 숨어 있던 열정에 완전히 압도되었다. 그녀의 눈은 겸손해 보이면서도 황홀감에 젖어 있었으며, 그녀의 몸은 목마른 사람처럼 무언가를 갈망하고 있었다. 그녀는 하싸의 것이었다. 맑은 피부와 얼굴 위로 흘러내리는 금빛 머리칼을 포함한 그녀의 모든 것이 그의 소유였다. 아시아데는 침대에 무릎을 꿇은 채, 하싸의 가슴에 머리를 대고 있었다. 그리고 야행성 동물처럼 울부짖으면서 천천히 몸을 앞뒤로 흔들었다.

"사랑해요, 하싸. 오직 당신만을 사랑해요."

그녀는 이렇게 말했고, 하싸는 그녀의 몸을 안고 하얀 시트 위에 눕혔다. 그런 후, 자신을 올려다보는 그녀의 진지한 눈과 꼭 다문 부드러운 입술을 마치 처음 보듯 바라보았다. 그러자 그의 머릿속에서 환자와 의사 협회, 피로감 따위가 모조리 사라져 버렸다. 오로지 그녀의 입에서 뿜어져 나오는 축축한 온기와 자신에게 모든 것을 내맡긴 그녀의 섬세한 몸을 느낄 뿐이었다. 잠시 후, 그녀는 두 손으로 그의 목을 감싼 채 아무 말 없이 침대에 앉아 있었다. 얼마 뒤, 그녀는 미소 띤 얼굴로 그를 바라보면서 애원하듯 부드럽게 말했다.

"하싸, 내 부탁 좀 들어줘요."

"그래, 아시아데."

"식당에 가면 찬장 안에 코냑이 한 병 있어요. 가서 그걸 가져올 테니 한 잔만 마셔요. 그래야 잠이 안 올 거예요. 당신이 자는 건 싫거든요. 당신이 눈 뜨고 있는 걸 보고 싶어요."

그녀는 맨발로 집 안을 가로질러 뛰었다. 그리고 이내 팔에 코냑 병을 끼고, 손에는 잔 하나를 든 채 침실로 돌아왔다. 그녀는 헝클어진 금빛 머리칼이 잠옷 속으로 들어가 있어서 남자 아이처럼 보였고, 얼굴은 첫 심부름을 하는 것에 몹시 흥분해 있는 나이 어린 종을 떠오르게 했다.

"같이 마시지."

하싸가 말했다.

"아뇨, 전 코냑 없이도 취할 수 있어요."

그녀는 잔을 채웠으며, 그는 천천히 코냑을 마셨다. 그녀는 다시 한 번 잔을 채웠다.

"날 유혹하고 있군. 이건 죄악이야. 코란은 술을 금하고 있잖아."

그는 소리 내어 웃었다.

"코란의 규율 중에는 아르데빌(이란 북서부의 도시-역주)의 위대한 학자, 세이크 이스마일에 의해 수정된 부분이 있어요. 그래서 술을 마셔도 괜찮은 때가 있죠."

하싸는 코냑을 마셨고, 아시아데는 침대 위에 책상다리를 하고 앉아 술병을 바라보았다.

"이제 정신이 번쩍 들었어, 아시아데. 하지만 당신이 명령한다면 계속 마실게."

"그래요."

그녀는 무릎 위로 양손을 끼고 말했다.

"저 때문에 불행해지는 일은 없을 거예요, 하싸."

그녀의 목소리는 간절하게 들렸다.

"당신을 행복하게 해 줄 수만 있다면 무슨 일이든 하겠어요. 언제라도요."

하싸는 적잖이 놀라워하며 감동했다.

"고마워. 나도 당신을 행복하게 해 주겠어. 내가 당신한테 잘하고 있는 것 같아?"

"당신은 저한테 너무 잘해 줘요. 하지만 언제 여자가 행복한 줄 아세요? 여자는 남편의 웃는 눈을 바라보면서, 그게 자신 때문이라는 것을 알 때 행복을 느끼죠. 당신을 슬프게 만드는 일은 절대로 하지 않을 거예요. 나는 마리온이 아니거든요."

하싸는 이제 직접 잔을 채웠다. 그리고 침대에서 일어나 아주 기분 좋은 표정으로 그녀 곁에 앉았다.

"마리온은 바보야. 한때는 그 여자를 정말 사랑했어. 하지만 이젠 아니야. 지금 난 당신을 사랑해. 마리온의 상황은 점점 나빠지고 있어. 불쌍하게 여겨야겠지만 그런 기분이 전혀 안 들어. 프리츠가 떠났대. 결국 이렇게 될 건 불 보듯 뻔한 일이었어. 이제 마리온은 다시 혼자가 됐으니, 아름다운 것도 다 소용없는 일이야. 하지만 난 아시아데가 있어서 행복해."

"신은 행실이 나쁜 사람을 벌하는 법이에요."

아시아데는 빙그레 웃으면서 혀로 입술을 핥았다. 그러나 그녀는 마리온이 다시 혼자가 됐다는 사실을 기억해 두었다.

"이제 충분히 마셨나요, 하싸?"

"그래."

"그럼 제 얘기를 들어 보세요."

그녀는 한쪽으로 고개를 기울인 채, 경건하면서도 천진난만한 얼굴로 아래를 내려다보았다.

"이제 우리가 결혼한 지도 한참 됐어요, 하싸. 아이를 가질 때가 된 것 같아요."

"아……"

하싸는 불편한 목소리로 말하면서 코냑 병을 곁눈질했다. 그러자 아시아데는 병을 치운 뒤 조용히 자리에 앉았다.

"아이라고?"

하싸는 이렇게 물으면서 이불 속으로 들어갔다.

"네. 신의 도움으로 첫아이를 낳고, 둘째 아이를 낳고, 또 더 많은 아이를 낳는 거예요."

"당신 말이 맞아. 물론 그래야지."

하싸는 말을 이었다.

"하지만 아이 낳을 때 얼마나 아픈지 알아?"

아시아데는 고개를 끄덕였다.

"제 어머니도 똑같은 아픔을 겪으셨어요. 제 할머니랑 증조할머니도 마찬가지셨고요. 아무리 아파도 그보다 더하지는 않을 거예요."

"그야 그렇지."

하싸는 자신이 아버지가 되는 것을 그토록 두려워하는 이유를 알 수 없었다. 그는 어렸을 때 학교를 무서워했던 것과 마찬가지로 아이들이 무서울 뿐이었다. 물론 그도 아이를 원했으나, 지금은 아니었다. 정확히 언제라고 말할 수는 없지만 언젠가는 아이를 가지리라.

"내 말 좀 들어 봐."

그는 당황한 표정으로 말했다.

"아이들을 잘 키울 수 있다는 확신이 없는 한, 아이를 낳고 싶지 않아. 그리고 당신도 편안하게 잘 지낼 수 있기를 원해. 현재로선 실제 진료비를 내는 사람이 세 명 중 한 명꼴이야. 게다가 수술 열 건 중 여덟 건은 정부의 의료보험으로 이루어지. 만약 아이 한 명이 태어난다면 차를 팔아야 할 거고, 두 명이 되면 가정부 한 명을 내보내야 할 거야. 셋으로 늘어난다면 작은 집으로 이사를 가야겠지. 당신이나 아이들이 고생하는 건 싫어. 그러니까 상황이 좀 더 나아질 때까지 기다리자고. 그때는 아이를 다섯 명 갖겠다고 약속할게."

하싸는 장황한 연설에 기운이 빠졌고, 아시아데는 날카롭게 그를 바라보았다.

"지금껏 자동차나 하녀 없이 살아왔지만 그런 대로 행복했어요. 아이를 원치 않는 건 당신 자신이 아직도 아이나 다름없기 때문이에요. 다른 이유는 없어요. 하싸, 난 언제나 당신을 위해서 여기 이렇게 있어요. 거기서 행복을 느끼죠. 하지만 난 당신의 연인이기 이전에 당신의 아내예요."

하싸는 그녀의 마지막 말을 듣지 않으려 했다.

"자동차도 하녀도 없었을 때, 당신은 내 아내가 아니었어. 하지만 지금은 내 아내이고, 내겐 당신을 보살필 의무가 있어."

"그런 건 핑계가 못 돼요."

그녀는 여전히 책상다리를 한 채, 양손을 끼고 앉아 있었다.

"자동차나 하녀가 없었을 때도 전 여전히 황실 장관의 딸이었고, 왕자의 약혼녀였어요."

"당신의 왕자님은 지금쯤 할리우드에서 엑스트라 노릇이나 하고 있을걸. 동양을 무대로 한 영화에서 환관 역할이나 하고 있을 테지."

하싸는 소리 내어 웃었다.

"당신은 정말 어리석은 아이 같군요."

아시아데는 그의 귀를 잡고 흔들면서 큰 소리로 외쳤다.

"당신은 내 남편인 동시에 아이이길 원해요. 날 화나게 하면 남은 코냑을 모조리 당신 입에 쏟아 붓겠어요. 그럼 내일 머리가 깨질 듯 아플 거고, 당신 가수들을 치료할 수도 없겠죠."

"당신도 날 화나게만 해 봐."

하싸는 두 손으로 그녀의 얼굴을 감싸면서 말했다.

"날 화나게 하면 수술실로 끌고 가서 편도선을 떼어 버리겠어. 그럼 일주일 동안 아무 말도 못하고 침대에 누워 있어야 할 거야. 그러고 나면 정신을 차리겠지."

"당신은 지독한 사람이에요."

아시아데는 소리 내 웃으면서 그의 귀를 놓았다. 그가 베개 위에 머리를 대고 눕자, 그녀는 불을 껐다.

"그만 자요."

그녀는 이렇게 말했고, 하싸는 미래를 내다보지 못했기에 조용히 잠들었다.

그러나 아시아데는 좀처럼 잠을 이루지 못했다. 생각이 꼬리에 꼬리를 물고 이어지면서 계속 제자리를 맴돌았다. 인생은 정답을 찾을 수 없는 수수께끼 같았다. 오래전, 아나톨리아의 마을과 투르키스탄의 스텝 지역, 그리고 머나먼 유목민들의 거주 지역에 사는 여자들은 일 년에 한 번씩 관목 지대나 검은 펠트 텐트 안으로 들어갔다. 그리고 남자들은 활활 타오르는 불을 가운데 두고 둘러앉아 기도를 했으며, 여자들은 바닥에 누워 아이를 낳았다. 그러면 남자들이 다가와서 탯줄을 잘랐고, 세상에 태어난 아기는 발길질하며 작은 입술을 제 어미의 젖가슴을 향해 내밀었다. 유목민의 천막 안에 하인이란 존재하지 않았으며, 다리 네 개에 기다란 주둥이를 가진 그들의 차는 낙타라고 불렸다.

아시아데는 한숨을 내쉬었다. 발길질하면서 제 어미의 젖가슴을 찾는 아이보다 왜 낙타가 더 중요한지 도무지 이해할 수가 없었다. 그녀는 눈을 감았다. 잠시 동안 마리온의 활처럼 휘어진 눈썹과, 자신의 주인이 되도록 운명 지어진, 흐릿하고 심술궂은 눈을 가진 왕자의 모습이 스쳐 지나갔다. 이윽고 그녀도 잠이 들었다.

8

"시간을 잘 지키니 정말 좋군요, 부인."
존 롤랜드는 호텔 테라스에 있는 자리에서 일어서며 말했다.
"앉으십시오."

그는 자기 의자를 옆으로 옮기면서, 전에 없이 공손하고 수다스런 말투로 이야기를 계속했다.

"부인, 당신도 알겠지만 나와 내 친구는 눈에 보이는 세계에 대해서만 대화를 나눌 수 있답니다. 우리는 감정의 세계에 있어서만큼은 벙어리이며 귀머거리죠. 하지만 나는 당신을 아주 많이 사랑할 겁니다, 부인. 내 안에는 지금까지 그 누구에게도 낭비한 적이 없는 사랑이 가득 고여 있습니다."

아시아데는 아무런 대답도 하지 않았다. 왕자가 자신을 부인이라고 부르는 것도, 낭비하지 않고 모아 둔 사랑이 있다는 것도, 그저 이상하게만 들렸다.

"이제 곧 출발할 겁니다."

이렇게 말하는 존 롤랜드의 흐릿한 눈 속에 희미하게나마 애정이 깃들어 있는 듯 보였다.

"오늘 전보 한 통을 받았습니다. 영화제작사로부터 시나리오 한 편을 부탁받았어요. 제목은 〈사막의 연인〉 정도가 될 겁니다. 내게 현장 스케치를 담아 오라는군요. 그래서 나를 리비아*사막에 있는 가다메스(리비아 북서부의 도시-역주)로 보내는 거예요. 하지만 혼자 가는 건 내키지가 않는군요. 나와 같이 갑시다. 앞으로 두 달 동안, 천막에서 자고 낙타 젖을 먹으면서 유목민처럼 지내게 될 겁니다. 그건 우리 둘의 신혼여행이 될 거예요. 그 다음엔 뉴욕으로 갑시다. 당신은 그곳에서 첫 왕자를 낳게 될

---

* 리비아Libya는 아프리카 북부 지중해 연안의 공화국이다. 본래 유목민 베르베르인이 살았고, 아랍어가 공용어이며, 국교는 이슬람교이다. 아랍인에게 정복된 뒤로 이슬람 문화권이 되었고 16세기에 오스만 세력의 지배를 받았다. 이후 튀르크와 이탈리아 간의 다툼의 장이 되었으며, 1912경 이탈리아에 의해 식민지화되고 리비아로 칭하게 되었다. 제2차 세계대전 때에는 격전지가 되기도 했다.

겁니다. 그리고 나서 캘리포니아로 이사하여 방갈로에서 사는 거죠. 제국이 몰락하고 온 세상이 무너져 버린 듯했을 때, 인생도 끝났다고 생각했습니다. 어떻게 미국에 도착했는지 이젠 더 이상 기억나지도 않는군요. 나는 그곳에서 굶주림에 허덕이고 있었습니다. 그건 아주 불쾌한 경험이었죠. 하지만 난 배고프다는 사실조차도 깨닫지 못했습니다. 이 세상에 나를 위한 자리는 더 이상 없다고 생각했죠. 시간이 얼마나 흘렀을까, 샘이 나를 돕기 시작했어요. 그때부터 더 이상 배고픔은 모르고 지냈지만 인생에 아무런 의미를 못 느끼기는 마찬가지였지요. 하지만 지금부턴 모든 게 다를 겁니다."

존은 스스로의 말에 도취되어 이야기를 계속했다. 그렇다. 조국이 없는 자는 꿈꾸고, 일하고, 두통을 느끼고, 죽음을 생각해야 했다. 여자 또한 좋은 위스키보다도 못한 시끄러운 장난감에 불과했다. 그러나 지금 그의 눈앞에 앉아 있는 여인은 그냥 여자가 아니었으며, 시끄러운 장난감도 아니었다. 그녀는 하늘이 내려 준 선물이었고, 바다 위를 떠돌아다니는 것 같은 외국 생활 중에, 사라진 조국이 압둘 케림 왕자를 돕기 위해 갑자기 보낸 사람이었다.

최초의 오스만들은 한곳에 정착하기 이전에 아시아 전역을 떠돌아다니던 유목민이었다. 이것이 바로 그들이 범한 실수였다. 유목민에게 본래 조국이란 없는 법이었다. 만약 조국이 있다면 그건 바로 그들의 천막이며, 천막을 치는 곳마다 바로 그들의 조국이 되었던 것이다. 아시아데는 존 롤랜드의 천막이 될 터였다.

"며칠 후면 멀리 가 있게 될 겁니다, 부인. 곧장 리비아로 갑시다."

아시아데는 얼굴을 돌렸다. 그리고 유목민의 검은 천막이 쳐져 있을 리비아를 떠올렸다. 왕자와 함께한다면 첫 왕자는 뉴욕에서 태어날 것이다. 그녀는 한껏 용기를 내어 존 롤랜드의 야윈 얼굴을 바라보았다. 그 얼굴은 놀라울 정도로 아름다웠다.

아시아데가 말했다.

"전하, 베를린에서 머물고 있을 때, 제 비천한 사랑을 바치겠다는 내용의 편지 한 통을 전하께 보냈습니다. 그러나 전하께서는 저와의 인연을 영원히 끊겠다는 답장을 주셨습니다. 그리하여 전 다른 남자를 만났고, 그 남자는 저를 필요로 합니다. 전하 자신의 가정을 파괴하신 뒤에 다른 남자의 가정까지 파괴하시려는 건 옳지 않습니다. 저는 전하를 따라갈 수 없습니다."

아시아데는 존 롤랜드의 눈을 똑바로 들여다보면서 부드럽게 말했다. 존은 격한 표정으로 얼굴을 붉혔고 커다랗게 치켜뜬 눈을 번득였다.

"답장을 보내긴 했지만 그때는 당신을 몰랐을 때요. 게다가 다른 사람의 가정을 파괴하는 건 부당한 일이 아닙니다. 현존하는 모든 것은 과거의 폐허 위에 세워졌습니다. 파티 마호메트는 비잔티움을 파괴하고 그 위에 이스탄불을 세웠죠. 비잔티움이 폐허가 되지 않았다면 오스만 제국은 절대 존재하지 못했을 겁니다. 당신 남편이 대체 누굽니까? 자기가 가진 것의 가치를 모르는 이교도에 불과합니다. 장담하건대, 당신 두 사람은 영원히 남남처럼 살게 될 겁니다. 그러나 나는 당신을 사랑합니다."

존 롤랜드는 그녀가 공원에서 보낸 밤과, 그날 밤 늦게 그녀가 하싸의 침대에 앉았을 때, 그리고 하싸가 코냑을 마시면서 마리온에 대해 이야기했을 때 있었던 일들을 알고 있기라도 하듯 이렇게 말했다.

아시아데의 입가에 희미한 미소가 떠올랐다. 이스탄불에서 태어난 여인에게 인생은 참으로 살기 어려운 것이었다.

"저는 전하의 사람이 아닙니다."

그녀는 단호한 목소리로 말했다.

"전하는 정식으로 저와의 인연을 끊으셨습니다. 저는 이제 오스트리아인이고, 오스트리아 남자의 아내입니다. 그리고 신께서 원하신다면 장차 오스트리아 아이들의 엄마가 될 겁니다. 이미 늦은 일입니다, 전하. 전사들은 남의 집을 파괴할망정, 남의 아내에게 도움을 청하지는 않습니다. 또한 제 남편은 이교도가 아닙니다. 그는 삶과 죽음을 지배하는 사람이며, 사라예보의 신앙심 깊은 가정에서 태어났습니다."

마침내 아시아데가 이야기를 마쳤다. 존 롤랜드의 얼굴은 잿빛으로 변했고, 볼은 움푹 패었으며 관자놀이는 일그러졌다. 그의 눈빛 또한 흐려지면서 거만하고 낯설어 보였다. 그녀는 그런 존 롤랜드를 바라보면서 그가 그동안 살아온 과정을 짐작할 수 있었다.

존 롤랜드는 추방당한 몸으로 걸인 신세가 되어, 키 없는 배처럼 세계를 떠돌아다녔다. 그는 한때 보스포루스 해협을 마주한 궁전 안에서 외출이 금지된 채, 바깥세상에 대해 아무것도 모르는 죄수와 다를 바 없는 생활을 했었다. 그리고 이 이국땅에서는 벌거벗은 사람이 되어 입을 옷을 구걸하며 다녔다. 오래된 부족의 나약함이 그 안에 고스란히 담겨 있었다. 아시아데는 갑작스레 사랑과 연민의 감정이 차오르는 것을 느꼈다. 그녀는 존 롤랜드를 향해 몸을 숙이고 그의 손을 잡았다.

"압둘 케림, 어쩔 수가 없어요. 그렇게 해서도 안 되고요. 이해 못하시겠어요? 저도 당신을 사랑하는 것 같지만, 지금은 당신께 다가갈 수가 없어요."

그는 캐묻는 듯한 눈으로 말없이 그녀를 바라보았다.

"잠깐만요."

아시아데는 자신이 무슨 말을 하고 있는지 더는 알 수가 없었다. 다만 그의 손을 잡은 채, 알 수 없는 외부의 힘에 이끌리는 기분을 느낄 뿐이었다.

"잠깐만요."

그녀는 눈이 부실 정도로 애처로운 광경에 사로잡힌 채, 같은 말을 되풀이했다. 그러고 나서 절망적인 목소리로 외쳤다.

"제 남편이 저와의 인연을 끊으려 할지도 몰라요. 그럼 그때는 당신께 가겠어요, 압둘 케림. 하지만 제 손으로 저의 가정을 파괴할 순 없어요."

존 롤랜드는 큰 소리로 웃으면서 아시아데가 잡고 있던 손을 뺐다. 그리고 상체를 꼿꼿이 세우고 앉아 말했다.

"대단하군요, 부인. 신성한 오스만家의 사람이, 개와 다를 바 없는 이교도가 자기 아내를 버리기로 마음먹을 때까지 기다려야 한단 말입니까? 당신은 나를 사랑합니다. 그건 부인할 수 없어요. 또한 내게로 오길 원하죠. 당신의 눈과 손, 입술에서 나에 대한 사랑을 느낄 수 있습니다. 당신은 배를 타고 보스포루스에 있는 내 집 앞을 지날 때도 나를 사랑했고, 베를린에서 내게 편지를 쓸 때도 나를 사랑했으며, 내 앞에 앉아 있는 지금도 나를 사랑하고 있어요. 나를 사랑하는 건 당신의 의무입니다. 그러나 당신은 겁쟁이예요. 오스만家의 사람은 용감해야 합니다."

아시아데는 아무 대답도 하지 않았다. 하지만 그의 말을 들으면서 침묵하고 있는 것은 대단한 용기가 필요한 일이었다.

존은 자리에서 일어섰다.

"나는 당신의 노예입니다, 부인."

그는 이스탄불 궁전에서 사용되던 공손한 억양으로 말했다.

"웃으면서 떠나십시오, 왕자님."

아시아데의 입술은 미리 준비해 두었던 말을 기계적으로 만들어 냈다. 그녀는 어깨를 움츠린 채, 허공을 바라보면서 그대로 자리에 앉아 있었다.

압둘 케림은 홀을 가로지른 뒤 계단을 올라갔다. 그는 그 계단을 밟는 순간 벌써 존 롤랜드로 되돌아가 있었다. 다음 작품을 위해서 리비아로 현장스케치를 하러 가는, 알코올중독자인 시나리오작가로 돌아온 것이었다. 방에 들어서자, 안락의자에 앉아 있던 샘 두스가 호기심 어린 눈으로 그를 올려다보았다. 침대 옆에 놓인 탁자에는 아직 손대지 않은 위스키 한 병이 놓여 있었다. 존 롤랜드는 어젯밤 갈증을 느끼지 않았던 것이다. 그러나 지금 그는 탁자로 다가가 큰 컵에 위스키를 가득 채우더니, 단숨에 들이마셨다.

"아!"

샘은 이미 모든 상황을 이해했다.

"나는 개야."

존은 다시 한 번 잔을 채우며 말했다.

"내 조상들은 세 대륙을 정복했었어. 그런데 나는 여자 한 명도 정복하지 못하다니!"

그는 침대에 걸터앉았다.

"여자 따위는 필요 없어. 집도 필요 없어. 위스키만 있으면 돼.

존은 퉁명스럽게 말했다.

존은 다시 술을 마셨다. 샘은 다시 "아!"하고 말한 후, 역시 술을 마시기 시작했다. 그러나 그는 작은 잔에 술을 따라서 홀짝거렸다.

'이제 존이 화가 나서 날뛰게 생겼군.'

샘은 이렇게 생각했다.

"꼭 그 여자라야 할 필요가 뭐 있나요? 세상에 널린 게 여자예요. 아프리카에 가면 당신 노예가 될 여자를 구해 줄게요. 리비아로 가요. 유럽은 당신이 있을 곳이 못 돼요."

샘이 말했다.

존은 술잔을 뚫어져라 바라보더니, 갑작스레 말문을 열었다.

"리비아로 가세. 술주정뱅이한테는 여자도, 세 대륙도, 보스포루스의 궁전도 필요 없어."

그는 옷을 벗기 시작했다.

"난 좀 자야겠어, 샘. 베를린에 있는 파샤한테 딸을 잘못 키웠다고 전보를 쳐 줘. 아주 잘못 키웠다고 말이야. 지금 당장!"

샘은 자리에서 일어서며 불만스런 표정으로 고개를 흔들었다. 존을 보고 있자니, 그의 조상들이 어떻게 비잔티움을 정복했는지 도무지 상상할 수가 없었다.

샘이 말했다.

"그만 자도록 해요. 왕자의 하렘을 관리하는 건 내 할 일이 아니지만 기꺼이 해 드리죠. 난 워낙 좋은 사람인 데다가 당신들이 비잔티움을 파괴한 것도 용서했으니까요. 일이 정말 우습게 돌아가는군요. 하지만 사흘 안에 다 정상적으로 만들어 놓겠어요."

샘은 방에서 나갔고, 존은 침대에 쓰러지듯 누웠다.

샘은 오페라극장 근처에 있는 카페 안으로 들어가서, 한참 동안 터키 커피를 홀짝거리며 앉아 있었다. 카페 안에 앉아 있는 샘을 보면서 그가 열심히 일하는 중이란 것을 눈치 챌 사람은 아무도 없었다.

샘은 영리한 사람이었다. 그리고 존에게, 오스만이 실패한 일을 그리스인은 해낼 수 있다는 걸 보여 주고 싶었다. 급사장이 샘에게 인사했을 때, 그는 10실링짜리 지폐를 느슨하게 손에 쥔 채 몹시 지루한 표정을 지었다. 그러면서 나이, 과거, 습관, 교우관계 등 하싸에 대한 모든 것을 알아냈다. 이야기가 끝나자, 샘은 10실링짜리 지폐를 다시 주머니에 넣은 뒤 급사장에게 공손하게 인사했다. 그리고 나서 외과의 마테스와 정형외과 의사 작스가 앉아 있는 테이블 쪽으로 걸어갔다. 두 사람은 외과 수술과 정형외과 수술의 차이점에 대해 논쟁을 벌이고 있었다. 샘은 두 사람에게 자기소개를 했다.

"뉴욕에서 영화 관련 일을 하고 있는 샘 두스라고 합니다."

의사들의 얼굴에는 반가운 기색이 역력했다. 샘은 자리에 앉아 거만한 미소를 띤 채, 자신의 회사가 학교 상영을 목적으로 의학 관련 영화를 제작하려 한다고 말했다.

"제가 비엔나에 온 이유는, 의학과 관련된 부분을 비엔나 의료진의 감수하에 촬영하고 싶어서입니다."

의사들은 큰 관심을 갖고 이야기를 들으면서 자신들이 상류 사회에 합류하는 것 같은 기분을 느꼈다. 대화는 자연스럽게 전체 의사들에 대한 이야기로 이어지더니 이비인후과와 관련된 이야기로 넘어갔고, 마침내 하싸의 사생활까지 거론하기 시작했다.

한 시간가량 대화가 오간 뒤, 샘 두스는 자리에서 일어서며 의미심장한 말로 감사를 표시했다.

"영화와 관련해서 한번 자리를 같이 하도록 합시다."

다음날 아침, 샘 두스는 전화박스 안에서 하싸의 집으로 전화를 걸었다.

"저는 트레번코르(인도 서남부의 옛 토후국土侯國-역주)의 대왕입니다."

그는 수화기에 대고 숨 가쁜 소리를 냈다.

"귀에서 너무나 시끄럽게 윙윙대는 소리가 납니다. 언제 의사 선생님을 뵐 수 있을까요?"

"선생님은 지금 병원에 계세요. 세 시간 후에나 집에 오실 겁니다."

샘은 흐뭇해하며 수화기를 내려놓은 뒤, 하싸의 집으로 갔다. 아시아데는 응접실 한쪽 구석에 놓인 소파에 쪼그리고 앉아 있었다. 샘이 고개 숙여 인사했다. 아시아데의 입술은 조금 부어 있었고, 볼에는 핏기가 없었다.

"신께서 이 가정을 지켜 주시길!"

그는 관례에 따라 이렇게 말했다.

"제 가정을 파괴하지 못해 안달이 난 사람이 어떻게 그런 말을 하죠!"

"저는 주인을 섬길 뿐입니다."

샘은 커다랗고 음울한 눈으로 힘주어 말했다.

"많은 오스만가家의 사람들은 살인자의 손에 의해 죽음을 맞았습니다. 그러나 그 살인자가 여자였던 경우는 매우 드물었죠."

"난 살인자가 아니에요."

아시아데는 벌떡 일어서더니, 방 안을 이리저리 서성였다. 그녀의 입술이 떨리고 있었다.

"난 당신들을 부르지 않았어요! 단지 내 의무를 다하고 있을 뿐이에요. 나는 한 남자의 아내라고요."

샘은 조용히 그녀를 바라보다가, 의무란 책임에 대한 두려움과 상상력의 결핍이라는 두 가지 모습을 가졌다고 말했다. 만약 터키인들이 자신들의 의무를 다하기 위해 아랍인의 충실한 용병으로 남아 있었다면,

모두를 두려움에 떨게 하는 위대한 이름을 결코 얻지 못했을 거라는 말도 덧붙였다.

아시아데는 입을 벌린 채, 방 한가운데에 멈춰 섰다.

"하지만 난 사람들이 두려워하는 위대한 이름 같은 건 원치 않아요! 날 좀 내버려 두세요!"

샘은 슬픈 미소를 지었다.

"압둘 케림의 형과 아버지, 할아버지는 비극적인 죽음을 맞았습니다. 압둘 케림은 도움을 구하고 있어요. 그런데도 당신은 그 사람을 구렁텅이에 던져 넣고 있는 겁니다. 당신은 압둘 케림의 조상들을 죽음으로 몰고 간 사람들보다 나을 게 하나 없어요."

아시아데는 쿠션 위에 웅크리고 앉아, 입을 벌린 채 조용히 눈물을 흘렸다.

"어쩔 수가 없어요."

그녀는 몹시 괴로운 모습으로 말했다.

"저로서도 어쩔 수 없다는 걸 모르시겠어요?"

그녀는 눈물을 닦더니 갑자기 단호한 목소리로 말했다.

"자기 손으로 남편을 고르고, 충실한 아내가 되겠다고 맹세한 여자가 그 남편을 떠난다고 생각해 보세요. 그것도 아무런 이유 없이, 단지 돈 많은 외국인이 남편보다 좋기 때문이라고 생각해 보세요. 그런 여자를 뭐라고 부르는지 아시죠? 그런 이들을 가리키는 아주 나쁜 말들이 있잖아요. 율법에 따르면, 그런 여자는 눈에 보이는 이승에선 돌에 맞아 죽어야 하죠. 그리고 저승에선 영원한 몰락의 길을 걷게 될 거라고 쓰여 있어요. 칼리프 가문의 남자라면 여자를 파멸의 길로 이끌어서는 안 돼요. 오히려 여자를 불쌍히 여길 줄 알아야 해요."

샘은 펄쩍 뛰었다. 이 터키 여인은 정말 감당하기가 어려웠다.

그는 큰 소리로 말했다.

"부인! 당신은 정말 성인 같은 분이시로군요. 당신의 고결한 도덕성에 깊이 고개를 숙이며, 진심으로 경의를 표합니다. 더 이상 아무 말도 하지 않겠습니다. 그러나 저 또한 해야 할 의무가 있습니다."

그는 새빨갛게 달아오른 얼굴로 주먹을 굳게 쥐었다.

"원한다면 여기에 계십시오. 그러나 당신이 누구와 함께 사는지 정도는 알아야 할 겁니다. 하싸 씨는 자신의 조상들을 부끄러워할 뿐만 아니라 그들과의 인연을 끊었습니다. 그리고 의과대학을 나와서 고작 한다는 일이 가수들의 목구멍에 국소마취제나 들이붓는 겁니다. 비엔나에 사는 의사들은 모두 당신 남편을 비웃고 있어요. 그 사람한테는 학생 시절에 애인이 한 명 있었답니다. 그런데 그 여자가 임신을 하자 바로 헤어지자고 했다더군요. 그의 전처 역시 어리석고 고집스런 당신 남편을 참다못해 떠나 버렸죠. 당신 남편이 수년 동안 이 마을을 떠났던 이유는, 밖에만 나가면 아이들이 손가락질을 해댔기 때문입니다. 그 사람 아버지가 어떤 사람이었는지 아세요? 발칸반도를 누비고 다니던 협잡꾼이었답니다. 형제들이 흘린 피로 부를 축적했다고 하더군요. 그런데 그런 사람 때문에 존 롤랜드를 희생하겠다는 겁니까? 정말이지 여자들은 사람이 못 되는군요. 단지 인간의 형상을 하고 있을 뿐이에요."

아시아데의 눈에서 눈물이 가셨다. 그리고 꼼짝 않고 서서 큰 소리로 웃었다. 그녀는 눈을 번득이면서 온몸이 흔들리도록 웃다가, 고개를 옆으로 기울이며 거친 목소리로 말했다.

"그래요, 그것 말고도 또 있어요. 제 남편은 은행을 털다가 잡혀서 감옥에 간 적도 있고, 늘 위조수표를 사용하죠. 게다가 살인을 했지만 증거 부족으로 무죄판결을 받았어요. 이제 됐나요? 그럼 모자를 가지고서 여기서 나가세요!"

그녀는 몸을 돌려 응접실 밖으로 나갔다.

샘은 몹시 화가 나서, 비틀거리며 링 거리를 따라 걸었다. 싸움은 아직 끝난 것이 아니었으며 결말이 나기까지는 한참을 두고 봐야 했다. 그는 전신국으로 달려가 인상 쓴 얼굴로, 코란에서 인용한 구절과 애원조를 담은 충고를 섞어 가면서 긴 전보를 쳤다.

한편, 아시아데는 시내를 헤매고 다녔다. 거리와 상점 그리고 카페들이 그녀의 곁을 스쳐갔다. 카페 안에 보이는 남자들은 모두 존 롤랜드의 눈매를 닮아 있었고, 양복점 진열장 안에 서 있는 마네킹들은 왕자의 모습과 오스만가家 사람들의 코 모양을 하고 있었다. 아시아데는 사악하게 숨어서 먹이를 기다리는 동물처럼 보이는 링 호텔을 피해, 멀리 돌아 지나갔다.

집에 돌아와 보니 식사가 준비되어 있었다. 하싸는 수프를 먹으면서 자기 어머니만큼 닭요리와 스트루들(과일·치즈 따위를 밀가루 반죽으로 얇게 싸서 구운 과자—역주)을 제대로 만드는 사람은 없다고 이야기했다. 아시아데는 그의 이야기를 주의 깊게 들었고, 바클라브라는 터키 요리에 대해 설명했다. 바클라브는 꿀을 넣어 달콤하게 만든 요리로, 커피와 곁들여 먹는 음식이라고 말했다.

오후가 되었다. 하싸가 환자를 진료하는 동안, 하녀가 아시아데에게 전보 한 통을 가져다주었다.

> 다 알고 있다. 율법에 따라 먼저 지배자를 섬겨라.
>
> 아흐메드 파샤.

아시아데는 전보용지를 접었다. 이미 예상했던 일이었다! 그녀 자신이 전선(적과 상대하는 맨 앞 지역-역주)에 세워진 요새가 되어 온몸에 커다란 포탄을 맞은 듯했다.

"산책 좀 하고 올게요."

아시아데는 이렇게 말했고, 하싸는 고개를 끄덕였다.

"하싸, 내가 영원히 돌아오지 않는다면 어떻게 할 거예요?"

"다시는 웃지 못하겠지."

하싸는 겸연쩍은 듯 그녀를 바라보았다.

"하지만 난 돌아와요. 분명히 돌아올 거예요. 이스탄불에서는 누군가 여자와 동행해야 하죠. 그 여자가 반드시 돌아오도록 하기 위해서 말예요. 그렇지만 날 감시할 사람은 필요 없어요. 반드시 돌아올 거니까요."

아시아데는 전신국에 가서 똑같은 내용의 전보 두 장을 쳤다. 한 통은 존 롤랜드에게, 다른 한 통은 아흐메드 파샤에게 보내는 것이었다.

그럴 수 없어요.

아시아데.

이후 그녀는 시내 여기저기를 걸어 다녔다. 스테판 광장을 지날 때, 카페테라스에 앉아 있는 마리온의 모습이 보였다. 아시아데는 남편을 떠난 마리온의 행동을 경멸했으면서도, 하마터면 자신도 그녀와 똑같은 일을 저지를 뻔했다는 생각을 했다.

그러자 갑자기 그녀에 대한 연민의 정이 밀려왔다. 아시아데는 미소 띤 얼굴로 그녀에게 고개를 끄덕여 보였다. 마리온은 놀란 표정이긴 했지만 당당하게 답례했다.

아시아데는 링 호텔 앞을 지나 집으로 돌아왔다.

호텔 건물 안에서는 샘이 짐을 챙기고 있었다.
"존, 로마로 가요. 여자들은 늘 당신 가문에 문제만 일으켰어요. 로마에서 비행기를 타고 트리폴리(리비아의 수도-역주)로 가는 거예요. 그 다음엔 가다메스에 가서 일을 시작하도록 해요. 좋은 시나리오를 써야 해요. 안 그러면 한 푼도 못 받을 거예요."
존은 고개를 끄덕였다.
"타자기는 가방에 넣지 말게, 샘. 기차 안에서 바로 일을 시작할 거야. 이탈리아인들은 무슨 술을 마시지? 거긴 한 번도 가 본 적이 없거든."
샘은 가방을 닫은 후, 다음과 같이 힘주어 말했다.
"이탈리아는 그리스만큼이나 아름다운 나라예요. 그곳 사람들은 포도주를 마셔요. 트리폴리에는 대추야자로 만든 술도 있어요. 아주 좋은 술이죠. 금방 익숙해질 거예요, 존."
마침내 두 사람은 호텔을 나섰다.

9

수상비행기 한 대가, 정류장에 서 있는 버스처럼 오스티아(고대 로마의 도시-역주) 항에 정박해 있었다. 조종사는 팽팽하게 긴장된 얼굴로 정신을 모아 엔진과 프로펠러를 점검하고 있었다. 모든 것이 정상이었다. 프로펠러는 제대로 돌아갔고, 엔진 소리에도 안정감이 있었다.

존은 창가에 자리를 잡고 앉아 통풍구를 닫았다. 다른 승객들도 모두 자리에 앉아 있었다. 존은 그 모습을 보면서 치과 대기실을 떠올렸다. 드디어 비행기 출입문이 닫혔고, 하얀 파도가 두꺼운 유리창에 부딪혔다. 그러나 파도는 갑자기 약해지면서 낮아지더니 마침내 잦아들었다. 처음에는 작별 인사를 하면서 승객들의 관심을 끌어 보려는 듯 아우성치던 파도는, 결국 윙윙 도는 프로펠러에 길든 것처럼 보였다.

존의 눈앞에, 탈의실과 비치 호텔, 그리고 리토리아(이탈리아 중남부 지역-역주)의 대저택이 늘어서 있는 오스티아 해변이 펼쳐졌다. 비행기가 갑자기 이륙을 시작했다.

"비쓰밀라히 알라흐마니 알라힘, 그지없이 자비롭고 자애로우신 알라께 기도합니다."

존은 이렇게 중얼거리며, 가슴속에서 갑작스레 느껴지는 신에 대한 경외심에 놀랐다. 통풍구를 열자, 바람이 존의 얼굴을 때리면서 그의 검은 앞머리를 흩날렸다. 그는 앞으로 여러 시간 동안 창가에 앉은 채, 유럽과 아프리카 사이를 날아가는 상자처럼 비좁은 비행기 안에 갇혀 있어야 할 것이다. 그는 창문에 얼굴을 맞대고 조용히 앉아 있었다. 프로펠러에서 나오는 소음은 사람들의 말소리를 모조리 삼켜 버렸다.

머릿속에 떠오르는 생각에 몸을 내맡긴 채, 혼자 조용히 창문에 기대어 있는 것은 기분 좋은 일이었다. 그의 생각은 그를 뉴욕에서 사막으로 데려갔고, 다시 냉혹한 도심으로 이끌더니, 이제 바다를 가로질러 야만인들이 사는 머나먼 해안지대로 내쫓고 있었다. 저 아래로 부는 바람이 부드러운 양 떼 같은 구름을 갈가리 찢어 놓고 있었다.

잔잔한 푸른 바다 위로는 하얀 돛단배들이 떠다녔으며, 비행기 그림자는 커다란 새처럼 바다 위를 미끄러지듯 움직였다.

존은 눈을 이리저리 움직이다가 왼쪽을 바라보았다. 끝없이 펼쳐진 수평선 뒤로 이스탄불이 숨어 있었다. 정면에 보이는 구름은 아프리카 해안지대를 뒤덮고 있었다.

지중해는 과거와 현재를 연결하는 마법의 고리처럼 존의 눈앞에 펼쳐져 있었다. 그는 세상이 생긴 이래, 지나간 모든 세월이 거울 같은 지중해의 푸르른 수면 위에 비춰지는 것을 느꼈다. 마치 그 모든 세월이 그의 일부가 되어 자신을 지배하는 것 같았다.

그는 알 수 없는 목표를 뒤쫓고 있는 유목민이자 조국에서 추방당한 자였다. 그의 조국? 그는 자신의 조국이 어디에 있는지 더 이상 알지 못했다. 보스포루스 해협의 바닷물? 그것과 똑같은 물이 저 아래, 바로 그의 눈앞에 있었다. 궁전? 세상에는 그가 살던 궁전보다 더 호화롭고 더 아름다우며, 그에게 활짝 문을 열어 둔 집들이 있었다.

그는 바다를 건너 돌처럼 차갑고 웅장한 맨해튼에 도착하면서 마음의 평화와 자신감, 그리고 신비로운 삶의 목표를 잃어버렸다. 그의 내면은 완전히 텅 비어 있었다. 그가 머물렀던 호텔 방들과 지나쳤던 거리들과 바라보았던 집들은 모두, 그에게 아무 의미도 없는, 영혼이 결핍된 것들이었다. 그는 자신이 속해 있었으며 자신에게 주어졌던, 수수께끼 같은 운명의 테두리 밖으로 추방당했다. 그 결과, 그에게 있어 인생은 그저 먹고 일하는 단조로운 일상의 연속이 되고 말았다.

이따금 그가 일하고 있을 때나 식당에 있을 때, 혹은 누군가와 대화를 나누고 있을 때, 일관성 없는 윤곽이나 단어가 그를 압도하곤 했다. 그러면 그 안에 공허함이 생겨나서, 악의를 잔뜩 품은 탐욕스런 악몽처럼 그를 공격하고 목을 졸랐다. 그로 인한 통증은 점차 견딜 수 없을 만큼 심해졌고, 그럴 때면 그는 새 이름과 새 여권을 사용하면서 인생의 피상적인 목표 안으로 몸을 숨기곤 했다. 그러나 그는 이런 것들이 아무런 가치 없는 장식품에 불과하며, 새로 산 셔츠나 양복보다 더 쉽게 버릴 수 있는 것임을 어렴풋하게나마 알고 있었다. 마침내 그는 새로운 인생과 뉴욕의 좁은 거리, 그리고 고층빌딩이 만들어 내는 장엄한 실루엣에 대한 강한 혐오를 느꼈다. 그러자 그의 상상 속에서, 잃어버린 머나먼 세계가 눈앞에 윤곽을 드러내며 흔들렸다. 그리고 그는 보스포루스의 소금기 어린 공기와 발아래 바스락거리는 사막의 모래로부터 전해져 오는 메마른 열기를 들이마셨다.

존은 다시 한 번 창문에 이마를 갖다 댔다. 푸르른 베수비오 산山은 까마득한 발아래로 어느덧 자취를 감추었고, 나폴리 만(이탈리아의 서해안에 위치한 만-역주)이 부드러운 초록빛 해안을 따라 펼쳐져 있었다.

'나는 이 고통에서 저 고통으로 넘나들고 있어.'

존은 이렇게 생각하면서, 모로코의 하얀 집들과 칼리프가 사는 궁궐의 널찍한 안뜰을 떠올렸다. 그는 꿈꾸는 듯한 검은 눈동자에 흰옷을 입고 있는 칼리프를 보는 순간, 자신을 엄습했던 극심한 고통을 기억했다. 채워지지 않는 욕망이 들끓는 이 세상에는 가면과 악령이 가득했다. 존은 그런 서구 세계와 접촉하는 매순간마다 잃어버린 과거의 영화榮華로 되돌아가곤 했다. 그리고 오래된 세계의 단편들과 과거에 대한 기억들은, 그에게 무력함과 피할 수 없는 운명에서 생겨나는 새로운 고통을 주었다.

존은 한숨을 쉬었다. 새로운 고통을 끊임없이 만들어 내고 있는 이 두 세계 사이에 매달린 채, 비행기 안에 몸을 싣고 있다는 건 기분 좋은 일이었다.

거의 모든 승객들이 잠들어 있었다. 두 명의 조종사는 지루해 보였으며, 그중 한 명은 잡지를 뒤적이고 있었다. 샘 두스 역시 신문으로 얼굴을 덮은 채 잠자고 있었다. 벽에 걸린 포스터에는 호텔과 푸른 초원 위로 나 있는 길이 보였다. 존은 그 사진을 보면서 젬머링으로 가는 길을 떠올렸고, 자신의 차를 들이받은 뒤 발을 동동 구르던 여인을 생각했다. 그는 왠지 몸이 뜨거워지는 것을 느끼며 다시 통풍구를 연 뒤, 게걸스럽게 찬 공기를 들이마셨다. 아시아데가 이 세상에 있다는 사실에 갑자기 가슴이 뿌듯해졌다. 자신과 마찬가지로 두 세계 사이에 내던져졌으면서도, 지상의 행복이라는 느슨한 옷을 걸친 채, 밝고 꿋꿋하게 살아가는 사람이 있다는 사실은 그에게 위안이 되었다.

'그녀를 내 사람으로 만들어야 해.'

존은 이렇게 생각하면서 피로가 밀려오는 것을 느꼈다. 어느새 익숙해진 공허감이 그의 가슴속에 차올랐고, 팔다리는 무겁게만 느껴졌다. 지중해 위에 떠 있건 뉴욕에 머무르건, 아니면 사막에 있건 간에 달라질 것은 아무것도 없었다.

존은 다리를 쭉 펴다가, 자신 앞에 아시아데가 아닌 잿빛 머리칼의 낯선 여자가 잠들어 있다는 사실에 깜짝 놀랐다.

창밖에 보이는 수평선 위로, 야만인들이 살고 있을 해안지대가 노란 띠를 그리며 나타났다. 존은 두 손으로 관자놀이를 눌렀다. 그 해안지대 뒤로는 드넓은 아프리카 사막이 펼쳐져 있을 것이며, 그곳에 있는 회교 사원의 첨탑들은 창처럼 그의 영혼을 꿰뚫을 것이다. 그는 뉴욕에서처럼, 온통 모래로 뒤덮인 이곳에서도 이방인으로 남으리라.

비행기가 우아하게 미끄러지듯 하강하기 시작했다. 트리폴리의 오래된 성들과 하얗고 네모난 집들이 모습을 드러냈다. 얼마 후 비행기는 물 위에 착륙했고, 파도와 물거품은 아프리카의 태양 아래 반짝거리며 빛났다. 존의 얼굴이 경직되었다.

"어느 호텔에 예약했지?"

샘 두스는 자리에서 일어나며 귀를 막았던 솜뭉치를 뽑았다.

"그랜드 호텔이요."

그가 쉰 목소리로 말했다.

두 사람은 부잔교浮棧橋(부두와 선박 사이를 연결하여 띄운 다리 모양의 구조물-역주)를 건너 미리 예약해 두었던 차를 타러 갔다. 눈앞에 우뚝 서 있는 카레 만리 사원의 탑이 보이자, 존은 경멸하듯 고개를 돌렸다. 그와 같이 두 세계 사이를 떠도는 자에게 쉴 곳이란 없는 법이었다.

널찍한 호텔 로비에는 새하얀 바지를 입은 흑인 직원들이 서 있었고, 차양으로 뜨거운 햇빛을 가린 테라스 위에서는 식민성植民省(식민정책 관련 행정기관-역주)의 장교들이 식사 중이었다. 종려나무가 심어져 있는 산책로는 오래된 성까지 이어졌고, 그 산책로 위로 낙타와 당나귀, 아랍인들과 베일로 얼굴을 가린 여자들 모습이 보였다. 샘 두스는 정부공관을 향해 급히 호텔을 떠났다.

존은 널찍한 호텔 로비에 혼자 남겨졌다. 둥근 천장에 기둥이 줄지어 선 로비는 얼핏 보면 사원처럼 보였다. 그는 자리에서 일어나 프론트데스크 앞으로 갔다. 그곳에 대기 중인 짐 운반인은 슬퍼 보이는 커다란 눈을 가진 흑인이었다.

"아름다운 곳이로군요."

존이 말했다.

"정말 아름다운 곳이죠."

짐 운반인이 대답했다.

"내륙 쪽으로 여행을 계속하실 겁니까?"

"네."

"이곳엔 구경거리가 아주 많습니다. 즐리텐 오아시스에 가 보세요. 그곳에는 성자인 시시 아브데살람의 무덤이 있어요. 드제벨 산山도 가 볼 만한 곳이죠. 그곳에는 지하 동굴에 사는 사람들이 있는데, 성자 이바드의 율법을 따르고 있어요. 이제 사하라사막의 오아시스 주변에는 새로 판 우물들과 새 집들이 즐비합니다. 사막 위로도 물이 흐르고, 모든 것이 번창하고 있죠. 심지어는 드자라뵵에도 얼마 전 우물이 생겼어요."

"드자라뵵이요? 예전에 그곳에서 대추야자 열매를 가져오곤 했죠."

존이 말했다.

짐 운반인은 놀란 표정을 지었다. 드자라뵵의 대추야자 열매는 한때 오아시스 지역의 사람들이 오스만 제국에 십일조로 바치던 농작물이었다.

존은 얼굴을 붉혔다.

"드자라뵵에 갈 생각은 없습니다. 가다메스에 갈 계획이죠."

"가다메스라면 타르키 부족이 사는 곳인데, 거기선 여자들이 남자를 지배한답니다. 예전에는 가다메스에 가는 데 3주나 걸렸지만 지금은 사흘이면 충분해요."

"3주가 걸리던 때는 언제죠?"

"벌써 옛날 일입니다. 오스만의 통치를 받던 시절이니까요."

"그렇군요."

존은 이렇게 말하면서, 눈을 가늘게 떴다. 그는 전보용지 한 장을 얻어서 보낼 내용을 써 내려갔다.

아시아데 하싸, 비엔나.

가다메스로 가고 있습니다. 여자가 남자를 지배하는 곳이죠.

지배하고 싶다면 이곳으로 오십시오.

존 롤랜드.

샘 두스가 땀을 뚝뚝 흘리며 웃는 얼굴로 나타났다.

"내일 사막을 오가는 버스가 가다메스로 간답니다. 모든 준비를 철저히 해 뒀습니다. 가는 곳마다 호텔도 예약해 뒀어요. 길도 좋은 것 같아요."

그는 존의 얼굴이 새하얘지는 것을 보면서 낄낄댔다.

두 사람은 호텔 테라스에서 점심 식사와 저녁 식사를 했다. 그리고 시내를 산책하면서 좁은 시장 길을 거닐었고, 문 앞에 나와 앉아 차를 마시는 원주민들을 보았다. 바다는 얇은 판자를 깔아 놓은 것처럼 잔잔했다. 사하라사막에서는 열풍 기불리(북아프리카 사막의 열풍-역주)가 불어왔으며, 작은 모래알들은 존과 샘의 발밑에서 자박자박 소리를 냈다. 억센 얼굴에 뒤집힌 입술을 가진 흑인들이 말을 타고 지나갔는데, 그들이 차고 있는 단도短刀는 석양에 반짝거렸다.

다음날 아침, 두 사람은 이층버스에 올라탔다. 버스 안에는 식당과 바, 라디오가 있었다. 존은 라디오에서 왈츠가 흘러나오고 있는 바에 앉았다. 낙타들이 양옆으로 야자나무가 늘어선 길을 가로지르는 모습이 보였다. 사람들은 길고 헐거운 흰옷 차림에 선글라스를 쓴 채, 버스를 향해 손을 흔들었다.

잿빛 언덕 위로는, 화려한 깃발들로 장식된 작고 각진 건물들이 서 있었고, 버스 바퀴 밑에서는 모래알이 바스락거리며 부서졌다. 납작하고 평평한 시골 풍경이 펼쳐졌다. 노란 하늘은 위협적인 기세로 노란 모래벌판 위에 활 모양을 그리고 있었으며, 노란 태양은 타오르는 횃불처럼 대지 위에 떠 있었다. 이따금 오아시스와 야자나무, 그리고 우물이 지평선 위로 흐릿하게 모습을 드러냈다.

그것은 모두 숨 막힐 듯 뜨거운 공기 속에서 비현실적인 빛을 발하는 신기루 같았다. 저 멀리 드제벨 산山의 울퉁불퉁한 담황색 바위가 보였다. 바깥의 타는 듯한 열기가 사막을 뒤덮었고, 눈에 보이는 모든 형체들은 바싹 마른 모래 속에 녹아들고 있었다. 이따금 길옆으로 낯선 언덕과 물웅덩이가 눈에 띄었는데, 그것들은 마치 모래 바다 위에 떠 있는, 물로 만든 섬처럼 보였다.

사람들이 타고 다니는 호리호리한 낙타 메하리가 광활한 사막에 대한 두려움을 두 눈에 가득 담은 채 지나가고 있었다. 오아시스 주변에는 베일로 얼굴을 가린 남자들의 모습이 보였고, 라디오에서는 왈츠가 흘러나왔다.

태양이 아무런 예고도 없이 갑자기 사라져 버리자, 드디어 밤이 찾아왔다. 사막 위 하늘에는 별이 총총히 박혀 있었다. 버스는 작은 호텔 앞에 멈춰 섰다. 존은 지친 몸을 침대에 눕혔다. 그가 잠들기 전 마지막으로 본 것은, 창밖에 서 있는 야자나무의 기다란 그림자였다. 그리고 베일로 얼굴을 가린 채, 겁에 질린 눈으로 이방인을 올려다보던 아이였다.

다시 날이 밝았고, 노란 태양은 다시 사막 위로 떠올랐다. 언덕 위에 서 있는 경찰관들은 느린 속도로 지나가는 버스를 무심히 바라보았다. 하늘 높이 떠 있는 관용 비행기는 노란 점 하나를 찍으면서 꼼짝 않고 있었다. 존은 그 비행기를 바라보면서, 두 세계를 갈라놓는 동시에 하나로 합쳐 주는 지중해를 생각했다. 한편, 하늘에 떠 있는 비행기 안의 조종사는 버스를 내려다보면서, 매일 정오마다 아래쪽에서 불어오는 바람을 생각했다. 그리고 이슬람교주가 병에 걸려 약이 필요해지자, 자신을 머나먼 오아시스로 보낸 리비아 정부를 떠올렸다.

카스텔로 해안 거리의 오래된 건물 안에는 정부 각료들이 모여 앉아 있었다. 그들은 병든 이슬람교주와 비행기 조종사, 그리고 가다메스로 가고 있는 버스를 생각했다.

리비아 정부는 여러 가지 일에 마음을 쏟았다. 튀니지 인근 사하라사막 어딘가에서는 발진티푸스가 기승을 부렸고, 순례자 무리는 폐쇄된 국경을 넘어오려 했다. 타르키 부족의 남자들은 머리를 길게 땋아 늘이고 있었는데, 그런 머리 모양은 발진티푸스를 옮기는 이가 자라기에 너무나 좋은 환경을 제공했다. 리비아 정부는 모든 문제를 고려해야 했다. 어떤 방법으로 타르키 부족의 남자들이 머리를 자르도록 설득할지와, 오아시스 지역에서 빈번하게 발생하는 유아 결혼을 막을 것인지, 또한 사하라사막의 메마른 모래에서 어떻게 물을 구할 것인지에 대해 고심해야 했다.

정부 관계자들의 책상은 서류로 넘쳐났고, 정부는 모든 것들을 알고 있었다. 미추라타 오아시스에서 한 여자가 사생아를 낳았는데, 그 아이를 적자嫡子로 신고하고 싶어 한다는 것과, 아프리카 내륙 지방의 흑인들이 이집트 국경 가까이에 있는 우물 근처로 이주하고 싶어 한다는 것을 알고 있었다. 그리고 머나먼 오아시스 지역에서, 아프리카의 재앙이라 할 수 있는 트라코마(결막의 접촉성 전염병-역주)가 기승을 부리고 있다는 사실까지도 알고 있었다.

정부는 피부색이 하얗건, 노랗건, 갈색이건, 검건 관계없이 사막의 모든 사람들에 대해 파악하고 있었으며, 사막에서 영화 촬영을 하고 싶어 하는 미국 기업이 있다는 사실도 알고 있었다. 그리고 존 롤랜드라는 사람이 버스로 사하라사막을 여행하고 있다는 것과 그가 사실은 압둘 케림 왕자라는 사실도 알고 있었다. 정부는 이 모든 것들을 꿰뚫고 있었다. 가다메스의 전신국 직원과 주둔군 장교들, 그리고 호텔 짐 운반인들 역시 오스만 제국의 왕자였던 압둘 케림이 가다메스로 오고 있다는 사실을 알고 있었다. 또한 왕자에 대한 모든 것을 아는 정부가 그의 침묵을 높이 사고 있다는 사실도 알고 있었다.

정부는 이처럼 리비아의 오아시스 지역에서 일어나고 있는 모든 일들을 꿰뚫고 있었으나, 비엔나에서 무슨 일이 벌어지고 있는지는 알지 못했으며 관심조차 없었다.

한 여자가 그라벤에 있는 커다란 서점에서 《사하라의 신비》라는 두꺼운 책을 산 뒤, 집으로 돌아가 내닫이창이 나 있는 응접실에 앉았다는 사실은, 리비아 정부에겐 전혀 관심 밖의 일이었다. 그녀는 지도책 위로 몸을 굽혔다. 그리고 트리폴리에서 시작해서 나블루스 오아시스와 근처의 성을 지나, 드제벨 산山까지 이어지는 길을 손가락으로 따라갔다. 이내 사하라의 진주라 불리는 가다메스를 발견하자, 지도책 위로 깊숙이 몸을 굽혔다. 그리고 얼마 후, 새로 산 책을 뒤적이기 시작했다. 바닥에 놓여 있는 휴지통에는 구깃구깃 찢어진 전보가 들어 있었다.

리비아 정부는 이러한 사실에는 관심도 없을뿐더러 전혀 모르고 있었고, 존 롤랜드 역시 마찬가지였다. 그는 이층버스의 바에서 라디오 가까이에 앉아 있었다. 건조한 바람이 창문을 두드렸고, 메마른 모래가 사막의 공기 속을 맴돌았으며, 타오르는 태양은 노란 하늘에 걸려 있었다. 오스만 제국의 병사들은 한때 이토록 거친 사하라사막에서 전투를 벌였다. 그러나 당시 상황을 지켜보았을 돌은 이미 생명력을 다한 상태로 아무 말이 없었기에, 이러한 사실은 잊어버리는 편이 나았다. 한편, 가다메스의 야자나무들은 노란 하늘을 향해 가지를 뻗으면서, 초록빛 이끼처럼 지평선 위로 모습을 드러내고 있었다.

버스는 오래된 우물 주위를 돌다가 갑자기 멈춰 섰다. 베일로 얼굴을 가린 남자가 벽에 난 구멍에서 나오더니, 웃는 눈으로 존과 샘에게 다가와 가방을 들었다. 존은 남자 뒤를 따라갔고, 샘은 그 뒤를 따랐다. 광장 둘레로 야자나무가 자라고 있었고, 한가운데에는 기다랗고 낮은 건물이 하나 있었다. 붉은빛이 감도는 분홍색 건물은 부드럽고 아름다운 곡선을 그리고 있었으며, 정면에는 '호텔 아인 알 프라스'라고 쓰여 있었다.

존은 호텔 안으로 들어갔고, 짐 운반인은 가방을 방으로 옮겨 주었다. 존이 프론트데스크 앞을 지날 때 직원이 물었다.

"존 롤랜드 씨?"

존은 깜짝 놀라며 고개를 끄덕였다.

"손님 앞으로 온 전보가 있습니다."

존은 전보를 받아 주머니에 넣은 뒤, 작은 정원으로 나갔다. 타는 듯 뜨거운 정오의 햇살을 받은 흙에서는 불 냄새가 났다. 그는 전보를 꺼냈다.

저는 한낱 여자일 뿐입니다. 남자를 지배할 생각은 없습니다.

아시아데.

존은 전보용지를 접은 뒤, 정원을 떠났다. 그곳의 호텔방은 모래처럼 노란색이었다. 한편, 이 세상 어딘가에는 비엔나라는 도시가 있고, 아시아데라는 여자도 있었다. 그러나 이 모든 것은 멀기만 했으며, 사막에서 불어오는 바람에 흩날리는 모래알처럼 깜박거렸다.

10

쿠르츠는 자신이 근무하는 정신병 요양소에서 회진을 돌고 있었다. 모든 것은 지극히 정상적으로 보였다. 뚱뚱한 루마니아 여자들은 오락실에 앉아 브리지(카드놀이의 일종-역주)를 하고 있었고, 신경질적인 작가 한 명은 신문을 뒤적이면서 두통을 호소했다. 나이 든 환자 여러 명은 발코니에 앉아서 정신분열증과 당뇨병에 대해 열띤 토론을 벌이고 있었다. 정원에 나 있는 기다란 산책로에는 벤치가 놓여 있었는데, 우울증 환자들이 그 위에 앉아 자살에 관한 논쟁을 벌이는 중이었다. 쿠르츠는 우호적이면서도 이해심 가득한 미소를 지어 보였다. 그러고 나서 울병 환자에게는 식초 마사지를, 신경과민증 환자에게는 현대적인 식이요법을 처방했다. 우울증을 앓고 있는 또 다른 여자 환자들에게는 오락거리를 만들고 애인을 사귀라고 권했다. 이 같은 처방들은 그가 벌써 수년째 해왔으며 좋은 효과를 거둔 것들이었다. 여자들은 어린애와 같았으며, 다른 점이 있다면 더 다루기가 쉽다는 것뿐이었다. 그는 신경전문의로서 이미 충분한 경험이 있었다. 세상에 정복하지 못할 여자는 없었다. 단지 여자들 중에 그럴 만한 가치가 없는 여자들이 존재할 따름이었다.

쿠르츠는 회진을 마치고 사무실로 돌아왔다. 그렇다, 남자는 어떤 여자건 자기 것으로 만들 수 있는 법이다. 이건 몇몇 미지수가 있는 방정식과 다를 게 없었다. 쿠르츠는 책상 앞에 앉아서 수화기를 들고 말했다.

"간호사, 지금 학술조사 관계로 바쁘니까 누가 찾든지 없다고 해요."

쿠르츠는 다리를 꼬고 앉아 담배에 불을 붙였다. 학술조사의 제목은 '아시아데'였다.

'아름다운 여자야. 누구나 탐낼 만해.'

그는 손가락 끝을 덩달아 움찔거리며 생각했다. 경험 많은 신경전문의의 본능으로, 하싸의 결혼 생활에 위기가 닥쳐오고 있음을 알 수 있었다. 물론 하싸는 전혀 눈치 채지 못하고 있었다. 남편들이란 본래 무딘 법이었다. 그러나 쿠르츠는 반복되는 일상 속에 나타나는 작은 변화들을 포착해 냈다. 너무나 미세해서 알아채기 어려운 신호들을 통해 그들 결혼 생활의 위기를 감지해 낸 것이다. 고개를 끄덕이거나 억누른 듯한 희미한 미소를 짓거나 속눈썹을 떠는 등, 쿠르츠가 알아챈 아시아데의 모든 행동들은 그녀의 내적 갈등을 보여 주는 비밀스런 신호들이었다. 혹시 다른 남자가 생긴 건 아닐까? 쿠르츠는 고개를 내저었다. 아시아데 곁에 다른 남자는 없었다.

'그냥 하싸에게 싫증 난 것뿐이겠지.'

쿠르츠는 스스로 만족스러워하면서 이렇게 진단을 내렸다.

'본인은 모르고 있지만, 아시아데는 모험을 원하고 있는 거야.'

쿠르츠는 수화기를 들어 여덟 군데에 전화를 걸었고, 보이지 않는 여덟 명의 사람에게 미소를 지었으며, 여덟 번이나 같은 말을 되풀이했다.

"이봐, 친구. 이번 토요일에 자그마한 파티를 열 계획이야…… 아니, 특별한 이유는 없어. 하싸도 올 거야. 작스랑 네투섹도 올 거고…… 그래, 물론 하싸네 부인도 올 거야…… 응, 턱시도를 입고 와. 그럼 그때 만나세."

토요일 8시 30분, 아시아데는 시청 광장에 있는 쿠르츠의 집에 들어섰다. 집 안에는 불이 환하게 켜져 있었으며, 그녀의 곁에는 하싸가 서 있었다. 빳빳한 깃이 그의 목을 누르고 있었고, 풀을 먹인 셔츠는 그의 가슴에 아치 모양을 그리고 있었다. 아시아데의 눈에 반짝반짝 윤이 나는 가구가 들어왔고, 열린 찬장 문 안으로 여러 개의 술병이 보였다.

불이 환하게 켜져 있었음에도, 커다란 방 안을 가득 메우고 있는 푸르스름한 담배 연기가 손님들의 얼굴을 베일에 가려진 정체 모를 낯선 얼굴들로 바꿔 놓았다. 사람들의 말소리는 회색빛의 작은 새처럼 공중을 맴돌았다.

"칵테일 한잔 들게."

쿠르츠는 큰 소리로 이렇게 말했고, 하싸는 잔을 하나 들었다. 여자들은 어깨를 다 드러낸 채로, 눈을 반짝이며 넓은 안락의자에 앉아 있었다. 아시아데는 거울을 들여다보았다. 그녀 역시 화장을 했고 남들이 보는 앞에서 어깨를 드러내고 있었다. 결혼을 여러 번 했으며 칵테일을 마시고 있는 여자들과 아시아데 사이에는 외관상 아무런 차이가 없어 보였다.

남자들은 손에 잔을 들고 조각상처럼 서 있었으며, 그들의 말은 비현실적이고 이질적이면서 희미하게 들렸다. 한쪽 구석에서는 옆얼굴이 딱딱해 보이는 한 여자가 고통스러운 듯 눈썹을 찡그린 채, 연극에 대해 이야기하고 있었다. 그녀의 말소리는 마치 비밀 이야기를 하는 듯 들렸다.

"내용이 너무 지나치더군요. 그 연극 보셨어요?"

그녀가 말했다.

"아니요."

젊은 남자가 손을 내저으며 대답했다.

"그것과 같은 내용을 다룬 책도 있어요. 그 책은 읽어 보셨나요?"

"아니요."

아시아데는 두 사람이 대화를 나누고 있는 것이 맞는지, 제대로 알 수가 없었다. 손님들은 미지의 종파를 추종하는 사람들로서, 고대의 종교의식을 거행하고 있는 듯 보였다. 그들의 몸짓에는 신비로운 의미가 담겨 있는 듯했다. 그들은 조용히 술잔을 비웠으며, 아지랑이같이 피어나는 담배연기 속에서 그림자 연극에 나오는 실루엣들처럼 헤엄쳐 다녔다. 그리고 이따금 동시에 입을 다물고 심야 집회의 공모자들처럼 서로를 바라보았다.

"증권 거래는 경제의 맥이며, 대중들 삶의 지표라 할 수 있습니다."

커다란 머릿속이 훤히 들여다보이는 남자가 의미심장하게 손가락을 치켜들며 말했다.

"누구나 한번쯤은 경험해 봐야 할 겁니다. 파리 증시에서도 좋고, 영국 증시에서도 좋습니다."

그는 여전히 손가락을 치켜든 채로 잠시 말을 멈췄다. 그러나 그의 말을 듣고 있는 사람은 아무도 없었다.

"그렇군요."

아시아데는 수줍은 듯 이렇게 말한 뒤, 구석에 있는 자리를 향해 걸어갔다. 하얀 앞치마를 두른 하녀들이 손님들에게 쟁반에 담긴 샌드위치를 권하고 있었다. 여러 가지 색과 각진 모양의 샌드위치들은 마치 모자이크 조각들처럼 보였다. 아시아데는 샌드위치 하나를 베어 물었고, 그녀 옆에 앉은 의사는 제네바에 대해 이야기했다.

"의회가 유명한 곳이죠."

그는 이렇게 말하면서 의기양양한 모습으로 주위를 둘러보았다.

"스위스는 겨울에만 아름다운 곳이에요."

누군가 격렬한 어조로 말했다.

"생 모리츠나 아로자에 가 보셨나요? 저는 작년에 츄겐 호텔에 묵었었죠."

"아뇨, 전 가 보지 못했어요."

아시아데는 이렇게 대답하면서, 츄겐 호텔에 묵어 본 적이 없다는 사실에 수치심을 느꼈다.

"저는 눈을 무서워해요. 추위는 죽음의 전령이거든요."

담배 연기 사이로, 두 눈동자가 그녀를 측은한 듯 바라보았다. 그때 하녀가 차가운 펀치가 담겨 있는 크리스털 볼을 가지고 들어왔다. 손님들은 출발선에 서 있는 수영 선수들처럼 향기로운 그릇을 가운데 두고 빙 둘러섰다. 쿠르츠는 손에 커다란 은 국자를 들고 있었다. 손님들의 얼굴은 빨갛게 달아올랐고, 그들의 목소리는 점점 커져 갔다.

"지중해 섬나라들이 안고 있는 문제는 아직 해결되지 않았어요. 어떤 방법으로도 해결하지 못했죠."

누군가 아주 거만한 목소리로 말했다.

"오늘의 여성들은 내일이면 어제의 여성이 될 겁니다."

키 작은 남자가 안경을 닦으며 오만한 태도로 말했다.

사람들은 은근히 겁을 내면서도 큰 소리로 웃었다.

아시아데는 여덟 개째 샌드위치를 먹은 뒤, 자리에서 일어나 집을 한 바퀴 돌아보기로 했다. 어두컴컴한 구석에 꼭 붙어 앉은 남녀와, 주름 셔츠 차림으로 기다란 의자에 혼자 앉아 두 손에 머리를 파묻고 있는 남자가 보였다. 한편에서는 여자 두 명이 하싸를 구석으로 밀어붙였고, 그는 손에 든 펀치 잔을 아시아데에게 높이 들어 보였다. 그녀는 밝은 표정으로 고개를 끄덕였다.

쿠르츠가 그녀 옆에 멈춰 섰다.

"별일 없으시죠?"

그는 젬머링에서, 그녀가 자신을 내버려 두고 떠난 일이 없었다는 듯이 행동했다.

"네, 잘 지내고 있어요. 감사합니다."

아시아데는 젬머링에서 있었던 일을 떠올리며 미안한 마음을 가졌다.

그녀는 쿠르츠와 함께 집 안을 거닐다가, 텅 빈 방 안에서 갑자기 걸음을 멈추었다. 이해하기 어려운 그림 한 점이 그녀의 눈에 들어왔다.

"진짜 반 고흐의 그림입니다."

쿠르츠가 말했다.

"선에서 풍겨 나오는 목마른 열정이 느껴지십니까?"

아시아데는 그의 말뜻을 전혀 이해하지 못했다. 그녀에겐 그저 여러 가지 색깔의 점으로 뒤덮인 그림 한 장에 불과해 보였다. 그러나 그녀는 정중하게 고개를 끄덕였다.

"이렇게 하면 그림을 더 잘 감상할 수 있을 겁니다."

쿠르츠는 불을 껐고, 이제 그림을 비추는 건 밖에서 새어 들어오는 불빛뿐이었다. 아시아데는 푹신한 의자 위에 앉은 뒤, 고개를 들고 다시 한 번 그림을 바라보았다. 그러나 역시 아무것도 느낄 수 없었으며, 그림을 바라보는 것이 지루하기만 했다. 텅 빈 방 안에는 미리 뿌려 둔 듯한 향수 냄새가 남아 있었다. 옆방에서는 커다란 웃음소리가 들려왔다.

"하루 종일 혼자서 뭘 하시죠, 아시아데?"

쿠르츠는 친한 사이라도 되는 양 친근한 목소리로 물었다.

"아프리카에 관한 책을 읽고 있어요."

"아프리카요?"

쿠르츠는 귀가 솔깃했다. 아프리카에 대한 책을 읽는 여자라면 행복한 결혼 생활을 하고 있을 리 없었다.

"네."

아시아데의 얼굴에 갑자기 생기가 돌았다.

"사하라사막에 대한 책이에요. 그곳은 아주 특별한 곳이죠. 틀림없이 무척 아름다울 거예요. 가다메스라고 들어 본 적 있으세요?"

"아뇨."

쿠르츠는 깜짝 놀라며 대답했다.

"가다메스는 사하라사막의 한가운데에 있는 오아시스예요. 성스러운 우물 근처에 있죠. 그곳에 사는 사람은 7천 명밖에 안 되지만 그 안에도 여러 계급이 있어요. 귀족인 아흐라가 있고, 베르베르 함란이라는 계급도 있어요. 흑인 계급인 아타라와 과거에 노예였던 하비드라는 계급도 있죠."

"그렇군요. 머나먼 사막의 오아시스라…… 바로 요즘 읽으시는 책이었군요. 그곳에도 여자들이 있나요?"

쿠르츠가 말했다.

"물론이에요. 그곳 여자들은 지붕 위에서 지내는데, 그 지붕들은 서로 연결되어 있죠. 남자들은 절대로 지붕에 올라갈 수 없어요. 대신 여자들은 거리를 걸어 다닐 수가 없죠. 그곳 사람들은 지붕과 거리 사이에 있는 방에 살아요. 바로 그 방에서 남자와 여자가 만나는 거죠. 정말 이상한 곳이에요. 하지만 왠지 그곳에 가 본 것 같은 느낌이 들어요."

"정말 이상한 곳이로군요."

쿠르츠는 아시아데가 한 말을 되풀이했다. 그는 어두컴컴한 방에서 그녀 앞에 서 있었다. 그가 갑자기 몸을 굽히며 말했다.

"아시아데, 가다메스에서만 그런 게 아니에요. 여기에서도 지붕과 거리는 사람들을 갈라놓고 있어요. 가다메스에서보다 더 철저하게 말입니다. 한 영혼이 다른 영혼에게 다가갈 수 있는 길이 없어요. 고독은 인간의 운명이 돼 버린 겁니다. 사하라사막이나 술에 취한 대도시가 밀집해 있는 이곳이나 다를 건 하나도 없어요."

그는 아시아데에게로 아주 가까이 몸을 숙이며 속삭였다.

"여자는 부부의 침상에서 외로운 법이고, 방랑자는 일상의 세계 속에서 외로운 법이에요. 가끔, 아주 가끔, 기적 같은 번개가 칠 때면……"

그는 말을 멈췄다. 그런 다음 아시아데의 머리를 잡고 자신의 입술을 그녀의 입술 위에 포갰다. 그녀는 있는 힘을 다해 몸을 움츠렸다. 쿠르츠는 두 손으로 그녀의 몸을 잡아 자기 쪽으로 끌어당기며 그녀의 머리를 자신의 가슴에 맞댔다. 아시아데의 목에 그의 뜨거운 입김이 와 닿았다.

아시아데는 갑작스레 고개를 젖혔고, 쿠르츠는 그녀의 이글거리는 눈을 들여다보았다. 아시아데는 쿠르츠의 목을 움켜쥔 채로, 자리를 박차고 일어서면서 무릎으로 그의 배를 찼다. 그녀는 분노로 이글거리는 눈을 가늘게 뜨더니, 갑자기 사나운 날짐승처럼 짧고 날카로운 소리로 휘파람을 불었다. 그러고 나서 부드럽고 낯선 촉감이 느껴지는 무언가를 이로 덥석 깨물었다. 쿠르츠는 너무나 놀란 나머지 뒷걸음질을 치려고 했다. 그러나 아시아데의 작고 사나운 몸뚱이는 갈고리 발톱이라도 달고 있는 듯, 그의 몸에 대롱대롱 매달린 채 따라왔다. 그는 겁에 질려 그녀의 어깨를 잡았다. 두 사람은 한마디 말도 없이, 향수 냄새가 남아 있는 컴컴한 방 안에서 싸움을 했다. 아시아데에게 인간적인 면모는 더 이상 남아 있지 않았다. 그녀는 한 마리의 야수가 되어, 참을 수 없는 중오를 느끼며 낯선 무언가를 깨물었던 것이다. 그녀의 입에서는 찝찔한 맛이 났고, 쿠르츠는 금방이라도 쓰러질 듯 비틀거렸다.

그녀는 거칠게 그를 놓아 준 후, 고개를 숙이고 서서 손수건으로 입술을 닦았다. 쿠르츠의 얼굴에는 폭이 넓은 리본처럼 핏줄기가 번지며 흐르고 있었다. 그는 새파래진 얼굴로, 맥이 다 빠져 다리 힘이 풀린 듯 안락의자에 주저앉았다.

아시아데는 아무 말 없이 방에서 나가 환하게 불이 켜져 있는 옆방으로 들어갔다. 그녀는 창백한 얼굴로 여전히 실눈을 뜨고 있었다. 테이블 위에 펀치가 담긴 커다란 잔 하나가 보이자, 그녀는 그 잔을 들고 단숨에 들이켰다. 술이라곤 마셔 본 일이 없는 그녀였기에, 마치 수많은 창들이 자신의 몸에 구멍을 뚫는 것 같았다.

있을 수 없는 일이 실제로 일어났다! 남편의 친구 하나가 그녀를 욕정에 불타는 눈으로 바라보았던 것이다. 그녀는 거울 앞으로 걸어갔다. 자신이 더럽혀진 것 같았다. 그녀의 육체와 영혼을 포함한 모든 것이 때묻고 더럽혀진 기분이 들었던 것이다. 사람들의 얼굴은 그녀의 눈앞에서 바퀴처럼 빙글빙글 돌았고, 어디선가 들려오는 웃음소리는 한밤에 하이에나가 울부짖는 소리 같았다. 그녀는 손에 피 묻은 손수건을 움켜쥔 채 앞으로 걸어갔다.

하싸는 옆방에서 기다란 의자에 앉은 채 이야기를 계속하고 있었다.

"반면에 혼수상태에 빠질 수도 있습니다. 물론 고개를 꼿꼿이 세우고 있을 수는 없겠죠."

아시아데가 손짓으로 하싸를 부르자, 그가 즉시 자리에서 일어나 그녀에게로 다가갔다. 그러나 그녀는 아무 말도 하지 않았다. 만약 조금 전 있었던 일을 이야기한다면, 무슨 일이 일어날지 불 보듯 뻔하기 때문이었다. 하싸는 넓은 어깨에 건장한 모습으로 그녀의 곁에 서 있었고, 그녀를 지키기 위해서라면 무슨 일이라도 할 것처럼 보였다. 그녀는 왕자도, 머나먼 사하라사막의 오아시스도 잊어버렸다. 그녀 곁에는 그녀의 남편 하싸가 있었던 것이다. 끔찍한 일이 생겨날 게 분명했지만, 그녀는 더 이상 침묵을 지킬 수가 없었다.

"하싸, 당신은 나의 주인이며 남편이에요. 우리를 이 집에 초대한 당신 친구가 손님에 대한 예의를 어겼어요. 나를 빈 방으로 꾀어내어 욕보이려 했어요. 그 사람 귀를 물어뜯은 것 같아요. 하싸, 가서 그 사람을 죽여요."

그녀가 쉰 목소리로 다급하게 말하자, 하싸는 놀라면서 겁에 질린 표정으로 바라보았다.

"대체 왜 그래, 아시아데? 그 피는 뭐야?"

그는 아시아데가 손에 쥔 피 묻은 손수건을 보면서 물었다.

"그 사람 귀를 물어뜯은 것 같다니까요. 지금 그 사람을 죽여야 해요. 하싸, 어서 가서 그를 죽여요!"

그녀는 복수를 갈망하면서 쉰 목소리로 말했다. 그러고 나서 가냘프고 쓸쓸해 보이는 모습으로 가만히 서 있었다. 그녀는 손을 축 늘어뜨린 채, 정신이 혼미한 상태에서 같은 말을 되풀이했다.

"어서 죽여요, 하싸. 어서요!"

"귀를 물어뜯었다고? 맙소사! 당신은 정말 사나운 여자야!"

하싸는 이 상황을 어떻게 받아들여야 할지 모른 채, 그저 싱긋 웃기만 했다.

"목을 물어야 하는 건데 잘못했어요. 난 힘없는 여자일 뿐이잖아요. 그 사람을 죽여 줘요, 하싸. 그가 나를 모욕했다고요!"

하싸는 이를 점점 더 드러내며 웃었다. 그는 오늘밤 거나하게 술을 마신 상태였고, 자신의 아내가 동료의 귀를 물어뜯었다는 사실이 우스꽝스럽게만 생각됐다.

"친구에게 한번 가 볼게. 그렇게 쳐다보지 마. 당신이 무서워진단 말이야."

그는 방을 하나하나 들여다보았다. 그러나 반 고흐의 그림이 걸려 있고 향수 냄새가 나는 방에는 아무도 보이지 않았다. 마침내 그는 진료실 안에 있는 쿠르츠를 발견했다. 그는 소매를 걷어 올린 채로, 귀에 붕대를 감으려 애쓰고 있었다.

"자네의 앙고라고양이가 좀 할퀴었어."

쿠르츠가 당황하며 말했다.

하싸는 고개를 내저었다.

"신경전문의는 붕대도 감을 줄 모르는군. 이리 와 봐. 내가 해 줄게."

하싸는 몸서리 치며 말한 뒤, 상처를 소독한 후 노련한 솜씨로 붕대를 감았다.

"자네 부인은 정말 난폭하더군."

쿠르츠가 많이 진정된 모습으로 투덜대며 말했다.

"내 얼굴을 다 망가뜨려 놨어. 이 상태로 어떻게 환자들을 대하지?"

"꼴좋군. 그러게 낯선 여자를 희롱해서는 안 되는 법이야."

하싸가 외과용 가위를 만지작거리면서 말했다.

"그게 무슨 소리지? 희롱이라니?"

쿠르츠가 화난 목소리로 물었다.

"자네 부인이 뭐라고 하던가? 우리는 반 고흐 그림이 걸려 있는 방에 서 있었어. 난 그림에 대해 설명하고 있었지. 그러다가 기분이 너무 좋

앉았나 봐. 말하던 중에 자네 부인 어깨에 손을 얹었던 것 같아. 얼굴을 만졌던 것도 같고. 아무튼 정확히는 기억이 안 나. 그런데 갑자기 자네 부인이 나한테 달려드는 거야. 정말이지 들고양이처럼 엄청 사나웠다니까. 하싸, 자네 부인 말을 믿는 건 아니겠지? 바로 옆방에 사람들이 스무 명이나 있는데 내가 여자를 유혹하려 했겠어? 말도 안 돼. 내가 남의 아내를 유혹하다니! 터무니없는 소리야! 내 히스테리 환자들만 해도 지겹다고. 그건 그렇고, 내일 환자를 한 명 보낼게. 돈 많은 폴란드 여잔데, 신경과민증세가 있는 것 같아. 아마도 반사신경증일 거야."

하싸는 큰 소리로 웃었다. 쿠르츠는 순진한 친구였고, 아시아데는 사람들을 대할 때 하렘에 있다는 착각을 하는 게 분명했다. 동양인들은 유럽인들과 너무나 달랐다. 그게 다였다. 하싸는 쿠르츠에게 미안한 생각이 들었다.

한편, 하싸가 쿠르츠의 상처에 붕대를 감아 주고, 쿠르츠가 돈 많은 폴란드 여자의 반사신경증에 대해 이야기하는 동안, 아시아데는 옆방에 있는 기다란 의자에 앉아 있었다. 그리고 멍한 얼굴을 한 남자는 그녀 곁에서 현대 영국 문학에 대해 쉬지 않고 떠들어댔다.

"골즈워디(영국의 극작가이며 소설가-역주)의 작품에는 인생의 모든 비극과 부조리가 담겨 있어요."

"그렇군요."

아시아데는 닫힌 문을 바라보며 대답했다. 바로 저 문 뒤에서 무언가 끔찍한 일이 벌어지고 있으리라. 그런데 왜 비명 소리가 안 들리는 걸까? 하싸가 쿠르츠의 목을 졸랐거나 망치로 머리를 내려쳤을지도 모를 일이었다. 쿠르츠는 아무 소리도 내지 못하고 쓰러졌으리라. 아니면 지금 당장이라도 끔찍한 비명 소리가 들려올지 모른다. 아니면? 아시아데는 심장이 멎는 것만 같았다. 싸움에서 이긴 건 쿠르츠이고, 향수 냄새 나는 방에서 피범벅이 된 채 누워 있는 사람이 하싸라면? 그런 일은 생길 리 없었다. 하싸는 쿠르츠보다 힘이 셌고, 분명히 더 용감했다. 알라께서도 하싸의 편에 서 계실 게 틀림없었다.

마침내 문이 열렸고, 아시아데는 숨을 멈췄다.

"오스카 와일드 이후로, 영국 문학은 더욱 현실적이며 의미심장한 내용을 다루게 됐습니다. 요즘 사람들은 현실을 추구하고 있어요. 그래서 전기나 보고서를 더 좋아하는 거죠."

"아!"

아시아데가 탄성을 질렀다.

하싸와 쿠르츠가 문 앞에 나란히 서 있는 게 아닌가! 쿠르츠는 왼쪽 뺨에 붕대를 감고 있었다.

"가벼운 사고가 있었습니다."

쿠르츠는 겸연쩍은 듯 웃으며 말을 이었다.

"손에 샴페인 잔을 든 채로 넘어졌어요. 잔이 깨지는 바람에 귀를 베었습니다. 하지만 괜찮아요. 동료 의사인 하싸가 응급처치를 해 줬거든요."

아시아데는 자리에서 일어나 두 사람 쪽으로 걸어갔다. 쿠르츠는 갑자기 작고 초라해졌다. 하싸는 그런 아시아데를 막고 서더니, 그녀의 팔을 잡아 창가로 데려갔다. 그녀는 떨리는 입술로 하싸를 올려다보았다.

"안 죽였어요, 하싸? 당신 아내를 모욕당한 채로 놔둘 건가요? 당신은 내 남편이에요, 하싸. 꼭 내 손으로 복수해야겠어요?"

"벌써 복수했잖아."

하싸는 평상시와는 조금 다르게 농담조로 말했다.

"당신은 좋은 여자야. 내가 믿을 수 있는 여자지. 하지만 여기는 아시아가 아니야. 술을 좀 마신 상태에서 당신을 친근감 있게 대하고 싶어 하는 남자들을 다 죽인다면, 난 살인마가 되고 말 거야. 우린 모두 교양 있는 유럽인이잖아. 안 그래?"

그때 쿠르츠가 두 사람 곁으로 다가오더니, 겸손한 목소리로 말했다.

"부인, 정말 죄송합니다. 아깐 제정신이 아니었나 봅니다. 하지만 부인께서도 너무 예민하게 반응하신 것 같군요. 부디 용서해 주십시오. 하렘에서 오신 분이라는 걸 완전히 잊고 있었습니다. 여기 유럽에선, 기분이 좋을 때 하찮은 일로 야단법석을 떨지 않죠."

아시아데는 아무런 대답 없이 커다란 거울을 들여다보았다. 그녀의 다리와 팔, 맨살을 드러낸 어깨가 보였다. 그리고 부드러운 입술과 잿빛 눈동자를 가진 그녀의 얼굴도 보였다. 그녀가 가진 모든 것은 자기 부인조차 지키지 못하는 이교도 하싸의 것이었다. 그러자 수치심과 슬픔이 밀려들었다. 하싸는 아내가 가진 모든 것을 낯선 사람들의 흘긋대는 시선에 내주는 사람이었다. 그런 교양 있는 남편을 둔 여자가 기대할 수 있는 것은 무엇일까?

"이제부터 파티에 갈 때는 베일로 얼굴을 가리겠어요. 그럼 안전할지도 모르죠. 그만 가요, 하싸."

쿠르츠는 두 사람이 문 밖으로 나갈 때까지 눈을 떼지 않았다.

'난 유럽인 환자만 다룰 수 있는 신경전문의인 것 같군. 내가 배운 것도 이스탄불의 벽 앞에서는 아무 소용이 없어.'

아시아데와 하싸는 아무 말 없이 차에 올라탄 뒤 출발했다.

"당신은 너무 쉽게 흥분하는 것 같아. 안 그래, 아시아데?"

하싸가 물었다.

"내 뺨을 때렸을 때 생각나?"

"당신 친구랑 잤어야 한다는 말인가요?"

"그건 아니지만 사람들을 물어선 안 돼. 이젠 그러지 마."

아시아데는 아무 대답도 하지 않았다. 갑자기 하싸가 너무 낯설고 멀게 느껴졌다. 공원을 둘러싼 격자울타리가 무시무시한 어둠을 둘러싸고 있는 유령처럼 보였다. 널찍한 링 거리의 양옆으로는 사악하고 음울해 보이는 집들이 늘어서 있었다. 그리고 그 안에 살고 있는 사람들의 혼란스런 마음은 거칠고 메말라 있으리라.

아시아데는 자기 딸을 바라본 낯선 사람의 눈에 칼을 꽂았을 것이며, 자기 딸에게 키스한 자의 입술을 도려냈을 아버지를 떠올렸다.

"화났어, 아시아데? 당신이 원한다면 다시는 쿠르츠 집에 안 갈게."

하싸의 손이 그녀의 팔에 와 닿았다.

"알았어요."

아시아데가 대답했다. 그녀는 자신의 남편이 부끄러웠다. 자신이 살고 있는 이 세상과 도무지 이해할 수 없는 삶의 방식 또한 부끄러웠다. 이윽고, 자동차가 멈췄고 두 사람은 집으로 올라갔다. 아시아데는 하싸가 겁쟁이가 아니라는 사실을 알고 있었다. 그의 손은 강했고, 사람들을 대할 때면 당당히 눈을 들여다보곤 했다. 그런데 왜 적의 목은 조르지 않은 걸까? 쿠르츠를 죽이지는 못했더라도, 어떤 방법으로든 응징을 했어야 했다. 하싸는 아시아데가 자신을 배신하면 다시는 웃지 못할 거라고 말했지만, 그녀의 원수를 갚아 주진 못했다. 단지 그럴 마음이 없었던 것이다. 그는 적을 바닥에 내던질 생각이 없었다. 자신의 아내를 욕정 어린 시선으로 바라보던 적의 눈에서, 뿜어져 나오는 피를 보고 싶어 하지도 않았다.

아시아데는 반쯤 감은 눈으로 하싸를 바라보았다. 그는 침대에 누워 그녀의 마음을 헤아리지 못한 채, 그저 미안한 얼굴로 바라볼 뿐이었다.
"이제 그만 화 풀어, 아시아데. 다시는 쿠르츠의 초대에 응하지 말자. 그럼 될 거야. 남의 아내를 껴안다니, 정말 추접스런 짓이었어. 당신이 스스로를 지킬 수 있어서 참 다행이야. 그 친구도 이번 기회에 깨달은 바가 있을 거야. 당신은 용감하고 사나운 나의 여자야."
하싸는 만족감을 느끼며 소리 내어 웃더니, 이내 눈을 감았다.
아시아데는 다리를 웅크린 채 침대에 앉아서, 머리맡에 놓인 램프를 바라보고 있었다. 그녀는 쿠르츠에 대해선 더 이상 생각하지 않았다. 세상에는 분명 쿠르츠 같은 사람이 많을 것이다. 가슴이 타는 듯 쓰라렸다. 그녀는 무릎에 머리를 대고 얼굴을 찡그린 채로, 한참 동안 골똘히 생각에 잠겼다. 그녀는, 비록 교양은 없으나 '명예'가 무엇을 뜻하는지 정확히 알고 있는 사람들을 생각했고, 갑자기 낯설지 않게 느껴지는 마리온을 떠올렸다. 그리고 아버지와 가다메스 오아시스를 생각했으며, 그녀가 살아야 할 곳이면서도 이해할 수 없는, 이 낯선 세계에 대해 생각했다.
그녀는 가슴에 느껴지는 통증을 더 이상 견딜 수가 없었다. 이마 위에 구슬 같은 땀방울이 맺혔다. 이제 그녀의 머릿속에는 단 한 가지 생각밖에 없었다. 그녀는 아버지나 왕자, 혹은 마리온이나 자신을 둘러싼 낯선 세계에 대해 더 이상 생각하지 않았다.
그녀는 침대에 앉아, 입을 약간 벌리고 겁에 질린 눈으로 램프를 바라보았다. 그리고 어린애처럼 나지막한 신음 소리를 냈다. 한 가지 생각이 그녀의 머릿속을 맴돌면서 좀처럼 놓아 주려 하지 않았다. 아시아데는 자신의 몸을 꿰뚫고 고문하듯 괴롭히는 그 생각을 견디다 못해, 쓸쓸한 모습으로 침대에 앉은 채 신음 소리를 냈다. 하싸는 그녀의 옆에서 자고 있었고, 램프의 불꽃은 활활 타오르고 있었다. 아시아데는 같은 생각을 몇 번이고 되새겼다. 그녀는 날이 밝을 때까지, 하싸의 아이를 갖는 것이 과연 옳은 일인지를 곰곰이 생각했다.

그녀는 이윽고 잠이 들었다. 아직 수수께끼는 풀지 못했지만 얼굴엔 미소를 짓고 있었다. 솟아오르는 태양은 카펫 위로 빛줄기를 내려 보내고 있었다.

11

인간의 운명은 신비에 싸인 길로 이어져 있었다. 사건들이 만들어 내는 마법의 고리는 바다와 대륙을 연결했고, 우리 인간을 하나로 묶어 주는 듯했다. 베를린에 살고 있는 나이 든 파샤는, 피곤한 눈으로 오래된 카펫의 문양을 자세히 살펴보면서 몇 마디 말을 했다. 그리고 뉴욕에 살고 있는 존 롤랜드라는 이름의 남자는 인생의 균형을 잃어버렸다.

비엔나에 사는 한 의사는 아름다운 여인의 목을 바라보았고, 그녀는 서양에 대한 믿음을 잃어 가고 있었다. 그리고 꼬리를 물고 일어나는 사건들은 수수께끼 같은 문양을 만들어 냈다. 죽은 자와 산 자, 과거와 현재는 정신없이 돌아가는 춤 속에서 만난 뒤, 아주 서서히 하나로 녹아들고 있었다. 그리하여 그것들은 인간의 운명으로 재탄생되었으며, 그들의 행동과 생각을 만들어 냈다.

지구의 둘레를 도는 생각의 세계에서 사라진 것은 아무것도 없었다. 수백 년 전에 품은 생각들은 여전히 생명을 유지한 채, 도서관의 먼지

속, 혹은 누렇게 바랜 옛 문서의 책장 속에서 비현실적인 생활을 하고 있었다. 그러다 갑자기 세속적인 사건이 되어 구체적인 행동으로 변했다. 그리고 덧없는 춤은, 손가락에 끼워진 결혼반지처럼 지구 둘레를 빙글빙글 돌면서 계속되었다.

수백 년 전, 용감한 전사 '우사마 이븐 문키즈'는 말을 타고 이집트의 들판과 팔레스타인의 마을들을 가로질렀다. 그리고 수십 년간 마호메트의 초록 깃발을 지키기 위해 피를 흘렸다. 그는 바다 건너편에서 넘어와 마호메트의 백성들을 위협하는 이교도들에 맞서 싸웠던 것이다. 그는 성지 예루살렘 앞에서 프랑크족(서西게르만의 한 부족으로, 5세기 말에 프랑크 왕국을 건설한 민족-역주) 기사들과 싸웠으며, 에데사와 아카에서도 전투를 치렀다. 성지 안의 어디에서건, 반월半月과 십자가가 만나는 곳이면 으레 그의 말이 모습을 드러냈다. 그가 입고 있는 쇠사슬 갑옷은 말 등을 덮고 있었고, 드넓은 들판에는 그가 외치는 돌격의 함성이 울려 퍼졌다.

"신의 이름으로! 여기 우사마 이븐 문키즈가 나간다! 프랑크 기사들아, 다 덤벼라!"

그러나 살라딘(고대 이집트 아유브 왕조의 창시자-역주)은 프랑크 왕국과 평화 협정을 맺었고, 전사 우사마는 왕의 명령을 받아 프랑크 왕국의 성과 마을을 둘러보았다. 그는 이국적인 관습을 보고 그 나라의 언어를 들으면서 크게 놀랐다. 이렇게 시간은 흘러, 전사 우사마는 늙고 지친 몸을 이끌고 마침내 다마스쿠스(시리아의 수도-역주)에 있는 왕궁으로 돌아왔다. 그는 자신의 칼을 땅에 묻은 뒤, 늙어서 떨리는 손으로 펜을 들었다. 그리고 왕과 그의 자식들을 위해 위대한 저서 《지침서》를 써 내려갔다. 그는 자신의 출정 경험뿐만 아니라, 마호메트의 백성들과 싸우기 위해 바다를 건너왔던 낯선 프랑크족에 대해, 자신이 알고 있는 모든 내용을 이 책에 담았다.

그 후 수십 년 동안, 프랑크족과 싸우러 간 아랍 기사들은 우사마의 책을 읽었다. 하지만 결국 이 《지침서》는 사람들로부터 서서히 잊혀 갔다. 수세기가 흐르는 동안, 지혜를 가득 담은 이 책은 사람들 눈에 띄지 않은 채, 먼지가 수북한 서가에 꽂혀 있었다. 학식 있는 전사였던 우사마 이븐 문키즈를 기억하는 사람은 아무도 없었다. 그러던 어느 날, 서양 학자들이 누렇게 빛바랜 옛 문서 가운데에서 《지침서》를 발견해 냈다. 숙련된 학자들의 눈은 열심히 옛 문서를 해독했고, 마침내 책은 출판되었다. 그리고 전사 우사마의 이름은 프랑크 왕국의 생활상을 담은 책과 함께, 무너진 과거의 돌 더미 속에서 다시 한 번 우뚝 솟아났다.

아시아데는 커다란 도서관을 가득 메운 책들 가운데에서 우연히 아랍어로 쓰인 책을 발견하고 무심히 뒤적였다. 사서는 아시아데가 이 책을 내밀자 빙그레 미소를 지었다. 이토록 아름다운 여자가 잊힌 아랍 전사가 말하는 지침에 대해 알고 싶어 하다니, 참으로 우스운 일이었다.

집에 돌아온 아시아데는 기다란 의자에 쪼그리고 앉아 책을 펼쳤다. 처음에는 고대 아랍어가 이상하고 낯설게만 느껴졌다. 그녀는 사냥과 기사들 간의 결투, 그리고 나이 든 전사 우사마를 매혹했던 기이한 사건들에 대해 읽다가 갑자기 한 곳에서 눈을 멈췄다. 다음 페이지에 '프랑크족의 관습에 대하여'라고 쓰인 커다란 표제어가 보였던 것이다.

아시아데는 미소를 머금은 채, 고개를 저으며 글을 읽어 내려갔다.

> 우리의 주인이자 창조자이신 신께 영광을! 프랑크족의 생활상을 깊이 들여다본 사람이라면 누구라도 자신을 이슬람교도로 만들어 주

신 알라를 찬양할 것이다. 그리고 프랑크족 사람들을 동물로 여길 것이다. 그들은 모든 동물과 마찬가지로 단 한 가지 덕목만을 갖추었으니, 그것은 바로 전장에서 드러나는 엄청난 용기이다.
프랑크족 사람들에게는 자존심도 질투심도 없다. 프랑크 남자 한 명이 아내와 함께 길을 걷고 있다고 가정해 보자. 다른 프랑크 남자 한 명이 다가와 여자의 손을 잡고 다른 곳으로 데려간다. 그런 다음 그 여자에게 무언가를 이야기한다. 그러면 여자의 남편은 제자리에 서서, 그들의 대화가 끝날 때까지 기다린다. 만약 대화가 너무 길어지면, 남편은 아내를 낯선 남자와 함께 있도록 내버려둔 채 가던 길을 계속 간다.

'정말 재미있군.'
아시아데는 이렇게 생각하면서 들뜬 마음으로 계속 글을 읽었다.

심지어 다음과 같은 사건을 목격하기도 했다. 나는 예루살렘에서 가까운 나블루스를 방문할 때마다 친구 무이스의 집에 머물렀는데, 그곳에는 언제나 이슬람교도들의 발길이 끊이질 않았다. 친구의 집 창문들은 거리를 향해 나 있었고, 맞은편에는 포도주 상인의 집이 있었다. 그 사람은 프랑크 남자였는데 직업상 자주 집을 떠나 있어야 했다. 하루는 집에 돌아와 보니, 낯선 남자가 자신의 아내와 함께 침대에 누워 있었다.
"여기서 뭐 하는 거요?"
포도주 상인이 물었다.
"여행 중이었는데 잠깐 쉬려고 들어왔습니다."

"그런데 왜 내 침대에 누워 있는 거요?"
"잠자리가 준비된 것이 보여서 누운 것뿐입니다."
"그렇지만 내 아내가 당신 옆에 누워 있잖소?"
"이 침대는 당신 아내의 것이기도 합니다. 자기 침대에 눕는 걸 막을 수는 없잖습니까?"
"맹세컨대, 다시 한 번 이런 짓을 했다간 당신과 나 사이에 큰 싸움이 일어날 줄 아시오!"
포도주 상인이 외쳤다. 고작 이것이 그의 분노와 질투심을 나타내는 가장 강한 표현이었던 것이다!

아시아데는 의자 등받이에 머리를 기댄 채 소리 내어 웃었다. 프랑크 족 사람들은 제정신이 아니었다. 전쟁터에서는 용감했지만 질투에 있어서는 남자다움을 찾아볼 수가 없었다. 지혜로운 전사 우사마가 프랑크 족의 관습을 연구한 지 수세기가 흘렀지만, 프랑크 남자들의 영혼에는 변화가 없었다. 자기 여자가 베일을 쓰지 않은 채 거리를 나다니게 하는 데에도 변함이 없었다. 하싸 역시 프랑크 남자였다. 그는 불미스런 일이 한 번 더 일어난 뒤라야 자신의 아내에게 키스한 동료와 싸움을 할 터였다. 아시아데는 계속해서 글을 읽었다. 이 두툼한 책은 전혀 시대에 뒤떨어져 보이지 않았다.

또 다른 예가 있다. 나는 티로스의 목욕탕에 가서 개인 욕실을 빌린 적이 있었다. 목욕을 마쳤을 때, 하인이 뛰어 들어오더니 큰 소리로 외쳤다.
"주인님, 못 믿으시겠지만 이 목욕탕에 여자가 있습니다!"

나는 그 즉시 여자가 있다는 커다란 방으로 가 보았다. 아니나 다를까, 아버지인 듯 보이는 프랑크 기사 옆에 젊은 여자가 있었다. 나는 내 눈을 의심하며 친구에게 말했다.

"맙소사! 저기 보이는 이가 정말 여자란 말인가? 가까이 가서 말도 안 되는 이 일을 직접 확인해 보게!"

친구는 젊은 여자 곁으로 다가가더니, 내가 보는 앞에서 프랑크 기사 옆에 있는 사람이 여자라는 사실을 확인했다. 기사는 나를 돌아보며 말했다.

"이 아이는 제 딸입니다. 제 어미가 세상을 떠난 뒤로, 이 아이를 씻겨 줄 만한 사람이 없어서 여기에 데려와 손수 씻겨 준 겁니다."

"옳은 일을 하셨습니다. 하늘이 상을 내리실 겁니다."

나는 이렇게 말했다.

그러나 마음속으로는 달리 생각하고 있었다.

'믿는 자여, 잘 들어라. 바로 여기 뚜렷이 대비되는 두 가지 사실이 있다. 프랑크족들은 그들의 탁월한 용맹성으로 빛을 발할지는 몰라도 명예나 질투는 모르는 자들이다. 그들의 용맹성이 명예를 잃지는 않을까 하는 두려움에서 생겨나는 것일지라도 이 같은 사실에는 변함이 없다. 부디 신께서 벌을 내리시기를.'

아시아데는 책을 덮었다. 그녀도 얼마 전 처음으로 목욕탕에 간 적이 있었다. 낯선 남자들은 어색해하며 떨고 있는 그녀의 반쯤 벗은 몸을 쳐다보았다. 어쨌든 하싸는 부도덕한 사람은 아니었다. 그는 단지 우사마가 조롱했던 늙은 기사와 마찬가지로 프랑크 사람일 뿐이었다. 그의 조상들은 사라예보에 살면서 자신들의 여자를 지켰으나, 하싸에게서 그런 조상들의 흔적이라고는 찾아볼 수가 없었다. 그는 자신이 태어난 세계의 일부였으며 여전히 그 안에 속하기만을 원했다. 아시아데가 전사 우사마를 이해하고, 낯선 남자가 자기 아내에게 말을 걸어도 그냥 두고 가던 길을 계속 가는 프랑크족을 비웃는다 해도, 그건 하싸의 잘못이 아니었다.

아시아데는 눈살을 찌푸렸다. 그녀의 세계와 하싸의 세계 사이에는 깊은 심연이 가로놓여 있었으며, 두 세계를 연결하는 다리조차 없었다. 하싸가 그를 둘러싼 모든 사람들과 조금도 다르지 않다고 해도, 그게 그의 잘못은 아니었다. 또한 이 같은 이유로 그를 벌하는 것만큼 부당한 일은 없으리라.

아시아데는 한숨을 쉬었다. 역시 하싸는 그녀가 낳을 아이들의 아버지가 될 만한 사람이 아니었다.

그녀는 《지침서》를 바라보았다. 그러자 마치 꿈을 꾸듯, 전사 우사마와 그녀의 아버지, 그리고 오스만 제국의 왕자와 함께 미래를 향해 걸어가는 자신의 모습이 보였다. 왕자는 지금 스스로를 존 롤랜드라 부르며 머나먼 오아시스에 머물고 있었다. 그들의 운명은 마치 손가락에 끼워진 결혼반지처럼 지구를 맴돌면서, 거듭되는 세월 속에 끊임없이 빙글빙글 춤추고 있었다. 그녀에게 그 환영은 비현실적인 우화처럼 느껴졌다.

여기, 다섯 장의 그림이 펼쳐져 있으니, 인간의 생각과 꿈은 예측할 수 없는 묘한 방법으로 서로 이어져 있는 법이다.

나이 든 파샤는 베를린의 와탄 카페에 앉아 있었고, 그 앞에 놓인 커피는 차갑게 식어 가고 있었다. 그는 늙고 피곤한 눈으로 카운터 뒤에 있는 카페 주인을 바라보았다. 그러면서 자신의 약혼녀를 차지하지 못할 만큼 약한 왕자와 이교도와 살면서 아직도 아이가 없는 딸을 생각했다.

하싸는 진료실의 키 낮은 의자에 앉아 있었으며, 그의 앞에 누워 있는 돈 많은 폴란드 여자는 반사신경증을 호소하고 있었다. 그는 환자를 치료하면서 옆방에 앉아 있는 아시아데를 생각했다. 그녀는 이해하기 어려운 아랍 책을 읽으면서 큰 소리로 웃고 있었다. 하싸는 애정과 걱정스러움을 동시에 느끼며 그녀에 대해 생각했다. 그녀는 이제 스물한 살이었고, 유럽의 관습과 예절을 배워야만 했다.

마리온은 링 카페의 테라스에 앉아 있었다. 그녀의 아름다운 얼굴은 볕에 그을어 있었고, 눈은 거만하면서도 자신감에 차 보였다. 그녀는 벌써 떨어지기 시작하는 나뭇잎을 바라보며 이제 여름도 다 갔다는 생각을 했고, 떠나가 버린 프리츠를 떠올렸다. 그리고 자신의 망가진 인생과 젊고 아름다운 아내를 얻은 하싸를 생각했다. 마리온이 젬머링에서 하싸의 아내를 만나던 날, 미친 남자 한 명이 그녀의 방으로 들어와 스스로를 왕자라 칭하며 그녀를 데려가고자 했었다. 그녀는 슬픈 미소를 지으면서 고개를 흔들었다. 어쩌면 스스로를 왕자라고 믿던 그 미친 남자가, 젊고 아름답지만 이미 인생을 망가뜨린 자신보다 행복할 거라는 생각을 했다.

쿠르츠는 거기에서 조금 떨어진 그라벤의 카페에서 브리지를 하고 있었다. 브리지 게임룸은 담배 연기로 자욱했다. 사람들의 얼굴은 창백해 보였고, 여자들은 실내인데도 옷을 너무 두껍게 입고 있었다. 쿠르츠는 테이블 위에 카드를 올려놓으면서 작스 쪽으로 몸을 숙였다.

"무슨 수를 썼는지 모르지만 하싸는 아름다운 부인을 얻었어."

쿠르츠가 말했다.

"정말 아름다운 여자야."

작스가 맞장구를 쳤다.

"하지만 우리랑은 너무 달라."

쿠르츠는 계속 말을 이었다.

"하싸가 어떻게 사는지 모르겠어. 그 여자랑은 대화가 안 통해. 벽에 대고 말하는 것 같다니까. 완전히 다른 세상 사람이야! 자네 생각은 어떤지 모르겠지만, 동양인들은 본래 우리와는 달라. 그건 해결될 수 있는 문제가 아니야. 교육으로도 불가능한 일이지. 내 말이 틀린가? 그 여자가 자리에 앉아 가만히 앞을 쳐다보고 있는 모습을 보면 말이야, 하싸가 걱정된다니까. 그 여자의 묘한 정신상태 속에서 갑자기 뭐가 튀어나올지는 아무도 몰라. 차라리 에스키모나 흑인 여자랑 결혼하는 게 낫지. 그 여자는 파샤나 왕자의 하렘 같은 데서나 사는 게 어울려. 그러고 보니 지난번 젬머링에서 이상한 환자를 한 명 봤어. 과대망상증 환자였는데, 자기가 터키 왕자라고 우기더군. 하싸의 부인한테 딱 맞는 사람이지 뭐야. 하! 하! 하!"

쿠르츠는 소리 내어 웃었다. 바로 그 순간, 존 롤랜드는 가다메스 근처의 광활한 돌밭에 앉아 있었다. 그는 자기를 둘러싸고 있는 이러한 생각들에 대해 전혀 모르고 있었다. 게다가 머나먼 나라의 어딘가에, 비밀스럽고 보이지 않게 자신과 연결된 사람들에 대해서도 아는 게 없었다.

그는 납작한 돌 위에 앉았다. 사하라사막의 돌밭이 그의 눈앞에 슬프고 외로운 모습으로 펼쳐져 있었다. 뜨거운 바람이 거대한 유령이 내뿜는 타는 듯한 숨결처럼 메마른 돌 위로 불어왔다. 그의 앞에는 돌로 만든 우상이, 사하라사막으로 통하는 신비로운 관문처럼 우뚝 서 있었다. 그 우상은 키클롭스(그리스 신화에 나오는 외눈박이 거인-역주)가 그곳에 던져 놓기라도 한 것처럼, 아주 오랜 세월 비바람에 시달려 온 수수께끼 같은 모습이었다. 존의 오른편에는 타르키 부족의 초라한 천막이 모여 있었다. 천막 입구에는, 억세 보이는 마른 남자가 길게 늘어지는 옷차림에 베일로 얼굴을 가리고 앉아 있었다. 그는 외국인으로 보이는 존이 관심 없다는 듯 경멸하는 눈으로 바라보았다.

뜨겁게 달구어진 땅에서는 불 냄새가 났고, 저 멀리로 튀니지 국경을 향해 이동하고 있는 대상隊商*이 보였다. 멀리 있는 낙타들은 바람에 실려 온 모래 더미처럼 보였다. 낙타의 등에는 팀북투산 사금砂金과 가트** 산 향수와 더불어, 먼 남쪽 나라에서 가져오는 상아와 타조 깃털이 실려 있었다.

그때, 얼굴과 가슴을 드러낸 호리호리한 여자가 천막에서 나오더니 존을 향해 걸어왔다. 그녀의 크고 검은 눈동자는, 저 멀리 뜨겁게 달구어진 모래와 돌로 가득하며 쓸쓸하기까지 한 사막을 바라보았다. 그녀는 깊이 숨을 들이마시면서 말했다.

"여긴 정말 아름다워요. 외국에서 오셨죠? 세상 어디에도 여기만큼 아름다운 곳은 없어요."

"정말 그렇군요."

존은 이렇게 말하면서 가슴을 드러낸 갈색 피부의 여인을 올려다보았다.

"여자가 남자를 지배한다는 타르키 부족 분이신가요?"

여자는 고개를 끄덕였다.

"지금으로부터 수세기 전, 우리 부족의 남자와 여자 사이에서 싸움이 일어났어요. 여자들은 남편을 버리고, 무기와 낙타를 가지고 떠났어요.

---

*사막 등지에서, 코끼리나 낙타 따위를 이용하여 무기, 식량을 준비해서 여행하는 상인 단체.
**Ghat, 팔레스타인의 옛 지명. 번화한 도시왕국이었다고 추정되며 현 위치는 정확히 알 수 없다.

남자들은 그 여자들의 뒤를 쫓았죠. 그들 간에는 끔찍한 싸움이 일어났고, 결국 여자들이 이겼어요. 바로 그때부터 우리 여자들이 지배권을 갖게 된 거예요. 그리고 농노와 같다는 표시로 남자들 얼굴에 베일을 씌우기 시작했죠."

그녀는 입가에 거만한 미소를 머금은 채 입을 다물었다.

그러다가 갑자기 다시 말문을 열었다.

"바로 이렇게 외국인들한테 이야기하죠. 하지만 이건 거짓말이에요. 수백 년 전 아무런 싸움도 일어나지 않았어요. 단지 남자들이 여자의 보호 아래 지내야 한다는 걸 깨달았을 뿐이죠. 여자가 없는 남자는 벌거숭이처럼 초라해요. 여자의 도움이 없다면 남자는 사막을 헤매는 신세가 되고 말죠. 살인과 약탈을 일삼아 그 누구도 얼굴을 마주하고 싶지 않은 사람이 되고 말 거예요. 남자는 오로지 여자의 천막 안에서만 가정을 이룰 수 있고, 위안을 찾을 수 있죠. 따라서 남자는 여자를 경배해야 돼요."

"맞습니다. 위안을 얻지 못한 남자는 벌거숭이처럼 초라한 법이죠."

존이 말했다.

그는 자리에서 일어난 뒤, 돌이 널려 있는 벌판을 가로질러 걸었다. 뜨거운 바람이 그의 등을 때렸다. 오아시스에는 무덤처럼 좁은 길들이 얼키설키 얽혀 있었고, 그 위로는 무질서하게 다닥다닥 붙은 지붕들이 삐져나와 있었다. 관자놀이에 파란 줄 세 개를 그려 넣은 흑인 여자들이 그의 곁을 지나갔다. 그들은 지난날의 노예 습성이 남은 탓인지 여전히 고개를 숙인 채 걸었다.

'아인 알 프라스' 우물은 네모 모양이었고, 그 둘레에 심어진 야자나무는 가지를 흔들고 있었다. 나이가 들어 눈이 처진 노인이 물시계 옆에 앉아 있었다.

"아인 알 프라스."

노인이 말했다.

"이 신성한 우물의 이름은 마호메트의 암말 이름을 따서 지은 겁니다. 이 물시계는 지난 4천 년 동안 이 자리를 지켜오면서 한 번도 틀린 적이 없었죠."

존은 몸을 움츠렸다. 시간은 세상의 끝인 이곳에서 백 년 단위로 측정됐던 것이다.

존은 호텔방으로 돌아왔다. 샘은 벌써 침대에 깊이 잠들어 있었고, 타자기는 이가 네 줄로 나 있는 사나운 괴물처럼 존을 노려보았다. 그는 옷을 벗었다. 이윽고 어둠이 밀려오자, 오아시스 위에는 이 세상의 것이 아닌 듯한 정적이 맴돌았다. 존은 눈을 커다랗게 뜨고 어둠 속을 바라보았다. 그는 끊임없이 불안감에 떠밀려 가며 두 세계 사이를 헤매는 방랑자였다. 살인과 약탈을 일삼으며 사막을 헤매고 다니는 타르키 부족의 남자와 다를 것이 없었다.

갑자기 무슨 소리가 들려왔다. 사막에서 들려오는 그 소리는 무서울 정도로 이상했으며, 처음에는 작더니 점점 커지고 있었다. 바스락거리고 흐느끼는 듯하여, 마치 사하라사막의 모든 악령들이 호텔 문을 비집고 들어오려 애쓰는 소리처럼 들렸다. 존은 침대 위에 일어나 앉았다. 소리는 다시 멀어지면서 흐느끼는 것처럼 들리더니, 커다란 울부짖음으로 변했다.

'룰이로군. 사막을 떠돌아다니는 밤의 유령이지. 수없이 많은 모래알들이 갑자기 차가워지면서 생겨나는 소리야. 무서울 정도로 요란하게

바스락대지.'

 존은 이런 생각이 들자, 몸서리를 쳤다. 어린 시절, 끔찍한 사막의 악령에 대해 들은 적이 있었기 때문이다. 그 이야기를 해 준 사람이 유모였는지, 아니면 어머니였는지는 기억나지 않았다.

 아주 먼 옛날, 마호메트가 이 세상에 태어나기 이전에는 사막의 신들이 사하라를 지배했었다. 그러나 이후 마호메트가 세계를 정복한 뒤, 사막의 신들은 사하라에서 쫓겨나 악령이 되었다. 자정이 될 때까지는 마호메트의 율법이 모래로 뒤덮인 세계를 지배했지만, 자정 이후에는 고대의 악령들이 그 모습을 드러냈다. 그들은 아침기도 소리가 들릴 때까지 흐느끼고 울부짖으면서 대지 위를 살금살금 걸어 다녔고, 이방인들을 공격했으며, 방랑자들을 유혹했다. 하지만 신성한 기도 소리는 다시금 악령들을 동굴 속으로 내몰았다.

 존은 몸을 떨고 있었다. 그는 서둘러 침대에서 뛰어내린 뒤 옷을 입었다. 방 안을 가득 메운 공허감이 갑자기 그를 짓눌렀다. 그러자 눈에 보이지는 않지만 거대하고 아주 오래된 무언가가 그를 움켜잡아, 마법의 목소리로 그를 부르고 있는 밤으로 이끌었다.

 그는 호텔 밖으로 나섰다. 달은 야자나무 위에서 빛났으며, 야자나무 그림자는 마비된 거인처럼 보였다. 존은 헐떡거리면서 텅 빈 오아시스를 가로질러 뛰었다. 중간에 신성한 우물과 빗장이 질린 작은 방들이 늘어선 노예시장을 지나쳤다. 그는 무슨 이유로, 어디로 가고 있는지도 모른 채 정처 없이 달렸다. 이윽고, 달빛이 환히 비치는 광장에 도착해서 눈앞에 고대의 물시계가 보이자, 그는 비로소 숨을 돌렸다. 그의 오른편으로는 위대한 회교 사원인 '드자마 엘 카비라'가 우뚝 서 있었다. 존이 걸음을 멈추자, 아득하게 들려오던 악령의 목소리도 잦아들었다. 그는 손으로 이마를 닦았다. 회교 사원의 열린 문은 내세로 통하는 문처럼 보였고, 그는 알 수 없는 충동에 이끌려 안으로 들어갔다.

사원 안에는 작은 석유램프들이 켜져 있었고, 줄지어 서 있는 기둥들은 돌로 변한 노예들 같았다. 존은 또다시 몸서리를 쳤다. 조국을 떠난 뒤로는 단 한 번도 사원에 발을 들여 놓은 적이 없었다.

그는 신발을 벗었다.

노인 한 명이 거친 무늬의 카펫 위에 앉아 코란을 읽고 있었다. 그는 석유램프의 흔들리는 불빛 속에서 춤추고 있는 미라처럼 보였다.

그 미라는 일어서서 존에게 고개를 숙였다.

"기도드리고 싶습니다."

존이 말했다.

노인은 꽉 다물고 있던 입술을 움직이며 말했다.

"이쪽입니다."

그 노인은 설교단을 가리켰다.

"이쪽이 메카가 있는 방향이니, 이쪽을 향해 기도드리면 됩니다. 원하신다면 저도 함께 기도하겠습니다. 전 이 사원의 이맘입니다."

존은 그의 말을 귀담아 듣지 않은 채 무릎을 꿇었다. 그를 둘러싼 모든 것은 이미 망각의 계곡 아래로 사라지고 없었다. 그는 이마를 바닥에 댔다. 이내 그의 입술이 거의 잊고 있었던 기도문을 외웠다. 존은 그렇게 한 시간 남짓 기도를 했고, 시간은 백 년 단위로 흘러갔다. 이윽고, 그는 작은 카펫 위에 책상다리를 하고 앉아서 아무 생각 없이 흔들리는 불빛을 바라보았다. 그러자 그의 영혼은 오래된 사원을 맴돌고 있는 고요함 속으로 녹아들었다.

이맘은 호기심 어린 눈으로 존을 바라보았다. 존과 마찬가지로 기도를 끝낸 이맘은, 무릎 위에 코란을 올려놓고 있었지만 더 이상 읽지는 않았다.

"늘 평화가 함께하시길 바랍니다, 왕자님."

존은 몸을 움찔했다. 꿈인지 생시인지 도무지 분간할 수가 없었다. 그는 자리에서 일어서며 물었다.

"제가 누군지 아십니까?"

"이곳은 작은 마을입니다, 왕자님. 우리는 악의 화신인 차를 타고, 사막을 가로질러 오는 외국인에 대해선 필요한 만큼 다 알고 있습니다. 그렇잖아도 내일 왕자님을 뵈러 갈 생각이었습니다. 인사도 드리고 일러 드릴 것도 있어서요. 왕자님께서 이곳에 오신 지도 한참이 되었습니다. 그런데 여전히 기도를 잊은 채, 짐승과 다를 바 없이 생활하고 계시더군요. 다행히 늙은 저를 불쌍히 여기신 알라께서 왕자님을 이곳으로 보내주셨나 봅니다. 알라께 영광을!"

존은 나이 든 이맘의 눈을 들여다보았다.

"한때는 이 오아시스를 비롯해 주변의 모든 땅이 제 조상님들의 것이었습니다. 그런데 전 지금 알라 앞에 머리를 조아리며, 먼지 속에 외로이 엎드려 있습니다. 세상은 저를 버렸고, 지금의 저는 폐가廢家의 나무 조각 하나에 불과합니다."

존이 나지막한 목소리로 말했다.

이맘은 아무 대답도 하지 않았다. 그의 시선은 아래를 향해 있었고, 빨갛게 칠한 그의 손톱들은 석유램프의 불빛을 받아 반짝이고 있었다.

존은 두려움에 사로잡혔다.

"저는 평화를 찾을 수 없는 버림받은 몸입니다. 낯선 세계에서 이방인으로 살아갈 수밖에 없는 신세죠."

"압둘 케림."

이맘은 거친 턱수염을 치켜올리며 말했다.

"당신의 조상들은 보스포루스의 궁전에 앉아 우리를 지배했습니다. 군인들을 보내서 우리의 가옥을 모조리 부숴 버렸죠. 그런데 당신은 지금, 알라 앞에 머리를 조아린 채 먼지 속에 엎드려 있습니다. 저는 이 사막에서 태어난 하찮은 사람에 불과하지만, 당신은 무너진 왕국의 왕자이십니다."

이맘은 짧게 끊어지는 불쾌한 소리를 내면서 흐느껴 울었다. 그러고 나서 거친 턱수염을 쓰다듬으며 오만한 목소리로 말했다.

"이교도들의 세계가 어떤 건지 아십니까? 모래로 뒤덮인 사막과 다를 게 없습니다. 그러나 누가 그따위 것을 두려워하겠습니까? 이곳의 대상隊商들은 팀북투와 황금해안, 가트와 수단(아프리카의 북동부에 위치한 나라—역주)의 흑인 지도자가 있는 곳까지 먼 길을 여행합니다. 우리는 단순한 민족이고, 보스포루스에 궁전을 소유해 본 적도 없습니다. 그러나 이곳의 대상들은 1년 혹은 2년 동안 광활한 사막을 가로지르며 여행을 계속합니다. 밤이 되면 이곳 여자들은 가다메스에 있는 집 지붕에 올라가서 눈물을 흘립니다. 그리고 사막에서는 슬픈 노랫소리가 들려오죠. 사람들은 팀북투나 황금해안, 혹은 야만인들이 살고 있는 정글을 비롯해 그 어디에라도 있습니다. 그러나 우리의 조국은 어디에 있을까요? 우리 모두는 저마다의 조국을 가슴이나 머리에 지니고 다닙니다. 언제나 우리와 함께 있죠. 사람은 팔다리나 눈, 그뿐 아니라 모든 걸 잃어버릴 수 있지만 조국만은 잃어버릴 수 없습니다. 당신은 낯선 도시들을 떠돌아다니면서 그곳 사람들이 지은 돌집에 살고 있습니다. 그러나 알라의 세계 안에 있는 한 낯선 것은 아무것도 없는 법입니다."

"그만두십시오. 어디에서 내 집을 찾는단 말입니까?"

존이 화난 목소리로 말했다.

그러자 이맘은 놀란 얼굴로 존을 올려다보며 말했다.

"자신만을 위한 집을 지으십시오."

"하지만 다른 남자가 내 집에서 주인 행세를 하고 있습니다."

이맘은 음흉하게 입을 꽉 다문 채 침묵을 지키더니, 마침내 입을 열었다.

"저는 가다메스 오아시스에서 태어난 하찮은 사람입니다. 그러나 세상은 기적으로 가득 차 있습니다. 전 내일 왕자님을 찾아뵈려던 참이었지만 알라께서는 오늘밤 제게 왕자님을 보내 주셨습니다. 마침 오늘, 제복을 입은 남자가 왕자님과 관계있는 전보 한 통을 가져다주었습니다. 오늘 집회에 모였던 사람들에게 그 내용을 읽어 주었더니, 다들 알라께서 베푸시는 기적에 놀라움을 금치 못하더군요. 알라의 힘은 실로 위대하십니다. 이교도들이 사는 나라에서 평화로 가득한 이곳까지 전보가 도착하는 데 한 시간밖에 안 걸렸더군요. 저는 단순한 사람이라서 어떻게 그런 일이 가능한지 도무지 이해가 가지 않습니다."

이맘은 구겨진 종이 한 장을 존의 손에 쥐여 주었고, 존은 그 종이를 펼쳐 내용을 읽었다.

> 오스트리아 비엔나 전보국. 트리폴리 경유 가다메스행.
> 위대한 사원의 지혜로운 이맘께.
> 알라의 이름으로 부탁드립니다. 오스만 제국의 압둘 케림 왕자가 그곳에 있습니다. 그를 만나 주시고, 지켜 주시고, 보살펴 주십시오. 그리고 평화가 함께하길 바란다고 전해 주십시오. 또한

왕자의 집을 짓고 있으며, 지키고 있으니, 알라께서 허락하신다면 그 집으로 들어와도 좋다고 전해 주십시오.

아흐메드 앙바리의 딸 아시아데.

존은 전보용지를 접었다.

"정말이지 저는 타르키 부족의 남자들이랑 다를 게 없군요. 남자 혼자서는 벌거벗은 것처럼 초라하기 마련인가 봅니다. 남자에게 집을 제공해 주는 건 여자들이니 그들을 공경해야겠군요."

존은 고개 숙여 인사한 뒤, 사원을 떠났다. 이맘은 생각에 잠긴 얼굴로 존이 사원 밖으로 사라질 때까지 지켜보았다. 그리고 나서 왕자와 그를 위해 짓고 있는 집, 사막을 여행하고 있는 대상과 전쟁터에 나간 남자들, 그리고 가다메스 오아시스와 동서양의 모든 독실한 신자들을 위해 한참 동안 열정적으로 기도했다.

12

존경하는 부인께서 먼 곳에 계시기에 제게 그 어떤 물건도 던질 수 없으며, 백 달러짜리 지폐를 찢을 수도 없다는 사실이 이 편지를 쓸 수 있는 용기를 주었습니다. 저는 벌써 넉 달째 존과 함께 사막과 오아시스를 떠돌면서, 비참하게도 집 없는 미개한 유목민같이 생활하고 있습니다. 존은 시나리오 작성을 아주 빨리 끝마쳤고, 제작자는 야외촬영을 현지에서 진행하기로 결정했죠. 그래서 유랑극단처럼 배우들과 감독을 따라 이곳저곳으로 장소를 옮겨 다니고 있습니다. 그러나 이런 생활은 저를 우울하게 만들 뿐입니다. 저의 조상들은 부인의 조상들과는 달리, 정처 없이 떠도는 전사가 아니라 조용하고 덕망 있으며 사람들로부터 존경받던 그리스의 귀족들이었습니다. 제 체중은 거의 10킬로그램이나 줄어들었습니다. 대추야자로 만든 술 역시 제 입에는 맞지 않는군요. 어쨌든 이런 이야기들은 부인의 관심사가 아니겠지요. 저희는 지금 문명화된 인간세계의 경계에 머물고 있습니다. 또한 야외촬영은 아주 빠른 속도로 진행되고 있습니다. 대역배우들은 노련한 솜씨로 낙타에서 굴러 떨어지는 연기를 하고 있죠. 안타깝게도 과다노출로 인해서, 주연 여배우가 야만인들에게 납치되는 장면을 여덟 번이나 다시 촬영해야 했지만 말입니다.

인간의 삶은 언제나 신의 뜻에 달려 있는 법이겠지만 이곳에서는 신의 뜻이 너무나 가혹한 것 같습니다. 어제는 제 침대에 올라와 있는 전갈 한 마리를 보면서 내세를 생각하기도 했습니다. 만일 이런 일이 계속 반복된다면, 저는 하던 일을 모두 정리한 후 신성한 아토스 산山*으로 들어가 고독한 은자나 고행자가 되고 말 겁니다. 그리하여 종교적 명상에 잠긴 채 생을 마감하겠지요. 만일의 경우를 대비해서 존의 운명을 책임질 후견인의 자격을 존경하는 부인께 넘깁니다.

부인의 성스러운 성경에는 '네 습관대로 행동하라'라는 구

---

*그리스 북부에 있는 피라미드형의 산. 수도원이 많이 건립되어 성산聖山이라고도 불렀다.

절이 있습니다. 그러나 요즘 들어 자꾸만 존의 습관은 그럴 만한 가치가 없는 것들이란 생각이 듭니다. 제가 만약 존을 아들처럼 생각하지 않았다면, 그를 벌써 운명이 이끄는 대로 내버려 뒀을 겁니다. 존은 그 집스러울 정도의 열정을 보이면서 이곳의 사원들을 하나도 빠짐없이 찾아다니고 있습니다. 게다가 알라의 얼굴을 향해 먼지 속에 엎드린 채로, 터무니없이 많은 시간을 보내고 있습니다. 존의 이런 행동은 촬영팀 사람들 모두를 성가시게 하고 있습니다. 그들의 그런 반응은 누가 봐도 이해할 만한 것이지요.

게다가 어제는 존이 제정신이 아닐지도 모른다고 심각하게 걱정할 만한 일이 있었습니다. 개인적으로 지나치게 술을 마시는 건 반대하는 편이지만, 차라리 술에 취한 존의 모습을 보는 게 나을 정도였습니다. 어제, 납치된 여자 주인공과 난폭한 강도의 대화 장면 촬영을 마쳤을 때의 일입니다. 우리는 혹시 쓸 만한 엑스트라를 구할 수 있지 않을까 하는 희망을 갖고, 다른 스텝들과 함께 오아시스로 산책을 나갔습니다. 부인께서도 짐작하시겠지만, 이곳 사람들은 너무 어리석어서 아랍인 역할을 소화해 낼 줄 모른답니다. 때마침 누더기를 걸친 원주민을 만났죠. 더럽게 때 묻은 초록색 천 조각 하나를 허리에 달랑 걸치고 있더군요. 존이 그 사람에게 다가가 말을 걸기 시작했습니다. 우리는 엑스트라 배우로 쓰려나 보다 하고 생각했습니다. 그런데 두 사람의 대화를 얼핏 듣자니, 그 방랑자는 자기가 마호메트의 후손이며 이제 막 메카 순례를 마치고 돌아오는 길이라고 하더군요.

말이 끝나기가 무섭게, 존은 씻지도 않은 그 사람을 끌어안았습니다. 부인께 편지를 쓰고 있는 이 순간에도 그 생각을 하니 얼굴이 달아오르는군요. 두 사람은 야자나무 그늘에 앉아서 성지 메카의 경이로움에 대해 이야기를 나누기 시작했습니다. 그것도 스텝들 모두가 보는 앞에서 말입니다. 한번 상상해 보십시오, 부인! 미국 시민이 초라한 원주민을 끌어안다니요!

그 광경은 차마 눈 뜨고 볼 수 없었기에 우리 모두는 그개를 돌렸고, 이내 그 자리를 떠났습니다. 조감독인 몰니는 존이 미친 게 틀림없다고 말했습니다. 나머지 사람들도 존이 점잖은 사람이 아니라면서 다시는 그와 악수하지 않겠다고 하더군요. 저는 존이 술에 심하게 취해서 자기가 무슨 짓을 하는지도 몰랐을 거라고 설명하느라 진땀을 뺐습니다. 존은 간신히 체면 유지를 할 수 있었지만, 부인께 솔직히 말씀드리자면 그는 술에 취하기는커녕 정신이 맑은 상태였습니다.

존경하는 부인께서는 물론 결혼도 하셨고, 본인의 선택을 통해 유럽인이 되셨습니다. 그러기에 부인께 감히 어려운 부탁 하나를 드립니다. 부디 존을 설득해 주십시오. 더 이상 먼지 속에 엎드려 알라의 얼굴 앞에 몸부림치지 말라고 말해 주십시오. 또한 성자라고 말하는 원주민들을 품의 없이 껴안는 일을 그만두라고 충고해 주십시오. 제 생각에 부인께서는 제 친구이자 동업자인 존에게 상당한 영향을 끼칠 수 있는 분입니다. 얼마 전 존은 여덟 잔의 술을 마시더니, 장차 자기가 부인께서 낳을 아이들의 아버지가 될 거라고 말했습니다. 이후 열두 잔을 마신 뒤에는 부인께서 자기를 위해 집을 짓고 있다고 하더군요. 어쨌든 저로선 존의 말뜻을 알아들을 수 없었습니다.

그리고 말이 난 김에 이야기하겠는데, 존은 불필요하게 낙타를 타는 데 열중하고 있습니다. 게다가 이따금 원주민들이 입는 길고 헐거운 옷차림을 하기도 합니다. 이것은 뉴욕 시나리오작가 클럽의 회원에게는 걸맞지 않은 행동입니다. 바로 이런 점에 있어서도 부인께서 모범을 보여 주셨으면 합니다. 마지막으로 부인을 뵈었을 때, 부인께서는 존과 함께 떠나는 대신 존경할 만한 유럽인 남편과 살기로 결정하셨습니다. 지금 생각해 보면 참으로 옳은 판단을 내리신 겁니다. 부디 남편께 안부 전해 주십시오. 그리고 알라께서 화자를 많이 보내 주시기를 기원하겠습니다. 부인의 남편에 비하면, 존은 유럽 문화의 영향이라고는 거의 받지 않은 사람입니다. 요즘 존의 모습을 보면 이런 사실을 너무도 실감할 수 있답니다.

부인, 이곳에서 진행 중인 작업도 이제 거의 끝나갑니다. 제 가여운 친구 존은 미국으로 돌아가기 전에 남은 겨울을 비엔나에서 보내기로 마음먹었답니다. 그러나 제가 부탁드린 대로만 존에게 따끔하게 충고해 주신다면, 동양인 특유의 성가신 행동으로부터 부인을 보호하기 위해 최선을 다하겠습니다. 사실 저는 존이 과음하는 것에 대해 이따금 나무라기도 합니다. 그러나 품위를 떨어뜨리면서까지 이슬람 신봉자들이나 원주민 시인, 혹은 누더기를 걸친 마호메트의 후손과 어울리는 것보다는, 차라리 술을 마시는 게 낫다는 생각이 드는군요. 적어도 미국 시민이라면 누구나 저처럼 생각할 겁니다.

> 부인, 부인과 저는 서구 문명을 따르는 사람들이므로 서로를 이해한다고 확신하면서 이 편지를 마무리하고자 합니다. 부인은 오스트리아인이시고, 저는 미국 시민입니다. 이만 급히 마무리 지어야겠군요. 옆방에서, 존이 원주민 학자 한 명과 신성한 성자 아브데살람의 묘지로 순례여행을 계획하고 있는 소리가 들립니다. 제가 가서 강력하게 반대해야겠습니다. 그늘에서는 수은주가 비등점(액체가 끓기 시작할 때의 온도-역주)의 절반까지밖에 안 올라간다지만, 이런 날씨에 순례여행은 무리인 것 같습니다. 그럼, 안녕히 계십시오.
>
> 샘 두스.

아시아데는 편지지를 접은 뒤, 감정가라도 되는 듯 바스락거리는 종이 냄새를 맡았다. 달아오른 대지의 냄새를 느낄 수 있을 것만 같았다. 화려한 색깔의 리비아 우표에는, 사막과 태양과 느리게 움직이는 낙타의 모습이 그려져 있었다.

'비등점의 절반까지 올라간다니!'

아시아데는 놀란 얼굴로 창밖을 바라보며 생각했다. 밖에는 눈이 내리고 있었다. 하얀 눈송이가 아스팔트길 위로 떨어지고 있었다. 나무들은 가지에 쌓인 눈의 무게를 이기지 못한 채, 인사라도 하듯 아시아데의 집 쪽을 향해 몸을 숙였다.

태양이 노란 횃불처럼 하늘에 빛나고 사막 위로 모래폭풍이 휘몰아치는 곳이 있다니, 도무지 믿을 수가 없었다.

아시아데는 편지를 어루만졌다. 편지로든, 아니면 존이 비엔나에 왔을 때 직접 만나서든, 존에게 충고한다는 건 있을 수 없는 일이었다. 흙먼지 속에 몸을 던져, 알라 앞에 고개를 숙이지 못할 이유가 무엇이란 말인가? 또한 마호메트의 후손이라고 주장하는 사람과 지혜로운 대화를 나누지 못할 이유도 없었다.

존 롤랜드가 힘없이 팔을 늘어뜨린 채, 자만심에 가득 찬 얼굴로 그녀 앞에 앉아 있던 날로부터 벌써 넉 달이 지났다. 그동안 비엔나의 나무들은 잎을 떨어뜨렸고, 그 낙엽들은 그녀의 발밑에서 바스락대며 그녀로 하여금 사막의 모래를 생각하게 했다. 또한, 하늘에서 내려온 눈송이들은 세상을 온통 하얗게 바꾸어 놓았다.

이 넉 달 동안, 아흐메드 파샤는 딸을 보러 와서 한 주간 머물렀다. 그는 왕자를 돌려보낸 데다가, 아직도 아이가 없는 딸을 불만스런 표정으로 바라보았다.

이 넉 달 동안, 하싸는 어느 날 갑자기 짐을 싸더니 아시아데를 티롤 산맥으로 데려갔다. 그는 기다란 나무판과 막대기를 손에 들고 갔는데, 그녀는 그것들이 무엇에 쓰이는 물건인지 제대로 알지 못했다. 마침내 티롤 산맥에 도착했을 때, 그녀는 모피 코트에 몸을 감싼 채로 이를 딱딱 부딪치면서 눈 덮인 들판을 바라보았다.

아시아데는 호텔방 안에서 빨갛게 달아오른 난로 옆에 앉아, 걱정스런 얼굴로 창밖을 바라보았다. 하싸는 거친 눈벌판 위에서 나무판 위에 올라서더니, 양손에 나무 막대기를 들고 앞으로 돌진했다. 그리고 죽기를 각오라도 한듯, 무분별한 속도로 계곡과 산을 가로지르기 시작했다. 그는 목도리를 두르고, 머리에는 포근하고 동그란 모자를 쓰고 있었다. 안정감 있는 움직임을 보이고 있는 하싸는 남자다우면서도 아름다웠다.

아시아데는 하싸의 모습을 바라보았다. 그녀는 자신이 원하기만 한다면, 그가 언제까지라도 자신의 남편으로 남으리라는 사실에 새삼 자부심을 느꼈다. 그러나 여전히 빨갛게 달아오른 난로 옆에 앉은 채 이를 부딪치면서, 왕자를 위해 지어야 할 집을 생각했다. 그녀는 아직 벽돌 한 장도 쌓지 못한 상태였다. 그만큼 하싸는 멋있고 좋은 남자였다. 하지만 그녀의 집은 될 수 없는 사람임에 틀림없었다.

그날 이후 시간은 단조로우면서도 빠르게 흘러갔고, 단지 한 주 동안만 희미한 전운이 감돌았다. 아시아데는 그 순간을 또렷하게 기억했다. 때는 12월 중순이었다. 병원에서 돌아온 하싸의 코는 꽁꽁 얼어붙어 있었지만 두 눈에는 미소가 가득 담겨 있었다.

"크리스마스가 얼마 안 남았어."

그는 어린아이처럼 얼굴에 홍조를 띤 채 말했다.

"이제 크리스마스트리를 사서 장식해야겠어."

"안 돼요, 그러지 말아요. 난 싫어요."

아시아데가 말했다.

하싸는 놀라서 눈을 동그랗게 떴다.

"크리스마스가 뭔지 알아? 전나무에 여러 가지 색깔의 종이 사슬을 걸고 유리로 만든 공도 다는 날이야. 장식한 나무 아래에는 선물을 놓아두지. 내가 어렸을 땐, 하얗고 기다란 턱수염을 기른 산타클로스가 해마다 찾아오기도 했어. 그땐 산타클로스가 진짜로 있는 줄 알았지. 크리스마스가 뭔지 정말 몰라?"

"아주 잘 알아요. 기독교인들한테 가장 중요한 종교 축제죠. 하지만 당신 아내는 이슬람교도예요. 당신도 이슬람교도가 돼야 해요. 그러니 우리는 크리스마스를 축하할 수 없어요."

"그건 말도 안 돼."

하싸는 어쩔 줄 몰라 쩔쩔매며 말했다.

"크리스마스는 크리스마스일 뿐이야. 이해 못하겠어? 난 평생 동안 크리스마스를 축하해 왔어."

그러자 아시아데가 말했다.

"좋아요, 크리스마스트리를 사세요. 대신 전 일주일간 베를린에 가서 아버지랑 있겠어요. 그곳엔 회교 사원도 있어요. 사원에 가 본 지도 정말 오래됐군요."

하싸는 분을 이기지 못한 채 방 안을 이리저리 서성댔다. 그는 자신의 어린 시절에 대해 이야기했고, 아시아를 모욕했다. 심지어는 마리온이 나쁜 여자이기는 했지만 크리스마스를 반대한 적은 없었다고 말하기까지 했다.

"반대할 이유가 없었겠죠. 마리온은 이슬람교도가 아니잖아요."

아시아데가 말했다.

그러나 하싸는 그녀의 말을 듣지 않고 있었고, 첫 환자가 도착해서 진료실로 가야 할 때까지 크리스마스트리에 대한 이야기를 계속했다.

마침내 마지막 환자를 진료한 뒤, 하싸는 걷잡을 수 없는 분노를 느끼며 카페로 갔다. 그리고 네투섹에게 고민을 털어놓았다.

"이해할 수 있겠어? 크리스마스트리가 싫다는 거야. 그 아래에 아주 멋진 모피 코트가 놓여 있을 텐데도 말이지. 이해가 돼?"

하싸는 완전히 이성을 잃은 채 말했다.

"완전 미개인이로군."

네투섹이 웃으며 말했다.

다음날, 카페를 찾은 사람들 모두는 하싸의 부인이 크리스마스트리를 못 사게 한다는 사실을 알고 있었다. 쿠르츠는 이 소식을 전해 듣자마자, 양팔을 벌린 채 하싸가 앉아 있는 테이블로 다가오더니 동정 어린 목소리로 물었다.

"거참 안됐군. 그럼 크리스마스이브엔 뭘 할 작정인가?"

급사장은 갈 곳 없는 불쌍한 사람들을 위해 시내에 문을 열 계획인 작은 카페 하나를 소개했다.

하싸는 분노와 당혹감에 어쩔 줄 몰라 했지만 아시아데는 조금도 뜻을 굽히지 않았다. 결국 하싸는 동료 의사 작스의 집에서 크리스마스이브를 보냈다. 그동안 아시아데는 여러 장의 따뜻한 숄로 몸을 감싼 채, 기다란 의자에 쪼그리고 앉아 시간을 보냈다.

그날 이후, 하싸는 일주일 동안 아무 말 없이 뿌루퉁한 얼굴로 집 안을 오갔다. 그러나 12월의 마지막 날 밤, 아내를 용서하기로 마음먹고 화해의 표시로 모피 코트를 선물했다.

"하지만 아이가 생기면 그땐 함께 크리스마스를 축하하는 거야. 아이들을 야만인처럼 기를 수는 없어."

그가 엄한 목소리로 말했다.

아시아데는 다툼을 싫어하는 여인이었기에 이렇게 대답했다.

"물론이에요. 물론, 아이들이 생기면 그렇게 해야겠죠……."

색종이 테이프와 그 조각이 흩날리고, 음악이 흐르며, 어디서나 화려한 드레스를 볼 수 있는 가면무도회 시즌이 다가왔다. 하싸는 연달아 열리는 무도회의 소용돌이 속에 완전히 휩쓸려 버렸다. 심지어는 하룻밤에 여러 군데에서 무도회가 열리기도 했다. 하싸는 무도회 일정표를 구입하여, 눈살을 찌푸린 채 이리저리 생각하며 스케줄을 짰다.

"오페라 무도회가 좋겠어. 비엔나 시의 무도회도 좋겠고, 성 길간 축하연도 괜찮겠는걸."

그가 나직이 중얼거렸다. 그러자 상상 속 오래된 도시의 영광이 놀란 아시아데의 눈앞에 펼쳐졌다.

어느 날 밤, 오페라 관객석의 의자들이 모조리 사라지고, 대신 그 자리에 댄스플로어가 생겨났다. 특등석에 앉은 이들의 하얀 손 위로 반짝이는 보석들이 보였다. 그리고 시청 건물에 흐르던 고딕 양식의 딱딱함은 축제에 걸맞은 장식과 화려한 불빛 뒤로 사라져 버렸다. 시청 홀에는 시골뜨기 옷을 입은 시의원들과, 공들여 가꾼 몸에 티롤 지방 농민풍의 옷을 걸친 법률가의 아내들이 보였다.

아시아데는 이 모든 광경에 놀라지 않을 수 없었다. 지금 어디에선가는 그늘에서도 수은주가 비등점의 절반까지 올라가고 있었다. 또한 존 롤랜드는 알라를 향해 흙먼지 속에 엎드려 있었으며, 현자와 함께 신성한 아브데살람에 대해 대화하고 있었던 것이다.

문이 삐걱대는 소리가 났다. 병원에서 돌아온 하싸는 무척이나 기분이 좋은 듯 얼굴에 미소를 띠고 있었다. 그는 아시아데의 머리칼을 어루만졌고, 그녀는 고개를 들어 그의 눈을 들여다보았다.

"내일모레는 그쉬나스야. 물론 우리도 가야지."

하싸가 말했다.

아시아데는 소리 내어 웃었다. '그쉬나스'라는 말이 농담처럼 들렸던 것이다.

"그런 말은 없어요, 하싸. 그쉬나스 같은 단어는 없다고요. 발음조차 할 수 없는 단어잖아요."

"무슨 소리야? 비엔나 사람이라면 누구라도 아주 쉽고 완벽하게 발음할 수 있어."

"그게 도대체 뭔데요?"

하싸는 빙그레 웃으면서 고개를 내저었다. 그의 아내는 정말로 미개인이나 다름없었다. 그쉬나스가 뭔지도 모른다는 건 터무니없는 일이었다.

"그쉬나스는 가장무도회야. 그날 밤에는 비엔나 사람들 절반이 기발한 의상을 입지. 그리고 예술가의 집에 마련된 홀에 모여 마음껏 즐기는 거야. 아주 재미있는 축제지. 왜냐하면 그날 밤 부인들은 남편이 무슨 짓을 하건 질투해선 안 되거든. 당신은 힌두교 무희 옷을 입는 게 좋겠어. 난 네안데르탈인으로 분장할 거야."

아시아데는 하싸의 밝게 빛나는 얼굴을 보면서 소리 내어 웃었다.

"정확히 말하자면, 저는 분장할 필요가 없어요, 하싸. 이미 날마다 분장하고 있잖아요. 아침, 점심, 저녁으로 말예요. 통이 넓은 바지 대신 드레스를 입고, 베일을 두르는 대신 모자를 쓰고 있으니까요. 좋아요, 절대 질투하지 않겠다고 약속할게요."

하싸는 아시아데 옆에 앉아, 부드럽고 따스한 손으로 그녀의 얼굴을 어루만졌다.

"우리는 잘 지내고 있어, 아시아데. 결혼한 건 정말 잘한 일이야. 나랑 지내면서 뭐 부족한 거라도 있어?"

그는 다정한 목소리로 말했다.

"아뇨, 당신은 저의 주인이고 좋은 남자죠. 당신보다 더 좋은 남자는 이 세상에 없을 거예요."

아시아데는 말을 멈추었다. 하싸는 여전히 믿을 만한 기계였다. 하지만, 그녀는 이 기계가 어떻게 돌아가는지와 그 내부 구조에 대해서는 전혀 이해할 수 없었다.

"사라예보가 그리울 때는 없나요, 하싸?"

"사라예보? 아니."

하싸는 소리 내어 웃었다.

"거긴 미개인들이나 사는 곳이야. 이제야 알겠군. 멍하니 허공을 바라보며 가만히 앉아 있을 때마다 사원이랑 샘, 그리고 무어식 주랑(모로코에 사는 이슬람교도 방식의 주랑-역주)을 생각하는 거로군. 하지만 사원에서는 바닥에 앉아야 하고, 샘물은 마실 수 없을 정도로 더러워. 게다가 무어식 주랑에 새겨진 아라비아풍 장식 무늬 속에는 전갈이 둥지를 틀고 있지. 만약 동양에서 살아야 한다면 난 미쳐 버리고 말 거야. 동양은 병들고 썩었어. 나도 이따금 동양에 대해 생각해 봤고, 당신이 생각하는 것보다 더 많은 걸 알고 있어. 하지만 그곳은 지옥과도 같은 곳이야. 동양 하면 좁고 축축한 골목길, 인간답게 살 수 없는 집, 세균이 득실대는 카펫이 떠올라. 그리고 마을에는 트라코마와 매독이 기승을 부리고 있어. 사람들은 오락 삼아 칼부림을 하거나 끔찍한 다방에 앉아서 게으르게 꾸벅꾸벅 졸고 있지. 그나마 사람들이 동양에서도 견디고 살 수 있는 건 유럽에서 건너간 것들이 있기 때문이야. 예를 들어 기차나 자동차, 병원 같은 것 말이야.

인간은 태초부터 자연의 위협을 받으면서 끊임없이 자연과 싸워 왔지. 인간은 자연의 힘을 꺾을 수 있을 때라야 비로소 자유와 안전을 찾을 수 있어. 천연두균 역시 자연의 일부이고, 서양 사람들은 이미 그 균을 정복했지. 또한 추위를 정복한 덕분에 우린 따뜻한 집 안에서 살 수 있게 됐어. 더 나아가 바다와 강, 시간과 공간까지도 정복해 냈어.

하지만 동양인들은 자연의 힘 앞에선 꼼짝 못해. 바람이 조금만 불어도 마을 사람 전체가 전염병으로 죽지. 메뚜기 떼가 몰려오거나 모래폭풍이 불면, 그 지역 전체가 굶주림에 허덕이고 말이야.

난 잘 알고 있어! 이스탄불에는 보스포루스 해협을 마주하고 서 있는 파샤의 궁전들이 있지. 반면, 거리 전체는 정기적으로 발생하는 화재 때문에 여러 차례 파괴됐어. 동양인들은 아직까지 자연을 다스릴 줄 몰라. 그래서 심판하고 벌을 내리기만 할 뿐 사랑은 할 줄 모르는, 신 앞에 엎드려 기도하는 거야. 그래, 동양은 지옥과 다름없는 곳이야. 불행과 무력, 고통으로 가득 차 있고 죽은 뒤에나 가게 되는 세계지. 난 자연을 정복한 서양에 살 수 있어서 정말 기뻐."

하싸는 이야기를 계속하고 싶었지만 때마침 문이 열렸다. 뚱뚱한 바리톤 가수가 하싸를 향해 팔을 뻗으며, 안으로 들어와 큰 소리로 말했다.

"선생님! 벌써 한 시간이나 기다렸습니다. 심한 부비강염(축농증-역주)에 걸렸어요. 더 이상 'M'자 발음을 못하겠어요. 그런데 여기서 부인을 껴안고 계시다니, 정말 나쁜 분이군요!"

"지금 당장 부비강염을 정복하도록 합시다!"

하싸는 자리에서 벌떡 일어서며 이렇게 말한 뒤, 진료실로 달려갔다.

하싸가 했던 말은, 혼자 남은 아시아데의 귓가에 둔탁한 망치 소리처럼 울려 퍼졌다. 그가 한 말은 모두 옳았다. 동양인들은 자연의 힘 앞에서 무방비 상태로 꼼짝 못하는 가련한 존재들이었다. 그러나 아시아데의 영혼은 고향의 위엄 있는 고요한 삶과 초라한 집, 그리고 지혜로운 수도승과 조용한 신앙심을 갈망했다. 그곳에서는 남편과 아내가 한참 대화를 나누고 있는 중에, 갑자기 문을 열고 들어올 사람은 아무도 없었다. 이스탄불에서는, 법망을 피해 달아나던 범죄자라할지라도 그가 아내를 찾아가 대화를 나누고 있다면, 경찰까지도 감히 방해하지 못하고 집 밖에서 기다렸다. 그런데 이곳 남편들은 낯선 남자가 방 안에 뛰어들어 왔음에도, 나가라고 소리 지르기는커녕 자연을 정복하자며 함께 밖으로 나가 버리는 것이다.

서양도 나쁜 세계는 아니었다. 어쩌면 좋은 세계, 나쁜 세계 같은 건 본래 없는지도 모른다. 어떤 세계든 그 안에 사는 사람들을 행복하게 만들 수 있는 나름의 방식이 있으리라. 그러나 태초부터 나누어진 세계들은 자기만의 개별적 특징 안에 깊게 뿌리를 내린 채, 각각의 차이점을 보여 왔다.

수백 년 전, 칼리프 무아위야는 사막에서 태어난 평범한 여인과 결혼한 뒤, 그녀를 칼리프의 궁전이 있는 다마스쿠스로 데려왔다. 그녀는 장차 무아위야의 후계자가 된 칼리프 제시드를 낳았다. 세월이 흘러 제시드가 처음으로 전쟁에 나가기 위해 말에 올랐을 때, 그녀는 칼리프 앞에 고개를 숙였다. 그러고 나서 칼리프의 궁전이 있는 도시에서 자신의 의무를 다했으니, 이제 자신의 부족이 있는 사막으로 돌려보내 달라고 간청했다.

"우리는 서로를 사랑하고 있고, 행복하오. 당신에게는 나의 후계자인 아들이 있고, 칼리프인 남편이 있소. 또 궁전과 하인도 있소. 더 필요한 게 뭐란 말이오? 왜 나를 떠나려는 거요?"

칼리프가 이렇게 말하자, 그녀는 남편 앞에 무릎을 꿇더니 시 한 수를 낭송했다.

> 바람이 새어 들어오는 천막이
> 제게는 커다란 대리석 방보다 좋고,
> 천막 구석에서 먹는 빵 한 족이
> 최고급 요리보다 맛있답니다.

저는 사막의 집을 그리워하고 있습니다.
그 어떤 왕궁도 저의 집을 대신할 수는 없답니다.

칼리프는 깜짝 놀랐지만 예를 갖추어 아내를 돌려보냈다.

칼리프의 아내이자 또 다른 칼리프를 낳았던 여인과 아시아데 사이에는 수백 년의 세월이 가로놓여 있었다. 그러나 산 자와 죽은 자를 하나로 묶는 신비한 춤은 수세기에 걸쳐 현재까지 이어져 내려왔다.

그렇다. 하싸의 말이 옳았다. 서양은 안전하고 훌륭한 세계였다. 하싸는 이곳 이외의 그 어떤 세상에서도 행복할 수 없으리라. 그러나 아시아데는 다른 감정과 욕망을 품은 채, 하싸와는 다른 세계에 살고 있었다. 이 두 세계를 연결하는 좁고 약한 다리 위에는 존 롤랜드와 하싸가 서 있었다. 존은 그녀를 기다리고 있었지만, 그녀는 하싸 곁을 떠날 수 없었다. 비록 하싸가 자연을 정복한 곳, 자만심으로 가득 찬 세계 안에 갇혀 있을지라도 이 사실에는 변함이 없었다.

하싸는 옆방에서 치료에 만족스러워하는 바리톤 가수를 돌려보냈고, 복도에는 다른 환자들이 기다리고 있었다. 환자들은 차례대로 진료실에 들어가서 의자에 앉아 하싸에게 통증을 호소했다. 하싸는 환자들에게 처방전을 써 주며 충고도 해 주었다. 그는 환자의 청각을 검사하던 중, 자신이 부드럽고 명랑한 소리로 콧노래를 흥얼거리고 있었음을 문득 깨달았다. 귀가 어두운 환자는 아무 소리도 못 들었지만, 옆에서 하싸를 돕던 간호사는 놀란 얼굴로 그를 바라보았다. 그는 당혹감에 얼굴을 붉혔다.

그에게 있어 인생은 즐거운 것이었다. 그는 훌륭한 의사였고, 무척이나 사랑하는 아름다운 아내도 있었다. 그는 한 번도 아내를 소홀히 대한 적 없는 사려 깊은 남편이었다. 물론, 그의 아내는 아직 너무 젊은 탓에 삶의 균형을 찾지 못한 상태였다. 그러나 그는 조금 전 그녀와 진지한 대화를 나누었다. 아시아데에게 유럽이 아름다운 대륙이라는 사실을 납득시켰고, 그녀는 그의 말을 귀 기울여 들었다. 인생은 멋지고 단순한 것이며, 총명한 여자에게는 무엇이든 설명할 수 있었다. 천연두가 없는 세상이 천연두가 있는 세상보다 훨씬 좋다는 단순한 사실을 통해, 그야말로 쉽게 이해시킬 수 있었다. 바로 이것이 결혼 생활을 꾸려 나가는 방법이었다. 이런 식으로만 행동한다면 깜짝 놀랄 일은 결코 생길 리 없었다.

하싸가 이 같은 생각에 잠겨 있는 동안, 바로 몇 집 건너인 카를스 광장의 커다란 건물에서는, 일꾼들이 허리를 구부린 채 온힘을 다해 무거운 널빤지를 끌고 있었다.

청소부들은 바닥을 문질러 닦았고, 웨이터들은 아직 개인적인 생각에 잠긴 얼굴로 테이블을 늘어놓았다. 전기공들은 전선을 검사했고, 뚱뚱한 남자 한 명은 커피 끓이는 기계를 만지고 있었다. 한편, 머리를 길게 기르고 몸이 마른 젊은이들은, 커다란 종이 위에 목탄으로 그림을 그리고 있었다. 널찍한 예술가의 집은 포스터, 그림, 표어로 뒤덮였다.

일꾼들은 카운터(손님 접대용의 긴 테이블-역주)를 세웠고, 포도주 병을 날라 왔다. 사무실 안에서는 전화벨이 끊임없이 울렸다. 일그러진 얼굴을 한 남자들이 쉰 목소리로 책임자에게 입장권을 요청하고 있었다. 경찰관들은 절도 있는 걸음으로 홀 안을 오가면서 포스터와 테이블, 포도주와 화재 위험 요소들을 살펴보았다.

커다란 예술가의 집은 평상시와 다르게 어수선한 상태에 빠져들었다. 그쉬나스 준비가 빠른 속도로 진행되고 있었던 것이다.

13

 어릿광대, 집시, 무희 그리고 기사들이 환하게 불이 켜진 넓은 계단 앞에 모여들더니, 어지러울 정도로 무질서하게 집 안으로 몰려 들어갔다. 사람들은 화장한 얼굴에 마치 가면을 쓴 것처럼 기쁜 표정을 짓고 있었다. 가면무도회에 걸맞은 의상을 차려 입기엔 스스로 너무 품위 있다고 여긴 사람들은, 하얀 연미복 차림에 하얀 넥타이를 매고 있었다. 그러나 이들은 울긋불긋한 옷을 입은 사람들로부터, 무례하게도 "이봐, 웨이터!"라는 소리를 들어야 했다. 마치 그들은 정신없이 움직이는 인파 속에 오도 가도 못하는 펭귄처럼 보였다.

 어두컴컴한 벽감(장식품 등을 놓기 위해 벽면을 오목하게 파서 만든 공간-역주)에서 시끄러운 웃음소리와 억누르지 못하고 킬킬대는 소리가 들려왔다. 통 넓은 바지나 화려한 색의 치마를 입은 여자들은 중세 연금술사나 러시아 귀족들과 춤추고 있었다. 외로운 은둔자들은 가짜 코를 붙인 얼굴에 강한 경멸이 담긴 눈빛으로 홀 안을 배회했다. 커다란 머리 위에 삼각모를 쓴 남자가 거만한 얼굴로 팔짱을 낀 채, 커다란 홀 한가운데에 꼼짝 않고 서 있었다.

 춤을 추다 지친 사람들은 기다란 벤치에 앉아 달아오른 얼굴에 맺힌 땀을 닦고 있었다. 그리고 사진사는 어릿광대, 집시, 무희 그리고 기사들의 모습을 카메라에 담고 있었다.

 고대 주신제(주신 바커스를 위한 로마의 축제-역주)의 한 장면이 신비한 연극이 되어, 커다란 홀에서 상연되고 있는 것 같았다. 사람들은 키르케(호머의 시 《오디세이》에 나오는 마녀-역주)의 요술지팡이에 맞은 듯, 으스스한 공상 소설 속의 등장인물로 변해 있었다. 이 같은 변화는 단조로운 일상생활 속에서는 그들에게 허락되지 않았던 것이었다. 그러나 이날 밤만큼은 사무 변호사는 집시로, 화학자는 노상강도나 기사로 변신할 수 있었다. 가식 없이 벗겨진 그들의 영혼은 날마다 입는 외투와 함께 휴대품 보관소에 걸려 있었다. 그리고 홀 안은 얼굴이 빨갛게 달아오른 사람들로 가득 차 있었다. 이들은 운명으로부터 잠시 몇 시간 동안 휴가를 얻은 뒤, 마침내 실현된 꿈의 바다 속으로 자신을 내던지고 있었다.

아시아데는 작은 테이블 앞에 앉아 있었다. 그녀의 양옆으로는, 조용히 생각에 잠겨 있는 어릿광대와 분 바른 가발을 쓴 채 기다란 코로 코웃음 치는 프랑스 후작이 앉아 있었다. 그녀는 집시 의상을 입고 있었으며, 이마 위에서는 동전 모양의 금빛 장식품이 짤랑짤랑 소리를 냈다.

하싸는 사람들 속으로 사라졌고, 이따금 그가 쓰고 있는 높고 뾰족한 연금술사의 모자만이 사람들 위로 보일 뿐이었다. 한번은 그가 웃는 얼굴로 아시아데 근처에 온 일이 있었다. 그의 팔에는 여자 두 명이 매달려 있었다. 그는 아시아데를 바라보았으나 그녀를 알아보지 못하는 게 분명했다. 외과의 마테스는 중국 관리들이 입는 길고 헐거운 옷차림에, 팔에는 샴페인 한 병을 끼고 하싸의 뒤를 쫓고 있었다. 그는 아시아데에게 손을 흔들면서, 자신의 이름은 이태백이며 정말 즐거운 파티라고 꽥꽥거리며 외쳤다.

아시아데는 소리 내어 웃었고, 어릿광대는 그녀의 어깨에 팔을 둘렀다. 그녀는 부드럽게 어릿광대의 몸을 밀어내다가 결국, 후작의 품에 안기고 말았다. 후작은 슬리보비츠(동유럽산 살구 브랜디-역주)를 권했고, 그녀의 등에 코를 대고 쿵쿵거렸다. 그녀는 이마 위로 늘어진 동전 모양의 장식품이 짤랑거리는 소리가 나도록 고개를 내저으면서 후작에게 혀를 내밀었다. 이날 밤, 예의범절 따위는 완전히 사라지고 없었다.

아시아데는 환한 불빛과 화려한 색깔에 눈이 부셔 자리에서 일어났다. 그런 후, 불안한 걸음으로 홀을 가로질러 걷다가 한 남자와 마주쳤다. 그는 오랜 옛날, 파샤가 풍성하게 늘어뜨려 옷을 입던 때의 차림을 하고 있었다. 그녀는 이 마른 남자에게 윙크를 했고, 남자는 아시아데의 손을 잡더니 댄스플로어로 데리고 갔다. 그녀는 춤을 추는 동안 머리에 두르고 있던 그의 터번 모양을 제대로 고쳐 주었다.

"이렇게 쓰는 거예요."

그녀는 엄한 목소리로 설명했고, 파샤는 그녀를 자신의 하렘으로 데려가 샴페인을 대접하고 싶다고 말했다.

"저는 벌써 하렘에 있어요."

아시아데는 웃으면서 이렇게 말한 뒤, 달콤한 파이를 먹었다.

"당신 주인한테 당신을 팔라고 하겠소. 우리 파샤들은 언제나 여자를 산답니다."

"저는 이미 팔린 몸이에요."

아시아데는 이렇게 말한 뒤, 그 자리를 떠났다.

그녀는 바에 들어가서 모카커피 한 잔을 주문했다. 그런 후 그녀는 처음 보는 사람들과 이야기를 나누었고, 서정미가 풍기는 아름다운 젊은이는 그녀의 손을 어루만졌다. 남자들은 그녀를 둘러싸고 구애나 명령 혹은 간청의 눈빛을 보냈다. 그중 얼굴에 하얀 분칠을 한 광대가 아시아데의 손을 움켜쥐더니, 그녀를 작은 방 안으로 끌고 들어갔다. 그는 이제 막 악몽에서 깨어나 아직 현실을 깨닫지 못한 사람처럼, 겁에 질린 눈으로 애원하듯 그녀를 바라보았다.

"저한테는 아내가 있지만 더 이상 그녀를 사랑하지 않아요."

그는 이렇게 말하면서 아시아데의 손을 잡고 웃었다. 그녀는 분칠한 그의 얼굴을 어루만지면서, 하싸와 자신의 아버지 그리고 링 거리에 있는 집에 대해 이야기했다.

그러던 중, 광대가 갑자기 눈부신 환영 속으로 사라져 버렸다. 어쩌면 그는 한 번도 존재한 적이 없었는지도 모른다. 아시아데는 비로소 이 날 밤이 갖는 불가사의한 의미를 깨달았다. 눈에 보이는 세계의 경계는 흔들리며 위치를 바꾸고 있었고, 영원히 길들일 수 없는 인간의 본능은 우쭐대며 그녀를 향해 이를 드러내 웃고 있었다. 인간은 본능을 길들이려는 시도를 하느라 수세기를 덧없이 소비했지만, 본능은 오늘 밤 그동안 거둔 승리를 기뻐하고 있었다. 오늘 밤, 길이 든 영혼들은 날마다 숨어 지내던 은신처에서 모습을 드러낸 뒤, 갑작스런 공격을 가하며 서구 사회의 방벽과 장애물을 쳐부수고 있었다.

이러한 환영은 갑작스레 나타났던 것만큼이나 빠르게 사라져 버렸다. 연금술사 차림으로 여자들에게 둘러싸인 하싸가 이를 드러내며 웃고 있는 모습이 보였다. 그는 아시아데에게 다가와 입을 맞춘 다음 그녀를 댄스플로어로 데리고 갔다.

"재미없어? 화난 건 아니지?"

그의 목소리는 꿈결처럼 아득하게 들렸다.

"아뇨, 아주 재미있어요. 날마다 이랬으면 좋겠어요."

두 사람은 춤을 추었고, 프랑스 후작은 콧방귀를 끼며 지나갔다. 잠시 후, 하싸는 벤치에 앉아서 가냘픈 여인의 손을 잡고 손금을 봐 주었다. 아시아데는 계단을 내려갔다. 젊은 여자들이 입구에 서 있는 경찰관을 에워싸고 낄낄대며 웃고 있었다. 그의 푸른 눈동자는, 차분하면서도 권위 있는 시선으로 쾌락주의자들의 파티를 바라보고 있었다. 아시아데는 그의 팔을 만져 보았다. 그는 무도회 의상을 입은 것이 아니라 진짜 경찰관이었다. 바로 여기서부터 현실이라 불리는 바깥 세계의 시선이 시작되고 있었다. 그는 손 동작 같은 빠른 몸짓 하나만으로도, 자유를 되찾은 영혼에 깃든 한밤의 유령을 쫓아내고, 그 자리를 다시 무기력하게 정체된 일상으로 메울 수 있었다.

아시아데는 이런 생각만으로도 몸이 움찔했다. 어두컴컴한 1층에 있는 여자들은 몸을 간신히 가린 의상을 입은 채, 하얀 연미복에 흰색 넥타이를 맨 남자들에게 매달려 있었다. 향수와 포도주 냄새가 가득한 공기는 덥고 답답했다. 아시아데는 갑자기 피로를 느끼며 구석에 있는 빈 벤치에 앉았다. 남자들이 그녀 앞을 지나면서 미소를 보냈지만, 그녀는 미소로써 답례하지 않았다. 그저 화려한 집시 의상을 입은 채로, 금빛 동전 모양의 장식품을 화관처럼 머리에 쓰고 자리에 앉아 있을 뿐이었다.

무희 한 명이 아시아데에게 등을 돌린 채, 벤치의 다른 쪽 끝에 앉았다. 갈색 등을 가진 젊고 날씬한 여자였다. 아시아데는 그녀의 가느다란 팔과 실크로 만든 바지, 그리고 금실로 수놓은 슬리퍼와 실크 터번을 바라보았다. 무희는 주위를 둘러싼 소란스러움에 지친 듯, 조용히 생각에 잠긴 채 벤치에 앉아 있었다.

이윽고 그녀가 고개를 돌리자, 이마 위로 터번에 달려 있는 타원형 진주가 보였다. 그리고 고상한 곡선을 그리는 눈썹과 거만해 보이는 갈색 눈동자, 좁은 코에 콧구멍을 발름대고 있는 얼굴이 보였다.

"안녕하세요, 마리온."

아시아데는 갑자기 피로가 감쪽같이 가시는 느낌이 들었다. 그녀는 무희 가까이로 다가가 앉았다.

"안녕하세요, 아시아데."

마리온은 아시아데를 찬찬히 살펴보았고, 아시아데 역시 마리온을 감탄의 눈으로 바라보았다.

"진짜 인도 여자처럼 보이네요. 터번이 잘 어울려요."

아시아데가 이렇게 말하자, 마리온은 소리 내어 웃으며 말했다.

"이 바지를 입고 터번을 써야 할 사람은 사실 당신인 걸요."

"아뇨. 그럼 너무 진짜 같잖아요. 제가 베일을 두르고 다녀야 하는 미개인이라는 걸 모르셨나요?"

"미개인이요? 당신이요? 가족 중에 마지막으로 베일을 쓴 사람은 누구죠?"

"마지막 사람이라니요? 저도 6년 전까지는 베일을 썼어요. 진짜예요. 전 미개인이에요."

아시아데가 마리온의 손을 잡자, 마리온은 깜짝 놀라 눈살을 찌푸렸다.

"왜 젬머링에서처럼 달아나지 않죠?"

마리온이 웃으며 물었다.

아시아데가 슬픈 목소리로 대답했다.

"저는 바보였어요, 마리온. 그래서 달아났던 거죠. 제발 저한테 화내지 마세요."

아시아데는 마리온을 바라보았다. 마리온의 심각한 눈동자는 아시아데의 진의眞意를 알아보려는 듯, 조심스런 눈빛을 띠었다.

마리온은 고개를 내저었다. 아시아데의 갑작스런 친절을 도무지 이해할 수 없었던 것이다.

"알렉스가 잘해 주나요? 그 사람 때문에 걱정은 없어요?"

"우리 남편은 아주 좋은 사람이에요, 마리온. 오늘은 연금술사가 되어서 금발 여자의 손금을 봐 주고 있어요. 마테스도 그 옆에 있는데 정말 이태백 같아요. 쿠르츠랑 다른 사람들도 이곳 어딘가에 있을 거예요.

하싸는 정말 좋은 사람이에요. 그이 때문에 걱정할 일은 하나도 없어요."

그 순간, 피터 대제가 네페르티티 여왕의 어깨에 팔을 두른 채 홀을 가로질러 갔다. 커다란 빨간 코의 젊은이와 뿔테 안경을 쓴 저속해 보이는 인도 사람은, 미학美學에 대해 두서없지만 열띤 대화를 나누고 있었다.

마리온은 여전히 거만한 얼굴로 깊은 생각에 잠겨 있다가, 갑자기 말문을 열었다.

"모카커피나 한잔 마시러 가요. 겪어 봐서 아는데, 우리 남편은 날이 밝을 때까지 그쉬나스에 남아 있을 거예요."

아시아데는 고개를 끄덕였다. 잠시 후, 무희와 집시는 회색 눈동자와 갈색 눈동자를 마주한 채 자리에 앉았다. 밤의 축제가 뿜어내던 열기도 차차 식어 갔고, 발 디딜 틈 없던 홀에서는 사람들이 하나둘씩 빠져 나갔다.

두 사람은 갑자기 어색함을 느꼈다.

"잘 지내고 있나요, 마리온?"

"저요? 네. 고마워요. 얼마 전엔 티롤 산맥에서 스키를 탔어요. 그리고 다시 비엔나로 돌아왔죠."

"이상하지 않아요, 마리온? 당신이랑 대화하는 건 처음인데, 전 벌써 당신에 대해 많은 걸 알고 있어요."

마리온은 얼굴을 조금 붉혔다.

"그래요, 알렉스는 언제나 영혼의 짐을 덜어 줄 사람을 필요로 하죠. 아직도 환자 얘기를 하나요? 여전히 자기 어머니가 구워 주시던 애플파이가 최고라고 말하나요?"

"그래요, 맞았어요. 대기실은 언제나 환자들로 가득 차 있고, 탁자 위에는 똑같은 잡지가 놓여 있어요. 진료를 마치고 나면 여전히 똑같은 카페에 가죠."

"그 다음에는 차를 몰고 코벤츨이나 프라터에 가지 않나요? 당신 얘기를 듣고 있자니 다시 젊어지는 기분이 들어요."

그녀는 말을 멈췄다. 밴드가 집시 음악을 연주했고, 연인들은 구석자리에 앉아서 서로를 부둥켜안고 있었다. 더 이상 춤추는 사람은 보이지 않았으며, 옆 테이블에서는 남자 두 명이 증권 거래에 관한 대화를 나누고 있었다. 은밀하게 숨겨져 몰래 들여다보는 구멍을 통해, 현실이 다시 홀 안으로 스며들어 오기 시작한 것이다.

"한 남자의 두 아내가 같은 테이블에 조용히 앉아 있는 건 드문 일이에요."

마리온이 말했다.

"왜 그렇게 생각하죠? 제 할아버지께는 동시에 네 명의 부인이 있었는데 서로들 사이좋게 지냈어요. 오히려 남편보다도 가깝게 지냈는 걸요."

마리온은 가방을 열어 작은 손거울을 꺼내더니 분첩으로 얼굴을 가볍게 두드렸다.

"알렉스가 잘 지낸다니 정말 기뻐요. 당시에는 상황을 너무 안 좋게 받아들였거든요. 그렇지만 두 사람이 헤어지는 일은 얼마든지 생길 수 있잖아요. 난 떠나야만 했어요. 다른 방법이 없었죠. 알렉스는 운이 좋은 남자예요. 두 사람은 잘 지내고 있죠?"

마리온은 감정이 없는 차가운 목소리로 말했다. 아시아데는 모카커피가 담겨 있는 잔 안에 코와 눈을 감추고 수줍게 웃었다.

"네, 우린 잘 지내요. 당신도 알다시피, 제가 미개인이다 보니 하싸랑은 아주 달라요. 그래도 하싸는 언제나 인내심을 갖고 기분 좋게 저를 대하죠. 제가 원하는 일이라면 뭐든지 해 주고요. 꼭 저이기 때문에 그렇게 해 주는 것 같지는 않아요. 하싸는 본래 이상적인 남편감이라고 생각해요. 언제나 바쁘지만 늘 다정하고 친절하죠. 다른 여자랑 결혼했더라도 분명 지금과 똑같이 부인을 대했을 거예요. 하싸는 결혼하기 위해 태어난 사람이에요. 그와 함께라면 누구라도 행복할 수 있어요. 그래서 우린 행복하게 지내고 있죠."

마리온은 집과 침대, 흰 가운을 입고 있는 하싸, 대기실에 쌓여 있는 잡지들을 생각하며 웃었다.

"당신도 늘 응접실에 앉아 있나요? 내닫이창 가까이 말예요. 그리고 알렉스는 '22번 환자요!' 하고 소리치겠죠."

아시아데는 열심히 고개를 끄덕였다.

"맞아요. 그럼 환자는 '14번 차례인데요.'라고 대답하거나 '몇 번이요?' 하고 묻죠. 그 다음에는 진료 도구가 달그락거리는 소리가 들려요. 처음에는 진료실 안에서 하싸를 돕고 싶었는데, 허락하지 않더군요."

"나한테는 허락했어요."

마리온의 목소리에는 다소 승리감이 배어 있었다.

"알렉스한테 진료 도구를 건네주었고, 청구서도 작성했죠. 아이들에게 초콜릿을 주기도 했어요. 처음에는 그 일이 마음에 들었지만 부부가 항상 같이 있는 건 좋지만은 않아요. 내가 환자를 다 알고 있다 보니 알렉스는 나한테 환자 얘기만 했죠. 그것도 하루 종일이요. 그건 정말 안 좋은 일이었어요."

마리온의 굳은 표정이 부드러워졌다. 그녀는 길고 가냘픈 손으로 손수건을 구깃구깃 뭉쳤다. 알렉스에게 진료 도구를 건네던 때가 있었고,

예쁘게 생긴 환자를 보면서 질투를 느낀 적이 있었다는 걸 생각하니 기분이 이상했다. 그러나 이 모든 것은 이미 오래전 일이었으며, 그 사이에는 프리츠가 있었다. 프리츠에겐 늘 여자들이 따라다녔다. 그와 헤어진 후 다른 남자들을 만나기도 했지만 그건 별로 좋은 기억이 아니었다.

아시아데는 한숨을 쉬었다.

"가끔 당신이 부러워요, 마리온. 당신은 나보다 하싸를 훨씬 더 잘 알아요. 나는 유럽 남자에 대해 별로 아는 게 없어요. 하싸 이외에 아는 남자라고는 베를린에 있을 때 같이 수업을 듣던 사람들뿐이에요. 그 사람들은 머리칼이 몇 올 남지 않았고, 상형문자 판독하는 일을 했죠. 앞으로 자주 만나서 우리 남편에 대해 이야기했으면 해요."

'정말 멍청한 여자로군. 아니면 결혼 생활에 문제가 있는 걸까? 갑자기 친한 척하다니 정말 우스워!'

마리온은 이렇게 생각하면서, 새삼 흥미롭게 아시아데를 바라보았다. 아시아데는 특이하게 생긴 눈으로 천진난만하게 마리온의 시선을 마주했다. 아시아데는 테이블 위에 어색하게 팔을 올려놓은 채 앉아 있었다. 마리온은, 아시아데가 남편이 다른 여자들과 춤추는 걸 질투하는 모양이라고 생각했다.

그녀는 우아한 미소를 지으며 말했다.

"좋아요, 아시아데. 언제 다시 만나도록 해요. 나는 알렉스를 꽤 잘 알아요. 제 착각인지도 모르지만요."

이제 커다란 홀은 거의 텅 비어 있었다. 단지 승리를 거둔 나폴레옹만이 바다 한가운데에 외로운 모습으로 앉아 있을 뿐이었다. 바다에는 색종이 테이프가 널려 있었고, 벽에는 종이 갓을 두른 등에서 새어 나오는 환상적인 불빛이 어른거리고 있었다. 홀 구석구석에 서 있는 웨이터들의 얼굴에서는, 공적인 모습이 서서히 본래 모습 뒤로 사라지고 있었다.

계단에서 커다란 웃음소리가 들리더니, 잔뜩 신이 난 남자 네 명이 바 안으로 들어왔다. 맨 먼저 중국 관리의 비단 옷차림에 교묘한 화장으로 쨰진 눈을 만든 마테스가 들어왔고, 그 뒤로 작스와 할름이 들어왔다. 마지막으로, 약간 뒤틀린 연금술사의 모자를 쓴 하싸가 들어왔다.

"아시아데, 여기 있었군. 그것도 모르고 사방으로 찾아다녔잖아."

그는 즐거운 목소리로 이렇게 외치며 테이블로 다가왔다.

"당신이 저를 찾고 있는 동안, 당신 부인 두 명은 여기에 나란히 앉아 모카커피를 마시고 있었어요."

아시아데가 웃으면서 말했다.

웃고 있던 하싸의 얼굴이 갑자기 굳어졌다. 그제야 마리온을 알아본 것이었다.

"잘 지냈어요, 알렉스? 앉아요. 아니면 제가 일어날까요?"

마리온은 유쾌한 목소리로 말했다.

"아, 아니야, 마리온. 아니야…… 잘됐군…… 같이 포도주나 한잔 하지…… 당신도 여기 있었군."

그는 당황해서 어쩔 줄 몰라 했다.

그러자 마테스가 외쳤다.

"완전히 하렘의 여자들 속에 파묻힌 파샤로군! 축하를 해야겠어! 웨이터, 포도주 좀 가져와요!"

마테스는 요란스런 소리를 내면서 의자를 끌어 왔고, 작스는 포도주를 따랐다. 그리고 산과의사 할름은 잔을 들어 올리며 외쳤다.

"건배! 행복한 만남을 위하여!"

잔이 부딪치는 소리가 났다. 그러나 아시아데가 단숨에 잔을 비웠다는 사실을 눈치 챈 사람은 아무도 없었다. 그녀는 심장이 망치질하듯 세차게 뛰는 것을 느꼈다. 아르데빌의 위대한 학자 세이크 이스마일이, 살다 보면 술을 마셔도 좋을 때가 있다고 주장한 것은 참으로 옳은 일이었다.

마리온은 꿈꾸듯 미소를 지었다.

"한번 생각해 봐요. 난 두 사람이 이혼할 때 증인으로 참석했었죠. 그런데 지금 이렇게 한 테이블에 사이좋게 모여 앉아 있잖아요. 인생은 바로 이런 거죠."

작스는 생각에 잠긴 얼굴로 이렇게 말한 뒤, 고개를 저으며 자기 잔에 포도주를 따랐다.

하싸는 아시아데 옆에 앉아 승리를 자랑하는 양 그녀를 껴안았다. 그녀는 하싸가 도움을 청하고 있음을 느낄 수 있었다. 그는 눈초리가 올라간 눈으로 마리온을 바라보면서 아시아데의 머리칼을 어루만졌다.

이미 두 차례나 이혼 경험이 있는 할름은 소리 내어 웃었다.

"내 첫 번째 부인은 이미 오래전에 재혼했지만, 바로 오늘도 내 넥타이를 골라 줬어. 이혼하던 날에는 나를 총검으로 위협했으면서 말이야."

마리온이 고개를 들더니, 미소 띤 얼굴로 하싸를 바라보며 물었다.

"알렉스, 날 위협하던 장난감 총은 어떻게 했어요?"

그녀의 말소리는 승리를 축하하는 팡파르처럼 들렸다. 그녀는 벌써 여러 해 전부터 하싸에게 이 질문을 하고 싶었던 터였다. 하싸는 얼굴을 붉혔다. 그는 실제로 마리온을 총으로 위협한 적이 있었으며, 이 자리에 모인 사람들 중 아시아데를 빼놓고 그 사실을 모르는 사람은 없었다.

그 당시를 떠올리는 것은 당황스런 일이었다.

"팔았어. 아주 헐값에 팔았지. 5실링이나 손해 봤다니까."

그는 부끄러운 듯 눈을 깜박였고, 마리온은 소리 내어 웃었다.

"언젠가 손해 본 5실링을 갚아 줄게요, 알렉스."

이제 홀 안에는 평화로운 분위기가 감돌았다. 밴드의 연주자들은 악기를 챙기고 있었고, 피터 대제는 하품을 하면서 출구 쪽으로 비틀거리며 걸어갔다. 남자 한 명이 바 앞을 지나며 마리온에게 미소를 지었지만, 그녀는 고개를 돌리며 외면했다.

"내 어린 아내 어때?"

하싸는 여전히 아시아데의 머리칼 속에 손을 파묻은 채로 물었다.

"당신은 운이 좋은 남자예요, 알렉스. 정말 매력적인 아내를 얻었어요. 게다가 조금 전, 아시아데가 두 사람이 아주 행복하게 지낸다고 말하더군요. 당신이 잘 지내서 정말 기뻐요."

마리온은 겸손한 눈빛으로 하싸를 향해 손을 내밀었고, 그는 그 손을 잡았다.

"그만 갑시다! 너무 달콤한 광경이로군요. 차마 말로는 표현할 수가 없어요."

작스가 큰 소리로 말했다.

그들은 모두 자리에서 일어섰다. 아시아데는 뚱뚱한 할름의 몸을 잡고 그가 어지러워할 때까지 빙글빙글 돌렸다. 그녀의 이마 위에서 동전 모양의 장식품이 짤랑거리는 소리가 났다. 이윽고, 그녀는 휴대품 보관소로 달려갔다.

"언제 한번 만나요, 마리온. 좋죠?"

아시아데의 질문에 마리온은 고개를 끄덕였다.

거리를 메운 잿빛 아침 안개가 건물 안으로 스며들었고, 사람들은 다시 일상의 옷과 영혼을 몸에 걸쳤다. 폭이 좁은 종이테이프 조각들은 아직도 코트와 망토 자락에 붙은 채, 신비로운 꿈이 남긴 부끄러운 기억을 떠오르게 했다. 그리고 축축한 안개는 고맙게도 사람들 주위에 보호막을 쳐 주었다.

뒤집혔던 우주의 질서는 느린 속도로 본래의 흐름을 되찾아 갔다.

"정신없는 밤이었어."

하싸가 말했다.

"아주 멋지고 환상적인 밤이었어요. 그쉬나스는 정말 좋은 축제예요. 참 재미있었어요. 정말이에요, 하싸."

아시아데가 말했다. 그리곤 하싸의 어깨에 머리를 눕힌 채, 이내 잠이 들었다.

14

아시아데는 오후만 되면 스테판 광장에 있는 카페에 가서 마리온을 만나곤 했다. 그녀는 어린아이처럼 양손을 깍지 끼고 마리온 옆에 앉았다. 그런 후 자신의 행복한 결혼 생활과 하싸의 환자, 그리고 링 거리에 있는 집에 대해 이야기했다.

"정말이지 하싸 없이 사는 건 이제 상상조차 할 수 없어요. 하싸는 정말 좋은 사람이에요."

아시아데는 첫날 이렇게 말했다. 그녀의 커다랗고 순진한 눈동자는 가식 없는 만족감에 빛나고 있었다.

"이상하지 않아요?"

아시아데는 말을 이었다.

"당신도 하싸와 결혼 생활을 해 봤을 테니, 내가 얼마나 행복하게 지내는지 잘 알 수 있을 거예요. 그래서인지 비엔나에 사는 사람들 중 당신이 제일 가깝게 느껴져요."

마리온은 인내심을 가지고 그녀의 이야기를 들었다. 아시아데는 자신의 행복에 대해 재잘대고 싶어 하는 어린애 같은 사람이었고, 무슨 이유에서인지 마리온을 신뢰했다. 아시아데는 오후 내내 쉴 새 없이 자신의 결혼 생활에 대해 이야기했다. 마침내 아시아데가 떠나고 나면, 마리온은 담배를 마저 피운 뒤 계산을 하고, 눈 덮인 스테판 광장을 가로질러 걸었다. 그녀는 거만한 눈으로, 지루한 듯 그라벤가街에 늘어서 있는 상점 진열장들을 바라보았다. 그리고 콜마르크트 거리에 들어서면서 무심한 얼굴로 페스트 기념탑을 쳐다보았다.

자동차들은 나팔 소리를 내는 코끼리처럼 경적을 울리면서, 녹기 시작한 눈을 튀기며 땅거미 지는 거리를 달렸다. 호프부르크 왕궁의 반원형 정면이 거만한 태도로 마리온을 바라보았다. 오래전 왕과 황제들은 이 왕궁의 거대한 문을 드나들었을 것이고, 황제 프란츠 요제프와 나폴레옹은 왕궁의 창을 통해 둥그런 광장을 내려다보았으리라. 그리고 금실로 수놓은 그들의 제복은 왕궁의 커다란 창유리에 반사되었을 것이다. 호프부르크 왕궁은 너무도 많은 것을 보고 겪으며 살아왔다. 이런 왕궁 앞에서 한 여자의 운명은 조금도 중요할 것이 없었다.

헤렌가세 거리는 구부러진 기다란 벌레 모양이었다. 거리 왼편으로는 정부 청사와 박물관이 자리 잡고 있었지만 마리온은 건물의 이름도, 그 안에 무엇이 있는지도 알지 못했다. 오른편으로는 끝없이 늘어선 상점 진열장이 어둠 속에서 빛을 발했으며, 강철과 콘크리트로 만든 초고층 건물은 거리 위로 거대한 모습을 드러내고 있었다.

마리온은 건물 입구의 대리석 바닥을 지나갔다. 수위는 여느 때처럼 허리를 굽혀 인사했고, 엘리베이터는 아무 소리 없이 천천히 위로 올라갔다. 마리온은 집 안으로 들어갔다. 실내는 차갑고 사무실 분위기가 나는 현대적 가구들로 꾸며져 있었다. 창밖으로는 포장된 안뜰이 보였다. 마리온이 살고 있는 집은 백만장자를 위해 특별히 마련된, 호화로운 감방처럼 보였다.

그녀의 얼굴에는 더 이상 거만한 기색이 없었으며 오히려 그 반대의 표정을 짓고 있었다. 마리온은 화난 듯, 거친 동작으로 커튼을 닫았다. 감옥의 잿빛 마당이 자취를 감추자, 그녀는 불을 켠 뒤 거울을 들여다보았다. 그렇다, 갸름한 얼굴에 갈색 눈동자와 머리칼, 그리고 매끈한 이마를 가지고 있는 그녀는 여전히 무척이나 아름다웠다. 그녀의 얼굴에는, 알렉스와의 이혼이나 프리츠와의 정사, 혹은 그 이후 그녀 곁을 스쳐 지나갔으나 기억하고 싶지 않은 남자들의 흔적이 조금도 보이지 않았다.

마리온은 소파 위에 앉았다. 작고 하얀 이로 아랫입술을 깨물고 있는 모습은 그녀의 속마음만큼이나 비참했다. 게다가 혼이 없는 차가운 가구들로 가득 찬 방은 그녀에게 무덤처럼 보였다. 언제, 어떻게 이 집으로 이사를 왔고, 가구를 들여놓았던가? 그렇다, 아무리 잊으려고 애써도 잊을 수 없던 바로 그때였다.

마리온은 고개를 내저었다. 그녀의 삶은 견딜 수 없을 만큼 혼란스러워졌지만 그건 그녀의 잘못이 아니었다. 알렉스는 괜찮은 사람이긴 했지만 재미없는 남자인 데다, 낡은 생각과 어린애 같은 성격의 소유자였다. 그는 자신의 아내와 집, 환자들을 사랑했으나, 그녀는 그런 그를 참을 수 없었다.

마리온은 자리에서 일어나 방 안을 서성대다가 갑자기 소파에 주저앉았다. 그리고 창문을 바라보았다. 그녀는 프리츠를 너무나 사랑한 나머지 이따금 그를 총으로 쏘고 싶은 충동을 느꼈다. 그에 대한 모든 기억은 너무나 선명하고 황홀했으며, 수수께끼 같은 신비로움과 약속으로 가득 차 있었다. 그에겐 알렉스의 환자를 다 합친 것보다 더 많은 여자들이 있었다. 프리츠가 입을 열어 말하기 시작하면 마리온은 눈을 감고 누운 채 그의 목소리에 귀를 기울였다. 그럴 때면 알렉스의 모습은 망각의 구덩이 속으로 영원히 사라져 버리곤 했다.

마리온은 담배에 불을 붙였다. 영국 담배는 맛이 없고 달기만 했다.

어느 날, 지방 어딘가에 프리츠의 아내가 있다는 사실이 드러났다. 프리츠는 그저 평범한 주부인 자신의 아내를 두려워했다. 하지만 티롤 산맥에서 보낸 여름은 정말 멋진 시간이었다. 그 여름 동안, 프리츠는 알렉스가 3년간의 결혼 생활을 통해 주었던 것보다 훨씬 더 많은 것을 그녀에게 주었다.

그러던 어느 날, 앵무새 부리처럼 휘어지고 심술궂어 보이는 코에 쉰 목소리를 내는 억센 여자가 나타났다. 이에 프리츠는 갑자기 맥을 못 추었다. 그를 감싸고 있던 신비와 매력은 갑자기 사라져 버렸고, 마리온 앞에는 겁에 질린 채 부끄러워하는 우둔한 남편이 서 있을 뿐이었다. 그의 눈에는 거짓이 가득 들어 있었다. 마리온은 자리에서 벌떡 일어선 뒤 담배꽁초를 버렸다.

그리고 다시 방 안을 서성였다. 언젠가 하싸도 그녀의 사진을 서랍 속에 넣기 전에 지금처럼 방 안을 서성댔다는 사실을, 마리온은 알지 못했다. 그녀는 거울 앞에서 걸음을 멈추었다. 그녀는 지금 혼자였고, 도도하고 거만한 행동은 아무런 의미가 없었다.

마리온은 갑자기 자신의 얼굴이 싫어졌다. 그녀는 한참 동안 자신의 얼굴을 자세히 들여다보더니, 집게손가락을 코끝에 대고 코를 들어올렸다. 그러자 그녀의 얼굴은 다시 거만해졌고, 게다가 멍청해 보이기까지 했다.

"꼴좋군."

마리온은 이렇게 말했다. 그녀는 자신이 들창코가 아니어서 천만다행이라고 생각하면서 소탈하고 천진난만한 기쁨을 느꼈다. 그리곤 다시 소파에 가서 앉았다. 집 안에 자신 혼자만 있다는 게 참으로 다행스러웠다. 지금 그녀의 모습을 볼 수 있는 사람은 아무도 없었다. 따라서 그녀가 삶을 두려워하며, 상처 받은 외로운 여자에 불과하다는 사실을 그 누구도 알 수 없었다.

그녀는 다시 기억을 더듬기 시작했다.

프리츠는 양말 한 켤레와 아름다운 여름에 대한 추억만을 남긴 채, 앵무새 부리 같은 코를 가진 여자랑 떠나 버렸다. 프리츠는 '당신을 결코 잊지 않을 거야.'라고 말했고, 그녀는 차갑고 도도한 얼굴로 창가에 서 있었다. 그녀는 자신이 교양 있는 여자이기에 프리츠의 목을 조를 수 없는 것이 실로 유감스러웠다.

이렇게 해서 프리츠와의 관계는 끝났지만, 여름은 아직 많이 남아 있었다. 쉴 새 없이 내리는 빗속에, 선명한 색을 띤 잘츠부르크 거리는 성채(성과 요새를 의미함-역주) 아래에 펼쳐져 있었다. 마리온은 도도한 얼굴로, 바자르 카페에 꼿꼿이 몸을 세우고 앉아 머릿속에 다리 하나를 그리고 있었다. 그녀는 그 다리 위에서 너무도 뛰어내리고 싶었지만 차마 그럴 용기가 나지 않았다.

그녀 앞으로 반바지를 입은 영국인들과 상상을 초월하는 옷을 입은 미국인들이 지나갔다. 카페 급사장은 인생의 모든 비밀을 알고 있는 현자처럼 신비로운 눈을 가진 사람이었다. 그리고 그녀는 코카인이라도 들이마실 수 있다면 좋겠다고 생각했다. 코카인은 틀림없이 모든 걸 잊게 해 주었으나, 코감기에 걸리게 하거나 코를 붓게 하며 사람을 추하게 만들었다. 이비인후과 의사의 아내였던 것이 쓸모없는 일만은 아니었다. 그녀는 코카인은 안 되겠다고 생각했다.

마리온은 자신을 미라벨 정원에 데리고 갔으며, 나중에 자신을 만나기 위해 비엔나에 오기까지 했던 남자들의 이름이 좀처럼 기억나지 않았다. 그러나 그건 중요한 문제가 아니었다. 그들은 차라리 잊어버리고 싶은 나쁜 기억들만을 남겼기 때문이었다.

마리온은 다시 담배에 불을 붙였지만 이내 재떨이에 던져 버렸다. 그러고 부엌으로 가서 커피를 만들었다. 그녀는 난로 앞에 선 채로, 천천히 커피를 마시며 겁에 질린 얼굴을 하고 있었다. 다시 그녀에게로 다가와 나쁜 추억을 남길지 모를 남자들이 두려웠던 것이다.

복도에서 전화벨 소리가 들려왔다. 마리온은 전화기로 다가가 수화기를 들었다.

"여보세요?"

"안녕하세요, 마리온. 저 아시아데예요. 이번 일요일에 하싸랑 툴빙어 코블에 가기로 했어요. 작스 씨도 함께요. 차에 자리가 하나 남는데, 혹시 다른 일이 없으시면……"

마리온의 입술에 더없이 거만한 미소가 떠올랐다.

"고마워요. 그런데…… 시간을 정한 건 아니지만 약속이 있어요. 하지만 다른 날로 미룰 수 있을 것 같군요. 그래요, 좋아요. 일요일 아침 8

시요. 네, 이리로 오세요."

 정말이지, 이 터키 여자는 멍청한 아이와 다를 게 없었다. 알렉스와 함께 보낸 시간들을 자꾸 기억하게 되는 건 전혀 기분 좋은 일이 아니었다. 그러나 따지고 보면, 지루했을 뿐 그다지 나쁜 시간들도 아니었다. 멍청한 아이 같은 아시아데의 눈동자가 꿈꾸는 듯 천진난만하지만 않다면, 그녀의 넘쳐나는 행복이 모두 꾸며낸 것이라고 생각할 수도 있었다. 마리온은 어깨를 으쓱했다. 그녀는 알렉스에겐 관심이 없었다. 알렉스는, 그녀의 영혼이 프리츠라는 이름의 장작더미 위에서 새까맣게 타 재가 되기 전에 알았던 한 남자에 불과했다.

 하싸 역시 마리온에게 관심이 없기는 마찬가지였다. 그는 불만스런 표정으로 투덜거리며 옷방에 서 있었다.

 "당신을 이해할 수 없어, 아시아데. 마리온이랑 친구처럼 지내다니! 난 마리온을 만나고 싶지 않아. 콧대만 높은 그 멍청이는 인생을 완전히 망쳐 버렸어. 아무튼 전처랑 툴빙어 코블에 간다는 건 말이 안 되는 소리야."

 "하지만 저도 있고, 작스 씨도 같이 가잖아요."

 아시아데는 깜짝 놀라며 말했다. 그러고 나서 하싸의 깃에 얼굴을 비비며, 어린아이처럼 온순한 눈길로 남편을 올려다보았다. 그녀가 이스탄불 최고의 품위를 배우고 익힌 것은 쓸데없는 일이 아니었다. 오랜 세월 동안 하렘에서 얻은 경험으로, 그녀는 이렇게 말하고 있었다.

 "하싸, 내 말 좀 들어 봐요. 마리온은 저한테 정말 잘해요. 우리의 행복을 진심으로 기뻐하고 있어요. 게다가 당신도 알다시피, 전 마리온한테 늘 미안했어요. 그날 젬머링에서 너무 예의 없는 행동을 했거든요. 그리고 저한테는 당신이 있지만 마리온은 아무것도 가진 게 없어요. 마리온한테 조금 잘해 주고 싶은 것뿐이에요. 어쩌면 작스 씨랑 결혼할 수 있을지도 몰라요. 여자들은 타고난 중매쟁이거든요. 전 마리온을 결혼시키고 싶어요. 그럼 우리는 마리온으로부터 완전히 자유로워질 수 있어요."

"정신이 온전한 사람이라면 절대 마리온과 결혼하지 않을 거야."

하싸는 험악한 말투로 말했다. 그러나 아시아데의 커다란 웃는 눈을 보고, 금발에서 풍겨 나는 은은한 향기를 느끼자 마음을 가라앉혔다. 사실, 누가 작스 옆에 앉든지 상관할 일은 아니었다. 그의 옆에는 아시아데가 앉아 있을 것이므로 나머지는 아무래도 좋았다.

"좋아. 마리온 보고 오라고 해. 또, 마리온을 작스랑 결혼시키려고 애쓰는 것도 당신 마음이야. 하지만 절대 그렇게는 안 될 거야. 작스는 바보가 아니거든."

그는 관대하게 말했다.

아시아데는 아무 대답도 하지 않았다. 하싸가 무슨 생각을 하든, 누가 바보든 아무런 상관이 없었다. 이스탄불의 지체 높은 여인은 무슨 일이든 가능하게 만들 수 있었다. 심지어 알라 앞에 엎드려 먼지 속을 뒹굴고 있는, 존 롤랜드라는 노쇠한 왕자를 위해 집을 지을 수도 있었다.

일요일 아침 8시, 하싸의 자동차가 마리온의 집 앞에 멈춰 섰다. 마리온은 약속 시간이 조금 지난 뒤, 거만한 미소를 지으면서 나타났다. 그녀는 옷깃을 여미며 작스 옆자리에 앉았다.

월요일, 작스는 하싸의 모든 친구들과 함께 링 카페에 앉아 있었다. 그들은 트롤(스칸디나비아 전설에 나오는 장난꾸러기 난쟁이-역주)처럼 머리를 흔들어댔다. 잔에 담긴 커피는 점점 식어 갔고, 컵에 담긴 물은 점점 미지근해지고 있었다. 급사장은 의사들이 앉아 있는 곳에서 가까운 기둥에 몸을 기댄 채, 그들의 이야기에 귀를 기울였다. 작스는 일요일에 있었던 일을 보고하고 있었다.

"웃겨서 죽을 뻔했다니까. 두 마누라 사이에 끼여 있는 하싸의 꼴이라니. 우리는 툴빙어 코블에 갔어. 그 어린 터키 여자는 쉴 새 없이 재잘대더군. 부인들을 다 데리고 드라이브하는 건 아마도 하렘의 전통인가 봐. 하싸는 당황해서 어쩔 줄 몰라 했어. 감히 마리온을 쳐다보지도 못하더군. 두 사람 사이에 그런 일이 있었으니 당연하지. 호텔에서 점심 식사를 했는데, 아시아데는 줄곧 고양이처럼 요염한 눈으로 하싸를 바라봤어. 그러더니 불쑥 마리온한테 묻는 거야. 하싸가 마리온에게도 자기한테 하는 것처럼 잘해 줬냐고 말이야! 불쌍한 마리온은 거의 질식할 뻔했어. 자네들 생각은 어떨지 모르지만 마리온은 교양 있는 여자야. 나무랄 데 하나 없이 예의 바르게 행동하더군. 그러기도 쉽지 않았을 거야."

쿠르츠는 감정가라도 된 듯한 얼굴로 커피 잔을 비웠다.

"하싸 부인은 정말 미개인이야. 아시아 남자들은 모두 부인을 여러 명 두고 있어. 겉으로는 아닌 것 같지만 아시아데도 아시아적 사고방식을 갖고 있어. 그래서 마리온한테 동료 의식을 느끼며 남편마저도 공유하려는 거야. 이건 내 생각인데, 아시아데는 불감증이 있는 것 같아. 문제는 바로 여기에 있어."

쿠르츠는 이렇게 말하며, 다 알겠다는 듯 미소를 지었다.

그러자 할름이 웃으며 받아쳤다.

"말도 안 돼. 아시아데는 하싸한테 홀딱 빠져 있을 뿐이야. 그런 자기의 행복을 드러내 보이고 싶은 거지. 특히 마리온 앞에서 말이야. 질투심을 일으키고 싶은 거겠지. 자랑도 하면서 복수도 하려는 원시적인 방법을 쓰는 거라고. 하지만 자기가 지금 불장난을 하고 있다는 사실을 모르는 것 같아. 마리온은 대단한 미인이야. 게다가 다시는 어리석은 행동을 하지 않을 거야. 그뿐인가? 하싸는 마리온을 굉장히 사랑했어. 하싸가 아시아데랑 결혼한 것도, 어쩌면 마리온한테 그녀 없이도 잘 살 수 있다는 걸 보여 주기 위해서였는지도 몰라. 말하자면 열등 콤플렉스를 보상받고 싶은 심리였다고나 할까?"

의사들은 머리를 흔들면서 좁혀 앉았고, 그들의 대화는 점점 더 학술적으로 변해 가고 있었다. 다양한 콤플렉스에 대한 학술 용어가 윙윙거리며 공중을 맴돌았다. 아시아데, 하싸, 마리온, 이렇게 벌거벗은 세 영혼은 수술대 위에 눕듯 커피 잔 사이에 몸을 눕히고 있었고, 의사들의 얼굴은 벌겋게 달아올랐다. 그들은 만장일치로, 아시아데는 때늦은 사춘기를 겪고 있으며, 하싸한테는 오이디푸스 콤플렉스가 있다는 결론을 내렸다.

이윽고, 외과의 마테스가 손가락을 들어 올리며, 직업상 몸에 배어 버린 노골적인 태도로 말했다.

"이건 단지 유전자와 관련된 문제야. 하싸의 조상들은 보스니아 회교도였어. 아시아데는 하싸 안에 억눌려 있던 동양적인 본능을 되살린 거야. 이번 일은 결국 삼각관계로 끝나고 말 거야. 하싸는 하렘에 있는 파샤가 된 것에 만족할 거고, 아시아데는 하싸의 의식 세계 속에서 동양적인 부분을 채워 주겠지. 마리온은 유럽적인 부분을 채워 줄 거고 말이야."

"그건 터무니없는 소리야."

쿠르츠가 말했다.

"하싸한테는 동양적인 성향이 전혀 없어. 아시아데한테는 유럽적인 성향이 전혀 없고. 세 사람 관계는 결국 안 좋게 끝날 거야. 아시아데는 하싸의 약장에서 산이 든 병을 꺼낸 다음 마리온의 얼굴에 던질지도 몰라. 누군가 마리온한테 경고해 줘야 해."

쿠르츠는 자신이 아시아데를 잘 알고 있다고 믿었다.

그때 카페 문이 열렸고, 의사들은 일제히 입을 다물었다. 하싸가 안으로 들어오더니 피곤한 얼굴로 자리에 앉았다.

"무슨 일이라도 있나, 하싸?"

쿠르츠가 동정 어린 목소리로 물었다.

"나한테는 손이 두 개뿐이야. 한 번에 메스랑 거울, 탐침探針을 다 들 수는 없다고."

하싸가 투덜대며 대답했다. 그는 동료들의 놀란 얼굴을 보고 커피 잔을 비운 뒤, 절망적인 목소리로 말했다.

"프리들이 떠났어."

"누구?"

그들은 차마 입에 담을 수 없는 부도덕한 장면을 눈앞에 떠올렸다.

"프리들, 프리들 몰라? 내 간호사 말이야."

하싸는 침울한 목소리로 말했다.

"아!"

그들은 은밀하면서도 만족스런 목소리로 말했고, 쿠르츠는 하싸의 무릎을 가볍게 두드렸다.

"아시아데가 질투한 모양이군. 그럴 수도 있지."

"무슨 소리야? 프리들은 절름발이에다 마흔이 넘었어. 하지만 놀랄 만큼 일을 잘했지. 고개를 까딱해 보이기만 해도 내가 원하는 도구를 건네주곤 했어. 아니, 고개를 까딱일 필요도 없었어. 나한테 필요한 게 뭔지 항상 미리 알고 있었거든."

의사들은 웃음을 터뜨렸다.

"그런데 왜 쫓아냈어?"

"내가 쫓아낸 게 아니야. 유산으로 그라츠에 있는 집을 상속받아서 떠난 거야. 글쎄, 아시아데가 철없는 말을 했지 뭐야. 프리들한테 이제 일할 필요가 없지 않겠냐고 했다는군. 프리들 혼자서는 그런 생각을 했을 리 없어. 정말이지 양손을 다 잃은 기분이야. 난 신경전문의가 아니야. 나랑 호흡 맞는 간호사가 필요해."

산과의 할름은 무슨 뜻인지 이해한다는 표시로 고개를 끄덕였다.

"유능한 수술실 간호사는 반드시 필요한 존재지. 특히 가벼운 마취를 할 때는 없어선 안 돼. 새로 온 간호사는 갓 결혼한 아내와 같으니, 신중히 살펴본 뒤에 고용해야 해."

할름이 말했다.

"프리들 같은 간호사는 못 구할 거야."

하싸가 우울한 목소리로 말했다.

"나는 내 자신을 잘 알아. 늘 하던 방식대로 일하지. 그래서 새 간호사를 구하면 내 방식에 맞도록 훈련시켜야 해. 그런데 다 가르치고 나면 마리온처럼 달아나거나 프리들처럼 집을 상속받고 말지."

하싸는 입을 다물고 침울한 얼굴로 생각에 잠겼다.

"가장 좋은 방법은 데리고 있는 간호사랑 결혼하는 거야. 아니면 자기 부인을 간호사로 만들거나. 그럼 걱정할 필요 없잖아."

쿠르츠가 말했다.

하싸는 화난 얼굴로 그를 바라보았다.

골든혼의 여인 343

"신경전문의한테는 간호사가 필요 없겠지. 구속복(정신병자나 죄수 등의 난동을 막기 위한 재킷-역주) 한두 벌만 있으면 그만일 테니까. 하지만 우리는 달라. 오늘은 아시아데가 옆에서 도왔지만, 이대로 계속할 수는 없어."

"안 될 것도 없잖아?"

의사들은 숨을 죽인 채 하싸의 대답을 기다렸다.

"기가 막히는군!"

하싸는 화난 듯 말했다.

"대체 무슨 생각을 하는 거야? 아시아데는 예민한 여자야. 부비동을 끌로 파내는 일 같은 건 못해. 그래도 오늘은 나름대로 애쓰더군. 어쨌든 모든 수술 날짜를 미뤄야 했어. 수술 도중에 간호사가 갑자기 기절한다면 어떻게 될지 생각해 봐. 오늘은 그런대로 잘했어. 그런데 진료 시간이 끝나갈 무렵, 급성결합조직염을 앓고 있는 노인이 병원에 왔어. 나도 그게 보기 좋은 병이 아니라는 건 알아. 하지만 불쌍한 아시아데는 거의 토하기 직전이었어."

그는 아시아데가 안쓰러운 마음이 들어 고개를 내저었다.

한편, 하싸가 아시아데에 대해 안쓰러운 마음을 느끼고 있는 동안, 그녀는 스테판 광장에 있는 카페로 달려갔다.

"마리온, 이것도 아내의 의무 중 하나인가요?"

아시아데는 회색 눈동자에 강한 혐오감을 담은 채 말했다.

마리온은 깜짝 놀란 얼굴로 고개를 들었고, 아시아데는 깊은 절망감에 빠진 얼굴로 그녀의 옆자리에 앉았다.

"냄새도 견딜 수가 없고, 환자들을 보는 것도 싫어요. 오늘은 하마터면 기절할 뻔했어요. 내일은 인후이상증식 환자를 수술해야 돼요. 어쩜

좋죠, 마리온? 간호사는 얼마든지 있지 않나요?"

아시아데는 이렇게 말하면서, 계속 두서없이 말을 뱉어 내기 시작했다. 그라츠에 있는 집을 상속받은 프리들에 대해 이야기했고, 하싸는 프리들 없이 아무 일도 못한다고도 말했다. 그리고 역겨운 급성결합조직염을 앓고 있던 노인에 대해 이야기하며, 그 환자를 보면서 얼마나 속이 메스꺼웠는지도 설명했다. 그 다음엔, 이해할 수 없다는 듯 자신을 바라보던 하싸의 시선에 대해 말했다.

"내일 또 수술 계획이 있어요, 마리온. 전 도무지 감당할 수가 없어요."

아시아데는 꺾인 갈대 같은 모습으로 자리에 앉은 채, 혀로 메마른 입술을 축였다.

마리온은 웃음을 터뜨렸다.

"당신은 편한 것밖에 모르는군요, 아시아데. 하렘의 정원에 핀 꽃처럼 말예요. 난 결혼한 후에 간호사가 되기 위한 강의를 들었어요. 그리고 알렉스의 수술실 간호사가 됐죠. 난 아내이기 이전에 좋은 간호사였던 것 같아요. 알렉스는 나와 이혼한 후에 간호사를 구할 수 없다고 투덜댔죠. 인후이상증식 수술을 돕는 건 아주 쉬워요. 하싸가 신호할 때마다 환자의 머리를 앞으로 젖혀 주면 돼요. 그리고 수술 시작 전에 베크만* 고리형 메스랑 고트슈타인* 벤드를 준비해 두도록 해요. 그 다음엔 알렉스한테 통기용痛氣用 폴리쳐*를 건네주면 돼요. 알겠죠?"

"아뇨, 하나도 모르겠어요."

아시아데가 대답했다. 그녀는 화난 모습으로 어색하게 앉아 있었다.

---

*각 의료기구를 발명한 사람의 이름.

"당신이 존경스러워요, 마리온. 당신은 할 줄 아는 게 많군요. 당신 말이 맞아요. 나는 편한 것밖에 모르는 여자예요."

아시아데는 집으로 돌아왔다. 하싸는 대기실에 앉아서 오래된 잡지를 뒤적이고 있었다.

"내일 수술은 걱정 마세요. 이제 어떻게 해야 하는지 알아요. 먼저 당신한테 폴리쳐를 건네고, 그 다음에 고트슈타인 메스랑 베크만 벤드를 주면 돼요."

아시아데가 힘없이 말했다.

"완전 엉터리로군."

하싸가 소리 내어 웃으며 말했다.

"완전히 거꾸로 말했어. 하지만 괜찮을 거야. 쿠르츠가 경험 많은 간호사를 보내 주기로 했어. 쿠르츠는 정말 좋은 친구야. 우리 영화나 보러 갈까? 내 곁에서 수술 돕는 일을 못 견디는 건 당신 잘못이 아니야. 그래도 지난번 사제를 수술할 때는 잘 해냈잖아."

하싸는 조심스레 말하면서 아시아데를 곁눈으로 바라보았다. 그녀가 급성결합조직염을 참지 못하고, 수술 도구 건네는 차례를 거꾸로 알고 있는 것은 정말로 유감스런 일이었다.

"아, 그 사제님이요?"

아시아데의 눈이 잠시 동안 빛났다. 그녀에게 하싸는 다시 한 번 위대한 마법사이자, 삶과 죽음을 마음대로 결정할 수 있는 사람이 되었다. 그는 신성한 사제의 생명을 구했던 것이다.

"그래요, 사제님을 수술할 땐 옆에 있었죠. 하지만 그건 경우가 달랐어요, 하싸. 사제님은 신성한 분이시고, 그분을 돕는 건 제 의무였어요. 그렇지만 오늘 병원에 왔던 환자는 역겨운 부스럼이 있는 평범한 노인이었어요. 이제 옷을 좀 갈아입으러 가야겠어요."

그녀는 차갑게 말했다.

하싸는 침울한 얼굴로 고개를 끄덕였다. 아시아데는 옷방에 들어간 뒤, 등받이가 없는 낮은 의자에 앉아 거울을 들여다보았다. 그런 다음 피곤한 듯 손으로 이마를 문질렀다. 남편을 도울 능력도 없이, 그저 편한 것만 아는 여자로 살아가는 것은 너무도 힘겨운 일이었다. 알맞은 수술 도구를 건네주면서 남편의 웃는 눈을 통해 인정받는 대신, 메스꺼움을 느껴야 하는 건 참으로 힘들었다. 아시아데는 한숨을 쉬었다. 마리온이 아시아데의 계획을 알게 된다면, 그녀를 미쳤다고 생각할지도 모르겠지만 그런 건 중요하지 않았다. 아시아데는 정해진 목표를 달성해야 했다.

그녀는 고개를 뒤로 젖힌 채 빙그레 웃었다. 하싸가 그녀로 인해 슬퍼하는 일은 절대로 없으리라. 그녀는 이미 모든 일을 계획하고 있었다.

아시아데는 눈을 감은 채 양손 깍지를 꼈다. 하싸가 방에 들어왔더라면 그녀가 기도하는 모습을 볼 수 있었으리라.

다음날, 아시아데는 꿈꾸듯이 집 안을 왔다 갔다 했다. 이윽고 9시 반이 되자, 뚱뚱한 몸매에 하얀 레이스 모자를 쓴 새 간호사가 도착했다. 하싸는 그녀를 수술실로 데리고 갔다. 아시아데는 조용히 그 뒤를 따라간 뒤, 두 사람의 말소리에 귀를 기울였다.

"오늘 수술은 간단해요. 우선 아데노이드 비대증(편도선이 증식하여 커지는 병-역주)이 있는 젊은 여자 환자가 올 겁니다. 가벼운 마취가 필요하죠. 그 다음으로 여배우가 오면 좌측 격막절제를 해야 돼요. 마취 주사도 놔야 하죠. 할 수 있겠죠, 간호사?"

하싸가 말했다.

"물론입니다, 선생님."

간호사는 굵고 낮은 목소리로 대답했다.

10시가 되자, 아시아데는 대기실로 갔다. 드디어 첫 번째 환자가 도착했다. 어머니로 보이는 나이 든 여자와 함께 온 환자는, 가냘프고 앳돼 보이는 금발의 여자였다.

아시아데의 귀에 하싸의 목소리가 들렸다.

"하나도 아프지 않을 거예요. 잠깐 자고 일어나면 될 겁니다."

환자는 작은 목소리로 무어라 말을 했다.

아시아데는 응접실로 살며시 들어갔다. 수술실에서 발자국 소리가 들려왔다.

"자, 앉으세요⋯⋯ 좋아요⋯⋯ 간호사, 마스크! 자, 숫자를 세 보세요. 하나, 둘, 셋, 넷⋯⋯"

하싸의 목소리가 아주 작아졌다. 곧 수술 도구가 달그락거리는 소리가 들렸다.

"잠들었어요."

간호사가 말했다. 아시아데는 계속 귀를 기울였고, 몇 초가 지나갔다. 갑자기 억눌린 비명 소리가 나더니, 흐느껴 우는 소리가 들렸다.

아시아데는 주춤했고, 하싸는 앉은 채로 의자를 뒤로 밀었다. 계속해서 흐느껴 우는 소리가 들려왔다. 곧 문이 열리더니, 하싸가 눈을 가늘게 뜬 채 응접실 안으로 들어왔다.

"빨리! 얼음 좀 가져오라고 해, 아시아데. 얼음을 삼키게 해야겠어. 환자가 너무 빨리 깨어났어. 간호사가 마취약을 너무 적게 투여한 모양이야. 큰일은 아니지만 이런 일은 생기지 말았어야 해."

아시아데는 고개를 끄덕이고 직접 얼음을 가져온 뒤, 흐느껴 우는 환자를 달랬다. 환자는 얼음을 삼켰다. 기껏해야 열여덟 살밖에 안 돼 보이는 환자는 수술 중 통증을 느끼리라고는 상상도 못했기에, 겁에 질린 눈으로 아시아데를 바라보았다. 환자는 자신도 모르는 새 운명의 수수께끼 같은 윤무(여럿이 둥그렇게 둘러서거나 돌면서 추는 춤-역주)에 휩쓸려 들어갔음을 알지 못했다.

억세 보이는 간호사는 수술실을 정리했다. 수술 도구들이 쇠로 만든 소독 용기 안에서 끓고 있었다.

"간호사, 알아듣겠어요? 이번엔 왼쪽 격막절제 수술을 할 차례예요. 망치를 써야 할 거예요. 정말 알아들은 거죠?"

"물론입니다, 선생님."

초인종 소리가 들리자, 아시아데가 문을 열어 주었다. 검은 머리칼의 여배우는 밍크코트를 입고 있었다. 아시아데는 환자를 대기실로 안내했다. 수술실에서 낮게 속삭이는 소리가 들려왔다. 아직 준비가 안 된 것이 분명했다.

"닥터 하싸의 부인이신가요?"

여배우가 말했다. 그녀는 오래된 잡지에서 종이를 작게 뜯어내고 있었다.

"남편께서 제 코를 수술하실 거예요. 불행하게도 폴립(점막에 발생하는 종양-역주)은 아니에요. 만약 폴립이었다면 어린애 장난처럼 쉬운 수술이었을 거예요. 제 친구 한 명이 부인의 남편한테서 폴립절제술을 받았는데 하나도 안 아팠다면서 아주 좋아하더군요. 하지만 제 경우는 달라요. 뼈 어딘가에 문제가 있대요. 요즘엔 제대로 말할 수조차 없어요. 문제가 있는 게 분명해요."

그녀는 말을 멈추더니 손목시계를 바라보았다. 벌써 12시 45분이었다. 수술실의 닫힌 문 뒤로, 여전히 낮은 속삭임이 들려오고 있었다.

"제 남편이 분명 잘 치료해 주실 거예요."

아시아데가 말했다.

"그랬으면 좋겠네요."

여배우는 걱정스런 모습으로 바닥을 바라보았다.

"왜 이렇게 오래 걸리죠? 남편께선 정각 12시에 오라고 하셨어요. 아무한테도 같이 와 달라고 부탁하지 않았어요. 남편께서 그럴 필요가 없다고 하셨거든요. 수술이 끝나면 바로 집에 갈 수 있댔어요."

"그럼요, 물론이죠."

아시아데는 이렇게 말하면서 여배우가 안됐다는 생각이 들었다.

마침내 수술실 문이 열렸고, 하싸와 그의 뒤에 서 있는 간호사 모습이 보였다. 아시아데는 갑자기 꺼림칙한 기분을 느꼈다. 그러면서 그녀가 여배우의 운명을 책임져야 할 것 같다는 생각이 스쳐 지나갔다. 그녀는 하싸의 소매를 가볍게 당기며 속삭였다.

"하싸, 간호사가 일을 제대로 할 것 같지 않아요. 저도 들어가면 안 될까요? 도움이 될지도 모르잖아요. 기절하지 않겠다고 약속할게요."

하싸는 고개를 끄덕였고, 아시아데는 흰 가운을 입었다. 여배우는 고개를 약간 뒤로 젖힌 채 수술 의자에 앉았다. 그녀의 작은 콧구멍이 발름거렸고, 하싸는 그녀의 앞에 앉았다. 반사경에서 뿜어져 나오는 빛은 환자의 얼굴을 환하게 비추고 있었다.

"너무 아프진 않겠죠?"

환자가 물었다.

"그럼요, 물론입니다. 아무 통증도 못 느끼실 겁니다."

하싸가 말했다.

그는 환자의 이마에 손을 얹더니 엄지손가락으로 환자의 코끝을 위로 젖혔다. 환자의 눈은 잔뜩 겁에 질려 있었다. 아시아데는 환자의 옆에 선 채, 하싸에게 주사기를 건네는 간호사를 바라보았다. 그러면서 지금 이 여배우와 마찬가지로, 한때 수술 의자에 앉아 있었으며 하싸 덕분에 목숨을 구했던 사제의 모습을 떠올렸다.

하싸는 조용히 수술을 진행했고, 환자는 꼼짝 않고 앉아서 입술을 떨고 있었다.

"좋아요. 끌을 줘요."

하싸가 말했다.

간호사는 하싸에게 끌을 건넸고, 아시아데는 입을 다물지 못했다. 간호사의 손에 들린 작은 망치가 반짝거렸다.

"지금이에요."

하싸의 말이 끝나는 동시에 망치가 아래로 내려왔다.

"아야!"

환자가 소리치면서 고개를 옆으로 돌렸다. 환자는 눈에 통증을 느끼고 있었다.

하싸는 화가 나서 벌겋게 달아오른 얼굴로 간호사를 올려다보았다.

"간호사, 지금 뭐 하는 겁니까? 잘못 쳤잖아요!"

이내 망치가 다시 내려왔다.

"아야야!"

여배우는 고개를 완전히 뒤로 젖힌 채, 눈에는 눈물이 가득 고여 있었다. 그녀는 하싸의 손을 움켜쥐었다.

"그만요, 선생님. 그만하세요. 더 이상은 못 참겠어요."

환자가 낮은 목소리로 말했다.

하싸는 이를 악물었다. 그의 이마 위로 비 오듯 땀이 쏟아지고 있었다.

"간호사, 이번에도 잘못 쳤어요."

그는 여전히 이를 악문 채로 말했다.

아시아데는 두 손으로 환자의 머리를 감싼 채 속삭였다.

"금방 끝날 거예요. 조금만 참으세요. 움직이면 안 돼요."

그녀는 빠른 동작으로 여배우의 이마에 입을 맞추었다. 그리고 의자 뒤에 서서 두 손으로 낯선 환자의 머리를 꽉 잡고 있었다.

마침내 세 번째 시도에서 망치가 끌 위로 정확히 떨어졌다. 환자의 얼굴은 눈물로 범벅이 되어 있었다.

"다 끝났어요. 간호사, 거즈를 줘요."

하싸는 시뻘건 얼굴로 자리에서 일어섰다.

'시골 돌팔이 의사 꼴이 되고 말았군.'

그는 씁쓸하게 생각했다. 여배우는 울고 있었고, 아시아데는 그녀의 곁에 앉아서 흐르는 눈물을 닦아 주고 있었다.

"회복될 때까지 잠시 병원에 계시는 게 좋겠어요. 응접실에서 좀 쉬세요."

하싸의 목소리에는 당황한 기색이 역력했다. 그는 환자에게 약을 한 알 주었고, 아시아데는 그녀를 거실에 있는 기다란 의자로 데려갔다.

"너무 무서웠어요, 선생님. 이젠 괜찮을까요?"

환자가 나직하게 말했다.

"물론입니다. 조금도 걱정하지 마세요."

하싸는 이렇게 대답했지만, 이런 상황을 괜찮다고 여길 사람은 아무도 없을 거라는 생각에 화가 치밀었다.

그는 수술실로 되돌아갔다.

"당신은 수의사나 도와야겠군요. 하지만 그것도 곤란하겠어요. 동물보호협회에서 항의가 들어올 테니까요.

하싸가 간호사에게 말했다.

뚱뚱한 간호사는 잔뜩 기분이 상해서 짐을 챙겼다.

"이곳에 오는 환자들이 너무 고급인 것뿐이에요. 그 정도 아픈 건 누구라도 참을 수 있다고요. 그렇게 난리칠 필요는 없죠."

그녀는 고개를 꼿꼿이 쳐든 채 병원을 떠났다.

여배우는 울어서 부은 눈으로 응접실에 잠들어 있었다. 아시아데는 하싸를 침실로 데려갔다.

"하싸, 이대로는 안 되겠어요. 제대로 된 간호사를 구하지 못하면 환자들을 모두 잃게 될 거예요."

아시아데는 진지한 얼굴로 말했다.

"좋은 간호사를 구할 거야. 비엔나는 큰 도시야. 단지 시간이 좀 걸릴 뿐이야. 괜찮은 간호사들은 모두 다른 병원에서 일하고 있거든. 당분간 대학병원에서 수술해야겠어."

하싸가 화난 목소리로 말했다.

"하싸."

아시아데는 무아지경에 빠진 듯한 얼굴로 말했다.

"기다릴 필요 없어요. 저 역시 환자들이 괴로워하는 모습을 보면서 책임감을 느낄 필요가 없고요. 하싸, 당신을 너무 사랑해요. 당신을 위해서라면 무슨 일이든 할 수 있어요. 당신의 도움이 꼭 필요한 환자들을 먼저 생각해 봐요. 그럼 우리의 사사로운 감정 따윈 그다지 중요치 않을 거예요."

아시아데는 고개를 꼿꼿이 든 채, 열정적인 모습으로 하싸를 마주보며 서 있었다.

"대체 무슨 말을 하려는 거야?"

그는 도무지 무슨 영문인지 알 수가 없었다.

아시아데가 말했다.

"하싸, 마리온에게 전화해야겠어요. 당신이랑 일했었잖아요. 기꺼이 우릴 도울 거예요. 마리온한테 부탁하는 건 제 의무예요. 그 무엇도 우리 둘의 부부 관계를 깨뜨릴 순 없어요. 그녀를 겁낼 필요는 없어요."

그녀는 하싸가 대답도 하기 전에 전화기 앞으로 달려가서 마리온에게 전화를 걸었다. 그리고 잠시 후, 새빨갛게 달아오른 얼굴로 다시 하싸 앞에 섰다. 그녀는 약간의 현기증을 느꼈다.

"4시에 온대요. 오후에 예약돼 있는 수술을 도울 거예요. 예전에 하던 일을 다시 하게 돼서 기쁘대요."

그녀는 고개를 약간 옆으로 기울인 채, 겸손한 눈으로 하싸를 올려다보며 서 있었다. 고대의 아시아가 그녀의 눈 안에 고스란히 담겨 있었다.

그러나 하싸는 그것을 알아채지 못했다. 그는 아시아데에게로 다가가서, 그녀의 어깨에 팔을 두르고 몹시 당황한 모습으로 말했다.

"아시아데, 당신은 성녀 같은 사람이야."

아시아데는 아무런 대답도 하지 않았다. 그저 부끄러울 따름이었다.

마리온은 약속대로 4시에 왔고, 어색한 얼굴로 흰 가운을 입었다.

"알렉스, 당신을 도울 수 있어서 기뻐요. 하지만 좋은 간호사를 구할 때까지만 있을 거예요. 곧 알게 되겠지만 수술과정은 하나도 잊어버리지 않았어요."

마리온이 말했다. 그녀는 복도를 따라 걷다가, 자신의 가슴이 이토록 세차게 두근거리고 있음에 놀라며 수술실 앞에서 발을 멈추었다.

 어둠이 밀려오고 있었다. 아시아데는 밝은 표정으로 혼자 카페 안에 들어섰다. 그녀는 입을 오므린 채 터키 노래를 흥얼댔다. 쿠르츠가 그녀 앞으로 걸어왔다.
 "제가 추천한 간호사를 마음에 들어 하던가요?"
 "벌써 해고했어요. 그리고 제가 더 좋은 사람을 찾았어요."
 그녀는 잠시 말이 없더니, 비웃듯이 쿠르츠를 바라보았다.
 "좋은 간호사를 구할 때까지 마리온이 도울 거예요."
 아시아데는 빙그레 웃으면서 창가에 자리를 잡아 앉았고, 쿠르츠는 의사들이 모여 있는 테이블로 돌아갔다. 그녀는 의사들이 바람에 흔들리는 밀 이삭처럼 머리를 한곳으로 모으는 것을 보았다. 그들이 무슨 말을 속삭이고 있을지 충분히 짐작할 수 있었다.
 외과의 마테스가 자리에서 일어나더니, 그녀에게로 다가와 인사를 했다. 그는 희끗희끗한 머리에 또렷한 이목구비를 가진 사람이었다. 그는 자리에 앉아서 아시아데를 유심히 바라보았다.
 "용서하십시오. 제가 관여할 일은 아니지만 꼭 말씀드려야 할 것 같아서요. 아시아데, 당신은 지금 불장난을 하고 있어요. 도무지 이해할 수가 없군요. 다른 사람을 그토록 쉽게 죄악에 빠뜨려서는 안 됩니다. 지금 당장 그만두는 게 좋겠어요. 당신은 마리온을 너무 믿고 있어요. 아니면 너무 낙천적인 성격을 갖고 있는지도 모르죠. 자신의 행복을 갖고 장난치면 안 돼요. 당신은 지금 집 안에 독사를 기르는 셈이에요."
 마테스가 말했다.
 아시아데는 벽에 등을 기대고 앉은 채, 고개를 꼿꼿이 들고 눈을 반쯤 감았다. 그녀는 온화하고 느긋한 표정으로 웃었으나, 그저 목을 떨며 웃을 뿐 큰 소리는 내지 않았다.

"당신은 좋은 분이세요, 마테스. 그게 다 중국 서적을 수집하고, 그쉬나스에 이태백 차림으로 간 덕이겠죠. 걱정해 주셔서 고맙지만 마리온은 불쌍한 사람이에요. 전 단지 그녀를 돕고 싶을 뿐이에요. 마리온은 제 친구예요. 우정은 신성한 거잖아요. 안 그래요, 마테스?"

아시아데는 사뭇 진지한 표정을 지으며 커다란 유리창을 바라보았다. 검은 하늘에서 하얀 눈송이가 떨어지고 있었다. 나무들은 눈의 무게를 이기지 못한 채 가지를 굽히며 창을 향해 인사했다. 아시아데는 장갑으로 유리창을 문질렀다. 그녀의 환영 속에서 거리는 감지할 수 없을 정도로 천천히 넓어지고 있었다. 그리고 눈은 모래로 변했다. 땅에서는 타는 듯한 냄새가 났고, 저 멀리에서는 낙타들이 바람에 휘어진 밀 이삭처럼 머리를 숙인 채 걸어오고 있었다.

아시아데는 시계를 들여다보았다. 하싸는 오늘따라 늦게까지 진료를 하고 있었다.

15

아침 일찍 전화벨이 울렸다.

"메르하바, 하늄 에펜디. 안녕하십니까, 부인."

아시아데는 화들짝 놀라며 잠에서 깨어났다.

"메르하바, 하스레티니스. 안녕하십니까, 전하."

그녀는 침대에 일어나 앉았다. 하싸가 아시아데 쪽으로 몸을 돌리더니, 놀란 얼굴로 그녀의 속삭이는 말소리를 들었다.

"내 집은 다 지어졌나요, 부인?"

"거의 다 됐습니다. 돌을 몇 개만 더 쌓으면 됩니다. 성자 아브데살람의 무덤에는 다녀오셨나요?"

"물론입니다. 당신을 위해 신성한 염주를 사 왔습니다. 그리고 사막에 작별을 고했답니다. 이제 떠날 때가 됐어요. 언제 만날 수 있을까요, 부인?"

아시아데는 손으로 수화기를 막았다.

"하싸, 제 고향에서 온 두 사람 알죠? 지난여름에 제가 사고 낸 차에 타고 있던 사람들 말예요. 그중 한 명이에요. 다시 비엔나에 왔는데 저를 만나고 싶대요."

"같이 식사하자고 해. 아니면 오늘밤 열리는 호프부르크 왕궁 무도회에서 만나자고 하든지."

하싸가 별 관심 없는 듯 말했다.

아시아데는 고개를 끄덕인 뒤, 수화기를 막고 있던 손을 뗐다.

"전하, 오늘밤 이곳의 왕궁에서 현인들이 모이는 행사가 있습니다. 그곳으로 오세요. 궁전 홀에서 뵙겠습니다."

아시아데는 수화기를 내려놓았고, 하싸는 침대에서 뛰어내리더니 재빨리 옷을 입었다.

"저는 조금만 더 잘게요, 하싸. 너무 피곤해요."

아시아데가 말했다.

그녀는 눈을 감았고, 하싸는 그녀에게 짧게 키스한 뒤 방에서 나갔다.

아시아데는 꼼짝 않고 침대에 누워 깍지 낀 두 손을 이불 위에 올려놓았다. 힘없는 한겨울의 햇살이 얼굴을 비추자, 그녀는 속눈썹을 떨었다.

결국 처음부터 이렇게 될 운명이었다. 존은 사막에서 돌아왔다. 하지만 그녀는 그의 집이 완성됐는지조차 알지 못했다.

아시아데는 눈을 떴다. 방은 텅 비어 보였고, 그녀는 이상한 기분에 사로잡혔다. 마치 정신과 육체가 길게 늘어나는 것 같았고, 방 안에 있는 물건들이 그녀 안으로 천천히 녹아들면서 자취를 감추는 것 같았다. 그녀는 아래를 내려다보았다. 햇살은 거울에 부딪쳐 산산이 부서지고 있었으며, 방 안의 공기는 갑자기 여러 색깔을 띠더니 손에 잡힐 듯이 눈에 보였다.

아시아데는 침대에서 몸을 일으킨 뒤, 슬리퍼를 신고 몸을 떨며 침대에 앉아 있었다. 고개를 움직여 주위를 둘러보는 것이 갑자기 무서워졌다. 옷장, 탁자, 의자를 포함한 방 전체가 그녀의 어깨를 짓눌렀다. 광을 낸 목재 가구들은 그녀를 낯설고 의심스러운 듯 바라보며 눈을 깜박거렸고, 그 시선은 그녀를 알 수 없는 두려움에 떨게 했다.

아시아데는 서둘러 옷장 문을 열었다. 어둡고 서늘한 동굴이 그녀를 노려보았다. 그 안에는 행진하는 군인들처럼 옷이 나란히 걸려 있었다. 그녀는 언젠가 한번쯤은 그녀의 몸을 가려 주었던, 색깔 있는 옷들을 어루만졌다. 옷 한 벌 한 벌에는 그녀의 인생 한 조각씩이 매달려 있었고, 그 옷들은 말 없는 호위병처럼 한데 모여서 그녀에게 인생의 길을 터 주었다.

하싸와 함께 차를 타고 슈톨프헨제에 가던 날, 이 오래된 실크 옷 안에서 그녀의 심장은 빠르게 뛰고 있었다. 그날 하싸는 그녀에게 수영복을 사 주었었다. 결혼한 이후로 이 실크 옷을 입은 적은 없었지만, 그렇다고 버릴 수도 없었다. 그 옆에 걸려 있는 여름 원피스에는, 젬머링에서 오후 5시에 열렸던 댄스파티와 차 사고, 그리고 사고 난 차에 타고 있던 낯선 남자에 대한 기억이 담겨 있었다. 그녀는 백 달러짜리 지폐를 갈가리 찢어서 그 남자의 얼굴에 던졌었다.

사라예보에서 입었던 파란색 옷도 보였는데, 그 주름 사이사이에는 여전히 동양의 냄새가 배어 있었다. 그 옆에는 그쉬나스 때 입었던, 화려한 색상의 주름진 집시 의상이 걸려 있었다. 그리고 맨 앞에는 아직 한 번도 입은 적이 없는 흰색 드레스가 아른거리며 빛나고 있었다. 오늘 밤, 아시아데는 화려한 호프부르크 왕궁에서 등이 파이고 소매가 없는 이 드레스를 처음으로 입을 것이다.

아시아데는 드레스를 옆으로 밀어냈다. 이 드레스는 전투복으로 쓰일 옷이었지만, 아직 공격개시를 알리는 나팔 소리는 울리지 않았다. 그때 옷장 안쪽에 있던 수수한 검은 옷이 눈에 들어왔다.

그녀는 애정 어린 손길로 그 무지 옷감을 어루만졌다. 이것은 그녀가 도서관에서 그 많은 시간을 보내는 동안 입고 있었던 옷이었다. 이 옷을 입은 채로 낯선 소리가 만들어 내는 비밀을 알아냈고, 그때 하싸는 길모퉁이에 세워 둔 차 안에서 그녀를 기다리고 있었다. 왜 이 옷을 버리지 않았던 걸까?

아시아데는 그 옷의 주머니에 손을 넣었다. 구겨진 종이쪽이 만져졌다. 어디서, 왜 이 종이쪽을 주머니에 넣은 걸까? 그녀는 종이에 쓰인 글을 읽으면서 새빨갛게 얼굴을 붉혔다.

> 인간에게 주어진 모든 것은 왔다가 사라지기 마련이다. 오직 신성한 지식만이 영원히 남는다. 또한 이 세상이 소유한 모든 것에는 끝이 있고 언젠가 없어지기 마련이다. 오직 기록된 글만이 영원히 남을 뿐이며, 그 외의 모든 것은 흘러 지나간다.

그녀의 눈앞에, 도서관과 《신성한 지식》이라는 책을 펼치고 있는 젊은 여인의 모습이 선명하게 그려졌다. 그 여인은 흥분한 모습으로, 옛 문서의 장식서체 안에 담겨 있는 삶의 비밀을 찾아내려 하고 있었다. 아시아데는 종이쪽을 다시 주머니에 넣었다.

자신이 그토록 열정을 느낀 적이 있었다는 사실이 믿어지지 않았다. 아시아데는 옷장 문을 닫으면서 페르시아의 옛 속담을 떠올렸다. 욕실로 걸어가는 동안에도 그 속담은 그녀의 머릿속을 맴돌았다. 그녀는 부드러운 향이 나는 물에 몸을 담글 때와 옷방에 가서 화장대 앞에 앉을 때, 그리고 아침 식사를 할 때에도 침울한 기분을 느끼면서 똑같은 속담을 되풀이해 생각했다.

> 오직 뱀만이 영혼에 꽃을 피우고, 그 영혼을 성숙한 것으로 만들기
> 위해 허물을 벗는다. 그러나 우리 인간은 뱀과 다르다.
> 우리는 육신의 허물은 간직한 채 영혼의 허물을 벗는다.

시간은 염주 알 넘어가듯 흘러갔다. 이윽고 1시 30분이 되었고, 하싸는 난초꽃을 사 가지고 돌아왔다. 난초꽃은 화려한 색깔을 띤 채 꿈틀대는 뱀처럼 보였다.

"오늘 밤에 쓸 꽃이야."

하싸는 점심 식사 중에 수프를 먹으며, 사냥으로 잡은 고기에 크림소스를 얹은 요리에 대해 이야기했다. 이탈리아에 대해서도 이야기하면서 봄이 되면 함께 가자고 했다.

"아주 멋진 여행이 될 거야."

하싸의 말에 아시아데는 고개를 끄덕였다.

"네, 그럴 거예요."

하싸가 갑자기 숟가락을 내려놓으며 말했다.

"무도회에서 고향 사람들 만날 생각하니까 좋아?"

아시아데는 고개를 들었다. 하싸는 이상하리만큼 천진스런 얼굴을 하고 있었다.

"물론이에요, 하싸. 너무 기대돼요."

"그럴 만도 하지."

하싸는 소리 내어 웃었다.

"당신은 아마 밤새도록 터키어로 말하겠지. 난 한마디도 못 알아들으니까 외톨이가 된 기분일 거야."

그는 이렇게 말하면서 사뭇 경건한 눈빛으로 천장을 바라보았다.

"그래서 생각해 봤는데 말이야⋯⋯ 이런 무도회는 언제나 딱딱하고 재미없잖아. 당신이 그 터키 사람들이랑 얘기하는 동안 난 뭘 하지? 어쨌든 쿠르츠도 온다고 했어. 저기 말이야⋯⋯ 혹시 쿠르츠가 마리온을 데려와도 괜찮겠어? 물론 당신이 싫다고 하면 안 데려올 거야."

하싸는 천장에 시선을 고정한 채 급히 말하느라 자기 얼굴이 빨개진 것도 몰랐다.

"물론 괜찮아요, 하싸. 가엾은 마리온! 요즘엔 재미있는 일이 별로 없을 거예요. 좋아요, 쿠르츠한테 같이 오라고 하세요."

아시아데는 창문을 바라보았다. 드디어 때가 된 것이다! 그녀의 귓가에 공격개시를 알리는 나팔 소리가 들렸다.

이윽고 해가 저물었다. 호프부르크 왕궁의 넓은 정면은 빛을 받아 희미하게 빛났고, 눈부신 빛을 뿜어내는 조명은 돌로 만든 거인의 근육을 적시고 있었다. 왕궁은 흥겹고 의기양양한 모습으로 환하게 불을 밝힌 광장을 내려다보았다. 오늘 밤, 다시 한 번 축제의 밤이 펼쳐지고 있었다. 지나온 세월 동안 오늘 밤과 같은 축제의 순간은 셀 수 없이 많았으리라! 바로 이 왕궁의 홀에서 왕국과 백성 그리고 부족의 운명이 결정되었으며, 축제와 권위 있는 만찬, 비밀각료회의가 열렸었다. 또한 오늘 밤 열리는 무도회처럼 성대한 축제가 있을 때면 보석, 장신구, 금실로 수놓은 자수는 빛을 발했다. 신이 난 네 필의 말이 끄는 4륜 마차가 왕궁 입구에 멈춰 섰고, 땅에 끌리도록 긴 치마를 입은 여자들이 옷자락을 잡고 마차에서 내렸다. 금몰(도금한 장식용의 가느다란 줄 혹은 끈-역주)로 장식한 화려한 제복을 입은 신사들은 여자들이 마차에서 내리는 것을 도왔다.

오늘 밤에는 빛나는 옻칠을 한 마차가 왕궁 안으로 들어섰고, 몸매가 드러나는 치마를 입은 여자들이 실크 스타킹을 신은 다리로 마차에서 내렸다. 그리고 하얀 연미복 차림에 흰 넥타이를 맨 남자들은 그녀들이 마차에서 내리는 것을 도왔다. 군중들은 과거와 마찬가지로 오늘 밤에도 왕궁 입구에 모여 서서, 화려한 장관의 일부라도 보고픈 마음에 발돋움질을 했다.

내빈들은 널찍한 계단으로 몰려들었고, 하인들은 옛날에 왕궁에서 입던 제복 차림으로 딱딱하고 슬픈 표정을 지은 채 단마다 서 있었다. 하얀 연미복 차림에 흰색 넥타이를 맨 한량들과 그동안 받은 훈장을 모조리 옷에 단 고위인사들이 홀 안으로 들어왔다. 뿐만 아니라, 목이 깊게 파여 아른거리는 드레스를 입은 명문태생의 여자들과 평범한 가문의 여자들, 그리고 여태껏 전쟁 이전의 제복을 입고 있는 나이 든 장교들이 대리석 깔린 홀 안으로 들어왔다.

넓은 무도회장은 강렬한 외국곡의 리듬에 맞추어 춤추는 커플들로 가득 찼다. 음악 소리는 천장을 찌를 듯 높아졌다가 대리석 벽에 부딪쳐 되돌아왔고, 홀 안에는 최신 히트곡이 울려 퍼졌다.

 마침내 음악이 바뀌면서 비엔나의 전통 춤곡인 왈츠가 흘러나왔다. 폭스트롯이나 퀵스텝을 출 땐 어색하게만 들리던 박차拍車의 부딪치는 맑은 소리가 이제 듣기 좋게 울려 퍼졌다. 그리고 색깔 있는 제복은, 남자들이 입은 검정색 혹은 흰색 연미복과 여자들이 입은 길게 늘어지는 드레스 사이에서 맵시 있게 보였다. 왕궁 회랑에서는 하인들이 작은 테이블 사이를 오가며 손님들의 시중을 들었고, 하싸와 아시아데는 그중 한 테이블에 앉아 있었다. 아시아데는 눈을 가늘게 뜬 채, 오래된 궁전을 메우고 있는 공기를 한껏 들이마셨다. 그녀는 과거의 그늘이 아치 모양을 이루며 흰색과 금색이 어우러진 천장을 덮고 있다고 느꼈다.

 "신성로마제국*이 느껴져요."

 아시아데가 나직이 말했다. 그녀는 제국이 둘로 쪼개져서, 제각각 오스트리아 황제와 터키 칼리프의 지배를 받았던 세계를 생각했다.

 "너무 일찍 온 모양이야. 당신 고향 사람들도 아직 안 온 것 같고, 쿠르츠도 안 보이는군. 어쩌면 우리를 찾고 있을지도 몰라. 우리가 여기 있는 걸 모르나 봐."

 하싸는 이렇게 말한 뒤, 겸연쩍은 듯 아시아데의 눈을 들여다보며 샴페인 잔을 쥐었다.

 "곧 우릴 찾아올 거예요."

 아시아데가 차분한 목소리로 말했다. 그녀의 귓가에는 여전히 공격

---

*962년 독일의 오토1세 때부터 1806년 프란츠2세까지의 독일제국의 명칭.

을 알리는 나팔 소리가 울려 퍼지고 있었다.

아시아데는 고개를 들었다. 존 롤랜드와 샘 두스가 문 앞에 서 있었다. 그녀는 손을 흔들었고, 두 사람은 춤추는 사람들 사이를 요리조리 빠져나가면서 붉은 대리석이 깔려 있는 홀을 가로질렀다. 마침내, 아시아데가 앉아 있는 테이블 앞에 도착한 존은 하싸와 악수를 했다. 그런 존의 몸짓에는 무언가 음흉한 것이 숨어 있었다.

존과 샘이 자리에 앉자, 하싸는 두 사람 앞에 놓인 잔에 샴페인을 따랐다. 존은 꼼짝 않고 앉은 채, 차갑고 무표정한 눈으로 하싸의 이마를 바라보았다.

하싸가 말했다.

"아내한테서 선생님 이야기는 들었습니다. 이렇게 만나 뵙게 돼서 반갑습니다. 하시는 일이나 존함만 들어도 알 것 같습니다. 선생님 역시 아시아의 흙먼지 묻은 옷을 벗어 버리고 유럽 문화를 따르기로 하셨군요. 하지만 제 아내는 지금까지도 바닥에 앉는 걸 좋아한답니다. 아마 바닥에 앉아서 밥을 먹으래도 좋아할 겁니다."

하싸가 소리 내어 웃었다. 존은 그런 하싸의 모습을 물끄러미 바라보더니, 갑자기 고개를 끄덕였다.

"무슨 뜻인지 알겠습니다. 바닥에 앉아서 생활하고 음식을 먹는 민족은 그들만의 문화를 가질 수 없다는 말씀이시겠죠. 그러나 바닥은 인간에게 지상의 보금자리가 되어 줍니다. 그 보금자리로부터 떨어져 나오려 해서도, 인간이 땅에서 태어났다는 사실을 부인해서도 안 되겠죠. 생명의 근원이 되어 준 흙덩어리는 우리 종교 생활의 일부가 돼야 합니다. 아시아인들은 늘 땅과 유대감을 느끼며, 자신을 태어나게 해 준 땅 앞에 겸손한 자세를 취하는 것에서 기쁨을 얻습니다. 이는 끝없이 신비롭게 흐르는 강물과도 같습니다. 강물은 땅에서부터 생겨나 인류를 풍요롭게 해 주죠. 그래서 우리는 바닥에 앉아, 우리가 돌아가야 할 곳인 땅에 이마를 댄 채 기도하는 겁니다."

존은 입을 다물었다. 멀리서 영국 밴드의 연주 소리가 들려왔다. 샘은 샴페인 잔 너머로 아시아데를 바라보았다. 그녀는 아무 말 없이 자리에 앉아서, 존과 하싸를 번갈아보고 있었다.

공격은 이미 격렬하게 시작되었다.

"그래요, 저도 회교 사원의 둥근 지붕 밑에서 기도하는 사람들에 대해 알고 있습니다. 그렇지만 아무리 땅에서 태어났다고 해도, 인류는 하늘을 향해 위로 올라가려고 노력합니다. 바로 이런 노력 덕분에 인간은 동물과 다를 수 있는 겁니다. 고딕 양식의 둥근 천장은 이런 노력이 겉으로 드러난 예라고 할 수 있겠죠. 고딕 양식의 천장은, 땅을 향하고 있는 회교 사원의 투박하고 단순한 천장보다 훨씬 장엄하죠."

하싸가 말했다.

존은 아시아데에게 시선을 고정한 채 고개를 끄덕였다. 그는 그녀의 짧으면서 조금 젖혀진 윗입술과 완전히 잿빛을 띠고 있는 눈동자를 바라보았다.

"회교 사원은 돌 모양을 하고 있는 아시아의 영혼이라 할 수 있습니다. 수없이 많은 외국인들이 우리의 사원을 바라보았지만, 이교도의 눈으로는 결코 그 상징적 의미를 이해하지 못했습니다. 둥근 천장, 기본적으로 정육면체를 이루는 도면, 여러 각을 이루는 세부 요소들, 그리고 불꽃을 상징하는 첨탑의 의미를 말입니다. 아시아의 어느 곳에 가든지 사원은 이 네 가지로 이루어져 있으며 동일한 의미를 갖고 있습니다. 그건 바로 모든 것을 초월한 인간의 영혼을 의미하죠. 이 같은 인간의 영혼은,

현세와 내세라는 두 세계에 대한 명상을 통해서 세속의 모습을 갖게 되는 겁니다. 또한 현세와 내세는 영원히 서로의 안에 융합되면서, 인간의 영혼으로 하여금 명상을 통해 신 앞에 속죄할 수 있도록 합니다."

존이 말했다.

"당신 말이 맞습니다. 회교 사원에서는 고딕 양식에서 볼 수 있는 순수한 직선과 기운찬 움직임을 찾아볼 수 없습니다. 그저 넓고 탁 트인 평면이 사원의 무게를 짊어지고 있을 뿐이죠. 바닥이 그 위를 덮고 있으며, 자신과 연결되어 있는 사원과 같은 모양을 하고 있습니다."

하싸는 고개를 세차게 내저으며 말을 이어 갔다.

"하지만 회교 사원에서 찾아볼 수 없는 건 중심부를 위로 끌어올리는 설계입니다. 이와 마찬가지로 당신들 회화에는 생명체의 묘사가 빠져 있어요. 제대로 된 그림이 없는 세계는 슬플 수밖에 없습니다."

존은 공손하게 고개를 끄덕이면서 천천히 샴페인을 들이마셨다.

"맞습니다. 아시아는 내세를 중요시하는 반면, 유럽은 눈에 보이는 현재의 세계에 초점을 맞추고 움직이죠. 그래서 유럽은 생명체를 사실적으로 묘사하는 겁니다. 이와 다르게, 아시아는 직접적이고 형식적인 상징을 통해서 궁극적인 사상을 표현하고자 합니다. 인간이나 동물의 형태를 빌어야 하는 우회적인 방법을 사용하지 않고도, 비현실적인 사상에 형태를 부여하려는 거죠. 그래서 생명을 갖고 있기에 덧없을 수밖에 없는 존재를 묘사하지 않는 겁니다."

하싸는 놀란 얼굴로 존을 바라보더니 말했다.

"그 말에는 동감할 수 없군요. 그렇기 때문에 제가 비엔나에 사는 겁니다. 만약 선생님처럼 생각한다면, 전 지금 사라예보에 살고 있을 겁니다. 각 개인의 외적 생활은 자신의 내적 의식과 조화를 이루어야 합니다. 저는 아시아적인 것을 거부하기에 유럽식으로 살고 있습니다. 그러나 선생님은 뉴욕에서 시나리오작가로 일하면서도 마음속에는 여전히 아시아를 품고 계십니다. 대체 그 틈을 어떻게 메우시는 겁니까?"

하싸는 비웃는 듯이 천천히 말했다. 미국에 살고 있는 사람에게 아시아의 흙먼지를 비하하는 웅변을 토하는 일은 아주 쉬웠다. 샘은 의자에 앉은 채 불안한 듯 몸을 움직였다. 그는 존이 그 틈을 어떻게 메우는지 너무나 잘 알고 있었다.

그러나 존은 밝은 표정으로 웃으며 말했다.

"틈을 메워 주는 건 바로 가정입니다. 가정만 있다면 외적 생활과 내적 의식 사이에는 그 어떤 대립도 없을 겁니다. 한때는 지금과 다르게 생각한 적도 있었습니다. 하지만 결국 눈에 보이는 세계 속에서 길을 잃게 될 뿐이었죠. 가정은 우리가 날마다 사용하는 욕실이나 매일 드나드는 카페가 아니라, 조국의 흙으로 만들어진 영적 구조물입니다. 가정은 언제나 여기에 있습니다. 바로 인간의 가슴속에 말입니다. 인간은 살아 숨 쉬는 한, 그 어디에 있건 관계없이 가정이라는 불가사의한 테두리 안에 머물게 됩니다. 영국인이 아프리카의 덤불 속을 여행한다고 가정합시다. 그 사람의 천막은 바로 영국이 되는 겁니다. 또, 터키인이 뉴욕에 갔다 해도 그 사람이 머무는 맨해튼의 호텔방은 터키가 되는 겁니다. 오직 가정이나 영혼을 갖지 못한 자만이 그 틈을 메우지 못하는 것이지요."

하싸는 이 일격만은 받아넘길 수가 없었다.

때마침 마리온과 쿠르츠가 테이블 앞으로 다가왔다.

"여기 있었군요! 한 시간이나 찾아다녔어요."

마리온은 여느 때처럼 부드럽고 경쾌한 목소리로 말하더니, 갑자기 입을 다물었다. 그리고 겁에 질린 눈으로 입을 딱 벌리고 서 있었다. 그녀의 눈에 존 롤랜드의 모습이 들어왔던 것이다.

"맙소사! 제 눈에 보이는 게 맞다면……"

그녀는 조심스럽게 느릿느릿 말하다가, 곧 말을 멈췄다.

존이 지금이라도 자리를 박차고 일어나서, 그녀에게 당장 벨리 댄스를 추라고 명령할 것만 같았기 때문이다. 그러나 존은 아무 말도 하지 않았고, 그저 자리에서 일어나 뻣뻣한 동작으로 고개를 숙일 따름이었다. 그 역시도 젬머링에서 있었던 일을 너무나 또렷이 기억하고 있었다. 쿠르츠와 마리온은 얼떨떨한 얼굴로 존을 바라보면서 자리에 앉았다.

하싸는 존을 소개했다.

"아시아데의 고향분들이야. 롤랜드 씨는 유명한 시나리오작가지."

쿠르츠는 고개를 끄덕였다. 이런 환자를 만나는 건 그다지 드문 일이 아니었다. 쿠르츠는 존이 전형적인 이중인격 환자가 틀림없다고 확신했고, 저런 환자를 나돌아 다니게 둬서는 안 된다고 생각했다.

'처음에는 자신을 왕자로 여기다가 이젠 시나리오작가라고 주장하다니! 상태가 심각하군. 예후가 좋지 않아.'

쿠르츠는 하싸를 힐끗 쳐다보았다. 예상한 대로, 이 무지한 이비인후과 의사는 존이 미치광이라는 사실을 한눈에 알아보지 못했다. 쿠르츠는 존이 정신질환자의 전형적인 두개골 형태를 가졌다고 생각했다. 그는 샘이 간호사가 틀림없다고 생각하면서 은밀한 신호를 보냈다. 그러나 간호사는 그의 신호를 이해하지 못하는 듯했다.

존이 갑자기 자리에서 일어섰다. 마리온은 겁에 질린 채 몸을 움찔했지만 예상했던 끔찍한 일은 생기지 않았다. 존은 아시아데에게 정중하게 인사하면서 같이 춤추기를 권할 따름이었다. 아시아데는 존을 따라갔다.

정신병원에서 탈출한 수감자와 춤추는 걸 보니, 아시아데는 아무것도 눈치 채지 못한 게 분명했다. 존과 아시아데가 사람들 사이로 모습을 감추었을 때, 쿠르츠는 헛기침을 하고 나서 샘 쪽으로 몸을 굽혔다.

"이제 좀 나아졌나요?"

샘은 화난 얼굴로 쿠르츠를 바라보았다.

"아주 좋아졌습니다. 이제 곧 다 나을 겁니다."

샘의 말소리는 예언처럼 들렸다. 한편, 마리온은 두 의사로부터 보호받기를 원했다.

그녀는 나지막이 하싸에게 말했다.

"존이란 저 사람 완전히 머리가 돌았어요. 난 저 사람을 알고 있어요. 지난번에 날 공격한 적이 있거든요. 아시아데를 저 사람이랑 춤추게 두면 안 돼요."

하싸는 깜짝 놀라 고개를 들었다.

"미치광이라고요?"

"아뇨, 아닙니다. 아무 걱정 마세요. 화나게 하지만 않으면 괜찮습니다. 신경이 좀 날카로울 뿐이에요."

샘이 격한 목소리로 말했다.

하싸는 자리에서 일어서며 걱정스럽게 말했다.

"잠깐 실례하겠습니다."

그는 홀을 가로질러 걸었다.

존 롤랜드는 홀 어딘가에서 몸을 가볍게 앞으로 숙이고 아시아데의 허리에 팔을 두르고 있었다. 그는 반쯤 눈을 감은 채, 진지하면서도 굳은 표정을 짓고 있었다.

"내 집은 다 지어졌나요, 부인?"

"거의 완성됐습니다. 이제 돌 하나만 더 얹으면 됩니다."

"누가 그 안에 살게 되죠?"

"우리 둘입니다."

"그럼 가정은요?"

"언제나 우리와 함께할 겁니다."

그녀는 고개를 들었다. 존은 아시아데가 그를 알게 된 이후로 처음 미소를 짓고 있었다.

한편, 붉은 대리석이 깔려 있는 홀에서는 테이블을 가운데 두고 속삭이는 소리가 바쁘게 오갔다.

"미치광이를 무도회에 데려오면 어떡합니까?"

쿠르츠가 이를 악물고 물었다.

"대답할 수 없습니다. 당신은 말 한마디 할 때마다 진료비를 청구하는 사람이에요."

샘 역시 이를 악물고 대답했다.

샘은 짐짓 태연한 얼굴을 하고 있었지만 무척 화가 난 상태였다. 존은 바보였다. 이제 이곳에서 쫓겨나거나 다른 남자의 아내를 납치할 계획이었다고 자백하는 수밖에 없었다. 샘은 샴페인 잔을 비운 뒤, 애써 거만하고 쌀쌀맞은 표정을 지었다.

쿠르츠와 마리온은 여전히 흥분한 얼굴로 무언가를 속삭이다가, 갑자기 말을 멈추었다. 존이 테이블 앞으로 다가왔던 것이다.

"하싸 씨는 부인과 춤추고 계십니다. 저랑 한번 추실까요?"

그는 마리온에게 고개를 숙이며 말했다.

마리온의 얼굴이 창백해졌다.

"저는…… 고맙지만 전 춤을 안 춰요."

존은 자리에 앉더니, 샘이 한 번도 들어 본 적 없는 소리로 웃기 시작했다.

"진심으로 사과드려야겠군요. 저를 미치광이로 여기시는 것도 당연합니다. 그날 젬머링에서 이상한 행동을 했다는 건 잘 압니다."

존이 말했다.

"전형적인 행동을 보이고 있어요. 하지만 근본적으로 남에게 해를 끼치진 않아요."

쿠르츠가 마리온에게 속삭였다.

마리온은 고개를 끄덕였고, 존은 샴페인을 주문했다. 하싸는 아시아데를 안은 채 자리로 돌아왔다. 그녀의 눈은 아직도 반쯤 감겨 있었다. 어쩌면 이것이 현세에서 하싸와 함께한 마지막 춤이 될지도 모를 일이었다.

그녀는 자신의 어깨 위에 꽂혀 있는 난초꽃을 바라보았다. 그러자 그 난초꽃이 갑자기 돌처럼 육중한 무게로 그녀를 짓눌렀다. 그녀는 느린 동작으로 난초꽃 한 송이를 떼어 마리온에게 건넸다.

마리온은 그녀에게 감사를 표한 뒤 속삭였다.

"아시아데, 저 터키 남자를 조심해요. 정상이 아니에요. 미치광이죠. 여자들을 공격하기도 해요."

아시아데는 차 안에서 그녀에게 키스했던 하싸와, 미치광이가 아니므로 여자를 공격할 리가 없는 쿠르츠를 바라보았다. 그러고 나서 소리 내어 웃었다.

"알아요. 저 사람은 미치광이지만 그게 여자를 공격하기 때문은 아니에요. 오히려 그 반대죠. 저 사람은 무슨 일이 있어도 여자를 지켜 줄 사람이에요."

마리온은 어깨를 으쓱했고, 쿠르츠는 자리에서 일어섰다. 그는 하루 종일 정신질환자를 상대했기 때문에 저녁 시간만이라도 미치광이 없이 지내고 싶었다.

"많이 늦었군요. 그만 갈까요?"

쿠르츠가 말했다.

하싸는 고개를 끄덕였다. 그들은 홀을 가로지른 뒤 계단을 내려갔다. 어두운 골목길에 들어서자 주차된 차들이 보였다. 그중에는 하싸의 2인승 자동차와 존이 빌려온 리무진도 있었다.

"쿠르츠, 집까지 바래다줄게. 물론 마리온도."

하싸가 말했다.

하싸는 모자를 벗은 뒤, 아시아데의 고향 사람들에게 인사를 했다. 존 역시 눈 덮인 거리에서 뻣뻣하게 선 자세로, 하싸와 악수하며 작별 인사를 했다.

바로 그 순간, 아시아데가 갑자기 외국어로 소리치기 시작했다. 왕자는 그녀의 말을 너무나 정확히 알아들을 수 있었다.

"전하! 이 남자는 저를 자기 집으로 유인했습니다. 그런 다음 제 남편이 옆방에 있는 동안 절 욕보이려 했습니다!"

그녀는 손가락으로 쿠르츠를 가리켰다.

존은 머리에 쓰고 있던 모자를 벗어 던졌다. 그의 몸은 갑자기 팽팽하게 긴장되었고, 얼굴은 분노에 휩싸였다. 또한 눈동자는 야수처럼 이글댔으며 입술은 가늘게 떨렸다. 그는 순간적으로 쿠르츠의 얼굴에 주먹을 날렸고, 그 주먹질은 계속되었다. 존의 주먹은 쿠르츠의 얼굴과 몸에 짧고 힘차게 내리꽂혔다. 싸늘한 달빛 아래에서 존의 모습은 야간 사냥을 나온, 스텝 지역의 사나운 늑대처럼 보였다.

"도와줘!"

쿠르츠가 괴로운 듯 말했다. 하싸는 존에게 달려들었고, 샘은 손을 허우적댔다. 경찰 두 명이 달려왔다. 존은 하싸의 몸을 뿌리친 뒤, 껑충 뛰어 차에 올라탔다. 샘도 그 뒤를 따라 차에 올랐고, 두 사람을 실은 자동차는 경찰관들이 현장에 도착하기도 전에 멀리 사라졌다. 쿠르츠는 고통과 분노로 일그러진 얼굴로 눈 덮인 바닥에 누워 있었다.

"저 미치광이 녀석! 완전히 돌아 버렸군. 내가 말했지? 저런 인간한테는 구속복을 입혀야 해!"

쿠르츠가 헐떡이며 말했다.

아시아데는 그 옆에 서 있었고, 발은 눈 속에 빠지고 있었다. 그녀는 미소 띤 얼굴로 조용히 생각에 잠겨 있었다.

드디어, 그녀가 짓고 있던 집에 마지막 돌을 얹은 것이다.

16

알라의 이름으로!

사랑하는 아버지,

세상은 참으로 넓고, 아버지와 저 사이에는 넓디넓은 땅이 가로놓여 있습니다. 그러나 시간과 공간은 알라 앞에선 그 의미를 잃고 맙니다. 종이쪽과 우표, 봉투만 있으면 시간과 공간에 다리를 놓을 수 있고, 아버지께서는 깊은 존경심으로 아버지를 사랑하는 딸의 마음을 읽으실 수 있습니다. 아버지! 이제 비엔나에서 얼마나 커다란 사건이 있었는지 말씀드리겠습니다. 알라께서 이루시는 기적은 참으로 위대합니다. 저의 주인이신 남편이 제게 애정 어린 눈길을 보내기 전, 남편 곁에는 그의 밤을 함께 나누던 마리온이라는 이름의 아름다운 노예가 있었습니다. 그러나 그녀는 용서받을 수 없는 색정에 빠져서 남편 곁을 떠난 뒤, 잘츠부르크 인근 마을을 헤매고 다녔습니다. 다른 남자의 품에 안긴 채 정숙하지 못한 생활을 하면서 말입니다.

그러나 자비로우신 알라께서는 제 남편인 닥터 알렉산더 하싸를 불쌍히 여기시어 저를 그에게로 보내셨습니다. 그의 노예가 되어 현세의 고뇌로부터 그를 위로하도록 말입니다(부디 남편 곁에 평화가 함께하기를 기도합니다). 아버지, 저는 남편과 함께 살면서, 아버지께서 가르쳐 주신 대로 제 의무에 소홀함이 없도록 그의 시중을 들었습니다.

의무를 다하는 것은 제게 기쁨이자 즐거움이었습니다. 남편의 눈은 제 얼굴이나 눈, 혹은 입술이나 가슴을 보면서 언제나 미소 지었기 때문입니다.

그러나 알라의 뜻은 쉽게 헤아릴 수가 없습니다. 알라께서는 우리의 죄를 심판하시고 벌을 내리십니다. 우리 인간은 신의 손에 쥐인 도구에 불과합니다.

비엔나에서 얼마 떨어지지 않은 곳에는 젬머링이라는 산이 있습니다. 사람들은 신의 자비로우신 도움을 얻어 바로 그 산 위에 휴식할 수 있는 집을 지었습니다. 저도 언젠가 그곳에 간 적이 있었으나 그 집에서는 휴식을 취할 수가 없었습니다. 바로 그곳에서 제 남편의 부정한 노예였던 마리온을 만났기 때문입니다. 저는 걷잡을 수 없는 분노를 느끼면서 그곳을 떠났습니다.

파샤의 딸인 제가, 결혼을 파기할 정도로 타락한 여자와 한 지붕 아래에 머문다는 건 있을 수 없는 일이었습니다.

그렇지만 신께서는 그 자만심을 벌하시려고 저를 어려운 시험에 들게 하셨습니다.

아버지, 부디 이해해 주시리라 믿지만, 결혼하기로 약속했던 남자를 만나는 일은 몹시 괴로웠습니다. 저는 바로 그 남자를 위해서 아랍 기도문과 페르시아 시를 배웠습니다. 그런데 존 롤랜드는 제 안에 사랑을 일깨워 주었고, 그로 인해 신이 내리신 시험은 두 배로 힘들어졌습니다. 남편이 침대에 누워 저를 기다리고 있음에도, 제 가슴속에는 용서받을 수 없는 생각이 자리 잡게 되었습니다.

다행히도 알라께서 제가 죄를 범하지 않도록 지켜 주셨기에 부정不貞과 수치의 길에 발을 들여 놓지 않을 수 있었습니다. 그리고 공정하신 신은 지옥이 기다리고 있는 마리온에게 징벌을 내리셨습니다. 용서받을 수 없는 사랑으로 마리온과 하나가 되었던 남자가 그녀를 버린 것입니다. 그녀는 사랑과 인생의 기술을 습득한 노련하고 아름다운 노예였음에도 외로이 혼자가 되었습니다.

그리고 저는 제 주인이신 남편 곁에 머물렀습니다. 하지만 저의 눈은 크게 떠졌고, 감각은 극도로 예민해지고 말았습니다.

아버지, 이곳의 이교도들이 이끌어 가는 삶은 그들에겐 더할 나위 없이 좋은 것이지만, 이스탄불에서 온 여인에게는 전혀 그렇지가 않습니다. 이곳 사람들의 삶 속에는 남자가 넘쳐나지만 아이들은 부족합니다. 우리나라는 이와 정반대로, 남자는 부족

골든혼의 여인 375

하고 아이들은 넘쳐나죠. 아무튼 이곳 남자들은 아이들과 다를 바가 없습니다. 그러나 이곳 아이들은 한 번도 만나 본 적이 없기에 어떤지 잘 모르겠습니다.

아버지, 아마 이 이야기를 들으시면 놀라실 겁니다! 외간 남자 하나가 감히 제게 키스를 했습니다. 그런데도 제 남편은 그 사람 옆에 서서 웃고만 있었습니다. 제 남편은 절대 나쁘거나 비겁한 사람이 아닙니다. 이곳 사람들의 관습은 정말이지 낯설기 짝이 없습니다!

그러나 알라의 뜻은 헤아릴 수 없는 것입니다! 알라께서는 격노한 마음에 타락한 여자인 마리온을 벌하셨지만, 다시 한 번 자비를 베푸시어 그녀를 구하셨습니다. 알라께선 이와 같은 뜻을 이루시려고 저를 도구로 쓰셨습니다. 전 다시 한 번 크게 놀라지 않을 수 없었습니다. 알라께서는 저뿐만 아니라 마리온도 도구로 삼으셔서, 저를 이교도의 세계로부터 벗어나 평화로 지어진 천막으로 돌아갈 수 있게 해 주셨습니다.

마리온과 저는 알라의 손에 쥐인 도구에 불과했습니다. 하지만 제가 눈을 크게 뜬 채 주어진 임무를 수행하기 시작했음에도, 마리온은 눈먼 장님처럼 아무것도 몰랐습니다. 지금도 제 맘속에 품은 생각을 전혀 모르고 있습니다. 어쩌면 잘된 일인지도 모릅니다. 아버지, 남편과의 약속을 지키는 이스탄불의 지체 높은 여인과 남편 곁을 떠난 죄인 사이에는 다른 점이 있어야 하는 거겠죠.

이렇게 시간이 흘러갔습니다. 저는 마리온과 한 테이블에 앉아 그녀의 눈을 들여다보았고, 그녀의 마음을 엿보려 했습니다.

그렇게 수많은 밤이 지났습니다. 저는 남편 곁에 누워 그의 눈을 들여다보았고, 그의 마음을 엿보려 했습니다. 그러나 이처럼 낮과 밤이 흐르는 동안, 존 롤랜드는 사막의 흙먼지 속을 뒹굴면서 알라 앞에 엎드려 있었습니다. 저는 그 사람을 생각지 않으려고 애써 보았지만 결국 생각할 수밖에 없었습니다.

맹세합니다, 아버지! 저의 주인이자 남편인 알렉산더 하싸의 운명이 믿을 만한 사람의 손안에 있다는 확신이 없었다면, 결코 존을 따라가지 않았을 겁니다(부디 남편 곁에 평화가 함께하기를 바랍니다).

이제 마리온의 손은 믿을 만합니다. 그녀는 제 남편에게 겸손하고 좋은 아내가 되어 줄 겁니다. 또 저의 주인이 그녀에게 베풀어 주는 사랑과 은혜에 감사할 것입니다.

아버지, 얽히고설킨 말속에 점점 혼란스러워지는군요. 아버지께서는 아직도 비엔나에서 무슨 일이 있었는지, 삶이 우리에게 얼마나 짓궂은 장난을 하는지 모르고 계십니다.

오래된 왕궁에서 있었던 일을 말씀드리겠습니다. 홀 안은 축제에 걸맞게 환한 불이 켜져 있었고, 사람들은 춤을 추고 있었습니다. 그중에는 제복을 입은 사람들이 많았습니다. 대리석으로 만들어진 홀 안에는 사방에 거울과 그림이 걸려 있었습니다. 저는 갑자기 이 나라의 황제가, 일디스 키오스크궁이나 에스키세라이궁에 사는 우리의 통치자 술탄과는 아주 다른 방식으로 살고 있다는 것을 깨달았습니다.

우리 모두는 테이블 하나를 가운데 두고 앉았습니다. 그러나 우리를 둘러싸고 있는 신비를 감지하고 있는 사람은 저밖에 없없습니다. 제 귓가에는 공격개시를 알리는 구슬픈 나팔 소리가 들리는 듯했습니다.

이윽고, 우리 모두는 눈 덮인 거리로 나왔습니다. 그리고 전 존이야말로, 이스탄불에서 온 지체 높은 여인의 사랑을 영원히 차지할 만한 사람이라는 사실을 알게 되었습니다. 존이 닥터 쿠르츠의 얼굴을 때렸던 것입니다. 아버지께서는 만나신 적이 없지만 닥터 쿠르츠는 정말로 나쁜 사람입니다. 저를 믿어 주세요! 낯선 사람의 얼굴을 때리는 존은 한밤에 먹이를 쫓는 회색 늑대처럼 보였습니다. 존은 갑자기 자취를 감췄고, 우리는 쿠르츠를 집까지 바래다주었습니다. 다들 저와 저의 행동, 그리고 제 고향 사람들에 대해 화가 나 있었습니다.

집으로 돌아온 뒤, 저의 주인인 남편은 아주 심한 말을 했습니다. 그는 저를 향해 자신을 수치스럽게 만든 야만인이라고 불렀고, 저로 인해 자신의 입장이 아주 곤란해졌다고 말했습니다. 저는 침대에 누운 채 아무 말도 하지 않았습니다. 남편은 모르고 있었지만 그도 제 입장을 곤란하게 하기는 마찬가지였습니다. 만약 제가 야만인이 아니었더라면, 남편은 지금쯤 무척 외롭고 불행한 나날을 보내고 있을 것입니다. 그러나 저는 아무 말 없이 자리에 누워 있었습니다. 지혜로운 자가 남들로부터 반드시 진가를 인정받을 필요는 없겠지요.

아버지, 마침내 아주 흥미진진한 날이 다가왔습니다. 마리온이 병원에 와서 흰 가운을 입었습니다. 남편이 낯선 환자들의 몸에서 병을 몰아내는 것을 돕기 위해서였습니다. 환자들이 속속 병원에 도착했고, 하싸는 그들의 병을 내몰았습니다. 저는 그동안 수술실 옆방에 앉아 있었습니다. 공격개시를 알리는 구슬픈 나팔 소리가 계속해서 제 귓전에 맴돌았기 때문입니다.

이윽고 환자들이 모두 집으로 돌아갔습니다. 그런데도 마리온은 여전히 환자들을 치료하는 그 통의 방 안에 머물렀고, 남편 역시 그 안에 그녀와 함께 있었습니다.

그 요한 침묵이 흐르던 가운데, 갑자기 저의 주인인 남편이 저에 대해 불평하는 소리가 들려왔습니다. 제가 야만인이며 서구 세계를 전혀 이해하지 못한다는 말이었습니다. 곧 마리온의 말소리도 들려왔지만, 그녀의 목소리는 너무 작아서 무슨 말을 하는지 알아들을 수가 없었습니다. 아, 아버지! 갑자기 말소리가 끊기더니 정적이 흘렀습니다. 아버지, 저의 심장은 방망이질치기 시작했습니다. 저는 이제 겨우 스물한 살이므로 인생의 짓궂은 장난에는 익숙지 못했습니다. 그러나 저는 아버지의 명석한 두뇌를 물려받았습니다. 아버지, 저는 이 점에 대해 늘 아버지께 감사드릴 것입니다. 저는 조용히 수술실 문 앞으로 걸어가서 귀를 기울였습니다. 안에서 나는 소리가 제대로 들리진 않았지만 그것만으로도 충분했습니다.

문을 열자, 마리온이 환자용 의자에 앉아 있었습니다. 그녀는 부드러운 가죽 쿠션에 머리를 기댄 채 뒤로 젖히고 있었습니다. 불빛이 그녀의 얼굴을 비추고 있었기에 그 모습을 똑똑히 볼 수 있었습니다. 그녀는 무척 아름다웠고 두 눈은 빛나고 있었습니다. 하싸는 그 옆에 서서 두 손으로 마리온의 머리를 감싼 채, 그녀의 입술과 눈, 뺨과 코에 입을 맞추고 있었습니다.

아버지, 이것이 제가 목격한 광경이었습니다. 냉정을 잃지 않

골든혼의 여인 379

으려 했지만 제 가슴은 터질 것 같았습니다. 인간은 명석한 두뇌를 소유하고 있을지라도, 동시에 우둔한 마음을 가질 수 있는 모양입니다.

저는 수술실로 들어가 문을 닫았습니다. 두 사람은 몹시 놀란 표정을 짓더군요. 저의 주인인 남편은 가엾게도 제 눈을 피했고, 마리온은 자리에서 벌떡 일어서더니 머리를 매만졌습니다. 저는 그 자리에 선 채로 두 사람을 바라보고만 있었습니다. 웃어야 할지, 아니면 울어야 할지 알 수가 없었습니다. 하지만 전 아직 인생에 길들지 않은 여자이기에 마침내 울음을 터뜨리고 말았습니다.

하싸가 곁으로 다가와서 절 달래려 했을 때, 저는 눈물을 닦으며 그개를 들었습니다. 그리고 무언가를 이야기했는데 그 말이 정확히 기억나지 않습니다. 아무튼 두 사람은 놀란 눈으로 저를 바라보았고, 저는 소리 내어 웃었습니다. 마리온도 따라 웃었죠. 그러나 하싸는 양심 있는 사람이었기에 웃지 않았습니다. 제가 하싸의 머리를 쓰다듬으며 이야기하자, 그의 죄의식은 점차 사그라졌습니다.

아버지, 이 모든 게 지혜로우신 알라께서 우리를 둘러싸고 벌어지게 하신 사건들입니다. 우리들 가운데 누구를 신의 도구로 쓰셨는지는 모르겠습니다. 아마도 우리 모두를 도구로 쓰신 거겠지요.

마침내 하싸의 운명에 대해 안심하게 되었을 때, 저는 존 롤랜드에게로 갔습니다. 그는 지금 입가에 미소를 머금은 채 제 곁에 앉아 있습니다. 그리고 제게 진리가 담겨 있는 코란의 한 구절을 이야기하고 있습니다.

'인간이 손에 넣을 수 있는 최고의 보물은 정숙한 아내이다.'

아버지, 믿어 주십시오. 저는 과거에도 정숙한 아내였으며, 현재도 그러하고, 앞으로도 그러한 아내가 될 것입니다. 오직 어리석은 여자만이 죄악의 길에 발을 내딛는 법입니다. 지혜로운 여자는 자기 자신에게나 남에게 해를 끼치지 않기 위해 언제나 깊이 생각하며, 죄를 범하지 않는 방법에 대해서도 잘 알고 있습니다. 행복과 불행 그리고 삶과 죽음 같은 많은 것들이 여자의 손에 달려 있습니다. 따라서 여자는 덕에 이르는 좁은 길에 정통할 수 있는 지혜를 갖추어야 하며, 세상의 눈을 편한 마음으로 들여다볼 수 있어야 합니다.

아버지, 저는 지금 존과 함께 바다 건너 먼 나라를 여행하고 있습니다. 물론 저희의 집 역시 함께 여행하고 있습니다. 그 집은 저희 가슴속에, 품속에, 그리고 저희의 눈과 생각 속에 존재하기 때문입니다.

또한 알라의 뜻이 그러하시다면 저희 아기는 뉴욕에서 태어나게 될 겁니다. 페리클레스라는 뚱뚱한 남자도 저희와 함께 여행하고 있습니다. 빠나르에서 태어난 그는 바깥세상과 관련된 문제에 정통한 사람입니다. 아버지, 저희 모두 이렇게 자기의 길에 들어섰습니다. 하싸는 마리온과 함께, 저는 존과 함께, 그리고 페리클레스는 저희와 함께 각자 가야 할 길을 걷고 있습니다. 그리고 저희 아기도 자기가 가야 할 길에 발을 내디뎠습니다. 아직까진 제 배를 차지 않는군요. 그러기에는 아직 너무 이른가 봅니다.

골든혼의 여인 381

아버지, 아버지께서도 지금쯤 브레멘(독일 북부의 항구도시-역주)을 향해 길을 떠나셨겠군요. 우리는 그곳에서 모두 한자리에 모여 이 세상 끝까지 함께 갈 것입니다. 존이 말하길, 오스만 왕자의 집은 그 안에 따냐가 살지 않는 한 완성될 수 없다고 합니다. 그러한 존의 생각은 옳습니다. 아버지께선 저희와 함께 사시면서 저희 아이들에게 믿음과 덕의 계율을 가르쳐 주셔야 합니다. 그래서 저희 아이들이, 자신들의 조상이 투란 사막의 노란 모래언덕을 떠나 와 세 대륙을 정복했다는 사실을 영원히 기억하도록 해 주셔야 합니다.

아버지, 이제 그만 줄여야겠군요. 저는 하싸와 마리온에게 작별인사를 하면서 그들의 눈 안에 깃든 행복을 엿볼 수 있었습니다. 이제 마지막으로 킹 거리에 있는 카페에 한 번 더 들려야겠습니다. 그곳에서 커피를 한 잔 마시면서 의사들의 놀란 얼굴을 볼 것입니다. 그들은 삶과 죽음을 마음대로 움직이지만 감정의 세계 안에서는 어린아이처럼 서툴기만 합니다.

다른 사람을 조롱하는 일이 옳지 않다는 건 압니다. 그러나 그 커다란 카페에 모여 있는 사람들도 자주 저를 조롱했습니다. 전 이제 겨우 스물한 살이고, 이곳을 떠나기 전에 조금은 재미있는 일을 해 보고 싶습니다. 그래서 그 카페에 갈 것이고, 그곳에 모인 의사들과 악수하면서 놀라움과 실망이 어린 그들의 눈을 들여다볼 것입니다. 그들은 모두 제 눈물을 보고 싶어 하겠지만, 결국 제 미소만을 보게 되겠지요.

아버지, 알라께서 이루어 내시는 기적은 실로 위대하며, 알라의 뜻 또한 헤아릴 수 없습니다. 그럼 브레멘이라 불리는 곳에서 아버지를 기다리고 있겠습니다. 우리는 미소를 머금은 얼굴로, 탄생에서 죽음에 이르는 짧은 길을 함께 걷게 될 겁니다. 알라께서 인간을 위해 만드신 그 길 외로, 어리석은 자는 두려움을 안고, 강한 자는 자부심을 품고, 지혜로운 자는 미소를 머금고 여행할 것입니다.

아버지의 딸, 아시아데 롤랜드 올림.

서 평

쿠르반 사이드와 《골든혼의 여인》에 대한 찬사

'아름답고 매혹적인 소설…… 등장인물들이 스스로를 변화시켜 나가고, 서로 상반되는 여러 세계 사이에서 몸부림치는 것을 보면서 내 집보다 더 좋은 곳은 없다는 사실을 새삼 확인하게 된다.'

― 북Book

'옛 세계와 새로운 세계의 대립을 실감나고, 알기 쉽게 보여 주는 소설…… 《알리와 니노》가 마음에 든 독자라면 반드시 읽어 보아야 할 작품이다.'

― 키르쿠스 리뷰스Kirkus Reviews

'사이드는 동양과 서양, 기독교도와 회교도 그리고 남성과 여성 사이의 불안정한 관계를 막힘없는 유창한 필체로 독자에게 보여 준다.'

― 엔터테이먼트 위클리Entertainment Weekly

'위대한 작가.'

– 폴 써로우 Paul Theroux

'사이드는 그의 감동적인 첫 소설 《알리와 니노》에서와 마찬가지로, 서로 상반되는 문화에 속한 두 남녀의 사랑을 통해 두 문화가 충돌할 때 생겨나는 걷잡을 수 없는 갈등을 보여 주고 있다.'

– 북리포터.com Bookreporter.com

나폴레옹 전기

666 인간 '나폴레옹'
그는 알면 알수록 점점 커져만 간다(괴테)

역사상 그 누가 모스크바를 점령하여 아침 햇살에 빛나는 모스크바의 둥근 지붕들을 바라보았던가? 이 책은 너무나 잘 알려진 이름임에도 그동안 감추어져 있었던 영웅 나폴레옹의 진면목을 강렬하고 빈틈없이 요약했다. - 동아일보

팰릭스 마크햄 지음 / 값 13,000원

성서 이야기

기쁨과 슬픔을 집대성한 인류역사 소설
왜 인간은 에덴의 동쪽으로 돌아갈 수 없는가

노벨문학상 수상 작가 펄벅 여사의 '성서 이야기'는 경건한 종교세계는 물론 인류역사의 시작과 그 과정을 특유의 유려한 필치로 흥미롭게 풀어낸다. - 조선일보

펄 S. 벅 지음 / 값 18,000원

베토벤 평전

진실한 삶 속에서 울리는 풍요로운 음악 소리
베토벤, 자신을 버린 세상을 끊임없이 사랑하다

악성 베토벤의 인간적 삶에 초점을 맞춘 전기. 알콜중독자 아버지에게 혹독한 훈련을 받던 어린시절부터, 청각을 상실하는 말년에 이르기까지 베토벤의 삶과 예술을 풍성하게 되짚는다.
- 조선일보

앤 핌로트 베이커 지음 / 값 8,000원

상형문자의 비밀

고대 이집트의 눈부신 현장이 펼쳐진다

고대 이집트의 멸망과 함께 영원히 비밀 속으로 사라질 뻔했던 상형문자. 어느 날 회색빛 돌 하나를 로제타라는 작은 마을에서 발견하고, 돌 위에 씌어진 상형문자의 해독을 위해 모든 것을 바쳤던 사람들, 바로 그 정열적인 사람들의 신비로운 이야기.

캐롤 도나휴 지음 / 값 12,000원

두개의 한국

한국 현대사를 정평한 제3의 객관적 시각
한반도 현대사는 진정한 핵의 현대사다

전 워싱턴포스트지 기자 돈 오버더퍼의 눈을 통해 한반도 문제의 핵심인 청와대, 평양, 백악관 사이에서 비밀스럽게 진행됐던 수많은 사건들과 핵 협상의 숨막히는 담판 승부를 생생히 목도할 수 있다.

돈 오버더퍼 지음 / 값 22,000원

절대권력(전2권)

'돈 對 사상' 현대 중국의 고민

경제 발전에 따른 중국의 부패상을 담아낸 장편소설로 '사회주의적 인간의 건전성'을 찬미하는 데 목적을 두고 있다. 그러나 현대 중국의 갈등과 고민을 당성黨性과 자본주의적 배금주의와의 충돌로 이해하는 데 도움을 준다. - 중앙일보

저우메이션 지음

연인 서태후

꽃과 칼날의 여인, 서태후!

지금껏 수없이 오르내렸던 서태후란 이름은 각각의 입장에 따라 다른 해석이 나오게 마련이다. 환란의 청조 말기, 그녀의 이름은 어떤 사람에게는 시대를 밝히는 등불이었으며, 또 어떤 사람에게는 무시무시한 독재자의 이름이기도 했다. 중국에 대해 남다른 애정을 보였던 저자에게 '서태후'란 이름은 특히 매력적이었을 것이다. 이미 대작 「대지」로 친숙한 저자의 필치를 통해 '서태후'의 또 다른 모습을 볼 수 있다. 희대의 악녀로 불렸던 그녀를 순수하고 열정적인 여인으로 재탄생시키고 있는 것이다.

펄 S. 벅 지음 / 값 22,000원

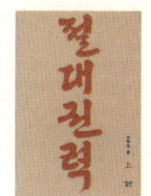

매독

매독, 그리고 어둠 속의 신사들

콜럼버스가 신대륙 학살 끝에 얻어온 '창백한 범죄자' 매독은 근 5백년간 천재들의 영혼을 지배하며 복수의 칼날을 휘둘러왔다. 링컨의 알 수 없는 광증, 베토벤의 청력 상실, 히틀러의 유대인 학살, 니체의 폭발적인 사유, 이 모두가 만일 매독이 불러일으킨 불가해한 현상이라면, 과연 유럽의 역사는 어떻게 달라져야 하는가?

데버러 헤이든 지음 / 값 20,000원

해외 부동산투자 20국+영주권

해외투자는 새로운 미래다!

이 책은 투자 천국인 미국, EU 영주권을 제공하는 몰타, 최저비용으로 고품격 삶을 누릴 수 있는 멕시코 등 20국가를 선별해, 금전적 이익과 생활의 자유를 한꺼번에 잡을 수 있는 새로운 차원의 투자 방법을 제시하고 있다. 새로운 경제 돌파구를 마련하고자 하는 소규모 투자자, 세계를 익히고자 하는 의욕적인 사업가, 새로운 문화 속에서 제2의 인생을 꿈꾸는 퇴직자라면, 이 책에서 해외투자에 대한 많은 정보를 얻을 수 있을 것이다.

헨리 G. 리브먼 지음 / 값 15,000원

누구를 위한 통일인가

전직 주한미군 그린벨의 장교가 바라본 한국의 분단과 통일관

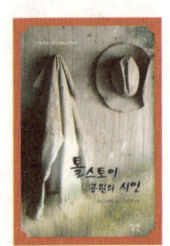

한국 격변기 때 중요한 역사의 현장을 온몸으로 체험한 주한 미군 장교가 수기 형식으로 써내려간 이 책에서 우리는 흔히 접할 수 있는 딱딱한 이론이나 주관주의에 매몰된 자기 주장 따위는 찾아볼 수 없다. 마치 한 편의 소설을 읽는 듯한 착각에 빠지게 만드는 저자 특유의 생동감 넘치는 대화체 등의 현장 묘사와 그 동안 배후에 가려져 왔던 숨겨진 일화들을 공개함으로써 읽는 재미를 배가시키며, 나무와 더불어 숲을 아우르는 객관적이고 심도 있는 분석을 통해 남북 분단의 근거와 실체, 주요 리더들의 특징과 그 역학적 관계에 대한 정확한 이해, 그에 따른 통일의 함정과 지향점 등을 설득력 있게 제시한 역작이다.

고든 쿠굴루 지음 / 값 17,000원

톨스토이 공원의 시인

톨스토이, 그리고 영혼의 집 짓기

1년밖에 살지 못한다는 시한부 인생을 선고받고 숲으로 들어와 20여 년을 더 살아낸 20세기 마지막 시인 헨리 스튜어트. 이 책은 삶과 죽음 사이를 흔들흔들 오가며 둥근 지붕의 집을 지은 헨리의 특별한 이야기이자, 세월 속에서 잃어버린 우리 영혼에 대한 기록이다. 마치 눈으로 보듯 세밀하게 그려진 집 짓기 과정은 부나 명예와 같은 껍데기가 아닌, 내면의 뼈대를 구축하는 일이 얼마나 중요한가를 역설하고 있으며, 곳곳에 녹아 있는 레오 톨스토이의 사상은 매순간 삶에 대한 뜨거운 애정으로 되살아난다.

소니 브루어 지음 / 값 15,000원

Dear Leader Mr. 김정일

김정일은 악마인가? 체제의 희생양인가?

2005년 타임지 선정 '세계에서 가장 영향력 있는 100인(지도자&혁명가 부문)' 중 한 사람. 세계 최초로 핵확산금지조약을 탈퇴한 지도자. 예술적 면모와 열정을 지닌 북한 최대의 영화 제작자. 개인 최대 코냑 수입자. 주민의 10%가 굶어 죽어가는 나라의 지도자. 이 책에서는 이처럼 아이러니 그 자체인 김정일을 정확하고 심도 있게 분석하고 있다.
김정일을 둘러싼 분분한 소문보다는 그의 행동과 북한 체제, 과거부터 현재까지 북한의 역사와 한국과의 관계를 정확히 분석하여 가정을 세우고, 그 가정을 증명한 이 책은 그간 어디서도 찾아볼 수 없던 북한 정밀 보고서이며, 김정일 정신분석 보고서다. 북한의 핵문제가 전 세계적으로 파급되고 있는 이때, 북한과 김정일을 정확하게 파악하지 못한다면 세계의 미래 역시 예측 불가능할 것이다. 저자는 이 책을 통해, 김정일을 사악한 미치광이로 매도하는 것은 지나친 단순화의 오류며, 김정일 또한 냉전이라는 덫에 사로잡힌 역사의 제물이고, 북한 공산주의라는 체제의 피해자임을 지적한다.

마이클 브린 지음 / 값 14,000원

통제하의 북한예술

'북한 예술'을 발가벗긴 책

우리의 관심을 벗어날 수 없는 북한예술은 이 책을 통해 북한의 정치, 사회사를 통합적으로 관통한 저자의 서술에서 그 희미한 실체가 윤곽을 드러내게 된다. 또한 풍부한 자료를 통해 생생하게 전달되는 북한의 미술 세계에서 우리는 이제껏 품어온 궁금증을 하나씩 벗어버리며 저자의 훌륭한 안내를 받게 될 것이다

제인 포털 지음 / 값 18,000원

독재자의 최후

한 권으로 읽는 지상 최고 악당들의 세계사

역사의 굵직굵직한 사건 뒤에는 늘 독재자들이 그 모습을 감추고 있었다. 그리고 사건이 표면화되면 그들은 서서히 모습을 드러내고 자신의 나라와 국민들을 피의 전쟁으로 몰아넣었다. 예수 그리스도의 탄생 후 자행되었던 헤롯의 유아 대학살, 칭기스칸의 공포적인 영토 확장, 전 세계를 전쟁의 소용돌이로 몰아넣은 히틀러, 그리고 최근 비참한 말로를 맞은 후세인에 이르기까지…. 이 책은 역사상 가장 잔혹하고 무자비한 독재 정권을 통해 피의 향연을 펼치고, 아울러 역사를 바꾸기까지 독재자들에 대해 조명하고 있다. 어떻게 해서 그들이 독재적인 성격을 띠게 되었는지, 그리고 어떤 최후를 맞게 되었는지를 알아보고, 국가와 국민들에게 행한 잔인한 실상들을 낱낱이 파헤치고 있다.

셸리 클라인 지음 / 값 18,000원

사요나라 BAR

일본 신사이바시 골목 어딘가에 '사요나라 빠'를 무대로 펼쳐지는 이 소설은 사랑과 폭력, 그리고 상처와 연민을 젊음과 중년세대를 아우르며 매우 실감나게 묘사하고 있다.
(야쿠자 조직원과 눈먼 사랑에 빠진) 영국인 호스티스 메리, (소설 '황금비늘'과 '캐리'의 주인공을 연상케하는) 영험한 정신적 능력을 지닌 4차원적 인물 와타나베, (죽은 아내의 환상 속에서 살아가는) 외로운 일벌레 사토, 이들의 이야기가 탄탄한 구성과 함께 저자 특유의 현란한 문체에 힘입어 독자들은 어느새 '사요나라 빠'에 앉아 삶의 진한 페이소스로 혼합한 위스키 한 잔을 맛보는 듯한 착각에 빠질 것이다.

수잔 바커 지음 / 값 14,800원

북경의 세딸

소리 없이 찾아드는 대반점의 밤

이 소설은 거대한 중국 본토에 피의 강을 범람케 했던 '문화대혁명'의 물결 속에서 영혼의 갈등을 겪는 한 가족의 이야기다. 상하이 최고 대반점의 여주인으로 언제 무너질지 모르는 아슬아슬한 삶을 사는 어머니와, 조국의 부름과 자유 사이에서 번뇌하는 세 딸들… 온갖 영화의 시기를 구름처럼 흘려보내고 대혁명의 습격으로 인해 문을 닫게 되는 대반점과 양 마담의 비참한 최후는, 인간이 역사에게가 아니라, 역사가 인간에게 가져야 할 도의적 책임은 무엇인가라는 엄중한 물음을 던지고 있다.

펄 S. 벅 지음 / 값 14,000원

사탄은 잠들지 않는다

장개석과 모택동의 내전으로 넓은 중국 대륙이 온통 피로 물들던 시대, 두 명의 아일랜드인 신부가 중국 광동성의 시골 마을에 갇히고 만다.
강인한 신의 사자이자 인간적 위트로 넘치는 피치본 대신부와, 무한한 애정 속에서 영혼의 치료사로 거듭나는 젊은 신부 오배논, 그리고 오배논에 대한 금지된 사랑으로 가슴 아파하는 아름다운 소녀 수란과 부모에게 버림받았다는 상처 속에서 삐뚤어진 공산당원이 되는 호산……
이 네 사람 사이에 벌어지는 사랑에 대한 숭고하고도 슬픈 이 대서사시는, 수많은 극적인 사건이 숨겨진 한 편의 연극처럼, 읽는 이를 거대한 감정의 파도 속으로 몰고 간다.

펄 S. 벅 지음 / 값 9,800원

열 두 가지 이야기

삶을 어루만지는 모성적 따뜻함의 정수(精髓)

일상적 소재에서 신선한 감동과 삶을 이끌어낸 펄 벅의 열 두 가지 단편이 담겨있다. 단절과 소외, 의혹과 불안의 시대를 살아가는 현대인의 가슴속에 따뜻한 온기를 불어넣어 삶에 대한 긍정적인 감정을 일깨워주는 작품.

펄 S. 벅 지음 / 값 12,900원

골든혼의 여인 / 쿠르반 사이드 ; 이선혜 옮김. 고양 : 길산, 2006

392P. ; 125×187mm

영어서명 : The girl from the golden horn
원저자명 : Said, Kurban
ISBN 89-91291-10-4 03800 : \12900

853-KDC4   833.912-DDC21   CIP2006002459

펄벅 시리즈

노벨문학수상작가
펄벅이 돌아오다!

따뜻한 사랑과 화해를 향한 갈구, 역사와 인간에 대한 깊이 있는 시선으로
20세기의 고전을 빚어낸 "꿈의 스토리텔러 펄벅"

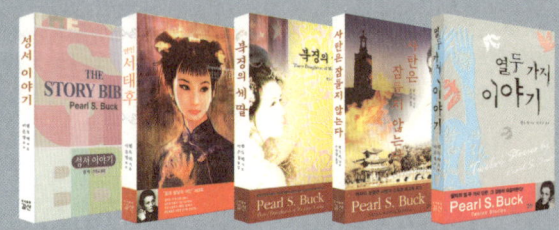

기쁨과 슬픔을 집대성한 인류역사 소설
성서 이야기
704쪽 | 값 18,000원

꽃과 칼날의 여인, 서태후!
연인 서태후
732쪽 | 값 22,000원

소리 없이 찾아드는 대반점의 밤
북경의 세딸
380쪽 | 값 14,000원

여자의 눈물은 사탄이 소유한 최고의 무기
사탄은 잠들지 않는다
252쪽 | 값 9,800원

삶을 어루만지는 모성적 따뜻함의 정수(精髓)
열 두 가지 이야기
376쪽 | 값 12,900원

2008년까지 펄벅의 전집 총 25권이 도서출판 길산에서 출간됩니다.